D1874649

Ulrich Taschow

Auf dem Rücken der Weisen Schildkröte

oder

Warum das Ende vor dem Anfang kommt

- ein philosophisch-fantastisches Tatsachenmärchen
für Kinder von 12 bis 120 Jahren -

Band I

AVOX VERLAG

avox fantasia

2. Auflage 2013
© Avox Verlag Leipzig 2013
Alle Rechte vorbehalten. Kein Teil des Werks darf in irgendeiner Form durch Fotografie, Mikrofilm oder andere Verfahren ohne schriftliche Genehmigung des Verlages reproduziert oder unter Verwendung elektronischer Systeme verarbeitet, vervielfältigt oder verbreitet werden.
Die Arbeit an den Büchern wurde mit einem Autorenstipendium für Kinder- und Jugendliteratur der Stiftung Preußische Seehandlung gefördert.
Webpräsentation der Bücher: www.weise-schildkroete.de
Umschlaggestaltung und Illustrationen: Ulrich Taschow ©, Leipzig 2013
Satz und Layout: Avox Verlag
www.avox-verlag.de, info@avox-verlag.de
Printed in Germany 2013
ISBN: 978-3-9369-7904-6
Sammel-ISBN für Band I, Band II und Band III: 978-3-9369-7906-0

Wenn wir träumen, dass wir träumen,
sind wir kurz vor dem Aufwachen ...

Inhalt – Band I

Inhalt – Band II

Inhalt – Band III

Wie alles begann

Unser aller Lebenspfade sind zumeist so verworren und rätselhaft wie die auf unergründlichste Weise verschlungenen geheimnisvoll schillernden Spinnfäden des Altweibersommers. Weder kennen wir ihren Anfang noch das Ende. Und wollten wir die kostbaren Fäden vermessener Weise zu trennen oder gar aufzuwickeln versuchen, zerrissen sie doch ob ihrer ganz und gar unglaublichen Zartheit unmittelbar in unseren rauen Händen. In einer unbegreiflichen Laune hat der Wind sie in einsam kühler Nacht übers weite stille Land geweht. Ja, und noch bevor der Winter kommt, sind die zarten Fäden bereits zu winzigen Stücken in alle Himmelsrichtungen zerstreut. Nimmer mehr können wir sie zusammenknüpfen.

So ist es also müßig, sich allzu viel Gedanken über die verschlungen Pfade unseres Lebens zu machen, sich um Dinge zu sorgen, die wir doch nicht verstehen oder ändern können. Wer weiß schon, warum wir dies oder jenes tun oder auch nicht tun, warum ein Blatt in einem ganz bestimmten Augenblick zu Boden fällt und keine Sekunde früher oder später, warum auch nicht eine Wolke wie die andere aussieht, warum wir am Ende unseres Lebens graue Haare bekommen, warum wir wie die Blumen geboren werden und vergehen?

Und ebenso verhält es sich mit der folgenden Geschichte, die mir nämlich bis zum heutigen Tage noch immer genauso geheimnisvoll und unerklärlich geblieben ist wie mein Leben selbst:

Alles begann mit einem leeren Portemonnaie und einem seit Tagen knurrenden Magen, denn schon lange hatte ich keine Geschichte mehr geschrieben, geschweige denn verkaufen können. An dieser katastrophalen Situation musste sich dringend etwas ändern. Doch das Schicksal schläft nie und so flatterte an einem stürmisch verregneten Novembertag im Jahr 2000 unverhofft die Ausschreibung zu einem Schriftstellerstipendium der „Stiftung Preußische Seehandlung" in meinen Briefkasten. Sofort ergriff ich die Gelegenheit beim Schopfe und versuchte ein Exposé für eine Kindergeschichte zu schreiben. Doch so sehr ich mich auch bemühte, nicht der winzigste Zipfel einer Idee wollte sich zeigen. Tief zerknirscht dachte ich, wenn schon kein Exposé, dann sollte die Jury doch wenigstens erfahren, was ich von Exposés und ähnlichem Unsinn halte:[1]

„*Sehr geehrte Damen und Herren der Jury!*

Wie wohl ich Ihre Stiftung sehr schätze, da Sie für so manchen mehr oder auch weniger begabten Schreiberling eine wertvolle Lebenshilfe gewesen sein mag, so sag ich es Ihnen dennoch gleich von Anfang an frei heraus: Aus tiefstem Herzen bin ich ein Gegner von Exposés, Handlungsskizzen und ähnlich geplanter Kreativität – eine Tatsache, die, wie mir nur allzu schmerzlich bewusst ist, meine Chancen auf ein Stipendium bei Ihrer Stiftung in diesem klitzekleinen Augenblick von der Länge eines Satzes schon auf ein Nichts zusammenschrumpfen lässt.

---

[1] Diesen Brief schickte ich, original wie hier abgedruckt, gemeinsam mit meinen Bewerbungsunterlagen für ein „Autorenstipendium / Berliner Erich Kästner-Stipendium zur Förderung der Berliner Kinder- und Jugendliteratur" an die „Stiftung Preußische Seehandlung", Spandauer Damm 19, 14059 Berlin.

Wie sich unser aller Leben in den meisten Fällen nicht planen lässt, so auch nicht eine Geschichte. Am Anfang gibt es nichts weiter als ein weißes Blatt Papier und eine Sehnsucht oder Ahnung, vielleicht auch nur eine Erinnerung an Himbeereis, an einen wunderschön schimmernden Spätsommer-Nachmittag, an einen lieben Menschen, den man leider nie mehr sehen wird oder den man vielleicht gar noch nicht einmal kennt, aber gerne kennen lernen würde. In diesem Sinne bin ich mir frecherweise – bitte entschuldigen Sie meine Indiskretion – ganz sicher, dass Sie zum Beispiel Ihre erste Liebe vorher nicht geplant hatten. Ein unglaublich sympathisches Lachen an einem heißen schwülen Apriltag, eine in tiefer Verlegenheit mit Schokoladensoße bekleckerte Hose, eine verschämt vergossene Träne, so oder ähnlich beginnen zumeist die ganz unglaublichen, phantastischen Geschichten unseres Lebens. Und wäre uns schon am Anfang deren weiterer Werdegang oder gar Ausgang bekannt, in den meisten Fällen hätten wir uns wohl niemals auf sie eingelassen. Am Ende unseres Lebens hielten wir dann trauriger Weise anstatt eines reich gefüllten bunten Bilderbuchs wie am Anfang noch immer nur ein leeres, nunmehr aber trostlos ergrautes Blatt Papier in den zitternden Händen: Das Exposé eines nicht gelebten Lebens, einer nie geschriebenen Geschichte …“

So weit war ich gekommen, als ich müde und in abgrundtiefer Traurigkeit den Stift aus der Hand legte, um zu Bett zu gehen. Ja, am nächsten Tag würde ich den Schriftstellerberuf ein für alle Mal an den Nagel hängen und endlich etwas Nützliches mit meinem Leben anfangen.

Doch wieder einmal hatte ich das Leben unterschätzt. Denn in dieser Nacht sollten sich derart seltsame Dinge ereignen, dass ich selbst heute das ein oder andere Mal noch immer überlege, ob ich nicht vielleicht alles nur geträumt habe. Da diese Geschehnisse jedoch selbst den ausgeschlafensten Leser am Anfang eines Buches allzu sehr verwirren würden, habe ich sie als Nachtrag ganz an das Ende gestellt. Nur so viel: Jene verrückte Nacht sorgte dafür, dass dieses Buch überhaupt entstanden ist und Sie liebe Leser es nun in den Händen halten.

Ulrich Taschow

In den Ebenen
Erstes Buch

Erstes Buch

In den Ebenen

1. Kapitel

Von Warnemünde nach Berlin

An einem wunderschönen strahlenden Sonntag im August, die Felder standen in voller Blüte und die Bienen summten gerade zufrieden ihr Morgenliedchen, bahnte sich keuchend und schnaufend eine Eisenbahn ihren Weg durch die gelben Kornwogen der großen Stadt Berlin entgegen. Nur drei kleine Wagen zog sie hinter sich her. Aus ihrem Schornstein stieg in dicken Schwaden schwarzer Qualm, in den sich immer aufs Neue todesmutig ein paar freche Spatzen stürzten, um schon nach wenigen Sekunden, oh Wunder, aus dem Höllenschlund laut krakeelend wieder emporzusteigen. Ganz offensichtlich handelte es sich bei dieser Wahnsinnstat um eine gewaltige Mutprobe, denn einer jeden solchen Aktion folgten frenetische Beifallsrufe seitens der Vogelschar. Und selbst die sonst so hoch am Himmel einherziehenden Lerchen zollten unseren Kamikaze-Spatzen durch ihre Anwesenheit den angemessenen Respekt.

Im letzten dieser drei Wagen saßen nun schweigend zwei Mädchen. Nichts in ihren Gesichtern deutete mehr darauf hin, dass sie beide noch vor wenigen Stunden so ausgelassen am Ostseestrand herumgetollt waren. Mit verkniffenen leeren Blicken starrten sie, offensichtlich zutiefst beleidigt und wütend, in die herrlich schillernde Sommerlandschaft, demzufolge sie die Schönheit der Welt auch in keiner Weise mitbekamen. Doch wie sollten sie auch? Für sie gab es Wichtigeres als ein paar langweilige Wiesen, Felder und Kamikaze-Spatzen. Das schwarzhaarige Mädchen auf der rechten Seite im hellblauen Sommerkleid hatte seine Mutter, übrigens eine wunderschöne Mutter, mitgenommen. Und das blondhaarige Mädchen mit den Sommersprossen und den dicken Zöpfen seinen Vater neben sich gesetzt, welcher völlig abwesend, in seiner Ecke zusammengesunken, ein dickes Buch las. Aus diesem riss er merkwürdigerweise von Zeit zu Zeit die eine oder andere Seite heraus, faltete sie mehrmals sorgfältig zusammen, um sie kurz darauf in seiner linken Jackentasche verschwinden zu lassen.

In einem ebensolchen Moment ertönte plötzlich eine wie ein klares Bächlein säuselnde Frauenstimme:

„Ach liebster Herr Levitan, hätten Sie nicht vielleicht Lust, mit mir auf ein klitzekleines Häppchen in den Speisewagen zu kommen. Irgendwie ist mir doch schon wieder ein wenig hungrig zumute."

Herr Levitan starrte Frau Siebenblatt mit großen Augen verwundert an, um im nächsten Moment schon erschrocken zusammenzuzucken:

„Tatsächlich, sie haben Recht! Ich muss ihn im Hotelzimmer liegengelassen haben!"

„Was? Wie bitte? Wen müssen sie im Hotelzimmer liegengelassen haben?"

„Na meinen großen Weltatlas, sie sprachen doch gerade eben davon."

Tatsächlich hatte die schöne Frau Siebenblatt den großen Weltatlas nun aber mit keinem Sterbenswörtchen auch nur erwähnt. Doch Herr Levitan war ein wahrlich zerstreuter Professor und dachte oder hörte im richtigen Moment immer die falschen Sachen beziehungsweise im falschen Moment die richtigen, so dass bei ihm Missverständnisse und Verwicklungen an der Tagesordnung waren.

Jule – so hieß nämlich das Mädchen, zu dem der Vater gehörte – musste dadurch gleich wieder an seine letzte Zerstreutheit denken und die spielte sich zum Frühstück im Hotel „Meeresblick“ wie folgt ab:

„Hallo, Herr Ober, bringen sie meiner Tochter noch ein Stück Erdbeertorte.“

„Und einmal Schlagsahne extra“, rief Jule gierig hinterher.

„Gewiss mein Fräulein. Darf es bei Ihnen auch noch etwas sein, mein Herr?“

„Nein, bringen Sie mir bitte nur die Berliner Morgenpost.“

Und damit schlurfte der Kellner von dannen. Jules Vater schaute ihm fasziniert hinterher. Denn soeben hatte er einige Schriftzüge entdeckt, die auf ihn völlig unerklärlicher Weise immer eine derart magische Anziehungskraft ausübten, dass er im selben Moment alles stehen und liegen ließ. Ganz in diesem Sinne versuchte er gerade ein kleines Schild zu entziffern, das der Kellner merkwürdigerweise hinten an seinem schwarzen Frack trug. Gedankenverloren murmelte Herr Levitan: „Bratzbatz nuklion saftotüt ozeron düsometrion.“ Und während er noch überlegte, was dies wohl für eine Sprache sein könnte, ohne dabei auch nur entfernt zu ahnen, dass selbige Julisch war – eine Sprache, die einzig seine Tochter Jule beherrschte und zwar meisterhaft – rief plötzlich eine laute Stimme aus dem Hintergrund:

„Herr Liebermann, Herr Liebermann bitt schön, Telefon für sie an der Rezeption.“

„Was, für mich?“, staunte Herr Levitan und stürzte auf und davon, noch ehe Jule ihn zurückhalten konnte.

„Der Tag fängt ja wieder gut an“, murmelte sie: „Ich muss doch einmal ein ernstes Wörtchen mit Paps reden. So geht das jedenfalls nicht weiter.“

„Hallo hier Levitan, wer da?“

„Gruoß Gott mei bester, wuollt Ihn nur soagn, ihr Kuh'n is gstorbe“, ertönte eine gutmütige dunkle Frauenstimme am anderen Ende der Leitung.

„Ach du lieber Himmel. Wie ist denn das passiert?“, rief bestürzt Jules Vater, ohne daran zu denken, dass er ja gar keine Kuh besaß und demzufolge hier ganz offensichtlich eine Verwechslung vorliegen musste.

„Joa mei, sie hoat sich zu woit vorglehnt und do ist's vom Doach nuntergfalle.“

Ganz entsetzt legte Herr Levitan den Hörer weg und lief mit bleichem Gesicht, wie ein Schlafwandler schwankend, zu seinem Tisch zurück:

„Jule denk nur, die arme Kuh ist von uns gegangen“, stöhnte er tief gerührt und rührte dabei gedankenverloren mit einem Hörnchen in seinem Morgenkaffee …

Ehe Jule ihren Erinnerungen weiter nachgehen konnte, spürte sie plötzlich einen heftigen Tritt am Schienbein.

„Autsch, was soll denn das!“

In null Komma nichts war sie wieder in der Gegenwart. Soeben waren die Mutter des schwarzhaarigen Mädchens und Jules Vater aus dem Abteil in Richtung Speisewagen entschwunden. Und diesen Augenblick hatte das Mädchen, welches übrigens Franzi hieß, sofort genutzt, um erneut Streit mit Jule anzufangen.

„Gib mir die Puppe …! Los die Puppe her …! Ich will die Puppe haben!“, keifte Franzi und riss ihr den Hampelmann Fridolin aus der Hand, der die ganze Zeit friedlich auf Jules Schoß gesessen und nur ab und zu einmal die linke Hand in die rechte Hosentasche und die rechte Hand in die linke Hosentasche gesteckt hatte.

„Doofe Pute …, dämlich Zicke“, schrie Jule zurück und schlug Franzi Vaters Tabakspfeife auf den Kopf, dass es nur so knallte. Den darauf entstehenden kurzen Moment der Verwirrung nutzte sie, um ihr den Fridolin wieder zu entreißen.

Der Hampelmann Fridolin fühlte sich durch diesen Streit um seine Person anfangs noch sehr geschmeichelt:

„Hach du heiliger Bimbam, wie bin ich nur begehrt. Jeder will mich haben. Das muss an meiner außergewöhnlichen Schönheit liegen.“

An seiner Schönheit lag es übrigens ganz bestimmt nicht, denn damit war es wirklich nicht weit her.

„Langsam, immer langsam meine jungen Damen, stellen sie sich doch bitte der Reihe nach an. Eine jede kommt einmal mit Knautscheln dran.“

Als das Hinundhergezerre und Hinunhergefliege jedoch auch nach fünf Minuten noch immer nicht aufhören wollte, riss Fridolin endlich der Geduldsfaden. Schon fing er an, mit seinen kleinen Fäusten nach beiden Seiten kräftige Hiebe auszuteilen, allerdings ohne dass die Mädchen auch nur den geringsten Stoß verspürt hätten.

„Hotzpotz, dreimal gehäckseltes Hasenklein, jetzt reicht’s mir aber wirklich.“

Mit letzter Kraft stieß sich der Hampelmann von Franzis Nasenspitze ab, auf der er gerade eben erst gelandet war, knallte kurz an die Deckenlampe, um daraufhin in hohem Bogen aus dem halbgeöffneten Abteilfenster zu fliegen. Sofort zollten die Kamikaze-Spatzen, welche begeistert den kühnen Sprung beobachtet hatten, den gehörigen Beifall. Und noch während Fridolin eine Kapriole nach der anderen in der Luft vollführte, ohne dabei auch nur einen einzigen Gedanken daran zu verschwenden, dass seine Flugreise vielleicht einmal ihr schmerzliches Ende finden könnte, schwellte sich seine Brust erneut voller Stolz:

„Ja, schaut nur, schaut …,! Da staunt ihr was? Ich bin es, der große Fridolin, Meister aller Künste, begehrtester Hampelmann auf Erden. Ihr dürft ruhig noch etwas lauter klatschen."

Doch da machte es schon Peng und unser phantastischer Fridolin hing mit seinem Hals erbärmlich zwischen zwei Holzlatten eingekeilt in einem Gartenzaun. Im selben Moment begann bereits eine freche Ente, die mit ihren Geschwistern hinter dem Zaun wohnte, von innen gierig an seinem Kopf herumzureißen und zu beißen, dass unserem armen Fridolin Hören und Sehen verging und er sein letztes Stündlein für gekommen hielt.

„Hilfe Mordio! Verdammter Enterich, ich stutz dir den Schnabel", schrie er in Todesangst, was die Ente jedoch nur mit einem nüchternen „nack nack" quittierte.

„Mein liebster Fridolin, allerbester Freund", schluchzte hingegen Jule und stürzte ohne zu überlegen den Gang hinaus. Doch Franzi blieb ihr auf den Fersen. Nichts konnte sie davon abhalten, Jule auch weiterhin den Besitz streitig zu machen:

„Nein meiner …, meiner …, mein Fridolin …"

Der Zufall wollte es, dass just in diesem Moment die Eisenbahn durch ein rotes Signal zum Stehen kam. Ohne auch nur einmal nachzudenken, sprang Jule aus dem Zug, kullerte einen steilen Wiesenhang hinab, Franzi ihr hinterdrein. Und kaum wieder auf den Beinen, rannten die beiden Mädchen schon im Wettlauf dem alten Lattenzaun entgegen, während der Zug sich um zwei Passagiere ärmer, gemächlich schnaufend wie ein alter Großvater, erneut in Bewegung setzte.

Am Zaun hing ein uraltes, halb vergilbtes Schild, auf dem Franzi in altertümlichen Buchstaben den seltsamen Namen Garrgamol entziffern konnte. Nur für einen kurzen Moment hielt sie verwundert inne. Doch da schrie Jule bereits triumphierend:

„Hurra, ich hab ihn."

Leider zu früh gefreut. Der Enterich wollte nicht von dem schmackhaften Fridolin lassen.

„Warte, ich helf dir, Jule!"

Offensichtlich hatte die große Gefahr, in welcher der arme Hampelmann schwebte, völlig unerwarteter Weise den Sieg über Franzis Neid getragen. Schon war sie mutig über den Zaun gesprungen und begann gerade voller Heldenmut auf die mörderische Ente einzuschlagen, als plötzlich eine alte Frau mit dem Aussehen einer hässlichen Kräuterhexe, ein Nudelholz hin und her schwingend, auf sie zugerannt kam:

„Weh, weh verflixtes, garstiges Menschenkind, vergreifst dich an meiner Lieblingsente Groll. Wart nur, wart, ich werd dir die Haare einzeln herausreißen. Und aus deinem Püppchen koche ich mir ein hübsches Hexensüppchen. Gackerenten, ergreift sie ...!"

Im selben Augenblick kamen die Enten mit einem schrecklich bedrohlichen Grinsen auf Franzi zugewatschelt.

„Jule, Jule hiiiilf mir!"

„Nein hilf miiiir!", brüllte wie am Spieß Fridolin.

Alle, auch Jule, schrien wie wild durcheinander, die Enten gackerten und die Alte krächzte in einem fort, dass man sein eigenes Wort nicht mehr verstehen konnte.

Auf einmal gab es einen kurzen dumpfen Knack und Fridolins Kopf purzelte, begleitet von einem leisen Stöhnen, ins grüne Gras.

Den Kopf ergreifen und über den Zaun springen war die Tat eines Augenblicks. Da rannten die beiden Mädchen schon wieder zurück, verfolgt von den Flüchen der Alten:

„Weh, Menschenkinder! Einer Garrgamol schlägt man kein Schnippchen. Kreuzspinne und Mausebein, ich koch euch heut noch mit Entenklein, ihr werdet ein guten Süppchen sein."

Doch als Jule und Franzi aufschauten, oh Schreck, da war keine Eisenbahn mehr zu sehen. Jedoch blieb keine Zeit, lange darüber nachzudenken. Noch immer voller Angst rannten die Mädchen weiter und weiter. Und erst als etwa eine halbe Stunde vergangen war, wagten sie endlich einen bangen Blick zurück.

2. Kapitel

Auf der Heide und Hasenglück

„Keiner zu sehen“, keuchte Jule.

„Wenn du dich man nur nicht täuschst“, stotterte Franzi. Doch dieses Sorge war unbegründet. Ganz offensichtlich hatten sie ihre Verfolger tatsächlich abgehängt.

„Das ist ja noch einmal gut gegangen.“

Jule fand dies offensichtlich überhaupt nicht:

„Mein armer Fridolin, lieber guter Fridolin, teuerster herzallerliebster Fridolin“, stieß sie immer und immer wieder schluchzend hervor. Dabei streichelte sie abwechselnd Kopf und Rumpf des armen kleinen Kerls. Die Tränen rannen ihr nur so in Strömen herunter, dass schon ihr ganzes Kleid nass geworden war.

Franzi nahm Jule sanft in die Arme und versuchte sie zu trösten: „Das wird schon wieder. Wein nicht mehr. Bitte, bitte wein nicht. Meine Mami näht Fridolin den Kopf wieder an. Dann ist alles wieder gut.“

„Und wo ist deine Mami und wo ist mein Paps“, schluchzte Jule nur noch lauter.

Tatsächlich entfernten sich ja die beiden mit jeder Sekunde immer weiter und weiter von unseren Mädchen. Da fing nun auch Franzi gar jämmerlich zu weinen an. Mit jedem Augenblick erhöhte sich die Lautstärke und Tonhöhe derart, dass es am Ende gar wie das Heulen einer Feuerwehrsirene klang.

Dieses ungezügelte Heulkonzert musste wohl schon so eine halbe Stunde gegangen sein und hätte bestimmt auch noch länger angehalten, wäre da nicht plötzlich direkt hinter ihnen eine wütend schimpfende Stimme dazwischengefahren:

„Verflixt und dreimal zugenäht, nun reicht's aber. Verdammtes Rumgejaule, das schlägt mir ja wirklich langsam auf den Magen. Sofort haltet ihr die Schnäbel!"

Jule und Franzi blieb der letzte Schluchzer geradewegs im Halse stecken. Baff vor Erstaunen drehten sie sich um, und starrten mit offenen Mündern, wem wohl die unverschämte Stimme gehöre, die ihren tiefsten Schmerz mit solch unverfrorener Missachtung quittiert hatte.

„Halt, das gibt's doch nicht. Nein das kann doch wirklich nicht wahr sein. Jule, bitte zwick mich sofort mal ganz kräftig … Autsch …!"

Vor ihnen auf einem alten modrigen Baumstumpf saß ein grasgrüner Hase, der, hätte er nicht merkwürdigerweise in einer schmutzig braunen Ritterrüstung gesteckt, wohl kaum von der grünen Wiese zu unterscheiden gewesen wäre. Erst beim zweiten Hinsehen bemerkte Jule, dass diese Rüstung aus unzähligen uralten, rostigen Blechbüchsen gefertigt worden war, die der Hase sich vermutlich im nahen Walde zusammengesucht hatte. Auf seinem Helm konnte Jule noch die Aufschrift „Sellerie in Scheiben" erkennen. Auf seinem Bauch stand „Abtropfgewicht 250 Gramm, haltbar bis siehe Bodenaufschrift". Leider war diese Bodenaufschrift jedoch nicht lesbar, da der sich Hase dummerweise gerade auf dieser, sprich auf seinem Hosenboden, niedergelassen hatte.

„Hätte doch zu gerne das genaue Verfallsdatum gewusst", murmelte Jule neugierig vor sich hin. Aber den Hasen fragen, ob er ihr einmal sein Hinterteil zeigen könnte, schien ihr nun doch ein wenig unhöflich.

„Starrt nicht so dumm und macht die Mäuler zu“, unterbrach der Hase jäh Jules Gedanken: „Das sieht bescheuert aus und gehört sich außerdem nicht für so junge Fräuleinchens. Falls ihr's noch nicht bemerkt habt. Ich bin der allseits gefürchtete Hasso von Haiden und außerdem habe ich noch was zu erledigen.“

Damit griff er nach einem verrosteten Büchsenöffner, der rechts an seinem Gürtel hing, schwang ihn bedrohlich zischend dreimal durch die Luft und verschwand mit lautem Blechgeklapper im nahen Walde.

Während Jule und Franzi verwirrt dem allmählich immer leiser werdenden Geklapper lauschten, fühlten sie sich unwillkürlich an die Müllabfuhr erinnert. Doch waren der Seltsamkeiten noch immer nicht genug: Kaum war der Hase verschwunden, schrie Franzi plötzlich schrill „Aaachtung ...!“

Und im selben Augenblick fiel schon genau auf die Stelle, wo eben noch der Hase gesessen hatte, ein riesengroßer Wackerstein aus heiterem Himmel und zermalmte den Baumstumpf zu braunem modrig-riechenden Pulver. Verwirrt schüttelten sich Jule und Franzi den Staub von der Kleidung, während sie über sich einem mit auffällig hastigen Flügelschlägen von dannen fliegenden großen Gänsegeier hinterher starrten.

„Uff, das glaubt uns kein Mensch“, stöhnte Franzi: „Wo sind wir hier nur hingeraten.“

Als sich die Mädchen endlich von ihrem ersten Schreck erholt hatten, fingen sie zu überlegen an, was in einer solch außergewöhnlichen Situation denn nun Vernünftiges zu tun wäre.

„Wir sollten hier einfach solange sitzen bleiben, bis uns jemand entdeckt“, meinte Franzi: „Außerdem könnten wir ja dabei ab und zu ein wenig herumschreien, so dass man uns leichter findet.“

„Das ist eine ganz und gar bescheuerte Idee. Wenn uns einer hört, dann ist es vermutlich nur die Hexe mit ihren Mörder-Enten. Außerdem kann ich hier nirgendwo einen Weg entdecken. Wer also sollte dann in dieser gottverlassenen Gegend vorbeikommen?“

Nach langem Hin und Her beschlossen sie endlich, die ungefähre Richtung, aus der sie gekommen waren, zurückzugehen. Dann müssten sie ja irgendwann wieder auf die alte Bahnstrecke stoßen. Und ganz bestimmt würden ihre Eltern am nächsten Bahnhof bereits auf sie warten. Ja, dieser Gedanke tat ihnen gut und frischen Mutes machten sie sich auf den Weg.

Doch kaum waren die Mädchen ein paar Schritte gegangen, wusste keines von beiden mehr, ob sie nun von links oder rechts, von geradeaus oder gar aus entgegengesetzter Richtung gekommen waren. Alles sah irgendwie gleich aus und nun stand tatsächlich fest, dass sie sich jämmerlich verlaufen hatten.

Traurig blickten sie um sich. Sie standen inmitten einer wunderschönen lichten Heidelandschaft. Der Boden war mit herrlich sattgrünen Moosdecken bekleidet und wundervoll glänzendem Gras. Dazwischen blühte wild die Erika. Unglaublich verführerisch duftende weiße Rosenbüsche stürzten sich vor ihren Füßen dahin und ringsum am Horizont züngelten wunderschöne tiefdunkle Wacholderbüsche in den glühenden Nachmittagshimmel. Dieses herrlich andächtige Gemälde wurde umrahmt von einem dumpfen Brausen und Surren, das von unzähligen Scharen kleiner Bienen und Käfer herrührte, die wie trunken in der von Blütendüften gesättigten warmen Spätsommerluft hin und her torkelten. Noch während Jule und Franzi dieses wunderschöne Naturschauspiel betrachteten, wurde ihnen plötzlich ganz feierlich zu Mute. Beiden war es, als hörten sie auf einmal eine unglaublich wohlklingende Stimme, die sich beschwörend immer tiefer und tiefer in ihre Herzen schlich:

„Warum sorgt ihr euch, schaut euch doch nur um. Seht ihr nicht die wunderschöne Welt? Alles feiert den glühenden Sommer. Wozu an morgen denken. Schon wiegen die Blumen und Käfer sich sanft im Abendtanze. Vergessen ist des Herbstes braune Vergänglichkeit, der Winterstunden stille Bangigkeit, vergessen die Zeit, das Woher und Wohin. So vergesst auch ihr, woher ihr kamt, wohin ihr wollt und bleibt für immer und ewig bei mir. Glückseliges Vergessen sei euer Lohn."

Da legten sich Jule und Franzi auf den Boden, tief atmeten sie die betörende Luft. Der warme Erdboden umhüllte sie schützend wie ein Tuch. Wohlige Stille kehrte in ihre Seelen ein und beide fielen immer tiefer und tiefer in einen unendlichen Schlaf.

Im Traum ging Franzi schwerelos einen sanften Weg entlang. Unter ihren Füßen schillerte es in allen Farben. Erstaunt bemerkte sie, dass sie neben Jule auf einem feinen Netz aus glitzernden Spinnweben dahin schritt, das sie immer weiter von der Erde fort, hoch in den tiefblauen Himmel entführte. Mit jedem Schritt fing das Netz dabei ähnlich einer Schaukel immer stärker zu schwingen an, bis es sie schließlich beide mit einem sanften Schwung in die blauen Lüfte warf. Erst jetzt bemerkte Franzi, dass ihr, wie auch Jule, hauchzarte, bunt schillernde Flügelchen gewachsen waren. Sie hatten sich in zwei niedliche kleine Goldkäfer verwandelt und flogen glückselig immer tiefer in das bunte, unendliche verwirrende Blütenmeer.

Doch während sie noch wonnetrunken so dahin taumelten, welch böses Spiel, da mischte sich in dieses unbeschreiblich wohltönende, göttliche Himmelskonzert plötzlich ein unangenehmer Missklang, geradeso als bliese ein ganz und gar alltäglicher Stümper auf einem völlig verstimmten Instrument eine kratzig-schiefe Melodie. Immer lauter, scheppernder, stampfender und störender wurde dieser Lärm, fast so als marschiere eine unsagbar dilettantische Marschkapelle mitten in die feinsinnige Ordnung eines strahlenden Orchesterkonzerts.

Verärgert versuchte Franzi mit kräftigen Flügelschlägen dem Missklang zu entfliehen. Doch es half nichts, immer näher und näher rückte er. Schon drohten die himmlischen Stimmen auseinanderzubrechen und mit einem letzten Aufflackern auf Nimmerwiedersehen in den Tiefen des Weltalls zu entschwinden, als plötzlich – wie wenn nicht schon alles schlimm genug wäre – direkt vor Franzis Augen ein hässlicher fetter Brummer auftauchte, der sie mit großen Glubschaugen dämlich anstarrte und dabei wie ein Verrückter auf seinen Bauch schlug, dass es nur so schepperte.

Im selben Moment erkannte Franzi erschrocken den grünen Hasen Hasso von Haiden: ‚Komisch, wie hatte ich ihn nur mit einer Fliege verwechseln können?'

Doch schon bahnte sich ein neues Unglück an. Mit den Schlägen auf seine grässliche Blechbüchsenrüstung hatte Hasso Franzi nämlich dermaßen aus dem Rhythmus gebracht, dass sie plötzlich nicht mehr wusste, wie sie ihre Flügel bewegen sollte, sich vollkommen verhedderte und zusammen mit Jule wie ein Stein zu Boden schoss.

„Dämlicher Hoppler", konnte Franzi nur noch rufen, da war sie bereits jäh aus ihrem Traum erwacht. Doch halt ..., nein ..., das konnte doch nicht wahr sein. Da stand ja tatsächlich direkt über ihnen der Hase und schüttelte sie wie zwei alte Kartoffelsäcke.

„Potz Rosenkohl und Möhrenbrei. Kaum dreht man euch den Rücken zu, macht ihr gleich den allergrößten Unsinn", rief Hasso aufgeregt: „Nur einen Augenblick länger und ihr wäret für immer und ewig verloren gewesen. Bloß gut, dass es noch so tapfere Hasenritter wie mich gibt, die so leichtsinnige junge Fräuleinchens aus höchster Gefahr erretten."

„Ist ja 'ne schöne Gefahr, eingebildeter Mümmelmann", entgegnete Jule schnippisch: „Ich jedenfalls kann hier nichts weiter entdecken als ein paar harmlose kleine Käferchen. Oder sollten etwa gar die bösen, grausamen Blumen einen Überfall auf uns vorgehabt haben? Oh, Franzi schau nur wie blutrünstig sie uns anblicken, hihihihi ...", kicherte sie ausgelassen.

„Kindischer Schnickschnack", rief wütend der Hase. Vor lauter Aufregung sausten seine Schnurrbarthaare wie kleine Propeller durch die Luft: „Wir müssen uns sputen, denn schon ist die Falle zugeschnappt!"

„Waaas ...? Eine Falle?", wunderte sich nun auch Franzi.

„Dann geht doch mal drei Schritte vor, ihr neunmalklugen Naseweise."

Beide stürmten los. Doch ehe der Hase „Vorsicht" rufen konnte, war es bereits passiert: Mit einem lauten Knall stürzte Franzi halb betäubt zu Boden, denn soeben war sie mit voller Wucht gegen eine unsichtbare Glaswand gerannt. Erst jetzt bemerkten die Mädchen erschrocken, dass sie tatsächlich wie zwei Fliegen mitten unter einer riesigen Käseglocke gefangen waren. Da zeigte der Hase schon auf eine im Gras versteckte Schüssel, der ein betäubend schwerer Duft nach verfaultem Obst, Anis und wer weiß was sonst noch allem entströmte, dass einem nur so schwindelte.

„Dieses Zaubersüppchen hat euch Monsignore Moschkotani gebraut. Es vernebelt den Verstand, womit ihr für ihn eine leichte Beute seid. Keines seiner Opfer habe ich jemals wiedergesehen. Sie wandern alle unweigerlich entweder erbärmlich auf einer Nadel aufgespießt in seine Käfersammlung oder müssen für immer und ewig in einem seiner unzähligen modrigen Terrarien ein völlig armseliges Leben fristen. Aber das Allerschlimmste ist, dass er vorher die kleinen Kinderseelen stiehlt. Diese legt er in ein dickes altes Zauberbuch Namens Saiwā lo Ash Kumā und beschwert es solange mit allen möglichen Gewichten, bis auch der letzte schöne Gedanke aus den Seelen herausgepresst und in seinem staubigen Buch als kunterbuntes Bild für immer und ewig fixiert ist."

„Oh weh, warum tut er denn solch schreckliche Dinge", unterbrach Franzi vor Angst schlotternd den Hasen, wobei sie sich dermaßen stark an seinen Hals festkrallte, dass dieser schon nach Luft schnappte.

„Uff, uff … lass mich sofort los, Fräuleinchen. Monsignore Moschkotani leidet an einer der wohl schlimmsten Krankheiten, nämlich der absoluten Phantasielosigkeit, was ihn völlig trostlos und hässlich macht. Doch versucht er diese unheilbare Krankheit mittels all der wunderschönen gestohlenen Gedanken zu verbergen. Wenn er seine Höhle verlässt, zieht er einen seltsamen Mantel an, der mit Hilfe seines Zauberbuchs ganz und gar aus diesen wunderbaren Bildern und Gedankenfäden gefertigt ist und der alles um ihn herum in gestohlenem Schein erstrahlen lässt, ganz so als wäre man im Paradies. Doch genau dies ist euch soeben zum Verhängnis geworden."

Kaum hatte Hasso seinen Satz beendet, verdunkelte sich plötzlich der Himmel und eine riesengroße haarige Hand legte sich schwer auf die Käseglocke, welche sich sogleich ein paar Zentimeter tiefer in den Erdboden senkte. Die Mädchen schrien laut auf vor Angst. Zwei von dunklen buschigen Augenbrauen umrahmte stechende Riesenaugen bohrten sich gierig durchs Glas. Doch der Hase, als hätte er schon damit gerechnet, langte flink mit seiner Pfote nach einem besonders großen Loch seiner verrosteten Ritterrüstung, riss es mit einem kühnen Griff jäh heraus und warf es voller Kraft auf den Erdboden. Unversehens klaffte eine große Öffnung vor ihren Füßen. Schnell schupste er Jule und Franzi hinein, griff sich flink den Hampelmann, beziehungsweise das, was von ihm übrig war, und schon ging es in einer wilden Rutschpartie immer tiefer und tiefer hinab ins dunkle Erdreich.

3. Kapitel

Hinab ins Erdreich

Während sie wild durcheinander purzelnd, immer tiefer den dunklen Gang hinabstürzten, sahen die Mädchen merkwürdigerweise ein übers andere mal hell erleuchtete Fenster an sich vorbeiziehen, in denen die seltsamsten Gesellschaften saßen, die man sich nur vorstellen konnte. Die aus den Fenstern dringenden Lautfetzen ergaben eine merkwürdig zerrissene Sinfonie, die Jule stark an das Geräusch erinnerte, das sie vom Senderwählen im Radio kannte. Doch endlich wurde es heller, die Höllensinfonie verstummte und alle kullerten eine sanfte, weiche, von gleißendem Sonnenlicht übergossene Bergwiese hinunter.

„Haaaaalt!", rief energisch der Hase, was Jule und Franzi jedoch nicht daran hinderte, noch eine nicht unbeträchtliche Strecke weiter zu purzeln. Erst der Rücken einer gutmütigen braunen Bergkuh machte ihrer Reise abrupt ein Ende. Und als hätte die nur auf die beiden Mädchen gewartet, schnappte sich die Kuh Jule und Franzi und trug sie, so sehr beide sich auch sträubten, unter freundlichem Muhen im Maul zum Hasen zurück.

„Danke Julietta."

Zur Belohnung überreichte ihr der Hase eine große Möhre, dann noch eine und noch eine und noch …

„Sind wir hier in Sicherheit?", unterbrach Franzi ängstlich den Hasen.

„Keine Sorge, bis in diese Ebene reicht die Macht Moschkotanis nun wirklich nicht – glaube ich zumindest …“

„Dann zeige uns jetzt bitte ganz schnell den Weg zurück zur Eisenbahnstrecke.“

„Eisenbahnstrecke …? Hohohohoho …, Eisenbahnstrecke …“, lachte der Hase: „Hast du gehört Julietta? Eisenbahnstrecke hohohohoho …“, während seine Rüstung in einem strammen Rhythmus zu klappern begann.

„Joa moi, dos is jo moal an Spoß. Zur Oooisenbohnstreckn woll'ns, die lieb'n Kloanen“, muhte nun auch die Kuh zutiefst belustigt. Dabei schwang sie ihren Schwanz wie eine Schleuder wild im Kreise, wodurch ihr Hinterteil ähnlich einer Sambatänzerin aufreizend hin und her wackelte. Verdutzt starrten die Mädchen auf Kuh und Hasen und konnten nicht im Geringsten verstehen, was denn an einer solchen Frage so lustig sein sollte? Endlich unterbrach Jule erbost das unbegreifliche Lachkonzert:

„Ja, soweit können wir doch aber noch gar nicht weg sein? Was also gibt es da zu lachen?“

„Weg sein, hoho, hihi, haha …“, lachte der Hase nur noch lauter: „Den Witz muss ich sofort Tante Lieselotte erzählen. Ja, wisst ihr denn nicht, wo ihr hier seid, ihr Dreikäsehochs? Hier gibt es weder Eisenbahnstrecken, Autostraßen, noch überhaupt irgendeinen Weg wohin auch immer. Ihr seid hier nicht mehr in eurer kleinen Bastelbogenwelt. Hier gibt es keine Gebrauchsanleitungen, hier ist alles anders, hihihi …“

Kichernd schlug Hasso drei Purzelbäume und balancierte schließlich dumm grinsend auf einem Ohr.

„Ja, wo sollen wir denn sonst sein?“, fragte Jule, der abgesehen von der sprechenden und Samba tanzenden Kuh noch nichts Besonderes aufgefallen war.

„Genau richtig“, rief der Hase: „Endlich hast du’s geschnallt. Ihr seid hier in Wodennsonst, in Nirgendwohin, in Wedernoch, in Niemalsnichts oder für euch vielleicht verständlicher in der sechsten Ebene der Schildkröte. Und das sind so ziemlich genau drei Jahre von Tante Lieselottes Kohlrabibeeten entfernt, was etwa sieben Gramm weniger als drei gefüllten Eierbechern entspricht. Diese Erklärung dürfte ja wohl ausreichend sein oder wie? Und im Übrigen sind wissenschaftliche Haarspaltereien und Bücherstäubereien nicht mein Pläsier. Ich bin ein Hase und somit zu weitaus Höherem berufen.“

„Waaas? Wie bitte?“, stöhnte Jule: „Franzi, ich glaube der Hase ist völlig durchgedreht.“

Doch noch bevor Franzi antworten konnte, rief es plötzlich von allen Seiten bewundernd:

„Oaah, aah, jaa, herrlich, er ist ein Hase, tatsächlich von Kopf bis Fuß ein Hase, ein ganz und gar prächtiger Hase …“

Überall zeigten sich nun Tiere in den verrücktesten und exaltiertesten Farben und Kostümen, was die Mädchen zu der mehr als naheliegenden Annahme veranlasste, dass hier wohl alle von Grund auf ganz und gar verrückt sein müssten.

Da trat plötzlich ein großer Pelikan aus der Tiermenge hervor, der sich bereits durch sein Äußeres erheblich von den anderen unterschied, und zumindest noch einen Rest von Vernunft zu besitzen schien. Denn auf seinem Kopf trug er einen Stapel von nicht weniger als zwanzig Büchern, womit er alles in der Umgebung weit überragte, was aber zugleich auf einen gewissen Bildungsstand schließen ließ. Sein langer schlanker

Körper war in einen weiten schwarzen Umhang gehüllt und auf seiner Nase steckten nicht weniger als drei verschiedene Brillen, eine rosarote, eine giftgrüne und eine schwarze:

„Bütte, bütte moine Lüben! Empföngt mon denn so soine Göste?“, sagte er würdevoll: „Nömt müch als dos, wos ich bön, liöbe Domen, ols euren ergöbensten Diöner.“

Damit winkte er kurz mit den Flügeln und schon eilten zwei rotweiß gestreifte Murmeltiere herbei, die Jule und Franzi übereifrig zwei viel zu kleine Sessel hinstellten, auf denen nicht einmal Jules Hampelmann Fridolin Platz gefunden hätte.

„Üch möß müch för die unqualifizörten Ousführungen moines werten Kollegen Hasso von Hoiden entschöldigen. Ühr hobt wahrlüch oine bessere Oufklärung verdüent. Wenn er von einer söchsten Öbene sproch, ist dies jedoch nöcht ganz folsch, do man natörlich ouch von der Mötte mit Zählen begönnen konn. So göbt es denn also insgesamt 27 Öbenen, dröizehn nach oben, öine Öbene in dör Mötte, und dröizehn Öbenen nach unten, alle mit Hümmel, Wolken und dem gonzen Dingens drumherum. Und sie ollesamt ruhen ouf dem Röcken einer olten woisen Schöldkröte. Diese Schöldkröte ist schon soit vüelen Millionen Johren unterwögs. Koiner woiß woher sie kömmt und wohön sie goiht. Doch trögt sie geduldig olle 27 Öbenen und somit düe gonze Welt ouf ihrem Röcken …“

Der Pelikan hatte seine hochwissenschaftlichen Ausführungen noch nicht beendet, da schlichen sich Jule und Franzi schon still und leise durch ein nahes Gebüsch von dannen.

„Mannomann, das ist ja der reinste Rappelstall“, stöhnte Franzi: „Von diesen Spinnern brauchen wir keine Hilfe zu erwarten.“

4. Kapitel

Eine ganz und gar romantische Liebesgeschichte

Während Jule und Franzi immer tiefer und tiefer in ihr unfreiwilliges Abenteuer hineinstolperten, kamen Jules Vater und Franzis Mutter gerade aus dem Speisewagen zurück.

„Franzi Kleines, Julchen ... Schaut nur, was wir euch Leckeres mitgebracht haben“, säuselte Frau Siebenblatt gerade süßlich, während Jules Vater die Abteiltür öffnete. Doch oh Schreck, die Plätze waren leer. Augenblicklich legte sie den Kuchen auf den Sitz und begann mit Jules Vater aufgeregt jeden einzelnen Wagen abzusuchen – natürlich vergeblich. Schließlich und endlich brach Frau Siebenblatt in ein verzweifeltes Jammern aus, warf sich Herrn Levitan weinend um den Hals und stammelte herzzerreißend:

„Arme Franzi, meine liebste kleine unschuldige Franzi. Bestimmt ist sie aus dem Zug gefallen, oder noch schlimmer vielleicht gar entführt worden?“

Herr Levitan, dem Gefühlsausbrüche jeder Art immer äußerst peinlich waren und dementsprechend verwirrten, hielt sich krampfhaft an einem Träger von Frau Siebenblatts hübschen rosengeblümten Sommerkleid fest, als könnte der ihm den nötigen Halt geben. Nichts Besseres fiel ihm ein als taktlos zu sagen:

„Tja, da kann man nichts machen. Das ist nun mal so, da beißt die Maus keinen Faden ab."

„Was, ‚da beißt die Maus keinen Faden ab'?", stieß völlig entrüstet Franzis Mutter hervor und schupste Herrn Levitan grob auf die Sitzbank: „So eine Gefühlskälte, Sie rauer Klotz!"

Herr Levitan, der ganz und gar nicht gefühllos war, sondern nur ein wenig unbeholfen, wollte sich gerade verteidigen. Doch da bemerkte er schon voller Schrecken, dass er durch Frau Siebenblatts Schups unglücklicherweise auf dem für Franzi und Jule mitgebrachten Kuchen gelandet war, was ihn nun vollends verwirrte. So stotterte er nur aufgeregt, um von seinem Malheur abzulenken:

„Ooh, eeehm, hmm, Frau Sieben .... eehm ihre Schminke ist verlaufen. Schau ... schauen sie sich doch mal im Spiegel an."

Das war zu viel für Frau Siebenblatt:

„Sie Grobian, Siiiie Flegel Sie ...", schrie sie voller Empörung und stürzte hektisch von dannen.

Wie ein begossener Pudel saß Herr Levitan auf seinem Kuchen und wusste kaum, wie ihm geschehen war. Doch gab Frau Siebenblatts abrupter Abgang ihm die notwendige Zeit, seine zerstreuten Gedanken zu ordnen. Als er endlich einen Entschluss gefasst hatte, kam Frau Siebenblatt auch schon mit dem Schaffner zurück.

„Ick höre, Ihm sin de Kinda abhanden jekomm ...", brummelte der Bahnbeamte mit einer tiefen Berlinerischen Bärenstimme.

„Gewiss, Herr Schaffner, gewiss. Wir müssen sofort den Zug stoppen!"

„Wat'n Zuch stoppen? Ne, det jeht nich, mehn Herr!", antwortete der niedere Beamte barsch, wobei sein dicker gezwirbelter Schnurrbart energisch nach oben wippte: „In unjefähr zwe Stunden, det heßt jenau 13.27 Uhr, komm wer in Balin an. Dann könn'sen nächsten Zuch nach Warnemünde retour nehm. Planmäßje Abfahtszeit 15.49 Uhr, Hauptbahnhof, Bahnsteich 3, umsteijen in Fürstenberch 16.10 Uhr, Anschlusszuch 17.35 Uhr, Ankunft in Lychen 18.02 Uhr …"

„Nein, das geht ganz und gar nicht! Das ist viel zu spät! Sie müssen sofort anhalten!", brauste Frau Siebenblatt aufs Höchste erregt auf.

„Jute Frau, wo leben se denn? Wo käm mer denn hin, wenn jeder nur wejen zwe ausjerissner Bäljer's wechen 'n Zuch stoppen könnte. Wissen se denn nich, wat sone Verzöjerung um Jottes Willen allet für unvorhersehbare Foljen ham kann. En Fahrplan is wie de Schöpfung, allet bis ins kleenste ausklamüsert. Da greift en Rädchen ins andre und schon de kleenste Abweichung von de jewohnte Ordnung bringt viellecht det janze Weltjefüje durchenander. Und außadem komm ick zu spät zum Mittachessen. Ne ne jute Frau …"

Der Schaffner hatte seinen tiefsinnigen Vortrag noch nicht beendet, da sprang Herr Levitan schon wütend auf, schupste den Beamten grob beiseite und zog im Gang mit voller Kraft die rote Notbremse. Die Räder quietschten, die Pfeife des Schaffners trillerte, die Sachen purzelten aus den Gepäcknetzen und die kreischenden Leute von ihren Sitzen. Diese heillose Verwirrung nutzten Frau Siebenblatt und Herr Levitan geistesgegenwärtig, um flink aus dem inzwischen zum Stehen gekommenen Zug zu springen.

„Ach liebster Herr Levitan, was sie soeben getan haben war so phantastisch, eine wahre Heldentat! Verzeihen sie mir bitte vielmals meine unbeherrschten Worte von vorhin."

Voller Rührung warf sie sich an seine Brust.

„Aber Frau Siebenblatt, das war doch ganz selbstverständlich", antwortete Jules Vater geschmeichelt.

Der wirkliche Grund für jene nicht so ganz zu ihm passen wollende Spontaneität, war jedoch ein ganz und gar unwillkürlicher Reflex, einzig ausgelöst durch das kleine Wörtchen „Ordnung", das dem schnoddrigen Schaffner völlig ahnungslos aus dem Munde gerutscht war. Wenn es etwas gab, was der sonst so sanftmütige Herr Levitan auf den Tod nicht ausstehen konnte, dann war es eben dieses Wörtchen Ordnung. Und hier nun wird es Zeit, einige diesbezügliche Bemerkungen einzuflechten:

Sein ganzes Leben hatte Herr Levitan verzweifelt dagegen angekämpft. Ja, er war sogar aus tiefstem Herzen völlig überzeugt, dass die fortschreitende lähmende Ordnung die schlimmste Seuche der Welt sei, welche die Menschheit dereinst in ihren sicheren Untergang führen würde. Man muss wohl kaum erwähnen, dass sich Herr Levitan mit dieser Auffassung in unseren Tagen nur wenig Freunde machte. Und nicht nur das: Unter seinen Wissenschaftlerkollegen hatte ihn sein leidenschaftlicher Kampf gegen die sich stetig ausbreitende Ordnungssucht nur allzu oft in die allergrößten Schwierigkeiten gestürzt, aus denen er jedoch bis zum heutigen Tage, oh Wunder, immer wieder wie Phönix aus der Asche auferstanden war. Ja, diese absonderliche Abneigung verleitete unseren Professor wirklich zu den ungewöhnlichsten und haarsträubendsten Grillen. So achtete er zum

Beispiel peinlich genau darauf, dass keiner seiner Bleistifte eventuell die Länge des anderen besäße, Rechte Winkel existierten auf seinem Schreibtisch nicht. Sein Arbeitszimmer glich einem Schlachtfeld, oder besser noch, einem total verwilderten Garten voll der seltsamsten, geheimnisvollsten und exotischsten Pflanzen, die in den ausgefallensten Verstecken und abgelegensten Winkeln seit vielen Jahren schon ihrer glücklichen Wiederentdeckung harrten. Doch waren die Pfade allzu verschlungen, als dass unser Meister sie sich alle hätte merken können.

Manchmal aber handelte Herr Levitan von seiner unseligen Leidenschaft getrieben geradezu halsbrecherisch gegen den gesunden Menschenverstand, wenn er zum Beispiel ganz bewusst statt des kürzesten Weges über die Straße einen ausgedehnten Zickzackkurs wählte, dessen geheime innere Logik selbst der ausgeschlafenste Krabbelkäfer nicht hätte durchschauen können. All diese und ähnliche Kapriolen führten schließlich dazu, dass Herrn Levitan zu guter Letzt auch noch seine ausgesprochen ordnungsliebende Frau davonlief.

Doch hatte eine weise, gütige Vorsehung, die alle menschlichen Zweifel und Kleinheiten immer wieder eines Besseren belehrt, ihm einen treuen und verständnisvollen Gefährten zur Seite gestellt: Einzig seine kleine Tochter Jule stand zu ihm. Nur sie schien ihn aus unerfindlichen Gründen zu verstehen und begleitete neugierig wie auch beschützend seine völlig unvorhersehbaren Pfade …

Doch halt, fast hätten wir die Gegenwart vergessen. Denn noch immer stand Herr Levitan neben dem Bahndamm, eng umschlungen von der tief berührten Frau Siebenblatt – eine verführerische Nähe, die unseren Professor mit jeder Sekunde sichtlich nervöser werden ließ:

„Ehm, Frau Siebenblatt ... Wir müssen etwas unternehmen“, stammelte er endlich und schüttelte sich energisch von ihr los.

„Ach ja, die Kinder, die lieben Kinder“, wisperte Frau Siebenblatt ein wenig verlegen, weil sie sich für einen kurzen Augenblick bei völlig anderen Gedanken ertappt hatte.

Wäre in diesem Moment ein Beobachter in der Nähe gewesen, sofort hätte er bemerkt, dass gerade eben etwas ganz besonderes vor sich gegangen war. Die Sonne strahlte nämlich unvermittelt um ein vielfaches heller. Die Vögel zwitscherten auf einmal in einer Lieblichkeit, die selbst das kälteste Schneemannsherz zum Erweichen gebracht hätte. Und die Luft war seltsamerweise urplötzlich von einem betörenden Duft erfüllt, als befänden sich Frau Siebenblatt und Herr Levitan nicht etwa an einer öden Bahnstrecke irgendwo zwischen Berlin und Warnemünde, sondern in einem geheimnisvoll schimmernden südländischen Garten voll der exotischsten Blütenpflanzen. Ja, wie wir schon ahnten, tatsächlich, die Liebe hatte die beiden wie ein Sommergewitter aus heiterem Himmel getroffen. Doch hätte man die beiden gefragt, keiner von ihnen wäre sich dieser wunderbaren Tatsache in jenem sinnesverwirrenden Augenblick bewusst gewesen.

5. Kapitel

Im Bauch der Riesenflugschlange

„Hallo, he, heißt hier jemand Levitan?“, durchbrach plötzliche eine heisere Männerstimme die völlig verzauberte Stimmung. Im selben Augenblick sahen sie schon einen uralten Datterkreis mit langen schlohweiß wehenden Haaren auf einem klapprigen gelben Postrad direkt auf sich zugerast kommen.

Im allerletzten Moment, Herr Levitan wollte gerade geistesgegenwärtig zur Seite springen, trat jener blau uniformierte Postmann plötzlich scharf auf die Bremsen, wirbelte samt seinem Drahtesel zackig einmal um seine eigene Achse, um kurz darauf unter einer durch seine Bremsaktion aufgewirbelten dicken Staubwolke den Blicken der beiden vollständig zu entschwinden. Noch in dieses ungewisse Dunkel hinein stammelte Jules Vater:

„Ja, ehm ich heiße Levitan … Wieso, was, wie, woher wissen sie meinen Namen, he?“

„Steht auf der Anschrift, Allerwertester, ühü, ühü …“, hustete der Postmann, sich den dicken Staub aus den Augen wischend: „An Herrn Professor Leo Levitan, 11.30 Uhr, Bahnstrecke zwischen Palleberg und Pusemuckel. Is ’ne sehr eilige Eilsendung für Ihre werte Person. Schönen Tag noch die Herrschaften, hab’s sehr eilig.“

Und damit radelte er wie vom Bienchen gestochen schon wieder von dannen. Noch während Frau Siebenblatt sich darob verwunderte, wie denn ein ihrer Schätzung nach mindestens neunzigjähriger Greis derart schnell, ja regelrecht artistisch, sich auf dem Rad fortbewegen könne, öffnete Jules Vater mit zitternden Händen bereits den Briefumschlag. Kaum hatte er das gelbliche Papier entfaltet, begannen die dicken schwarzen Buchstaben vor seinen Augen zu tanzen. Und dies war keineswegs metaphorisch, sondern wortwörtlich zu verstehen. Von der linken oberen Blattseite nahmen sie Anlauf, rutschten etliche Kapriolen und Purzelbäume schlagend in kühnem Schwung das Blatt hinunter, um schließlich in der rechten unteren Ecke in einen wilden Rundtanz zu verfallen.

„Ha, welch extraordinäre Schriftzeichen ...!"

Herr Levitan war in seinem Element. Schon begann er in mindestens zehn verschiedenen Sprachen gleichzeitig die sich ergebenden Wörter und Sätze vor sich her zu brabbeln, wobei sein Kopf emsig und akribisch jeder einzelnen Buchstabenkapriole folgte. Immer schneller wurden seine Sätze, und immer schneller und wilder drehte sich sein Kopf, bis er allmählich das Tempo eines Flugzeugpropellers annahm. Als das Gebrabbel schließlich dem grässlichen Geräusch einer Feuerwehrsirene glich, stürzte der Professor nach nur dreieinhalb weiteren Umdrehungen betäubt zu Boden. Alles um ihn herum drehte und drehte sich in einem fort.

„Maku lakar, braku daranu ... Maku lakar, braku daranu ..." hörte man ihn unaufhörlich stöhnen, währenddessen seine Hände wie die Gliedmaßen eines auf dem Rücken liegenden Krabbelkäfers unaufhörlich ins Leere griffen.

Frau Siebenblatt, die gar nicht wusste, was geschehen war, schüttelte den auf dem Boden liegenden Herrn Levitan erschrocken hin und her, was die ganze Sache für ihn aber nur noch schlimmer machte. Doch konnten selbst Frau Siebenblatts heftige Schüttelbewegungen nicht verhindern, dass unser Professor nach einer kleinen Ewigkeit endlich wieder zu sich kam …

„Aber, was war denn nur los, was stand denn in dem Brief", fragte Frau Siebenblatt aufgeregt.

„Halten Sie sich fest … Sie werden es nicht glauben. Erst dachte ich, es sei in Turkmenisch geschrieben, dann in Malaysisch, dann in Waidu, Griechisch, Russisch, Altägyptisch, Aramäisch, Serbokroatisch, Tuwinisch … Doch nun hab ich's herausgefunden. Ja tatsächlich, ich bin ganz sicher, der Brief ist in gracobercralematoretischer Mundart abgefasst – eine über 5000 Jahre alte äußerst seltene orientalische Sprachform, die von den sagenhaften Bewohnern einer rauen indischen Gebirgsgegend gesprochen wurde und seit nun mehr rund 2000 Jahren als völlig ausgestorben gilt. Nur drei Schriftdokumente dieser Sprache sind weltweit noch erhalten. Das gnädige Schicksal wollte es, dass gerade mein hochgeschätzter Lehrer Professor Dragon Karasagowitsch sie dereinst entdecken und entschlüsseln durfte. Hier nun halte ich die vierte Schriftquelle in meinen Händen. Ein unschätzbarer Wert, das Kostbarste, was meine Augen je erblicken durften und die Krönung all meiner bisherigen Forschungsbemühungen."

Damit überreichte er Franzis Mutter den Brief.

„Aber da steht ja gar nichts drauf!"

„Was? Nichts drauf? Das kann nicht sein. Geben sie sofort her!"

Barsch riss er Frau Siebenblatt den Zettel aus der Hand. Auch nicht der kleinste Punkt oder Kringel waren mehr auf den Blatt zu sehen. Die Buchstaben hatten, wer weiß wohin, schon lange das Weite gesucht.

„So ein Verlust! Ach Du hartes, grausames Schicksal! Wie nur konntest du mir das Allerteuerste nehmen, was ich je besessen habe“, begann Herr Levitan zu jammern und viel voller Verzweiflung auf die Knie.

Frau Siebenblatt versuchte ihn zu trösten:

„Ach lieber Levitan, wir werden ihr Julchen schon wieder finden. Da bin ich mir ganz, ganz sicher.“

Was? He? Wieso Julchen? Ich rede gerade von dem …“

Zum Glück besaß der Professor die Geistesgegenwart, das letzte Wort, nämlich den gracobercralematoretischen Brief, gerade noch zu verschlucken. Ansonsten hätte er sich wohl Frau Siebenblatts soeben erst errungene Zuneigung für die nächste Zeit erst einmal verscherzt.

„Ja, erzählen sie doch schon. Von was reden sie? Was wollten sie gerade sagen?“, drängte sie Herrn Levitan.

„Ehm ja, also, na ja, hm, ich meine, eh wollte eigentlich nur sagen, dass Jule und Franzi ganz offensichtlich mindestens schon zweitausend Jahre alt sind.“

„Was? Wie bitte? So ein Unsinn! Zwölf Jahre, drei Monate und sieben Tage ist meine liebe kleine Franzi alt und kein bisschen älter.“ Doch schon kam ihr der erlösende Gedanke: Herr Levitan war wohl doch noch immer ein wenig verwirrt, die ganze Aufregung viel zu viel für ihn. Ja, ihr ausgeprägter Mutterinstinkt verriet ihr ganz deutlich, dass sie sich auf der Stelle intensiver seiner annehmen müsse.

„Na ist doch ganz einfach“, unterbrach der Professor dozierend Frau Siebenblatts besorgte innere Zwiesprache:

„Da der Brief von Jule und Franzi in gracobercralematoretischer Sprache abgefasst wurde, diese nun aber vor gut zweitausend Jahren bereits ausgestorben ist, müssen sie gemäß strengster wissenschaftlicher Logik tatsächlich dieses zugegebenermaßen ein wenig erstaunliche Alter besitzen. Im Übrigen versichere ich ihnen …“, fügte Herr Levitan jovial und ein wenig herablassend hinzu: „… dass es in der hehren Wissenschaft schon ganz andere, weitaus erstaunlichere Befunde gegeben hat, die anfangs ebenfalls kaum einer glauben wollte. Und doch erwiesen sie sich am Ende als völlig wahr.“

Und dabei dachte er beglückt, ob seines Scharfsinns, vor sich hin: ‚Sie schien mir doch schon immer ein wenig frühreif, meine Jule … Ha, kleiner Racker, na ja, kein Wunder bei diesem hohen Alter.‘

Frau Siebenblatt, welche die Phantastereien des Professors gar nicht zur Kenntnis genommen hatte, interessierte nur eins:

„Der Brief ist von unseren Kindern? Was schreiben sie denn?“

„Das kann ich ihnen jetzt gar nicht so genau sagen. Muss erst mal überlegen.“ Schon wieder begann er die geheimnisvollen Worte Maku lakar, braku daranu … aus dem Gedächtnis vor sich hin zu murmeln.

„Ah, ja, da haben wir’s. Sie schrieben, es gehe ihnen gut, da sie Buchstabensuppe verspeist hätten, außerdem irgendetwas von einer Schildkröte, einem großen Holunderbusch und ähnlichen Dingen. Wir sollten nur immer gen Westen den Wegweisern nach Prillebühl folgen, bis wir linkerhand einen ebensolchen Holunderbusch erblicken. Dahinter sei ein kleiner Teich, in den wir unversehens hineinzuspringen hätten.“

„Das klingt aber alles sehr merkwürdig", murmelte Frau Siebenblatt nachdenklich: „Gerade erst sind unsere Kinder aus dem Zug verschwunden, schon bekommen wir einen Brief von ihnen, dessen Inhalt überhaupt keinen Sinn ergibt. Und im Übrigen glauben sie doch wohl nicht im Ernst, dass ich mit meinem hellen Sommerkleid einfach so in einen mir völlig unbekannten Teich springen werde. Wer weiß, vielleicht ist er schlammig mit Fröschen darinnen oder gar mit Schlangen. Und überhaupt, wie konnten die Kinder eigentlich wissen, dass wir uns gerade hier befinden und nicht im Zug nach Berlin? Merkwürdig ..., wirklich äußerst merkwürdig."

„Das ist überhaupt nicht merkwürdig Frau Siebenblatt – zumindest auch nicht merkwürdiger als die Tatsache, dass sie auf dieser großen Welt ausgerechnet mit mir hier am Bahndamm stehen, obwohl sie doch genauso gut gerade beim Friseur sitzen oder mit einer Rakete zum Mond fliegen könnten; oder als die Tatsache, dass ich darüber nachdenke, wie ich gerade nachdenke, dass ich darüber nachdenke, warum sie dies alles merkwürdig finden; oder aber auch warum wir beide als Menschen und nicht als Sumpfhühner geboren wurden. Und so weiter und so weiter ... All dies sind höchst interessante und zugleich äußerst geheimnisvolle Dinge, welche noch immer ihrer wissenschaftlichen Klärung harren. Solange diese Klärung aber nicht erfolgt ist, liebe Frau Siebenblatt, bitte ich sie inständig: Kleben sie doch nur nicht immer so an ihrer Realität. Lassen sie uns lieber auf den Weg machen, es wird sich alles schon noch aufklären."

Und damit stapfte Herr Levitan, ohne eine Antwort abzuwarten, auf und davon. Frau Siebenblatt, welche die Nacht nicht allein an der Bahnstrecke verbringen wollte, musste ihm notgedrungen folgen.

Es dauerte gar nicht lange, da sahen sie in der Abendsonne tatsächlich bereits den ersten Wegweiser nach Prillebühl auftauchen.

„So und nun scharf nach rechts“, kommandierte Herr Levitan: „Ich rieche schon köstlich frische Wasserminze. Der Teich kann also nicht mehr weit sein.“

Doch kaum waren sie an dem Wegweiser vorbei, passierte etwas merkwürdiges: Die Buchstaben, die eben noch so hoffnungsvoll den Weg nach Prillebühl angezeigt hatten, purzelten wie von Geisterhand wild durcheinander. Und als sie endlich wieder stille standen, konnte man in grauenhaften schwarzen Lettern das Wort „Moschkotania“ lesen.

Wie der aufmerksame Leser schon ahnt, handelte es sich bei diesen Lettern natürlich um die aus dem Brief entflohenen Buchstaben, die nun durch nichts mehr aufzuhalten ihr Unwesen auf Erden zu treiben begannen. Jeder der auch nur einmal eine Zeitung oder ähnlich verachtenswerte Schmierenprodukte in den Händen gehalten hat, weiß wovon ich rede.

Von diesem bösen Spiel auch nicht das Geringste ahnend, marschierten Frau Siebenblatt und Herr Levitan unbeschwert ihrem Schicksal entgegen. Schon wurde es langsam dunkel. Die letzten Sonnenstrahlen blinzelten wehmütig durch das wilde Gesträuch, färbten alles ringsherum in ein herrlich glühendes Rot und warfen die Konterfeis unserer beiden einsamen Wanderer als grotesk schwankende lange Schatten auf den staubigen Weg. Schon ließ sich vereinzelt der melancholische Gesang einer Amsel vernehmen. Der köstliche Minzegeruch hatte sich anfangs unmerklich, dann immer stärker in einen modrig-fauligen Sumpfgeruch verwandelt, der Frau Siebenblatt ein übers andere Mal regelrechte Schauer über den Rücken jagte. Unwillkürlich hatte sie sich bei Herrn Levitan eingehenkelt und schaute mit weit aufgerissenen bangen Augen in die mittlerweile nahezu völlige Dunkelheit. Nur ein ab und an hinter schweren Wolken hervorschimmerndes schwaches Mondlicht ließ erkennen, dass der Weg, der schon seit einiger Zeit immer schmaler geworden war, abrupt in einer wilden sumpfigen Heidelandschaft endete. Gerade wollte Frau Siebenblatt Herrn Levitan ihre Befürchtungen mitteilen, dass sie sich verlaufen hätten, als sie stattdessen einen ängstlichen Laut ausstieß:

„Hu …, ein Ungeheuer! Da, sehen sie nur, die glühenden Augen …, sie kommen direkt auf uns zu!"

„Firlefanz, nix da! Das sind nur harmlose Glühwürmchen, etwa 18 Millimeter große Weichkäfer, aus der Familie der Lampyridae."

Leicht verärgert über diese seiner Meinung nach völlig unnötige wie unsachliche Unterbrechung versuchte er Frau Siebenblatt ungeduldig vorwärts zu zerren.

„Halt, nein! Ich gehe keinen Schritt mehr weiter! Kein Holunderbusch, kein Teich, kein Weg und außerdem stockfinstere Nacht. Sehen sie doch nur endlich ein, dass wir uns verlaufen haben. Auf der Stelle müssen wir umkehren!"

„Umkehren? Ha, den ganzen Weg etwa umsonst gegangen? In meiner Jugend bin ich einmal ganze sieben Monate querfeldein durch die kanadischen Wälder gelaufen, ohne auch nur einer Menschenseele zu begegnen. Und da soll mich diese kleine Unwegsamkeit abschrecken? Lächerlich …"

Doch das nächste Wort blieb Herrn Levitan schlichtweg im Halse stecken, denn was er nun erblickte, war selbst für seine sehr großzügige Weltsicht zu viel. Das, was er eben noch als harmlose Glühwürmchen diffamiert hatte, entpuppte sich nämlich plötzlich als eine rasend schnell herbeieilende Riesenflugschlange mit glühenden Augen, so groß wie Suppenteller. Ihr bis zum Horizont sich schlängelnder Körper erstrahlte phosphoreszierend in den unglaublichsten Farben von Orange, Schwefelgelb über Weinrot, Diamantblau bis Smaragdgrün, ganz so als schaute man in eine riesige von Leuchtreklamen und Schaufenstern erleuchtete Großstadtstraße. Der nächtliche Himmel war plötzlich in ein geheimnisvoll schillerndes Licht getaucht.

Wenige Zentimeter vor Herrn Levitans Gesicht stoppte die Schlange unversehens, und schaute ihn mit seltsam kreisenden Augen derart eindringlich an, dass ihm ganz und gar wunderlich zumute wurde.

„Ooohh …, aahh …, jaa …, mmh …, wunderschöön … He …, bleib doch hier …, mach es mir noch einmal …, bitte …, ja …. Oh, ich komme holde Cambiatola …“, stöhnte Herr Levitan verzückt vor sich hin.

Voller Erstaunen fand er sich auf einmal in einem prachtvollen orientalischen Palast wieder. Vor ihm tanzte eine wunderschöne dunkelhaarige Frau mit kleinen Glöckchen in den Händen zu einer unglaublich süßlichen Musik, die von einem mehr als seltsamen Insektenorchester herrührte: Wohl an die dreihundert Käfer, Bienen, Hummeln, Fliegen, Sumpfmücken, Schmetterlinge, Grillen und Küchenschaben, die entweder sangen oder auf possierlichen kleinen Instrumenten wild herumbliesen und herumkratzten, wobei sie unseren armen Professor in einem fort umkreisten. Herrn Levitan schwindelte. Jene bis dato noch nie vernommenen Klänge verwirrten ihn dermaßen, dass er kaum mehr wusste, wer und wo er war, ob er lachen oder weinen sollte …

Ab und an blitzten aus dem pechschwarzen Haar der schönen Tänzerin seltsam feurige Funken auf, die ihm unmittelbar in die Augen stachen, um kurz darauf wie ein elektrischer Schlag durch sein Gehirn zu jagen. Immer schneller drehte sich die Frau und immer mehr Funken sprühten aus ihren Haaren. Schon näherte sie sich dem Ausgang, Herr Levitan konnte sich ihrer nicht mehr erwehren. Wie ein Strudel zog sie ihn hinter sich her, hinaus in einen von Fackeln spärlich beleuchteten Park voll der wundersamsten exotischen Duftpflanzen. Endlich zeigte sich das Ziel ihrer furiosen Tanzreise, ein pechschwarzer Teich, der so dunkel war, dass sich noch nicht einmal das Mondlicht darin spiegelte. Die geheimnisvolle Tänzerin tanzte in irrsinniger Geschwindigkeit wie ein Kreisel auf dem Wasser, nunmehr von einem ganzen Funkenmeer umgeben, währenddessen unser Professor immer tiefer und tiefer in den dunklen Teich hinein schritt – die Arme sehnsüchtig nach der unerreichbaren Schönen ausgestreckt.

Frau Siebenblatt hatte, mit Ausnahme der Riesenschlange, von alldem rein gar nichts mitbekommen und bemerkte nur, wie Herr Levitan gerade höchst leichtsinnig mit beiden Armen und zum Kuss gespitzten Munde nach dem immer weiter zurückweichenden Kopf des Untiers griff. Anstatt jene offensichtlichen Liebesbekundungen zu erwidern, öffnete dieses jedoch nur sein großes Maul, um unseren Professor augenblicks zu verschlingen. Tief im Innern der Schlange züngelten große rotgelbe Flammen und verbreiteten einen unangenehmen Geruch nach verbranntem Schwefel.

Halb erstarrt vor Angst versuchte Frau Siebenblatt Herrn Levitan zurückzuhalten, doch im selben Moment begann die Schlange schon, ihn mit einem kräftigen Atemzug in ihr Maul zu ziehen. Frau Siebenblatt bekam gerade noch einen Zipfel seines Jacketts zu fassen, da ging es mit beiden in wahnwitziger Fahrt hinab in den tiefen Höllenschlund der Riesenschlange. Glühendheiße Flammen schlugen ihnen entgegen. Dazwischen peitschte immer wieder ein eiskalter Regen ihre Körper. Und ab und an raste wie ein Kugelblitz eine furchterregende Teufelsfratze meckernd an ihnen vorbei. Trotz dieser schrecklichen Höllenfahrt, in der sie wie zwei Spielbälle wild durcheinandergewirbelt wurden, hielt Frau Siebenblatt eisern an Herrn Levitan fest. ‚Wenn schon untergehen, dann gemeinsam', dachte sie. Doch was Frau Siebenblatt nicht wusste: Nicht ihr starker Griff, sondern ihr unbeugsames warmes Gefühl für Herrn Levitan, dessen sie sich noch kaum bewusst war, gab ihr die Kraft, in unauflösbarer Bande an ihm festzuhalten. Keine böse Macht konnte sie trennen. Ohne dieses Gefühl der Liebe hätte selbst die Kraft des riesigsten Riesen den Professor nicht halten können.

Eine gute halbe Stunde ging nun schon diese Fahrt. ‚Die Schlange muss doch irgendwann mal ein Ende haben', hoffte Frau Siebenblatt verzweifelt. Mit äußerster Anstrengung arbeitete sie sich zum Kopf des Professors vor. Doch wie erstaunte sie, als sie bemerkte, dass dieser bereits wieder zu sich gekommen, irgendetwas vor sich hin brabbelnd, interessiert nach allen Seiten schaute.

Schon schrie er ihr, das höllische Brausen übertönend, entgegen:

„Wir stecken in einer Falle … Schon das dritte Mal an derselben Stelle vorbeigekommen … Die Schlange beißt sich selbst in den Schwanz … Ganz offensichtlich endet sie nicht am Horizont, sondern hat sich einmal um den gesamten Erdball gewickelt … Grässliche Sache mit fatalen Folgen …!"

„Was tun, Herr Levitan?"

„Tja …, hmm … Eine Zeitschleife wäre wohl ganz hilfreich, weil wir mit ihr die Krümmung des Raumes überwinden könnten. Dies würde die Schlange zwangsläufig in eine horizontale Lage bringen und uns ans Ende unserer Reise. Wenn ich doch nur Zettel und Bleistift zur Hand hätte, dann könnte ich schnell einige Berechnungen anstellen."

Schon griff er in seine ausgebeulte Westentasche und hielt erstaunt Jules über alles geliebte Marienkäfer-Haarspange in der Hand.

Da gab es urplötzlich und völlig unerwartet einen schrillen Pfiff. Abrupt stoppte die wahnwitzige Höllenfahrt und ein fistelndes Stimmchen rief:

„Berliner Hauptbahnhof, alles aussteigen".

6. Kapitel

Berlin steht Kopf

Erschrocken sprang Herr Levitan von seinem Sitz: „Was …? Wie …? Halt …, wo bin ich …?“

Genau vor ihm in einem Eisenbahnabteil saß Frau Siebenblatt und starrte ihn mit ähnlich entgeisterten Blicken an, als wäre er gerade vom Mond gefallen. Ganz offensichtlich hatte der Pfiff einer Schaffnerpfeife sie beide genau im selben Augenblick aus dem Tiefschlaf gerissen. Doch seltsamerweise hielt Professor Levitan noch immer die Marienkäfer-Haarspange seiner Tochter in den Händen.

Wie im Traum griffen sie nach ihrem Gepäck und stiegen schwankend aus dem Zug.

Ringsum auf den Bahnsteigen zeigte sich ein buntes Gewimmel von sommerlich gekleideten Passanten. Menschen redeten, Hunde bellten, kleine Kinder lachten, Frauen kreischten, Gepäckwagen rasselten, Zeitungsverkäufer schrien und dazwischen schnarrten, alles übertreffend, die misstönenden blechernen Bahnhofslautsprecher. Die ganze Szenerie war dermaßen gewöhnlich und alltäglich, dass sie Herrn Levitan und Frau Siebenblatt nach all ihren ganz und gar unglaublichen Erlebnissen wie das Ungewöhnlichste der Welt erschien.

Endlich auf der in herrliches Abendrot getauchten Straße angekommen, ließ Frau Siebenblatt ihre Koffer fallen, griff zitternd nach des Professors Händen und stotterte:

„Liebster Herr Levitan, ach sie werden mir nicht glauben, was ich soeben Merkwürdiges geträumt habe. Wir beide, sie und ich, flogen in rasender Geschwindigkeit durch den ekligen Bauch einer unendlich langen, grässlichen Riesenschlange. Und gerade als ich sie …“

„Waaaas, wie bitte …? Wiederholen sie das noch einmal … Sie auch? Wach ich oder träum ich …? Gaanz uuuuunglaublich, phänomenaaal …“, rief Herr Levitan viel zu laut, denn schon drehten sich tuschelnd die Leute nach ihnen um.

Unglücklicherweise nahm unser armer Professor diese ganz offensichtlichen Warnsignale jedoch nicht zur Kenntnis:

„Ein Fall von telepathischer Oszillation, grandios … Muss ich sofort untersuchen. Juuule …! Wo bleibt denn die Göre?“

Verwundert drehte sich Herr Levitan nach allen Seiten um, doch keine Jule und auch keine Franzi waren zu sehen. Erst jetzt fiel beiden der Anfang ihres vermeintlichen gemeinsamen Traumes und damit das Schicksal ihrer armen Kinder wieder ein.

„Oh weh, meine liebe Franzi“, stöhnte Frau Siebenblatt urplötzlich und sank wie ein soeben vom Sturm geknicktes Bäumchen kreidebleich auf ihrem Koffer zusammen.

„Kann ick de Dame helfen“, schnarrte direkt neben ihr ein kräftiger schnurrbärtiger Mann, der wie ein Preisboxer aussah:

„De Gnädigste sieht ja aus wie ausjekotzt. Un det an nem so schön’ Sommarabnd.“

„Lassen sie die Frau in Ruhe, sie hat soeben ihre Tochter verloren“, mischte sich Herr Levitan ein wenig eifersüchtig ein.

„Was verloren?“, schluchzte Frau Siebenblatt. Augenblicklich war es mit ihrer Selbstbeherrschung vorbei: „Wenn ich nun meine kleine Franzi nie mehr wiedersehe?“ Die Tränen stürzten ihr nur so aus den Augen, ein heftiges Weinen erschütterte ihren zarten Körper.

„So ein Grobian, Flegel …!“

„Ungehobelter Klotz …!“

„Geht man so mit seiner Frau um?“

„Bestimmt hat er sie geschlagen!“

„Schämen sie sich …!“, tönte es von allen Seiten.

Schon hob eine ältere Frau mit einem altmodischen vogelfedergeschmückten Hut direkt hinter dem Professor bedrohlich einen altmodischen Sonnenschirm in die Höhe.

„Sie ist doch aber gar nicht meine Frau“, verteidigte sich Herr Levitan unbeholfen.

„Umso schlimmer, nicht nur Gewalttäter sondern auch noch Heiratsschwindler …!“

„Anzeigen müsste man sie …!“

„So etwas wie der jehört einjesperrt!“, entlud sich der Volkszorn.

Schon griff der schnurrbärtige Herr den Professor grob am Schlafittchen, um ihn wie einen nassen Sack in der Luft hin und her zu schütteln.

„Taaaxi“ konnte der völlig zu Unrecht angegriffene Professor geistesgegenwärtig gerade noch rufen, da leuchtete schon ein gelbes Etwas in seine Augenwinkel. Mit einer Flinkheit, die man ihm kaum zugetraut hätte, riss sich Herr Levitan von dem rabiaten Herrn los, zerrte die noch immer schluchzende Frau Siebenblatt samt Gepäck in das rettende gelbe Taxi und schon brausten sie, den gefährlichen Angriffen entzogen, auf und davon.

Die ganze Fahrt über lehnte Frau Siebenblatt von tiefer Trauer und Sorge übermannt an seiner Schulter und schluchzte das ein oder andere Mal nur herzerweichend auf. So war es auch nicht verwunderlich, dass sie Herrn Levitan, bei ihr zu Hause in der Uhlandstraße angekommen, bat, doch bitte mit hinaufzukommen. In diesem traurigen Zustand könne sie jetzt unmöglich alleine bleiben. Und außerdem gelte es doch zu beratschlagen, was denn in einer solch außergewöhnlichen Situation zu tun sei.

Herrn Levitan schien es, als hätte Frau Siebenblatt geradewegs seine geheimsten Gedanken gelesen. Und als er den ersten Fuß in ihre Wohnung setzte, fiel ihm ein äußerst angenehmer Geruch nach Rosen sowie eine hintergründige Unordnung oder vielleicht besser Buntheit auf, die aus allen Zimmern ihm entgegenstrahlte.

„Ach, wie schön", entfuhr es unwillkürlich seiner Brust: „Haben sie es aber gemütlich hier. Man fühlt sich gleich wie zu Hause …"

Doch Frau Siebenblatt war für derlei Komplimente gerade nicht in Stimmung.

„Was sollen wir denn nun tun? Wir können doch nicht einfach nur warten!"

Dies wusste natürlich auch Herr Levitan. Und nach einigem Hin und Her und Für und Wider, ohne dass beide zu irgendeiner auch nur annähernd vernünftigen Lösung gekommen wären, griff Herr Levitan kurz entschlossen nach dem Telefon und wählte die Nummer der Polizei.

„Schön' Abend, Hauptwachmeister Bohle. Wat kann ick für ihn tun?"

„Ja, hier Professor Levitan. Ich rufe wegen der Kinder an, das heißt genauer gesagt wegen Frau Siebenblatts Franzi und meiner Jule. Ein blondes und ein schwarzhaariges Mädchen, beide im Alter von zwölf Jahren. Obwohl ..., halt, in Wirklichkeit ..."

Der Professor kam nicht mehr dazu, dem Polizisten zu erklären, dass seine Tochter in Wirklichkeit, das heißt rein wissenschaftlich betrachtet, über zweitausend Jahre alt war und auch nicht, dass beide auf mysteriöse Art und Weise verschwunden seien, denn schon brach unvermittelt ein grässliches Donnerwetter über ihn herein.

„Wat? Wie bitte ...? Ik hör wohl nich recht ...? Frechhet ..., zwe Jören, zwelf Jahre, blonde und schwarze Haare ... Det kann ja wol nich wahr sen ..., Schon der hundertzweundfünfzichste Anrufer in nur vier Stunden ... Uunverschämte Trittbrettfahrerei ... Noch en Wort und ik lass ihn vahaftn!"

„Entschuldigen sie bitte Herr Oberwaldmeister Bowle, aber ich versteh sie nicht. Was ist denn nur los? Ich wollte doch nur wissen ..."

„Wat? Se wolln was wissn? Wenn se wat wissn wolln, lesen se de Abendzeitung ...!"

Schon knallte der Hörer auf die Gabel, die Verbindung war unterbrochen. Die letzten Worte hatte der Polizist mit einer solchen Lautstärke in die Sprechmuschel geschrien, dass Herr Levitan entsetzt den Hörer vom Ohr reißen musste. Nur eine Sekunde länger und sein Trommelfell wäre dahin gewesen. Doch verlor er keine unnötigen Gedanken an derlei medizinische Nebensächlichkeiten, sondern stürzte aus der Wohnung, ins Treppenhaus, auf die Straße, zum nächsten Zeitungskiosk.

Seltsam, eine riesige Schlange stand davor. So etwas hatte er ja noch nie gesehen. Und außerdem: Warum redeten denn die Leute alle so aufgeregt durcheinander?

Noch während Herr Levitan ungeduldig sich in die Schlange vor dem Kiosk einreihte, und jeden Wartenden, der ihm derart die Zeit stahl, einzeln verfluchte, fiel sein wirrer Blick plötzlich auf das Titelbild der Zeitung eines neben ihm stehenden, in seine Lektüre vertieften, dicken Mannes mit Pomadenhaaren.

„Ha … ha … ha … halt, das kann doch wohl nicht wahr sein …, Ju … Ju … Ju … Jule“, stotterte Herr Levitan fassungslos und entriss dem zu Tode erschrockenen Herrn grob die Zeitung.

Tatsächlich, auf dem Bild befanden sich Jule und Franzi in schwindelerregender Höhe auf der Spitze des Fernsehturms und darunter prangte die Schlagzeile: „Wiederholtes mysteriöses Auftauchen zweier Kinder. Wer kennt diese Mädchen?“

Augenblicks durchlief Herr Levitan ein wahres Wechselbad der Gefühle, an dem ein passionierter Gemüsegärtner seine wahre Freude gehabt hätte. Denn in nur einer Minute nahm des Professors Kopf wechselweise die Farbe einer Tomate, eines grünen Kohlrabis und schließlich gar eines besonders blassen Weißkohls an. Erst jetzt fiel im auf, dass sämtliche Leute auf der Straße eifrig die Ereignisse um seine Tochter diskutierten. Er hörte Worte wie „Fernsehturm, Nationalgalerie, Marokkanische Botschaft …“ Und überall wurden Jule und Franzi für wenige Momente gesehen, um sich wie von Geisterhand vor aller Augen plötzlich wieder in Luft aufzulösen. Ja, ihre Kinder waren Stadtgespräch und nicht nur das. Wie das Abendblatt berichtete, hatte die Regierung schon eine Krisensitzung einberufen, zu der angesichts der fortgeschrittenen Stunde – nämlich 14 Uhr – allerdings nur vier Abgeordnete erschienen waren, und in der geklärt werden sollte, ob es sich hierbei um Sabotageakte feindlicher Mächte oder vielleicht nur um eine kollektive Sinnestäuschung handelte, hervorgerufen durch den übermäßigen Verzehr verdorbener Currywürste.

Auch etliche Bekennerbriefe waren bereits eingetroffen, so von der wehrhaften „Steglitzer Aktionsgruppe Hundekotfreie Grünanlagen“, von der „Wilmersdorfer Vereinigung militanter Rentnerinnen“, von der „Untergrundorganisation Autonome türkische Republik Kreuzberg“ und so weiter. Ein Journalist, der für seine spektakulären Enthüllungsgeschichten weltberühmt war, sprach sogar schon von einer Invasion Außerirdischer.

Nun wurde Herrn Levitan urplötzlich klar, warum seine wahrhaftigen Schilderungen vor sämtlichen offiziellen Stellen geradezu zwangsläufig auf taube Ohren stoßen mussten. Sie wurden einfach nur als Trittbrettfahrerei auf diesem hochspektakulären Ereignis gewertet. Tatsächlich konnten er und Frau Siebenblatt sogar noch von Glück sagen, dass man sie nicht gleich verhaftet hatte. Von offizieller Seite war also keinerlei Hilfe zu erwarten. Mit diesen ganz und gar unglaublichen, gleichwohl äußerst deprimierenden Neuigkeiten schlich Herr Levitan müde die Treppe zu ihrer Wohnung hinauf.

7. Kapitel

Zu Besuch im Lotzeland

Es war ein wunderschöner strahlender Sommervormittag. Kleine Schäfchenwolken zogen freundlich am tiefblauen Himmel dahin. Die Luft roch herrlich nach blühendem Holunder und wilder Möhre. Ein sanfter Wind rauschte durch die Büsche, trug den ehrfürchtigen Geruch eines kühlen dunklen Waldes mit sich und auf den kunterbunten Blumenwiesen spielten die Sonnenstrahlen neugierig in den letzten Tautropfen der Nacht, dass alles ringsumher funkelte wie kostbare Edelsteine.

Jule bemerkte von diesem wundersamen Zauber nur wenig. Nachdenklich saß sie auf einem Stein und malte mit einem Stöckchen verschlungene Kreise in den Sand, währenddessen Franzi am Ufer eines sich lieblich durch die Wiesen schlängelnden Bächleins mit zunehmendem Erstaunen immer mehr munter vorbeischwimmende Blechbüchsenfische zählte:

„Siebenhundertsechsundachtzig, siebenhundertsiebenundachtzig, siebenhundertachtundachtzig, siebenhund …, autsch, verdammte Schrottfische“, schrie Franzi plötzlich panisch auf: „Lasst sofort los, ihr Frechlinge!“

Schon kam sie jammernd auf einem Bein auf Jule zugehüpft. An jedem Zeh ihres rechten Fußes hing ein schnarrender Blechbüchsenfisch und dachte nicht im Geringsten daran, von seinem Opfer abzulassen.

„Schnell Jule, befrei mich von diesem widerlichen Schrott! Ich halt's kaum noch aus … Autsch, aua, oh wei, tut das weh."

Augenblicks war Jule hellwach, schnappte sich einen Wackerstein und begann hastig auf die rostigen Blechbüchsenfische einzuschlagen. Der Erfolg jedoch war leider mehr als dürftig. Denn obwohl Jule einige Fische schon wie Briefmarken plattgehauen hatte, klebten diese noch immer mit ihren garstigen Mäulern an Franzis Zehen, guckten dabei frech in die Landschaft, als wäre dieses unverschämte Verhalten das Normalste von der Welt. Franzis Jammern wurde dadurch immer lauter und lauter. In dieses Geschrei mischte sich plötzlich eine seltsam metallisch klingende zweite Stimme:

„He jo he, oh weh …, meine Fischbüchsenarmee, weg da, sonst ab der Zeh!"

Verwundert drehten sich die Mädchen. Auf dem Bach kam in großer Geschwindigkeit ein kleinen Kerl in einer putzigen rotbraunen Holzbadewanne auf sie zugerudert. Von seinen flinken Paddelschlägen spritzte das Wasser nur so nach allen Seiten und hüllte den Kahn in einen weißlich schimmernden Nebel. Auf ihrer Höhe angekommen, sprang das Männchen in einem kühnen Satz in die Luft und landete schließlich, drei Purzelbäume schlagend, direkt vor den Mädchen auf seinen Füßen.

„Ei, jai jai jai jai …, jemine, oh weh, schon ganz platt die Fischbüchsenarmee …", schimpfte er weiter.

An seinem Gürtel hing eine ganze Kompanie weiterer Blechbüchsenfische, die leise vor sich hin schnarrten.

„Sind das etwa deine blöden Schrottfische, verdammter Kobold? Mach diese Ungeheuer sofort von meinen Zehen los", schrie Franzi puterrot vor Schmerz und Wut.

„Tut mir leid, nichts zu machen. Haben kleine Biester sich erst einmal verbissen, kriegt keine Macht der Ebene Fische wieder ab – außer vielleicht unser Großer Vater und Mechanikermeister“, fügte er ehrfürchtig und mit leiser Stimme hinzu: „Im Übrigen wird sich Sache von ganz alleine lösen.“

„Wie? Was heißt das? Wieso von alleine lösen?“

„Wenn Mechanismus abgelaufen, fallen Fische von selber ab. Geben keinen Schnurz mehr von sich.“

Und damit setzte sich das Männchen in aller Seelenruhe auf den Erdboden und begann mit einem kupferfarbenen Kännchen bedächtig, die an seinem Gürtel hängenden Blechbüchsenfische zu ölen.

Erst jetzt bemerkten die Mädchen erstaunt, dass die Fische unter ihrem Bauch alle einen Schlüssel vermutlich zum Aufziehen trugen.

„Wann ist denn der Motor abgelaufen?“, fragte Jule vorsichtig.

„Wird noch vor'm Abend geschehen, möcht ich meinen …, Fräulein. Hab sie ja heut früh selbst alle aufgezogen.“

„Was? Vor dem Abend? Spinnst du?“, mischte sich Franzi ein und begann mit ihrem blutenden Fuß wütend nach dem Männchen zu treten.

Dieses schaute jedoch nur ungerührt mit seltsam neugierigen Augen auf Franzi. Fast schien es, als könne es gar nicht verstehen, warum sie denn so wütend sei.

„Sofort tust du etwas, oder ich trete dich so platt wie deine blöden Blechbüchsenfische.“

„Hi hi, ha ha, ho ho, guter Witz“, lachte das Männchen: „Alles Stahl, vom Kopf bis zu den Füßen, hi hi …, platt treten, hoho …“, klopfte sich dabei ein übers andere mal auf

Bauch, Arme und Beine, um den Mädchen kurz darauf stolz seinen Rücken zu präsentieren.

Verblüfft entdeckten Franzi und Jule, dass sich auch an seinem Rücken wie schon an den Blechbüchsenfischen ein solcher munter vor sich hindrehender Schlüssel zum Aufziehen befand. Waren dies denn alles nur mechanische Puppen?

Diesen Moment der blanken Verwunderung durchbrach unerwartet eine heisere Stimme, begleitet von einem forschen Klappern, das Jule und Franzi sehr bekannt vorkam:

„He, da …, junge Fräuleinchens, Platz da! Kaum dreht man euch den Rücken zu, schlittert ihr schon wieder in das nächste Unglück. Hab ich euch nicht gesagt, ihr sollt euch vorsehen? Kann doch nicht immer wie ein Kindermädchen hinter euch hinterher rennen!“

Damit griff der Hase Hasso von Haiden entschlossen nach dem an seinem Gürtel befindlichen Büchsenöffner und durchtrennte unter dem herzerweichenden Gejammer des Männchens den Blechbüchsenfischen eiskalt ihre gierigen Mäuler.

Franzis Fuß sah wirklich böse aus. Erst jetzt zeigte sich das ganze Ausmaß der Katastrophe. Noch während der Hase sorgenvoll die Wunden untersuchte, begann das Männchen plötzlich auf sie zuzuwanken und mit immer schwächer und tiefer werdender Stimme zu sprechen:

„Bitte, bitte, müsst mir helfen …, mein Mechanismus … ist nahezu abgelaufen … Könnt … ihr … mich … nicht … gaaanz … fliiiiiink … wiiiiiedeeeer auuuufziiiiiiieheeeeeeeeen …?“ Damit glitt er langsam auf dem Bauch zu Boden.

Erschrocken sahen die Mädchen, dass sich der Schlüssel an seinem Rücken tatsächlich bereits ganz langsam drehte. Bestimmt blieben ihm nur mehr wenige Sekunden, dann würde sein kleines Lebenslicht für immer verlöschen. Schon wollte Jule dem Männchen mitleidig zu Hilfe eilen, doch Hasso von Haiden hielt sie unerklärlicher Weise unauffällig, aber energisch mit seiner Pfote zurück.

Als das Männchen bemerkte, dass keiner ihm zu Hilfe eilte, nicht einmal der sonst so hilfsbereite Hase, schien es seine letzten Kräfte zu sammeln, stand wie in Zeitlupe, mit jeder Bewegung haushaltend, mühselig wieder auf, um mit allerletzter Kraft trostlos einer nahen Astgabel entgegenzuwanken. Jule schossen vor lauter Mitleid augenblicks dicke Kullertränen in die Augen:

„Helft ihm doch endlich, der arme Kerl", schluchzte sie.

Doch da hatte das kleine Männchen zum Erstaunen von Franzi und Jule bereits den auf seinem Rücken befindlichen Aufziehmechanismus zwischen die Äste geklemmt, und begann sich kurz darauf, an Boden und Baum abstützend, langsam um seine eigene Achse zu drehen. Es dauerte gar nicht lange, da war der Kleine wieder völlig aufgezogen und putzmunter.

Jule staunte nicht wenig, erinnerte sie sich doch an ein Gespräch mit ihrem Vater, bei dem er ihr von der Unmöglichkeit eines Perpetuum Mobiles erzählt hatte.

„Aber das geht doch gar nicht! Eine Maschine kann sich nicht selbst aufziehen!"

„Papperlapapp, und doch geht's, wie Mädchen sieht ...!", schnarrte das Männchen: „Unser lieber Vater hat alles so eingerichtet, damit wir immer glücklich sind und niemals sterben müssen."

„Da war das wohl alles nur gespielt und du brauchtest unsere Hilfe gar nicht?", entgegnete Jule empört.

„Na ja, tut mir groß Leid. Bin in letzter Zeit ein wenig bequem geworden."

„Und besonders glücklich scheinst du auch nicht gerade zu sein, sonst brauchtest du ja keine Fischbüchsenarmee", setzte Franzi vorwurfsvoll nach.

„Ach, bitte nicht erinnern", stöhnte der kleine Kerl: „Komm lieber her mit Fuß. Werd' ihn reparieren."

„Reparieren?", wunderte sich Franzi über den unangemessenen Ausdruck. Doch da hatte er schon ihren Fuß ergriffen und träufelte blitzschnell einige Öltropfen aus seiner Kanne auf die Wunden. Franzi wollte ihren Augen nicht trauen. Kaum hatte das Öl ihre blutigen Zehen berührt, war alles schon wieder wie von Geisterhand verheilt. Auch nicht das kleinste Kratzerchen konnte man mehr sehen.

„Das ist ja richtiges Zauberöl", staunten Franzi und Jule.

„Ist prima Öl von Vater", antwortete das Männchen stolz: „Hab es immer bei mir. Immer wenn ich Ölkännchen sehe, denk ich an Vater."

„Aber wer ist denn dein Vater und wer deine Mutter", fragte Jule mittlerweile äußerst neugierig geworden.

„Mutter? Kenn ich nicht. Was ist das? Noch nie gehört das Wort. Mein Vater ist der Große Mechanikermeister, unser aller Schöpfer. Hat uns und unser schönes Lotzeland gebaut. Denke ständig an ihn, besonders wenn ich allein bin."

„Ich hab auch nur einen Vater und keine Mutter", sagte Jule gerührt:

„Und wo wohnt der Große Mechanikermeister?"

„Weiß nicht. Keiner weiß es. Hab schon alle gefragt."

Verlegen, ein wenig verwirrt, hilflos, traurig – oder vielleicht auch alles zusammen – fing der kleine Kerl an im Kreis herumzutippeln. Schnell wechselte Jule das Thema, um ihn nicht noch mehr zu verwirren:

„Ich heiße übrigens Jule, das ist meine beste Freundin Franzi und dies dort ist unser mutiger Hase, der Ritter und Retter Hasso von Haiden.“

Hasso machte sofort eine würdige Verbeugung, die unzweifelhaft von seinem hohen Adel zeugte und selbst dem höchsten König alle Ehre gemacht hätte.

„Und wie ist dein Name?“

„Heiße Hotz Lotz und wohne dort drüben hinter den sieben Weiden direkt am Felsenhang.“ Und damit zeigte er, schon wieder ein wenig verlegen, ohne sich umzudrehen, mit dem Arm irgendwo hinter sich. Alle starrten auf die imaginäre Stelle, ohne jedoch etwas Konkretes zu erkennen.

„Könnt gerne mitkommen ..., wenn ihr wollt“, setzte Hotz Lotz vorsichtig nach und senkte den Kopf als hätte er Angst, dass sie nein sagen könnten.

„Klar wollen wir“, rief Franzi: „Stimmt's Hasso und Jule?“

„Aber sicher ..., klar doch.“

Erleichtert und noch immer ein wenig traurig sammelte der kleine Kerl seine jämmerlich plattgehauenen Blechbüchsenfische in eine Tasche. Dann marschierten sie los.

Es dauerte gar nicht lange, da kamen sie schon an den besagten Weiden an. Ihr hohes Alter hatte die Bäume derart gebeugt, dass ihre Zweige tief in den munter glucksenden Bach hineinhingen.

„Hallo Hotz Lotz“, riefen die Weiden: „Wir wünschen dir einen wunderschönen Tag!“

„Danke, viel lieb Dank liebe Schwestern, gleichfalls wunderschönen Tag“, sprudelte es fröhlich aus Hotz Lotz hervor.

Das erste Mal zeigte sich ein heiteres, ja geradezu kindliches Lächeln in seinem Gesicht. Neugierig schauten die alten Weiden auf seine Gäste. Dann flüsterten sie geheimnisvoll rauschend vor sich hin.

‚Die tuscheln ja untereinander wie alte Betschwestern', wunderte sich Franzi.

Allmählich wurde der Weg immer steiler. Der Bach sprang schon wild über die glänzenden Steine, so dass sich sein kühles Nass weit über die angrenzenden Wiesen versprühte. Mehr und mehr wunderschöne Blumen zeigten sich aller Orten. Und als das bunte Blumengewirr schließlich seinen Höhepunkt erreicht hatte, vernahmen sie plötzlich ein liebliches, helles Klingeln.

„So, sind angekommen, wohn hier", sprach Hotz Lotz und zeigte nach vorn.

Jule, Franzi und der Hase erblickten zunächst nichts weiter als einen großen Steinhaufen, über den sich herrlich duftende wilde Rosen rankten. In den Zweigen saßen kleine glitzernde Vöglein aus blitzendem Metall, umgeben von einer Unzahl kunstvoll geschmiedeter Glöckchen.

Als erstes begann Hotz Lotz sorgsam die Vöglein einen nach dem anderen aufzuziehen, die kurz darauf schon mit ihren Flügelein zu schlagen und in den wundersamsten Tönen zu zwitschern begannen. Zusammen mit den vom Winde bewegten Glöckchen ergab dies eine derart schöne Musik, dass selbst dem strengen Hasen unwillkürlich die langen Ohren zu wippen begannen.

„Hab ich gebaut", sagte Hotz Lotz stolz und gab jedem der Vöglein ein Tröpflein Öl in den Schnabel. Dann trat er auf einen steinernen Knopf in Form einer Sonnenblume und augenblicks öffnete sich direkt vor ihnen eine vordem unsichtbare Tür.

„Kommt herein!“

Wie staunten die drei, als sie das Innere der Behausung erblickten. In die Wände waren überall kleine Fensterchen eingelassen, die von außen fast völlig von den wilden Rosen verdeckt wurden. Die wenigen durch das Gesträuch hindurchdringenden Sonnenstrahlen reichten jedoch bereits aus, um die herrlichsten Muster und Farben in den Raum zu zaubern, brachen sich an unzähligen kleinen Glasfläschchen und den wundersamsten Metallgegenständen und Werkzeugen, die man sich nur denken konnte. In der Mitte des Raumes schließlich stand ein großer runder Kamin mit einem schmiedeeisernen Türchen, welches das würdevolle Porträt eines bärtigen Mannes zierte. Ja, sie befanden sich in einer richtigen Mechanikerwerkstatt.

„Wohnst du hier ganz alleine?“

„Ja ...“

„Da hast du wohl Niemanden, mit dem du reden kannst?“, fragte Jule besorgt.

„Wieso? Hab doch meine Weiden und Blumen, außerdem die kleinen Vöglein. Hab sie selbst gebaut. Kenne nur noch nicht das Geheimnis, wie sie sich selbst aufziehen. Muss ich noch bauen. Wollt ja Vater fragen ... Hab ihn aber nicht gefunden.“

„Hast du denn keine Familie?“, entgegnete Franzi.

Nervös begann Hotz Lotz in der Asche des Kamins herumzurühren, dass es nur so staubte. Ganz offensichtlich hatte Franzi einen besonders wunden Punkt seiner Seele berührt. Immer wilder wurden seine Bewegungen. Schon zogen riesige schwarze Rußwolken durch den Raum, nahmen allen den Atem. Und Franzi, Jule und Hasso mussten notgedrungen erst einmal hustend nach draußen rennen, und sich im nahen Bächlein ihre schwarzen Gesichter waschen. Doch selbst nach einer halben Stunde wälzten sich noch immer dichte Wolken aus dem Haus, krochen wie schwarze Schlangen an einem kalten Regentag mürrisch und träge den hellen Boden entlang.

„Bestimmt hab ich etwas ganz und gar Falsches gesagt."

„Nein Franzi. Lass ihn nur machen. Ich weiß, was los ist. Der beruhigt sich schon wieder", meinte Hasso besänftigend.

Und tatsächlich, endlich lichteten sich die dunklen Wolken und Hotz Lotz kam zerknirscht und schwarz wie ein kleiner Kohlenmann aus dem Haus geschlichen.

„Hab 'nen Bruder, Binki Lotz … Wohnt dort hinterm Gebirge am anderen Ende des Baches." Hotz Lotz zeigte in die Richtung, aus der sie gerade erst gekommen waren: „Hab ihn schon lang nicht mehr gesehen. Weiß nicht, wie's ihm geht."

„Aber besucht ihr euch denn gar nicht", fragte Jule verwundert: „Ich selbst hätte sooo gerne einen Bruder oder eine Schwester."

„Bruder ist böse. Mag ihn nicht und er mich nicht …", setzte Hotz Lotz hastig nach und schlenkerte dabei verlegen seinen rechten Arm im Kreis durch die Lüfte.

Wieder entstand eine längere Pause, die endlich der väterliche Hase durchbrach:

„Ach ihr Einfaltspinsel, ständig müsst ihr euch streiten. Als ich das letzte Mal vor siebenhundert Jahren in eurer Ebene weilte, wart ihr schon ganz genauso. Habt ihr denn überhaupt nichts dazugelernt?"

Hotz Lotz schwang sich auf einen Stein und trommelte ärgerlich mit den Hacken auf dem Boden:

„Bruder hat mir Schwämmchen weggenommen, ist ganz gemein! Mag ihn nie mehr sehen!“

„Wer ist denn Schwämmchen?“, fragte Jule mitleidig.

„Schwämmchen ist meine Freundin, süße kleine Zuckerpuppe … Tanzt so wunderbar, hat so schöne gelbe Haare, singt so herrlich und hat mich ganz doll lieb. Hab ihr ’n Veloziped gebaut.“

Eine dicke Träne rollte aus seinen großen dunklen Augen die Wange hinab. Erschrocken wischte Hotz Lotz sie mit einem Lappen weg und träufelte ein wenig Öl auf die Tränenspur:

„Dürfen nicht weinen. Hat Vater verboten. Eisen rostet, müssen sonst alle sterben“, flüsterte Hotz Lotz ängstlich. Dann fügte er ein wenig lauter hinzu: „Hab Fische gebaut, damit Binki Lotz mir nicht noch mehr wegnimmt. Bächlein fließt durch Gebirge, ist einzige Verbindung zwischen mir und Bruder. Binki Lotz hat große Blechenten, sind noch viel böser als meine Blechbüchsenfische. Beißen gewaltig …“

„Lieber Hotz Lotz“, holte Hasso beschwichtigend aus: „Deine Verärgerung in allen Ehren. Aber mein gesunder Hasenverstand sagt mir, dass wir so schnell wie möglich deinen Bruder aufsuchen und die Angelegenheit aufklären müssen. Wie ich deinen Bruder kenne, kann das Ganze doch nur ein Missverständnis sein. Ich würde dich bitten, dass du uns für diese Reise dein Boot zur Verfügung stellst.“

„Huh, buh, oh weih, Wasser fließt unterirdisch durch Berg. Müsst ganz doll aufpassen. Böse beißende Raubenten, überall … Nehmt Fischbüchsenarmee mit …“, antwortete bibbernd Hotz Lotz.

„Und was wirst du so lange tun?“, fragte Jule voller Sympathie den kleinen Kerl.

„Werd plattgehauene Fische reparieren. Wollen doch wieder schwimmen, kleine Platscher.“ Dabei strich er liebevoll über seine rostigen Gesellen, als ob er sie trotz ihres kriegerischen Charakters tief ins Herz geschlossen habe.

Durch diese Fürsorge fiel Jule augenblicks ihr armer Hampelmann Fridolin wieder ein, durch den sie ja überhaupt erst in das große Abenteuer gerutscht war. Wäre er nicht aus dem Zug gesprungen, dann … Voller Scham stockte sie in ihren Gedanken. Wie nur hatte sie ihn so lange vergessen können?

„Kannst du mit deinem Zauberöl vielleicht auch meinen Fridolin reparieren“, stieß Jule aufgeregt hervor und zog Kopf und Rumpf des armen Hampelmanns aus ihrer Tasche. Oh weh, Fridolin sah gar nicht gut aus. Nicht nur, dass er schon seit längerer Zeit völlig kopflos gewesen war. Durch den langen Aufenthalt in Jules Tasche besaß er überdies auch noch ein dermaßen zerknautschtes Aussehen, dass man ihn eher für ein altes zerknülltes Taschentuch denn für einen stolzen Hampelmann gehalten hätte.

Nur Hotz Lotz' kennerischer Blick schien davon nicht irre zu werden:

„Oh was für wunderschöner Hampelmann …, aus Stoff! Muss man nicht einmal aufziehen!“, stieß er voller Staunen und Bewunderung hervor. Nach dem Hampelmann greifen, Kopf und Rumpf zusammenhalten und ein paar Tröpflein Öl auf die schlimme Stelle träufeln, waren die Sache eines Augenblicks.

„Wunderschöner Hampelmann, loshüpfen!“, gab Hotz Lotz fröhlich das Kommando. Kaum gesagt, sprang Fridolin schon mit kühnem Salto vom Tisch – eine sportliche Leistung, die man ihm nach der langen Ruhezeit kaum zugetraut hätte.

„Hach, endlich einmal ein Kenner, der meine absolut vollkommene Schönheit zu würdigen weiß. Fridolin mein Name, vom Berufe Hampelmann."

Und damit machte er einen großen Knicks, der eher einer Prinzessin, denn einem Hampelmann angemessen gewesen wäre.

„Heiße Hotz Lotz, kann mich selbst aufziehen" entgegnete der so Angesprochene ein wenig ungeschickt und schüchtern.

„Oh sie sind wohl Ausländer und auf der Durchreise? Sie sprechen so gebrochen", meinte Fridolin verwundert.

„Wohn hier, sprech immer so, heiße Hotz Lotz und kann mich selbst aufziehen."

„Ja, ja, mein Lieber, das sagten sie ja bereits. Oder denken sie, ich bin schwerhörig. Im Übrigen habe ich jetzt keine Zeit für sinnlose Gespräche. Man wartet auf mich."

Augenblicks machte Fridolin kehrt, um flink von dannen zu laufen. Doch Jule war eine Sekunde schneller und bekam ihn gerade noch am Rockzipfel zu fassen.

„He Fridolin, sei doch nicht so unhöflich. Hotz Lotz hat dir gerade den Kopf wieder angeklebt und damit das Leben gerettet."

„Was? Kopf angeklebt? Leben gerettet? So einen Unsinn hab ich ja mein Lebtag noch nicht gehört. Als ob mein Kopf jemals ab gewesen wäre. Beeilt euch lieber, sonst fährt die Eisenbahn ohne uns ab."

Verblüfft schauten Hotz Lotz, Jule, Franzi und der Hase auf den ahnungslosen Hampelmann. Erst jetzt wurde ihnen allen klar, dass Fridolin seit seinem Sturz aus dem Zug und dem abgerissenen Kopf im Lattenzaun von dem ganzen Geschehen nicht das Geringste mitbekommen hatte. Wie sollte er auch …

„He, ist irgendwas? Warum starrt ihr mich alle so dämlich an? Stimmt etwas nicht? Sitzen meine Sachen nicht richtig? Hab ich irgendwo einen Schmutzfleck? Ist meine Frisur verrutscht oder was ist los?“, schnarrte Fridolin aggressiv in die Runde und stemmte seine beiden Ärmchen provokant in die Seiten.

Das war zu viel. Ein gewaltiges Prusten und Lachen brach über den armen Hampelmann herein. Jule und Franzi hielten sich die Bäuche und schnappten nach Luft, der Hase Hasso von Haiden kullerte vor Lachen gar über die Wiesen und schließlich mehrmals einen kleinen Hang rauf und runter – ein für grüne Hasen in der sechsten Ebene absolut typisches Verhalten. Und selbst der anfangs so verwirrte Hotz Lotz begann drollig zu lachen, dass sein kleiner Eisenkörper im Rhythmus zu scheppern begann. Erst nach etwa zehn Minuten erstarb endlich das schreckliche Gelächter. Hampelmann Fridolin saß mit hochrotem Kopf und versteinertem Blick auf einem Felsen. So etwas Unhöfliches, Respektloses war ihm in seinem ganzen langen Hampelmannleben noch nicht passiert.

Diesen stillen Augenblick nutzte der Hase, um zum Aufbruch zu mahnen. Freundlich verabschiedete sich die vier von dem kleinen Eisenmann. Jule drückte Hotz Lotz, den sie in der kurzen Zeit schon sehr lieb gewonnen hatte, dermaßen doll, dass sich sein Aufziehschlüssel vor Freude gleich um ein Vielfaches schneller drehte. Franzi knuffte ihn freundschaftlich in die Seite, dass es nur so schepperte. Der Hase machte eine derart ehrwürdige Verbeugung, dass seine Ohren in ganzer Länge die Erde berührten. Und nur der Hampelmann brummte ein mürrisches „Man sieht sich …“, was Hotz Lotz aber gar nicht bemerkte.

„Grüß Bruder Binki Lotz von mir“, murmelte er stattdessen mit gesenktem Kopf vor sich hin. Alle merkten, wie schwer ihm diese Worte gefallen waren.

„Klar machen wir, lieber Hotz Lotz“, rief Jule kumpelhaft, schnappte sich den noch immer völlig entgeisterten Fridolin und schon stürzten sie alle fröhlichen Schrittes in ein neues Abenteuer.

„Aufpassen …, Raubenten …, ganz groß aufpassen …“, hörten sie Hotz Lotz noch besorgt hinterherrufen, da waren sie bereits hinter den nächsten Wegbiegung seinen Blicken entschwunden.

8. Kapitel

Der Blick durch das Drachenauge

„Da liegt ja das Boot“, rief Franzi und rannte auf Hotz Lotz‘ rotbraunen Kahn zu, der eher die Form einer altmodischen Badewanne besaß: „Und nun rein alle miteinander!“

In einer beschaulichen Fahrt ging es den Bach hinab durch eine anmutige Landschaft voll der wundersamsten und vielfältigsten Blumen, Bäume und Gräser, die durch all diese angesammelten Kostbarkeiten wie ein uraltes wundersames Gemälde erstrahlte. Das saftige Grün der Wiesen war derart leuchtend, die Blumen von einer solch erlesenen Anmut und Farbigkeit, die Bäume von einer geradezu atemberaubenden Würde und Vollkommenheit, die Käfer und Schmetterlinge so strahlend wie blanke Edelsteine und der tiefblaue Himmel von einer derart sehnsüchtigen Weite, dass Jule und Franzi vor Freude regelrecht das Herze lachte und ein übers andere mal kleine Glücksschauer über ihre Rücken jagten.

„Ach, hier müsste man leben.“

„Können wir nicht hierbleiben?“, seufzten Jule und Franzi.

„Papperlapapp, die Pflicht ruft! Wichtige Aufgaben gilt es zu bewältigen!“, entgegnete barsch der Hase, während er einer Stromschnelle ausweichend, kühn das Steuer herumriss. Und der Hampelmann fügte schnippisch hinzu:

„Immer nur grün, wohin man auch blickt. Das ist ja wohl die Langeweile selbst.“

Je weiter sie trieben, desto häufiger wurden die lieblichen Täler nunmehr durch rau zerklüftete rötliche Felsen durchschnitten, auf denen exotische Vögel nisteten. Besonders einer hatte es den Mädchen angetan, ein großer blaugrün Gefiederter mit einem weißen Band um den Hals. Und als hätte der Jules Blick bemerkt, kam er bereits direkt auf sie zugeflogen. Seine mächtigen Flügel, die um ein Vielfaches größer als das Boot waren, warfen ähnlich einer bedrohlichen Gewitterwolke einen breiten dunklen Schatten über die muntere Reisegesellschaft, dass diese es unvermittelt mit der Angst zu tun bekam.

Doch schon entdeckte Jule an dem weißen Band seines Halses erstaunt einen riesigen blutroten Edelstein, dem ein seltsam funkelndes Licht entsprang. Fasziniert blickte sie in dieses durchdringende Leuchten, verfolgte es mit ihren Augen und oh Wunder: Plötzlich fühlte sich Jule selbst wie ein Vogel hoch oben in die kühlen klaren Himmelsgefilde versetzt. Direkt unter ihr lag ein raues Gebirge, das immer höher und höher anstieg, so dass auch sie immer höher steigen musste bis sie schließlich die dunklen schweren Wolken berührte. Da endlich erblickte Jule, umgeben von einem Ring scharfkantiger harscher Felsen, eine rostbraune Burg. Kühn wie ein Schwalbennest klebte sie auf einem steilen Fels, der sich wie eine spitze Nadel in den schweren Himmel bohrte. Aus einem Fenster drang ein warmes bernsteinfarbenes Licht, das ihr angenehm in die Augen fiel.

„Jule, he … Komm sofort zurück!“, hörte sie plötzlich eine energische Stimme rufen. Jule erschrak. Fast wäre sie aus dem schwankenden Boot gefallen. Eben noch in der Luft, nun schon wieder auf dem Boden? Das war aber seltsam.

Und überhaupt, warum rüttelte der Hase denn so wild an ihr herum?

„He, ich bin doch kein Hampelmann."

„Was soll denn das nun schon wieder heißen?", beschwerte sich Fridolin beleidigt. Und Hasso von Haiden schimpfte:

„Fräuleinchen, du hast soeben in das Drachenauge geblickt. Tu das nie wieder unvorbereitet. Das nächste Mal bin ich vielleicht nicht in deiner Nähe, um dich zurückzuholen!"

„Was, Drachenauge? Meinst du den etwa blutroten Stein? Der strahlte doch so wunderschön. Glaub mir Hase, gerade eben war ich noch ein stolzer Vogel und flog so herrlich leicht in den weiten Himmel. Wuuunderschööön …."

„Glaub ich dir aufs Wort, meine Liebe", versetzte der Hase wissend: „Nur hättest du dich zuvor irgendwo anbinden sollen, damit du auch wirklich wieder zurückkommst."

„Anbinden? Zurückkommen? Was meinst du denn damit?"

„Ach herje, dies ist eine sehr alte Geschichte. Ich weiß sie von meinem Großvater, der wieder von seinem und der wieder von seinem und so immer fort:

Die Legende von der Schönen Cloeda

Vor langer, langer Zeit, als die Ebenen noch nicht existierten, als kein Gras, kein Baum und Strauch den Boden bedeckte, die Erde selbst noch nicht vorhanden war, die Tiere, so auch ich, der Hasenritter und selbst die Finkenade einzig als Gedanken in den Tiefen der Unendlichkeit wohnten, und die Sterne gerade erst geboren waren, da lebte schon seit einer halben Ewigkeit eine wunderschöne Riesin Namens Cloeda. Sie erstreckte sich über mehrere Milliarden Lichtjahre und war so wunderschön, dass jeder der sie erblickte, auf der Stelle nichts anderes mehr ersehnte, als nur in ihrer Nähe zu sein, um sie für immer und ewig anzuschauen."

„Waaas, schöner als ich?", beschwerte sich der Hampelmann empört: „Das kann doch gar nicht sein ...?"

Doch der Hase fuhr unbeeindruckt fort:

„Ja, die Schöne Cloeda übte eine solche Anziehungskraft auf ihre Umgebung aus, dass nach und nach sämtliche nach ihr erschaffenen Geschöpfe des Universums verzückt in ihren Bannkreis gezogen wurden und die Welt durch dieses Übergewicht schließlich und endlich aus ihrem Gleichgewicht zu geraten drohte. Der Große Schöpfer dieses Universums sah diese Verehrung anfangs mit Freude, da er selbst die Schönheit sehr verehrte und die wundersame Cloeda als höchsten Ausdruck und Sinnbild des Allerschönsten und Guten geschaffen hatte, das ein Geist sich nur zu ersehnen und zu erdenken vermag. Doch im Laufe der Zeit wuchs allmählich seine Besorgnis, weil die Geschöpfe sich nicht mehr auf die Suche nach ihrem eigenen Glück begaben und keinerlei schöne Dinge mehr erschufen. Durch die überwältigende Schönheit der Schönen Cloeda gebannt, hatten sie alles, was ihnen einst heilig und wichtig gewesen, aufgegeben und das Universum drohte über kurz oder lang in absoluter Reglosigkeit zu erstarren.

Nach vielen Überlegungen und Selbstvorwürfen beschloss der Schöpfer endlich etwas zu tun, was diese fortschreitende Erstarrung aufhalten konnte. Unter großem Weinen, unendlicher Trauer und tiefstem Schmerz erschuf er eine allgewaltige Gegenkraft zu dieser absoluten Schönheit, welche die Welt wieder ins Gleichgewicht bringen sollte. Diese Gegenkraft war ein schrecklicher finsterer Drache Namens Morsus von so unvorstellbar bösartiger und hässlicher Natur, dass es dem Schöpfer selbst fast das Herz gebrach, so etwas ganz und gar Grässliches erschaffen zu haben.

Kaum war dieser Drache in der Welt, eilte er mit unendlicher Wut augenblicks zur Schönen Cloeda und es begann ein Kampf, wie ihn das Universum vordem noch nicht erlebt hatte. Sieben Zeitalter lang stritten Cloeda und Morsus miteinander, ohne dass der eine den anderen wirklich hätte besiegen können. Und der Schöpfer weinte und weinte ohne Unterlass.

Erst als das achte Zeitalter anbrach, griff der Drache zu einer teuflischen List. Morsus zerteilte sich in eine Unzahl kleinerer Drachen, die sich wiederum zerteilten und die wiederum – und so immer fort. Dieses schreckliche Schreckensheer begann die Schöne Cloeda von allen Seiten zu umzingeln, immer näher rückten sie vor. Gegen diese allseitige Übermacht vermochte die Riesin nichts mehr auszurichten, denn ihre Schönheit lebte ja gerade von ihrer absoluten Einheit, Vollkommenheit und Ganzheit. Sie konnte sich nicht zerteilen, ohne ihre Kräfte zu verlieren, wohingegen das Böse und Hässliche ja gerade von der Unvollkommenheit und Kleinheit lebt.

Voller Trauer gab sie sich geschlagen, legte sich schutzlos nieder, um bereitwillig und demütig den letzten Todesstoß zu empfangen. Doch in diesem Moment der allerletzten Hingabe griff der Schöpfer ein und ergoss in einem riesigen Schwall seine unendliche Liebe über die wunderschöne Cloeda. Unmittelbar darauf zerfiel Cloeda in unzählige Teile, die aber, soweit entfernt sie auch voneinander waren, doch sämtlich durch die unendliche göttliche Liebe gebunden blieben. Von diesem Augenblick an konnte der zerteilte Drache ihr nie wieder ernsthaft gefährlich werden.

Die in ihrem Bann gefangenen schönheitsliebenden Geschöpfe jedoch waren schon zu Beginn des schrecklichen Kampfes durch die freigesetzten Gewalten in die entferntesten Winkel des Universums geschleudert worden und weinten voller Trauer um den Verlust der absoluten Schönheit, die sie nun nie mehr in ihrer Vollkommenheit und Ganzheit erschauen sollten und die sie seitdem Zeit ihres Lebens als nie mehr stillbare Sehnsucht mit sich trugen. Aus dem riesigen Körper der Schönen Cloeda waren jedoch viele neue Welten und Ebenen entstanden, so auch unsere Ebene, in der wir uns gerade befinden“, endete der Hase feierlich seine Erzählung.

Durch die Liebe anbinden

„Und wenn du innerlich ganz still bist, kannst du Cloeda vielleicht in einem Busch, einer Blüte, einem Grashalm, einem Schmetterling oder Felsen spüren und sogar ein Gespräch mit ihr führen. Sie ist nämlich – und das ist das große Geheimnis und Mysterium des Universums – in jedem Ding, auch dem kleinsten als Ganzes vollkommen enthalten …"

„Ja, und was ist nun mit dem Drachenauge und was mit dem Drachen Morsus?", fragten Jule und Franzi fasziniert wie aus einem Munde.

„Ach ja. Der zerteilte oder aufgespaltene Körper des Drachen Morsus bildete nun die dreizehn finsteren Gegenwelten oder unteren Ebenen zu den dreizehn oberen Ebenen der Schönen Cloeda. Und nur in der Mittelebene, die zwischen den oberen und unteren Ebenen sich befindet, hat der Schöpfer einen dauerhaften Ausgleich zwischen den Mächten des Guten und des Bösen hergestellt. Deshalb nennt man diese Ebene auch die Waage-Ebene. Der Drache Morsus selbst aber ist als Wesen noch immer existent. Doch besitzt er durch seine Teilung nur mehr einen Bruchteil seiner ursprünglichen Energie, so dass er die Schöne Cloeda nicht mehr zu vernichten vermag. Dies könnte ihm laut einer weiteren Legende nur gelingen, wenn er die Kräfte des Bösen und der Dunkelheit, die der Schöpfer dauerhaft trennte, erneut zu bündeln vermag. Und damit komme ich nun zu den Drachenaugen:

Während die aus der Schönen Cloeda hervorgegangenen Welten und ihre Geschöpfe durch die unendliche Liebe gebunden blieben, verband sich das aufgespaltene Böse und Hässliche durch den Blick des Drachen, dessen alles kontrollierende Riesenaugen nun in unzählige kleinere Augen, eben die Drachenaugen zersplittert waren. Überall im Universum, in allen 27 Ebenen tief unterhalb des Erdbodens, liegen diese roten Drachenaugen verstreut und sollten es nach dem göttlichen Beschlusse auch für alle Zeiten bleiben.

Doch haben neugierige Wesen sie in jüngster Zeit leichtsinnigerweise ausgegraben und ans Tageslicht gebracht. Ein Blick in einen solchen blutroten Kristall, eben in das Auge des Drachen, ermöglicht es, jeden Winkel des Universums, und sei es auch der Entfernteste, zu erspähen und auszukundschaften.

Dies ist an sich natürlich keine schlechte Sache und oftmals äußerst praktisch. Doch da das Drachenauge der dunklen Gegenwelt angehört, muss jeder, der einen solch tiefen Blick in den blutroten Kristall wagt, sich irgendwo ganz fest anbinden, damit ihn dieser Blick nicht für alle Zeiten in die böse Welt der Finsternis reißt. Ja, fürwahr, noch nie hab ich ein Wesen, das in diese finstere Gegenwelt des Drachens gezogen wurde, jemals wiedergesehen."

Jule und Franzi erschauerten: „Und wie können wir uns anbinden?", fragte Jule zitternd.

„Die stärkste Bande ist die Liebe und, wie euch schon erzählte, zugleich die mächtigste Gegenkraft zum Reich der Finsternis. Sollte einer von euch sich jemals auf eine solche Reise durch das Auge des Drachen begeben wollen, dann muss er zuvor sehr intensiv und aus reinstem Herzen an jemanden oder etwas denken, das er ganz doll liebt. Damit knüpft ihr nämlich eine unzerstörbare feste Bande, die euch immer wieder sicher an den Ausgangspunkt eurer Reise zurückbringt. Mein lieber Urgroßvater Waldo von Haiden, genannt der Wahrhaftige, der Entdecker dieser Technik, bezeichnete jenes Vorgehen auch als das Anbinden der Seele."

Da wurden alle plötzlich ganz still. Und selbst der zappelige Fridolin überlegte angestrengt, was ihm denn wohl das Allerliebste auf Erden sei.

9. Kapitel

Die Enten sind los

Plötzlich zerriss ein garstiges Geschnatter die beschauliche Stille. „Hu, die Raubenten ...!" schrie Franzi, die sie als erste bemerkte. Durch die wundersame Geschichte des Hasen war unseren Reisenden gar nicht aufgefallen, wie sehr sie sich bereits durch die Strömung des Flusses mit ihrem Boot dem Tunnel durch das Gebirge genähert hatten. Schon kamen etwa ein Dutzend riesiger Blechenten mit übergroßen Schnäbeln bedrohlich auf sie zu geschwommen. An den Seiten trugen sie scharfe rostige Zähne, die nur allzu deutlich an eine gefährliche Säge erinnerten.

„Oh weh, die seh'n ja noch schlimmer aus als die Mörder-Enten der alten Hexe am Bahndamm."

Jule stockte der Atem und Fridolin zeigte auf der Stelle, was für ein unglaublich mutiger kleiner Kerl er war. Flink wie der Wind flutschte er, diesmal sogar völlig freiwillig, in Jules Tasche, um sich dort vor lauter Angst dermaßen festzukrallen, dass Jule vor Schmerz laut aufschrie. Einzig Hasso von Haiden blieb völlig ungerührt:

„Aaaatackeeeee, in den Kaaaaampf! Der Siiiiieg ist unseeeer!", jaulte er in den höchsten Tönen. Kurz darauf sprang er schon geisterhaft verwandelt wie ein Berserker voller Kampfeslust aus dem Kahn, um nach einem wahrhaft kühnen Flug auf dem Rücken der vordersten Ente zu landen. Gewaltig bäumte die sich auf, schnappte ähnlich einem Bluthund wild nach Armen und Beinen des todesmutigen Hasen. Doch umsonst, Hasso bändigte sie mit starkem ritterlichen Griff. Überhaupt kämpfte er in höchster Kampfeslust mit einer geradezu überhäsischen Gewandtheit und Flinkheit, dass die Außenstehenden kaum mehr seine Bewegungen zu erkennen vermochten, und einzig eine Art rotbräunlicher Nebel vor ihren Augen schwebte.

Die feindliche Raubente hatte der Hase kurzerhand zu seinem Schlachtross umfunktioniert und lenkte sie nun, ob sie wollte oder nicht, mit energischer Hand gegen ihre eigenen Gefährten. Ringsum schäumte das Wasser vom Kampfesgetümmel als würde man Kartoffeln darin kochen. Immer wieder schleuderte Hasso von Haiden in heiligem Zorn seinen Büchsenöffner auf die blechernen Entenkörper:

„Ha, getroffen … Kommt nur, kommt ihr hohlen Blechvögel …! Ach, wohl noch immer nicht genug …? Hier Ente, da hast du's …! Na wie gefällt dir das …? Und noch einmal, weil's so schön war …, Ha …, schon wieder getroffen …

Drei auf einen Streich …!“, schrie er in einem fort. Etliche Enten hatten schon mächtige Beulen von seinen Schlägen, ohne dass diese jedoch ihre Angriffswut auch nur im Geringsten gedämpft hätten. Die Luft hallte wider vom schrecklichen Kampfesgetümmel und brach sich unheilvoll an den harschen Wänden der nahen Felsenklippen. Kaum sein eigenes Wort konnte man mehr verstehen: Hassos furchteinflößendes, völlig unhäsisches Jaulen vermischte sich mit dem grässlichen Geschnatter und Gefauche der Raubenten. Das Wasser rauschte und brodelte wie ein brüllender Wasserfall, die wild zusammenschlagenden eisernen Entenkörper und deren grobe Bisse in Hassos Blechbüchsenrüstung ähnelten dem Getöse eines außer Rand und Band geratenen überdimensionalen Riesenschmiedewerks. All dies ergab eine gar grässliche Höllensinfonie, ganz so als wären die dunkelsten Kräfte des Universums entfesselt und wollten der Welt ein für alle Mal den Garaus machen.

Immer mehr Kampfenten rückten heran, umkreisten den Hasen bedrohlich und begannen ihn schließlich von allen Seiten anzugreifen. Dieser geballten Kampfeskraft war selbst ein kühner Hasenritter wie unser Hasso von Haiden nicht gewachsen. Schon begannen seine gewaltigen Hasenkräfte zu erlahmen, seine stolzen Ohren hingen müde herab und seine ehemals so kräftigen Kampfesbewegungen wurden allmählich immer langsamer und schwächer.

Jule und Franzi, die sich den größten Teil der Schlacht nur zusammengekauert, den Kopf unter den Armen, auf dem Boden des Kahns versteckt hatten, spürten, dass sie nun endlich, wollten sie nicht alle erbärmlich zugrunde gehen, dem Hasen zu Hilfe eilen mussten.

Franzi fasste sich als Erste ein Herz, stürzte nach oben, riss den Hampelmann aus Jules Tasche, denn eine andere Waffe war gerade nicht greifbar, und schwang ihn bedrohlich vor den Köpfen der Raubenten hin und her.

In diesem Augenblick, der zweifellos dereinst als einer der denkwürdigsten Ereignisse in die allgemeinen und besonderen Annalen der Militärgeschichte eingehen wird, geschah etwas völlig Unerwartetes. Die blechernen Raubenten, die eben noch unserem armen Hasso so erbarmungslos zugesetzt hatten, hielten urplötzlich in ihrem Kampfe inne, hoben ruckartig ihre Köpfe und starrten aufs höchste erstaunt auf den Hampelmann Fridolin. Ungefähr eine Minute herrschte absolutes Schweigen. Einzig das mutige Klopfen des kleinen Hasenherzens war zu hören. Doch kurz darauf begannen sich schon auf völlig unerklärliche, geradezu magische Art und Weise nach und nach die Gesichter der grausamen Raubenten zu entspannen. Anfangs zierte nur ein schwaches, kaum merkliches Lächeln ihre bösen Gesichter, das aber allmählich immer stärker und stärker wurde, bis es die eisernen Schnäbel schließlich zu einer grotesken Grimasse verzerrte, und die genieteten Schnäbel bis zum Zerreißen spannte.

Genau in dem Moment brach es wie ein tosendes Sommergewitter plötzlich aus den Raubenten hervor. Ein schreckliches Gelächter, wie es die Welt vordem wohl noch nicht vernommen hatte, entlud sich aus ihren eisernen Kehlen, brauste orkanartig durch das Flusstal und hallte unseren Bootsfahrern gar schrecklich in den Ohren.

Aber nein, das konnte doch nicht wahr sein! Warum nur lachten denn die Enten auf einmal so grässlich? Was war passiert? Ja, natürlich, jetzt wurde es allen klar. Die Blechenten schauten einzig auf Fridolin. Sie lachten brüllend über Jules lieben Hampelmann Fridolin, der noch immer zappelnd in Franzis Händen hing.

Immer näher rückte die zutiefst belustigte Entenschar, eine stupste dem Hampelmann sogar frech ihren Schnabel in den Bauch.

Fridolin versteinerte. Oh weh, sie lachten tatsächlich über ihn!

‚So eine Blamage, solch unendliche Schmähung, der Tiefpunkt meines gesamten bisherigen Hampelmannlebens', dachte der arme Fridolin: ‚Etwas Kränkenderes als von einer riesigen Meute dämlicher Blechenten ausgelacht zu werden, ist mir noch nie passiert. Nie wieder werde ich mich der Welt erhobenen Hauptes als stolzer Hampelmann zeigen können.'

„Buh weg, dämliche Schrottenten, garstige Grinser …! Hu, ihr seid so hässlich. Fasst mich bloß nicht an. Husch, weg da …!", schrie Fridolin voller Verzweiflung und Ekel.

Doch schon geschah das nächste Unfassbare. Als wären Fridolins verzweifelte Rufe wirkmächtige Zauberworte, blieb eine Ente nach der anderen schlagartig regungslos stehen, erstarrte mit aufgerissenem Schnabel wie versteinert in der Position, in der sie zuletzt gewesen war. Es dauerte gar nicht lange, da hatte dieses Schicksal schon die gesamte eiserne Entenarmee ereilt. Die starke Strömung des Baches trieb die völlig erstarrten und derart außer Gefecht gesetzten Raubenten wehrlos von dannen.

„Hurra gewonnen", schrie Hasso von Haiden erleichtert auf, machte drei gewaltige Sprünge auf dem Rücken der versteinerten Raubente in die Luft und landete in einem kühnen Flug wieder im Badewannenboot, dass das eisige Wasser nur so hineinschwappte.

„Fridolin, du bist ein Held, du hast uns gerettet."

Schon schnappte sich der Hase den Hampelmann und schüttelte ihn kräftig an den Schultern.

Fridolin wusste nun überhaupt nicht mehr wie ihm geschah. ‚Eben noch die lächerlichste Gestalt auf Erden und nun plötzlich ein großer Held, der die gefährlichen Raubenten besiegt haben sollte? Wie passte das zusammen? Und überhaupt, was hatte er denn eigentlich getan, außer rumzuzappeln und Grimassen zu schneiden? Eigentlich gar nichts! Oder war es vielleicht gerade das? Na ja, egal, wie auch immer. Irgendetwas wird es sicher gewesen sein', dachte Fridolin: ‚Wozu sich darüber unnötig den Kopf zerbrechen …'

Augenblicks war all sein Kummer verflogen, stolz schwellte sich seine Brust und schon wieder begann er mit seinen unmäßigen Prahlereien:

„Na ja, Freunde … Als ich sah, dass der Hase zu wenig Mumm in den Knochen hatte, um die Enten zu besiegen, musste ich ja eingreifen. War doch selbstverständlich, nicht der Rede wert …"

Die drei schauten sich vielsagend an, ließen Fridolin geflissentlich weiterreden und überlegten, was denn die Blechenten nun tatsächlich so unterwartet kaltgestellt haben könnte? Schließlich meinte Hasso nachdenklich:

„Vermute, die Enten waren für Lachen nicht ausgelegt, haben dabei dermaßen viel Energie verbraucht, dass ihr Aufziehmechanismus viel zu schnell abgelaufen ist. Wenn ich mit meiner Vermutung richtig liege, kann uns diese Lachtechnik in der Zukunft vielleicht noch sehr nützlich sein."

Doch blieben Hasso, Jule und Franzi weder die Zeit, diesen Überlegungen weiter nachzugehen, noch Fridolin seine Lobgesänge weiter zu spinnen, denn die starke Strömung trieb sie, den erstarrten Raubenten hinterher, immer schneller dem rauen Gebirge entgegen.

10. Kapitel

Im Unterwasserreich der Hampelmänner

Kilometerhoch ragten die dunkel bemoosten Felswände vor ihnen in die Höhe und verdeckten die gleißende Sonne. Schon erblickten sie direkt vor sich einen finsteren Schlund, welcher den gurgelnden Bach regelrecht zu verschlingen schien. Ganz offensichtlich war dies der einzige Durchgang durch das Gebirge, genau wie Hotz Lotz es ihnen vorhergesagt hatte. Vor dem Tunnel tanzten gewaltige Strudel, als versuche sich das ängstliche Bächlein mit all seinen Kräften im letzten Moment dagegen zu wehren, vom unheimlichen Gebirge verschlungen zu werden. Und wie zur Bestätigung drang ein unheimliches Sausen und Brausen aus dem dunklen Loch, dass unserer Gesellschaft Angst und Bange wurde. Da sollten sie hindurch? Unmöglich …!

„Festhalten!“, rief der Hase: „Jetzt wird’s unruhig …!“

Kaum gesagt, da schossen sie schon pfeilschnell durch die schäumende Gischt. Wie eine Nussschale im tosenden Orkan wurde das Schiffchen hin und her geworfen, schlug ein übers andere mal dermaßen kräftig an die Felswände des Tunnels, dass alle befürchteten, die alte Holzwanne müsse über kurz oder lang zerschellen und sie alle im dunklen eiskalten Wasser jämmerlich ertrinken. Immer dunkler und dunkler wurde es um sie herum. Bald verschwand auch der letzte Strahl des Tageslichts, als hätte jemand eine bleierne Decke über sie gezogen. Dafür beruhigte sich allmählich das tosende Wasser, wurde immer stiller und stiller. Nur einige von der Decke fallende Wassertropfen waren schließlich noch zu hören und hallten geisterhaft in dem Felsentunnel wider. Das Schifflein hatte seine Fahrt beendet.

„Hu, ist das gruselig“, flüsterte Franzi, doch kaum gesagt, begann ihre Stimme als Echo unheimlich durch den Raum zu brausen:

„Gruselig …

gruselig …

gruselig …

gruselig …

gruselig …

gruselig …“

Gar nicht mehr aufhören wollten diese Stimmen, wurden immer mehr, und immer lauter und lauter, bis sie sich schließlich alle zu einem grässlichen tausendstimmigen Chor verbündeten. Ganz offensichtlich befanden sich die Freunde in einer riesigen unterirdischen Berghöhle. Eine Unterhaltung war nun unmöglich, da man sein eigenes Wort nicht mehr verstehen konnte. Erschrocken hielt sich Jule die Ohren zu. Würde sich doch nur wenigstens ein winziger Lichtschein zeigen. Denn keiner von ihnen wusste mehr, aus welcher Richtung sie gekommen waren, geschweige denn, in welcher Richtung sie hätten weiterfahren müssen.

Fridolin, dem das Ruhmesgefühl von seinem unfreiwilligen wie unerwarteten Sieg über die furchterregende Entenarmee noch immer wie obergäriger Wein durch sein Gehirne brauste, kletterte im Stockfinsteren wagemutig auf den Bug des Schiffes. Wie eine Gallionsfigur stand er nun da. Fast schien es, als wolle er sich heldenhaft, mit der alles verschlingenden übermächtigen Dunkelheit anlegen, und versuchte mit seinem Fistelstimmchen aus vollem Halse schreiend das höllische Stimmengebraus zu übertönen:

„He, je … aufgepasst …! Ich, der mutige Fridolin, führe euch aus der Höhle der höllischen Finsternis … Alles hört auf mein Kommando … Scharf Backboooord …!“

Keiner achtete auf seine unsinnigen Kommandos, nicht zuletzt weil sie ihn sowieso nicht verstanden. Der kluge Hase tauchte unterdessen seine langen Ohren rücklings ins tiefe dunkle Wasser und versuchte mit ihnen als Paddel das Schiff wieder in Gang zu bringen. Auch Jule und Franzi hatten sich weit über den Rand gebeugt, um Hasso mit ihren Händen zu helfen:

„Halt, was ist denn das? Träum ich? Das kann doch nicht wahr sein!“

Beiden Mädchen verschlug es augenblicks den Atem. Tief, tief unter ihnen auf dem fernen Boden der riesigen Berghöhle schimmerte, wenngleich nur schemenhaft, unzweifelhaft eine alte Stadt durch das glasklare Wasser nach oben.

„Das ist bestimmt Atlantis“, flüsterte Jule schwer beeindruckt.

„... oder Kasskara, ein versunkener Kontinent. So etwas habe ich mal in einem Buch gelesen.“

Schon hatten sie alles um sich herum vergessen. Das Gefühl des Eingesperrtseins in der dunklen Höhle war unversehens einem fantastischen Freiheitsgefühl gewichen. Denn tatsächlich fühlten sie sich, als schwebten sie hoch oben im Himmel über einer nächtlich erleuchteten Stadt. Viele kleine rote, gelbe und grüne Lichtlein schillerten tief unten geheimnisvoll in den abendlichen Straßen. Die hell erleuchteten Häuser warfen gespenstische Schatten auf die kleinen Gassen. Und plötzlich ..., – ja, es gab keinen Zweifel – erblickten sie in den Straßen und Gassen zahlreiche Gestalten mit gelben Lämpchen in den Händen, die wie flüchtige Geister emsig hin und her huschten und ...

...Plötzlich gab es einen lauten Knall, der alles übertönte. Fridolin, die heldenhafte Gallionsfigur, war soeben mit einem mächtigen, von der Decke hängenden Tropfstein zusammengestoßen und stürzte betäubt kopfüber ins kalte Wasser.

„Friiiidoliiiin ...! Ihm naaach ...! Rettet meinen lieben Friidoliiin!“, schrie Jule in höchster Not, doch erwies sich dieser Aufruf als völlig unnötig. Der riesige Tropfstein war nämlich auf der Stelle abgebrochen, hatte mit gewaltiger Kraft den dünnen Boden des Holzbootes durchbohrt, und schon sanken der völlig verdutzte Hase, Franzi und Jule mitsamt dem Hampelmann immer tiefer und tiefer der geheimnisvollen Unterwasserstadt entgegen.

Wie aber erstaunten sie, als sie bemerkten, dass sie auch unter Wasser atmen konnten. Und überdies schmeckte das köstliche Nass auch noch wunderbar nach leckerer Himbeerlimonade. Gierig schluckten Jule und Franzi den verführerischen Trank und hätten darüber fast das Atmen vergessen. Nur Hasso von Haiden blieb mal wieder völlig ungerührt. Ihm war nämlich bei alldem überhaupt nicht wohl zu mute: Warum nur hatte er noch nie etwas von diesem seltsamen Unterwasserreich in der sechsten Ebene gehört? Was würde sie dort wohl Unangenehmes erwarten?

Je näher sie jedoch kamen, desto weniger furchteinflößend wirkte die Stadt. Die Häuser waren mit kunterbunten Kacheln bedeckt, auf den Stadttürmen wehten wunderschöne bunte Fähnchen und Wimpel in der Strömung des Wassers und die Böden der Straßen zierten die herrlichsten Mosaikarbeiten, die man sich nur vorstellen konnte.

Als sie in der Höhe der Turmspitzen schwebten, kam ihnen plötzlich ein Schwarm wundersamer Kreaturen entgegen. Ihre Körper waren blaugelb gestreift und anstatt eines Mauls trugen sie längliche Rüssel, die vorn in einem großen runden Trichter endeten.

„Guck mal Jule, die sehen ja aus wie eine Kreuzung aus Fisch, Vogel, Trompete und Gießkanne", spottete Franzi. Beide kicherten ausgelassen, dass es nur so gluckerte und lauter kleine Lachbläschen aufstiegen. Diese wiederum juckten unserem armen Hasso wie Brausepulver derart grässlich in der Nase, dass er laut niesen musste: „Haaaatschichihiii …!"

Im selben Moment, als wäre Hassos Nieser das geheimen Kommando gewesen, fingen die Trompetenfische, denn nichts anderes waren diese Kreaturen, rings um unsere Schiffbrüchigen unvermittelt in alle Himmelsrichtungen eifrig zu trompeten an. Doch nun passierte wohl das Allerseltsamste der bisherigen Reise. Anstatt des erwarteten Trompetenkonzerts vernahmen Hasso, Jule, Franzi und Fridolin nicht einen Ton. Ja, tatsächlich, nicht einmal der kleinste Mucks war zu hören. Dafür tanzten auf völlig unerklärliche Weise plötzlich bunte Bilder in ihren Köpfen Ringelreihen: Anfangs sahen sie nur kleine Wassermäuse mit Flügeln auf dem Rücken und einem Fächerschwanz, der das Vierfache ihrer Körperlänge maß. Auf eine ganz und gar liebliche Art und Weise bildeten sie mit ihren Schwänzen kunstvolle Figuren, wobei sie wie Chamäleons ständig ihre Farbe wechselten. Dem nicht genug, kam kurz darauf schon ein großer Schwarm grasgrüner Zitronenfische mit schwefelgelben Raffzähnen angesaust, der sich ebenfalls in den kunstvollen Reigen einreihte; dann schließlich noch eine Karawane knallroter Feuerwehrautos, merkwürdigerweise anstatt mit Rädern mit an die zwanzig in weißen Lackstiefelchen steckenden Beinchen ausgestattet, weshalb sie eigentlich eher wie Unterwasserraupen aussahen.

„Wozu brauchen die denn hier unten im Wasser 'ne Feuerwehr?", stutzte Jule: „Kann Wasser etwa brennen? Und wenn ja, mit was löschen sie es dann?"

Diese hochwichtigen Fragen konnten jedoch momentan leider nicht geklärt werden, da noch weitere Merkwürdigkeiten ihre Aufmerksamkeit fesselten. Da plötzlich jaulte Hasso von Haiden begeistert auf:

„Heureka ..., ich hab's gefunden ... Anstatt mit den Ohren hören die Bewohner dieses seltsamen Unterwasserreichs mit den Augen, weshalb wir die Trompetentöne genau wie sie folgerichtig als Bilder wahrnehmen."

Der grandiose Empfang Prinz Fridolins

Kaum war diese Sache geklärt, kam schon das nächste Rätsel. Die kunstvollen Tanzfiguren der Feuerwehrraupen, Zitronenfische, Hosenträgerquallen, Mieskuscheln, Trompetenhaie, Alabasterzwecken, Quasselkettenwürmer, Knasterkröten und so weiter ordneten sich nämlich, wie von unsichtbarer Hand geleitet, phantastischer Weise zu einer ganzen Kette reich verschnörkelter kunterbunter Schriftzeichen. Ein unbeschreibliches Funkeln und Blinken erfüllte nun das Wasser und alle lasen fasziniert die wie Leuchtreklame funkelnden Lettern:

„Sei willkommen großer Held,
du hellster Stern am Wasserzelt,
acht Jahr harrte deiner die Unterwelt.
Seid du postwendend weggeschwommen,
haben Trauer und Tränen kein Ende genommen,
doch nun ist der glorreiche Tag gekommen.

Drum Vivat großer Fridolin,
hochehrwürdiges Trampolin,
Sohn von König und Königin.

Wir rufen dir zu ein freudiges Hurra,
gelobt sei das Schicksal tausendmal,
unser allergrößter Schatz, Prinz Fridolin ist wieder da.“

Das Gedicht war kaum beendet, da brach direkt unter ihnen ein wahrer Begeisterungssturm los. Auf das Kommando der Trompetenfische hin hatte sich nämlich die gesamte Bevölkerung der Stadt unter ihnen im Kreis versammelt und skandierte nun im Chor begeistert die allergroßartigsten Lobes- und Willkommenshymnen. Natürlich jagten auch die aufgrund der eigenartigen Bildersprache der Unterwasserbevölkerung wie hundert Stummfilme zugleich völlig lautlos durch die Köpfe unserer mehr als verwirrten Reisegesellschaft.

Da endlich schwebten Jule, Franzi Hasso und Fridolin an den Türmchen und Hauswänden vorbei mitten in die versammelte Gemeinschaft hinein. Im selben Augenblick trat schon ein altehrwürdiger Greis mit einem unglaublich langen, mehrfach geflochtenen rosa Bart aus der Gruppe hervor, warf sich eben diese Bartzöpfe mit einem eleganten Schwung über seine goldbestückten Schultern und umarmte kurz darauf den Hampelmann Fridolin mit einer solchen Wärme und Herzlichkeit, dass diesem fast die Luft wegblieb.

„He Väterchen, ist gut, lass ab nun …! Du zerknitterst mir ja mein schönes Kostüm. Wollen es doch nicht gleich übertreiben, Alterchen.“ Damit schob er den Greis, der offensichtlich sein Vater war, abrupt von sich:

„Übrigens, wo ist eigentlich Mutter? Das ist ja ein Empfang, nach acht Jahre kommt man wieder heim und die eigene Mutter lässt sich nicht blicken. Wohlan, dann kann ich ja gleich wieder gehen …“

Auf diese harten Worte hin traten dem Alten augenblicks dicke Kullertränen in die Augen, was Jule sehr verwunderte, da sie bis dahin nicht gewusst hatte, dass man auch unter Wasser weinen kann. Kurz darauf klammerte er sich erneut an Fridolin fest und begann erbarmungswürdig zu schluchzen:

„Meine liebe gute Frida … Ach je, was für eine Tragödie …! Aus lauter Gram über dein urplötzliches Verschwinden hat sich deine liebe Mutter vor fünf Jahren in einem Paket eingeschlossen und an einen uns völlig unbekannten Ort selbst verschickt. Bis zum heutigen Tag fehlt jegliche Spur von der Königin. Weder konnten wir den Empfänger noch den Postboten ausfindig machen, der das Paket mit dem ach so kostbaren Inhalt in die grausame Überwasserwelt entführte. Welch ein Jammer …!“

Im selben Moment stimmten wie auf Kommando alle Anwesenden in das Schluchzkonzert des Königs Frider, Fridolins Vater, ein und widerholten wortwörtlich dessen letzte Worte:

„Welch ein Jammer …“

„Welch ein Jammer …“

„Welch ein Jammer …“

Selbst der sonst so robuste Fridolin schaute zum ersten Mal ein wenig betroffen aus der Wäsche:

„Unbekanntes Ziel …“, murmelte er grüblerisch vor sich hin: „So, so … Na ja, das ist ja gar nicht schön … Paketpost … und das bei den hohen Versandgebühren …“

Erst jetzt bemerkten Jule, Franzi und Hasso – die bis zu diesem Zeitpunkt von der einheimischen Bevölkerung völlig ignoriert worden waren – dass nicht nur der Alte, sondern die gesamte Bevölkerung frappanter Weise eine geradezu unheimliche Ähnlichkeit mit Fridolin aufwiesen. Ja, tatsächlich, sie glichen sich, mit Ausnahme von Geschlecht, Frisur und Alter, geradezu wie ein Ei dem anderen. Dieses Unterwasserreich war also Fridolins Heimat, das Land der Hampelmänner. Doch schon kam Jule die nächste Erleuchtung: „He, jetzt wird mir einiges klar!“

Urplötzlich ordneten sich dunkle Ahnungen, die sie seit langer Zeit schon mit sich herumgetragen hatte, zu einem glasklaren Bild. Vor genau acht Jahren war nämlich bei ihren Eltern ein Paket ohne Absender eingegangen, doch keiner wollte angeblich wissen, wer ihnen dieses geschickt hatte. Jule war damals völlig überzeugt gewesen, dass ihre Eltern sie nur an der Nase herumführten, um ihr eine besonders große Überraschung zu bereiten. Das Paket hatte sie nämlich genau an ihrem vierten Geburtstag erreicht. Und als sie es mit fiebrigen Händen voller Neugier öffnete, saß doch darinnen kein anderer als ihr lieber Hampelmann Fridolin. „Ach wie schön, wie allerliebst …“, hatte sie ein übers andere Mal gerufen und ihn eng an ihr Herz gedrückt. Seit jenem Tage waren sie unzertrennliche Freunde. Von den schönen Erinnerungen überwältigt, seufzte Jule tief auf.

‚Doch halt, natürlich … Höchst wahrscheinlich hatte sich also Fridolin, wie auch seine Mutter Frida, per Post vor acht Jahren selbst fortgeschickt, was sein plötzliches Verschwinden aus dem Unterwasserreich hinlänglich erklärte. Doch dass Fridolin ein Prinz sein sollte?‘ Jule staunte.

Flink erzählte sie Franzi und Hasso von ihrer ganz unglaublichen Entdeckung. Jedoch blieb keine Zeit, lange darüber nachzudenken, denn schon wurden sie vom Strudel der weiteren Ereignisse mitgerissen. Die Bewohner des Hampelmannlandes hatten nämlich unterdessen Fridolin auf ihre Schultern gehoben und trugen ihn nun unter ausgelassenen Begeisterungschören durch die kleinen Gassen der Unterwasserstadt:

„Prinz Fridolin bist wunderschön,
ein prächtigerer Hampelmann ward nie gesehen,
du bist so ganz unglaublich weise,
viel schlauer als 'ne Flussameise.

Dein Wagemut ist unermesslich,
deine Heldentaten unvergesslich,
besiegtest Wassermäuse, Flöhe, Mücken
Langustermotten und Krokodüken.

Drum ehret den prächt'gen Sohn vom König,
den Sirup im Meer, den Tee im Honig."

Nachdenklich schlurfte Jule mit ihren Kameraden der seltsamen Hampelmannparade hinterher. Waren diese Lobeshymnen auf ihren Fridolin wirklich ernst gemeint? Warum aber hatte sie diesen Heldenmut noch nie an ihm bemerkt?

Erst jetzt fiel ihr die seltsam hampelige Gangart der Bewohner des Unterwasserreiches auf, in die plötzlich auch der wieder auf den Meeresboden gesetzte Fridolin plötzlich verfiel. Während die Hampelmänner und Hampelfrauen den linken Fuß nach vorn führten, schleuderten sie ihren Kopf in einer gekonnten Kreisbewegung nach hinten, wackelten zugleich mit beiden Armen, als würden sie Kartoffelsäcke ausschütteln, um im selben Moment in einer Art Hockstellung ihr Hinterteil ruckartig nach oben zu strecken. Dabei bebte ihr Brustkorb ganz so, als würde er von einem wilden Lachen geschüttelt. Und diese merkwürdige Abfolge wiederholte sie auch mit dem rechten Bein. Unwillkürlich musste Jule lachen. Erst jetzt wurde ihr klar, warum die Hampelmänner „Hampel“-Männer hießen.

„Warum lachst du denn?“, fragte sie plötzlich tonlos eine Stimme in der eigentümlichen Bildersprache der Unterwasserbewohner. Jule erblickte ein kleines Mädchen mit niedlichen gelben Zöpfchen, das an einer Leine statt eines Hündchens einen großen grünen Tintenfisch mit Düsenantrieb hinter sich her zog.

„Ich finde eure Art zu gehen so komisch. Entschuldige bitte, ich wollte dich nicht kränken“, antwortete Jule ein wenig beschämt.

„Das tust du nicht. Du musst wissen, dass es sich hierbei um eine ganz besondere Zippel-Zuppel-Zappel-Gangart handelt, die wir alle erst mühevoll erlernt haben. Sie ist für uns eine der heiligsten Handlungen, welche wir nur an großen Festtagen und zu bedeutenden Anlässen wie dem heutigen ausüben. Es ist die Gangart, die uns dereinst unser lieber Vater, der Große Mechanikermeister lehrte. So erinnern wir uns seiner und damit an die schöne glückliche Zeit, da wir noch auf der wunderschönen Ebene im Tieftal leben durften.“

„Was, auch ihr kennt den Mechanikermeister? Und ihr lebtet nicht schon immer im Wasser?“

Die große Sintflut

„Nein, natürlich nicht. Vor langer, langer Zeit, ungefähr vor achtundvierzigmillionen Monden, als der Himmel noch Blau und die Sonne gelb waren, lebten wir in einem wunderschönen Wiesenland Namens Tieftal. Dieses Land war so tief, dass die Sonne nur wenn sie ganz weit oben am Himmel stand, für etwa drei Stunden zu sehen war. Nur dann konnte sie in das tiefe, wie ein kreisrundes Loch geformte Tal hinein strahlen. Wir alle warteten jeden Tag ehrfurchtsvoll auf diesen wunderschönen Augenblick, wenn die ersten warmen Sonnenstrahlen gleißend unsere Welt erreichten und urplötzlich ein Meer von Farben sich um uns herum ergoss. Ja, damals, war die Welt noch in Ordnung und wir die wohl glücklichsten Bewohner des Universums. Doch dann kam die große Sintflut …“

„Aber da kannst du doch noch gar nicht gelebt haben, du bist doch noch ganz klein, vielleicht gerade einmal sieben Jahre alt“, wagte Jule kritisch einzuwenden.

„Klein?“, fragte verwundert das Mädchen. Ich war schon immer so. Was meinst du denn damit?“

„Aber werdet ihr denn nicht älter“, fragte Jule erstaunt.

„Das kenn ich nicht … Was ist ‚älter werden‘? Unser Vater hat uns geschaffen, doch haben wir ihn verloren. Wir wissen so wenig und wollten ihn so vieles fragen. Doch er ist weg. Keiner weiß wohin.“

„Ja, und woher kam die große Sintflut?“

„Von unseren Tränen. Kaum waren wir alle auf der Welt, entspann sich in unserem Volk ein Streit, wer denn wohl der oder die Schönste im Tieftal sei. Jeder versuchte den anderen zu übertreffen: Erst jährlich, dann monatlich, wöchentlich, täglich und schließlich gar stündlich wurden Schönheitswettbewerbe abgehalten. Und obwohl jeder von uns mindestens einmal schon gewonnen hatte, wollte das Streiten nicht enden. Immer heftiger und heftiger wurden die Diskussionen. Den ganzen Tag tönte ein Streitlärm durch das friedliche Tieftal, dass es kaum mehr auszuhalten war. Und schließlich gab es nur noch Feindschaften.

Da plötzlich, auf dem Höhepunkt, erschien unser lieber Vater, der Große Mechanikermeister. Mit einem sorgenvollen Blick beugte er sich über uns und kraulte sich nachdenklich seinen großen weißen Bart. Kurz darauf schliefen wir alle wie von Geisterhand ein. Als wir wieder erwachten, waren wir verwandelt. Ja, anfangs erkannten wir uns selbst nicht wieder. Alle Hampelmänner und Hampelfrauen glichen sich nämlich nunmehr wie ein Ei dem anderen. Und zu allem Unglück war unser Großer Mechanikermeister wieder verschwunden.

Da brach urplötzlich eine große Trauer über uns herein. Denn nun, da wir alle gleich aussahen, waren unsere Schönheitswettbewerbe, die trotz des täglichen Streits ja letztlich unser Lebensinhalt gewesen waren, völlig sinnlos geworden. So weinten wir viele Monde lang bittere Tränen. Ja, wir konnten selbst nicht aufhören, als diese Tränenflut allmählich unser ganzes Tieftal zu überfluten drohte. Erst als unser Land vollständig im Wasser versunken war, hörte das Weinen allmählich auf. Dies kam dadurch, dass wir unter Wasser nicht mehr sprechen und uns somit auch nicht mehr gegenseitig unser Leid klagen konnten. Doch da war es schon zu spät. Seitdem leben wir nun unter Wasser und nur wenigen Hampelmännern wie unserem großen Prinzen Fridolin ist bisher die Flucht gelungen."

Jule war beeindruckt. Jetzt fiel es ihr wie Schuppen von den Augen. Ja, nun wusste sie, woher Fridolin kam und darüber hinaus auch den eigentlichen Grund seiner Eitelkeit.

Der entschwundene Hofstaat – Der Irrläufer

Bei dem interessanten Gespräch hatten unsere Unterwasserreisenden überhaupt nicht bemerkt, dass sie unterdessen in einem prächtigen Schloss angekommen waren.

Gerade rief König Frider aufgeregt nach seiner Dienerschaft, kein Hampelmann erschien. Eiligst durchströmten sie alle Räume. Doch abgesehen von einigen Feuerquallen, die träge über die rosa Sitzgarnituren schlurften, war das gesamte Schloss wie leergefegt.

„Oh Jemine, mein ganzer Hofstaat entschwunden, teuflische Opuskelterpe. Wieder eine deiner grässlichen Schandtaten?", jammerte König Frider verzweifelt. Er vermutete das Allerschlimmste, nämlich dass die Opuskelterpe, eine der schrecklichsten Kreaturen des Hampelmann-Meeres, seinen kompletten Hofstaat verschlungen hätte, wie sie es schon zuvor dutzende Male getan:

„Oh weh, was fang ich jetzt nur an? Wer bindet mir morgens die Schnürsenkel? Wer flechtet mir meine Bartzöpfe und wer …?"

Doch da kam schon Fridolin, die Wehklagen seines Vaters unterbrechend, mit einem ganzen Berg von Zetteln in den Händen angeschwebt:

„Keine Panik, Leute. Die werte Hofgesellschaft hat postalisch das Weite gesucht. Da, seht nur selbst!"

Noch während die Zettel von oben auf die Anwesenden hernieder rieselten, erkannten diese erstaunt, dass es sich hierbei um unzählige Paketscheine handelte. Auf ihnen waren die exotischsten Adressen aufgeschrieben, die man sich nur denken konnte – Städte und Länder, von denen Jule und Franzi noch nie etwas gehört hatten. Auch ein Abschiedsbrief war dabei:

„Lieber König Frider, hochfeuchte Gnaden, liebes Hampelmannvolk!

Wir konnten Euren täglichen Schmerz über die Abwesenheit Eures hochgeliebten Sohnes Fridolin und Eurer teuren Gattin Frida nicht länger ertragen. Eure Tränen versalzten uns jedes Essen, selbst den allersüßesten Algenkuchen. So haben wir beschlossen, Eure teure, hochfeuchte Familie zu suchen und natürlich auch zu finden, koste es, was es wolle. Zu diesem Zwecke verschicken wir uns nun selbst gleichsam in Paketen in alle Himmelrichtungen und hoffen in Bälde mitsamt Euren Lieben auf analogem Wege postalisch zurückzukehren.

Gezeichnet: Euer treuer Hofstaat

PS: Leider sind in den letzten Wochen die Paketgebühren derart drastisch angestiegen, dass für das Porto Euer gesamtes Königliches Vermögen und auch der Inhalt Eures Sparschweins, welches Ihr in der Pantoffelankergrotte versteckt hieltet, vollständig dahin geschmolzen ist.“

„Was, mein gesamtes Vermögen verschleudert? Und dabei steht mein Söhnchen neben mir. Und meine Frau … Na ja, so sehr hat sie mir ja nun auch wieder nicht gefehlt. Völlig unnötig, das Ganze, völlig unnötig. Sofort schicke man mir den Postboten, ich muss meinem Hofstaat hinterher.“

Kaum waren die Worte des Königs verklungen, da klopfte ihm schon jener Postbote von hinten auf die Schultern. In den Händen hielt er ein großes Paket.

„Ha, kannst du zaubern, Bursche?“, rief König Frider verdutzt: „Und ein Paket für mich hast du auch schon dabei? Dabei habe ich doch gerade erst nach dir gerufen.“

„Nein, Majestät, ein Irrtum Euer hochfeuchte Gnaden. Ich bringe Euch nur ein Paket, das soeben für Euch eingetroffen ist.“

Verdutzt schauten alle auf das Paket, das über und über mit fremdländischen Briefmarken, Stempeln und Schriftzeichen versehen war.

„Ah, ein Irrläufer“, rief Hasso von Haiden: „Da steht es ja, Empfänger unbekannt.“

Ganz offensichtlich war das Paket durch das halbe Universum gereist und nun glücklich wieder im Hampelmann-Reich angekommen.

„Aufmachen, sofort aufmachen“, haspelte der König: „Vielleicht enthält es eine leicht verderbliche Ware …“

Gesagt, getan, sofort fingen alle Umstehenden voller Neugier an das Paket zu zerfetzen. Doch oh Wunder, was kam da zum Vorschein ... Vor ihren Augen stand die seit fünf Jahren vermisste Königin Frida, zugegebenermaßen ein wenig zerknittert von der langen Reise und mit viel zu langen Haaren, aber keinesfalls verdorben, wie es der König befürchtet hatte."

„Mein lieber Mann, mein lieber Junge", seufzte die Königin, stürzte auf Frider und Fridolin zu und umarmte sie derart heftig, dass bereits das Sägemehl aus ihren Hampelmannkörpern zu rieseln begann.

Doch im Gegensatz zu seiner Frau war der König scheinbar überhaupt nicht gerührt:

„Ach herje, alles umsonst ... Mein teurer Hofstaat völlig umsonst weggeschickt. Und die hohen Paketgebühren, alles unnötig. Da habe ich nun meine Familie wieder, doch ohne Vermögen und Hofstaat. Und was ist ein König ohne diese Dinge? Ein jämmerlicher, höchst lächerlicher Hampelmann, über den sich die ganze Welt lustig machen wird ..."

Dieses Lamento schien dem Hasen Hasso von Haiden der rechte Zeitpunkt, die Hampelmännische Unterwasserwelt zu verlassen, um endlich die Reise zu Hotz Lotz' Bruder fortzusetzen. Unauffällig gab er Jule und Franzi ein Zeichen. Und noch während sie sich von den Hampelmännern verabschiedeten, versprach Jule dem König, überall nach seinem Hofstaat Ausschau zu halten und jeden einzelnen seiner Höflinge postwendend ins Hampelmann-Reich zurückzuschicken.

Seine hochfeuchte Eminenz König Frider schöpfte augenblicks wieder Hoffnung. Prinz Fridolin rief voller Begeisterung:

„Hurra, endlich geht es neuen Abenteuern entgegen!“

Und Königin Frida schimpfte entrüstet:

„Du bleibst hier, mein Schlingel! Gerade erst wiedergefunden und schon willst du wieder weg von deinen dich liebenden Eltern?“ Augenblicks hatte sie ihn am Schlafittchen gepackt.

„Bah, aufhören Mutter! Lass diesen Unsinn! Ich bin nicht auf der Welt, um mit Mütterchen und Väterchen öde auf der Ofenbank zu hocken. Nach großen Abenteuern ruft mein Herz.“

Doch diese zurecht verkündeten höchsten Ideale des Prinzen Fridolin lösten sich augenblicklich auf im gewaltigen Griff der mit großer Leibesfülle gesegneten Königin Frida, der fest und unerbittlich wie eine Schraubzwinge war. Unsere drei Reisenden mussten, ob sie nun wollten oder nicht, ohne ihren Gefährten Fridolin weiterreisen.

Noch während dieses familiären Wortwechsels überlegte Jule bereits angestrengt, auf welchem Wege sie denn das Unterwasserreich wieder verlassen könnten: ‚Nach den Aussagen der Hampelmänner gab es ja scheinbar nur den Weg über die Paketpost. Oder …? Doch halt, dann könnte sie sich ja gleich nach Berlin zu ihrem Vater zurückschicken lassen. Oh, fein, dann wäre die verrückte Reise endlich zu Ende.‘

Kaum gedacht, vernahm Jule direkt hinter sich eine tiefe schallende Stimme, die sich augenblicks in gewaltigen Bildern vor ihr auftürmte und ein geheimnisvoll berauschendes Flimmern aus lauter bräunlich-gelben Lichtfäden schwebte für einen kurzen Moment durch den halbdunklen Unterwasserraum:

„Halt, dazu ist es zu früh! Noch hast Du etwas Wichtiges zu erledigen!“

Erschrocken drehte sie sich um. Doch da war nichts und niemand. In einem nahen Unterwassergebüsch blubberten harmlos einige Wasserblasen und zu ihren Füßen kroch friedlich eine braungelb gepunktete Langusterschnecke ihres Weges. Keinesfalls hatte Jule sich die Stimme nur eingebildet.

Oh, was war denn das? Urplötzlich begann sich die Langusterschnecke gegen den Uhrzeigersinn im Kreise zu drehen. Immer schneller und schneller, schraubte sie sich wie ein Bohrer in den weichen Sandboden, der den Umherstehenden nur so in die Augen flog. Jule konnte gerade noch sehen, wie ein warmes, unglaublich freundliches Licht aus dem eben erst entstandenen Bohrloch ihr entgegen schimmerte. Da war sie schon eingeschlafen …

11. Kapitel

Des Wunderns ist kein Ende

„Hach wie herrlich doch dieses Jahr das Gemüse in Saft und Kraft steht … steht, mmmh … Man kann ja regelrecht zusehen, wie es wächst, wächst. Lecker …"

„Hu, was ist denn das?" Erschrocken riss Jule die Augen auf. Gerade ergoss sich über sie ein mächtig kalter Wasserschwall. Doch als sie davonlaufen wollte, bemerkte sie erschrocken, dass ihre Beine bis zu den Hüften in der feuchtwarmen Erde steckten. Am Himmel erblickte sie eine seltsam trübe und ferne Sonne, die ihre milchigen Strahlen nur mit äußerster Mühe auf die weißlich dampfende Erde zu senden schien. Im selben Moment schrie es schon rechts und links neben ihr:

„Brr, iiih, pfui …“

„He, aufhören …“

„Ach, Franzi und Hasso …“, seufzte Jule erleichtert. Zum Glück waren ihre Gefährten noch immer bei ihr. Doch auch sie steckten seltsamerweise bis zu den Hüften in Reih und Glied inmitten einer tiefen Ackerfurche eines bis zum Horizont reichenden Feldes in schönster Gesellschaft von Kohlrabis, Futterrüben, Blumenkohl, Wirsing, Rettich und wer weiß was sonst noch alles für Gemüsesorten. Über sie gebeugt stand eine alte Frau mit einer verbeulten Blechgießkanne. Auf der Nase trug sie eine große schwarze Brille, deren Gläser mindestens die Dicke von Panzerglas besaßen. Ihr wirres graues Haar war zu einer Art Turban geflochten, den merkwürdiger Weise ein schwarzer Vogel zu seinem Nest auserkoren hatte.

„Na, na, na …! Nicht so ungeduldig, das junge Gemüse …müse …“, schnarrte die Alte mit garstiger Stimme: „Kommt noch früh genug in den Topf … Topf.“

Und der Vogel krächzte gierig: „Zhhrrr … fhhrrr, Blumenkohlsuppe, Möhrensuppe, shhrrr, Bratkartoffelsuppe … ghhhrr.“

„Bist du wohl ruhig, alter Plapperschnabel … schnabel! Was hatte ich dir gesagt … sagt? Ruuuhe, absolute Ruuuhe! Von dem Gekrächze platzt mir ja das Trommelfell … fell. Wart nur wenn ich dich erwische …wische.“

Schon schlug sie brutal mit einer Holzschippe nach dem armen Vogel, traf sich jedoch immer nur selbst dabei, so dass das Blut in Strömen von ihrem Kopfe schoss.

Zum Glück verschwand das seltsame Pärchen, garstig schimpfend und krächzend gar bald in der Ferne, so dass sich Franzi, Jule und Hasso endlich mit ihren Händen aus dem Erdreich ausgraben konnten. Doch dies war gar nicht nötig, denn schon hob sich wie von Zauberhand die Erde unter ihnen und unsere Gesellschaft fand sich unverhofft auf dem Rücken eines braunweiß gestreiften Riesenkäfers wieder:

„Haltet euch schön fest, ich bringe euch in Sicherheit."

„Wer bist du denn und wohin bringst du uns?", fragte Hasso, der als erster seine Fassung wiedergewann.

„Die Frage ist falsch gestellt. Anstatt zu fragen, wer ich bin, solltest du lieber fragen, als was ich dir erscheine", sprach der Käfer gelehrt und begann gemächlich loszutraben.

„Was soll das heißen?"

„Das soll heißen, dass ich nichts bin."

„Aber du bist doch ein Käfer."

„Was? Ein Käfer? Ist ja ganz und gar außergewöhnlich! Echt abgefahren! Käfer hatte ich auch noch nicht. Man hat mich ja schon für vieles gehalten, aber für einen Krabbelkäfer? Wirklich sehr, sehr abgefahren. Du musst viel Phantasie haben, mein Lieber, oder auch gar keine. Ansonsten würdest du mich wohl kaum für einen Käfer halten."

Alle fanden die Antwort des Käfers äußerst rätselhaft und dennoch irgendwie glaubhaft, da er sie mit so großer Selbstverständlichkeit vorgetragen hatte. Deshalb versuchte Jule mit einer anderen Frage, dem Geheimnis des vermeintlichen Käfers auf die Spur zu kommen:

„Wer war denn vorhin die alte Frau?“

„Alte Frau? Kenn ich nicht, hier gibt’s keine alte Frau?“

„Aber wer hat uns denn dann gerade eben mit der Gießkanne begossen und vor wem bringst du uns in Sicherheit?“

„Ach so, jetzt endlich dämmert mir, was ihr meint. Sagt mir doch bitte flink, was eure letzte Erinnerung ist.“

„Erinnerung? Ach ja, wir waren im Unterwasserreich der Hampelmänner und haben einen Weg aus dem Wasser gesucht.“

„Na seht ihr. Und nun habt ihr ihn gefunden.“

„Wieso? Wie denn? Wo?“, fragten alle drei aufgeregt durcheinander.

„Na ganz einfach, ihr habt mich gefunden. Ich bin der Weg.“

„Duuu? Wie kann denn ein Käfer ein Weg sein?“

„Ach herrje, ihr seid wirklich schwer von Kapee. Hört ihr etwa schwer? Ich habe euch doch schon einmal gesagt, dass ich kein Käfer bin! Nun gut, wenn ihr mich unbedingt für einen Käfer halten wollt, dann erkläre ich euch das Ganze eben mit einer Käfergeschichte. Und während er unbeirrt seines Weges ging, hub er bedächtig zu erzählen an:

Die wundersame Geschichte vom sehnsüchtigen Käfer

„Es war einmal ein Käfer, der träumte von den allergeheimsten Geheimnissen der großen weiten Welt. Eine tiefe innere Sehnsucht hielt ihn Tag und Nacht gefangen, ließ sein pochendes Herz ein übers andere mal erzittern, machte seine Gedanken unruhig und schwer, ohne dass er wusste, nach was er sich denn eigentlich sehnte. Ja, dieses nagende Gefühl machte ihn Tag für Tag immer unglücklicher, bis er schließlich in andauernde Trübsal verfiel. Doch eines Tages, als er schon fast die Erfüllung all seiner tiefen Sehnsüchte und Wünsche für alle Ewigkeit in dunkler Stumpfheit begraben hatte, erfuhr er von einem großen Schatz, der tief unter der Erde vergraben liegen sollte. Und wer diesen Schatz finde, könne sich alle Wünsche erfüllen.

Erleichtert seufzte der Käfer auf, denn nun endlich wusste er, wonach er sich die ganze Zeit so unendlich gesehnt hatte. Sofort machte er sich auf die Suche nach dem geheimnisvollen Schatz, grub sich immer weiter und tiefer ins feuchtwarme Erdreich. Kreuz und quer in alle Himmelsrichtungen baute er seine gewaltigen Tunnel, doch auch nicht der kleinste Schatz wollte sich in der langen Zeit zeigen. Das Einzige, was nach vielen Jahren mühevoller Suche übrig blieb, war ein undurchschaubares Gewirr endloser leerer Gänge. Doch im siebten Jahr seiner Suche nahte endlich die Erlösung, denn da kam er genau an der Stelle wieder ans Tageslicht, an der er seine lange Reise dereinst begonnen hatte.

Doch wie erstaunte der Käfer, als er nach den langen Jahren erstmals wieder den blauen Himmel, die bunten Blumen, die herrlichen Bäume und zarten Gräser erblickte. Der wunderschöne, geradezu heilige Anblick überwältigte und erschütterte ihn bis ins Mark. Warum nur hatte er diese ganz und gar unglaubliche Schönheit, diese unendliche Klarheit, Reinheit, Unschuld und Vollkommenheit zuvor noch nie wahrgenommen? Als er den Grund in sich selber suchte, staunte er umso mehr. Denn da war nichts mehr. Der lange dunkle Weg hatte ihn innerlich völlig leer und frei gemacht, genau wie seine leeren Gänge. Alle überflüssigen Gedanken hatte er wie unnötiges Erdreich oder Ballast von sich geworfen. Keine nagende Sehnsucht trieb ihn mehr von zu Hause fort. Und plötzlich verstand er das tiefere Geheimnis, den großen Schatz, nach dem er sich immer gesehnt hatte: Indem er leer geworden war, kein bohrender Gedanke, nicht die kleinste Sehnsucht ihn mehr beherrschte, stellte sich auch nichts mehr zwischen ihn und die Dinge. Er konnte die Schöpfung in voller Reinheit, Schönheit und Unschuld erschauen. Und nun wusste er ohne jeglichen Zweifel, dass er seinen geheimen Schatz gefunden hatte."

Mit diesen Worten beendete der Käfer seine Erzählung. Jule, Franzi und Hasso starrten mit offenen Mündern in die Luft. Ach, war das aber eine wundersame Geschichte. Alle hatten das Gefühl, als ahnten sie, was der Käfer meinte. Und dennoch konnte keiner die Erzählung des Käfers mit Gedanken und Worten deuten. Dem Käfer, der in Wirklichkeit kein Käfer war, schien ihre Hilflosigkeit nicht unbemerkt geblieben, und so begann er geduldig zu erklären:

„Die leeren Gänge sind die Bahnen eurer Gedanken und ich selbst bin der formlose Stoff, aus dem ihr eure Gedanken formt. Also habt ihr nichts weiter getan, als mit euren Traumgedanken aus mir einen Käfer zu formen, um mit ihm als Transportmittel das Unterwasserreich zu verlassen. Und dies ist auch der Grund, warum ich vorhin zu euch sagte, dass ich kein Käfer bin, sondern der Weg.

Doch all dies ist nur ein Bild für euren eigentlichen Weg – ich meine den großen Weg. Und schon bald werdet auch ihr den Ballast eurer schweren Gedanken von euch werfen können …“

„Aber heißt das etwa, dass alles, was wir hier sehen und fühlen, nur unsere Gedanken sind, ja dass wir alles nur träumen und somit nichts wirklich ist?“, brach es aus Jule ahnungsvoll hervor.

„Dies müsst ihr selbst herausfinden“, flüsterte der Käfer geheimnisvoll: „Schaut auf meine Flügel.“

Alle starrten wie gebannt auf seinen Rücken und oh Wunder. Schon begannen die braungelben Streifen des Käfers zu flimmern und zu zittern wie die angezupften Saiten einer summenden Gitarre, verschmolzen miteinander zu einem farblosen Einerlei, dass einem ganz schwindlig und schummerig wurde und es in den Augen flackerte. Schon fühlte sich Jule selbst wie eine schwirrende Saite, die immer doller und weiter schwang und alles um sie herum zum Klingen brachte. Auf einmal machte es „Ding“ – ein heller Klang, wie wenn Vater am Heiligabend das Weihnachtsglöckchen zur Bescherung läutete. Und augenblicks wurden der Käfer und alles um sie herum durchsichtig. Die Welt verschwand. Dafür erblickte Jule tief unter sich wieder das stille Unterwasserreich der Hampelmänner. Doch wie erstaunte sie, als sie sich selbst und ihre Freunde in tiefem Schlaf versunken auf dem Meeresgrund liegen sahen.

„Aufwachen! Wacht auf!“, rief Jule. Umsonst, keiner hörte sie. Doch da war plötzlich wieder die geheimnisvolle Langusterschnecke, mit der ihre Traumreise begonnen hatte. Lautlos formte die mit ihrem Munde eine große schillernde Luftblase, welche die schlafende Gesellschaft umschloss und sanft mit sich nach oben trug. Kaum hatte die Blase das Wasser verlassen, waren Jule, Hasso und Franzi hellwach und eins mit ihren Körpern. Doch blieb keine Zeit zum Aufatmen, denn schon raste das nächste Abenteuer auf sie zu. Über dem Meer tobte ein wilder fauchender Sturm, riss die zarte Blase augenblicks mit sich und warf die Reisegesellschaft wie einen Spielball in rasender Geschwindigkeit hoch und runter durch die rauen Lüfte. Unter ihnen türmten sich haushohe Wellen, das Meer schien vor Wut regelrecht zu kochen und alle hatten Angst, die Blase könne zerplatzen oder auf dem Wasser aufschlagen. Das wäre ihr sicherer Tod.

Doch endlich, nach langen bangen Stunden, zeigte sich ein schmaler Streifen Land am Horizont. Und im Näherkommen erkannten sie erstaunt eine riesige Felswand, die turmhoch fast bis zu den Wolken vor ihnen aufragte. Oh weh, wie sollten sie da nur hinüber kommen. Schon trennten sie nur noch wenige Meter von dem schwarzen Fels, als plötzlich die nächste Gefahr in Gestalt einer Gruppe riesiger, dunkelblau schillernder Vögel mit langen spitzen Schnäbeln auf sie zugesaust kam.

„Ho, ho, Aaaachtung ..., unsere Blase!“, konnte Hasso von Haiden nur noch rufen. Da durchbohrten schon mehrere Schnäbel zugleich die schillernde Blase, zerfetzten sie in tausend Stücke und Jule, Hasso und Franzi stürzten schreiend dem tosenden Meer entgegen. Doch im letzten Moment, noch bevor sie auf dem dunklen Wasser aufschlugen, packten die Vögel die drei und stiegen mit ihnen, die steile Felswand empor, dem rettenden Land entgegen.

12. Kapitel

Im Reich des Binki Lotz

Schon überquerten sie ein mächtiges raues Gebirge, das sich kurz zuvor noch hinter der rauen Felswand versteckt hatte, als der Hase unvermittelt laut aufschrie und wild mit seinen Pfoten nach unten zeigte. Direkt unter sich erkannten sie einen rotierenden Riesenpropeller so groß wie zwanzig Fußballplätze. Mit immenser Gewalt saugte der die umliegende Luft in sich hinein, dass selbst die kräftigen Vögel alle Mühe hatten, nicht hineingezogen zu werden.

„So eine Gemeinheit“, schimpfte Franzi entrüstet: „Der Sturm ist ja künstlich …“ Und Hasso ergänzte: „Das Gleiche gilt für die Vögel. Alle nur aus Blech, alles nur Attrappe …“

Wie zur Bestätigung verstummte mit Überquerung des höchsten Bergrückens urplötzlich der fauchende Sturm, der

Himmel heiterte sich auf. Dafür vernahmen sie nunmehr deutlich das harte Geklapper der Flügel der gewaltigen Eisenvögel. Doch als wolle die Landschaft sich für die ausgestandenen Unbilden bei der Reisegesellschaft entschuldigen, zeigte sich nun unter ihnen zur Versöhnung eine wunderschöne, sanfte Wiesenlandschaft, immer wieder durchbrochen von funkelnden Seen und fröhlich glucksenden Bächlein, die ausgelassen aus dem nahen Gebirge in die Ebene stürzten. Dieses mächtige Gebirge umschloss das Tal wie ein dunkler Ring. Und an seinen sanften Berghängen wuchsen seltsam dunkelgrün leuchtende Bäume, die wie herrliche Kerzen dem strahlendblauen Himmel entgegen züngelten. Die vielen Blumen, die in ausgedehnten Streifen das herrliche Tal durchzogen, vermittelten den Eindruck eines riesigen Gartens, obgleich es sich tatsächlich um eine wilde Sommerlandschaft handelte.

„Ach, ist das schön", seufzte Jule. Zum zweiten Mal auf ihrer Reise hatte sie das tiefe Bedürfnis, in der wunderschönen Natur einfach nur zu verweilen und immer und ewig auszuruhen. Und als hätten die Eisenvögel Jules Gedanken gelesen, landeten sie unvermittelt unter großem Geschepper auf einem besonders lieblichen Wiesenstückchen. Überall summte und brummte es von Tausenden schillernder Insekten, die ringsum an den köstlichen Blumen naschten. Da war ein wohliger Duft in der warmen Frühlingsluft, dass selbst dem sonst so strengen Hasen Hasso von Haiden sein eisernes Ritterherz ganz weich wurde und er sich wie im Paradiese wähnte.

„'Nen schönen Tag auch, liebe Leutchen. Lang keinen Besuch mehr bekommen. Muss wohl an den hohen Bergen liegen."

Erschrocken drehten sich Hasso, Franzi und Jule um. Vor ihnen stand ein kleines Männchen:

„He, hallo Hotz Lotz“, rief Franzi freudig erregt, stürzte auf den kleinen Kerl zu und umarmte ihn heftig.

„Mädchen, loslassen, bitte. Bin nicht Hotz Lotz ..., bin Binki Lotz. Musst richtig hinschauen. Hotz Lotz hat grüne Augen, Binki blaue ...“

Verdutzt starrten alle ihn an. Wenn das tatsächlich der Bruder von Hotz Lotz sein sollte, dann waren sie ja unversehens bereits am Ziel ihrer Reise angekommen.

„Einen schönen Gruß von deinem Bruder sollen wir dir bestellen“, polterte es aus Jule hervor.

„Schönen Gruß von Bruder?“, fragte Binki Lotz traurig: „Bruder hat mich nicht mehr lieb, schickt böse Blechbüchsenfische zu mir. Binki Lotz kann nie mehr nach Hause zurück. Hab aber eiserne Raubvogel- und Blechentenarmee gebaut und große, gewaltige Sturmmaschine ... Hotz Lotz kann mich nicht mehr ärgern ...“

Gedankenschwer hob Binki Lotz einen rötlichen Stein und warf ihn gegen einen spitzen Felsen. Der Stein zerbrach mit silbrigem Klang und ein wunderschöner orangegrüner Schmetterling entschlüpfte seinen Hälften.

„Sieh nur Jule“, rief Franzi erstaunt: „Da sind ja überall solche funkelnden Zaubersteine. Verwundert schauten sie sich um. Ringsum auf den grasgrünen Wiesen lagen rote, grüne, gelbe, blaue und schneeweiße Edelsteine in großen Mengen wie Kieselsteine verstreut und funkelten geheimnisvoll in der hellen Sonne. Binki Lotz bemerkte ihre verwunderten Blicke:

„Wenn Binki Lotz traurig ist, wirft er immer Funkelsteine. Hab schon viele geworfen. Viele Schmetterlinge, Bienen, Libellen sind aus den Steinen gekommen …“

„Oh je“, seufzte Jule. Angesichts der vielen Insekten, die hier tatsächlich umherschwirrten, musste Binki Lotz' Traurigkeit wirklich sehr groß sein.

Hasso von Haiden legte väterlich seine weiche Hasenpfote um Binkis Schulter:

„Wir werden dir helfen, kleiner Eisenmann. Du musst nur Schwämmchen, die Freundin deines Bruders wieder freigeben. Nur deshalb ist dir dein Bruder gram. Gewiss ist alles nur ein großes Missverständnis?“

„Schwämmchen..?“, stöhnte Binki Lotz schmerzerfüllt: „Armes armes Schwämmchen. Wisst ihr nicht, was passiert ist?“ Dabei zitterte der kleine Kerl am ganzen Körper.

„Nein, erzähl doch schon!“, riefen alle wie aus einem Munde.

„Ist lange Geschichte. Hab sie aufgeschrieben, weil Binki Lotz nicht so gut erzählen kann. Kommt mit.“

Damit führte er die bunte Reisegesellschaft zu einer nahe gelegenen Baumgruppe. Beim Näherkommen bemerkte die Freunde erstaunt, dass das, was sie von Weitem als Bäume angesehen hatten, in Wirklichkeit lauter wundersam blühende Kletterpflanzen waren, die in wilder Schönheit ein niedliches kleines von riesigen schlanken Säulen umgebenes Steinhaus umrankten. Rings um das Häuschen lag eine große Zahl liebevoll gepflegter Beete, auf denen alles wuchs, was nur Herz und Magen erfreuen konnte.

„Blingeling, wingeling singeling, bist wieder da, lieber guter Binkiling …“ säuselte es auf einmal aus allen Ecken. Und noch ehe sie sich's versahen, waren Jule, Franzi und Hasso umringt von einer ganzen Schar kleiner Zwerge, die alle wie ein Ei dem anderen unserem armen Binki Lotz glichen. Nur dass sie ihm gerade mal bis zum Bauche reichten.

„Habe ich gebaut, meine Kinder ... Binki Lotz braucht Gesellschaft ... Ist sonst so einsam hier, ohne Hotz Lotz und Schwämmchen. Passen außerdem auf meine Bücher auf ..."

Und damit schob er einige Schlingpflanzen beiseite, öffnete eine sich dahinter befindliche quietschende Holztür und Jule, Franzi und Hasso traten neugierig in das Innere der geheimnisvollen Behausung.

Als sich ihre Augen an das Halbdunkel gewöhnt hatten, staunten sie nicht wenig. Tatsächlich befanden sie sich inmitten der wohl schönsten Bibliothek, die die Welt je gesehen hatte. Die Fenster waren, wie schon bei Hotz Lotz' Häuschen mit bunten Blumen und Ranken nahezu zugewachsen und ließen nur ein gedämpftes grünliches Licht in den achteckigen Raum fallen. Die Wände zierten wunderschön geschnitzte Holzregale, in denen in allen Farben und Größen die wundersamsten Bücher standen, die man sich nur denken konnte. Ihre Einbände waren aus wundervoll gefärbten Holzplättchen, funkelnden Edelsteinen, getrockneten Blumenblättern, erlesenen Pflanzensamen und ähnlichen schönen Dingen gefertigt und somit wahre Kunstwerke.

Doch als wäre der Anblick noch immer nicht schon schön genug, zog Binki Lotz plötzlich an einem von der Decke hängenden Faden und augenblicks erstrahlte der weite Raum in einem unvergleichlichen Lichterglanz. Riesige Bergkristalle fingen das Sonnenlicht auf und lenkten es durch die geheimnisvoll verflochtene Decke in alle Ecken und Winkel der herrlichen Bibliothek.

„Wo hast du denn all die wunderbaren Bücher her", fragte Jule fasziniert.

„Hat Binki Lotz selbst geschrieben und gebastelt. Alles, was Binki Lotz sieht und hört, denkt und träumt, steht da drin. Auch Geschichte von Schwämmchen und dem schrecklichen Mahlstrom."

Damit kletterte Binki Lotz auf eine kleine Leiter und holte aus dem obersten Regal ein goldbraunes Büchlein hervor. Auf dem Buchdeckel klebten lauter kleine blaue Edelsteintränen, darunter ein Sträußchen Vergissmeinnicht und in verschnörkelten goldenen Lettern lasen die Freunde gerührt „Binki's Tränenbüchlein".

„Lies du Hase, bitte. Wenn Binki liest, muss er immer weinen. Doch wir dürfen nicht weinen. Hat Vater verboten, weil wir alle aus Eisen sind. Eisen rostet ..."

Jule, Franzi und Binki Lotz machten es sich auf den weichen Kuschelkissen gemütlich, die überall auf dem Boden verstreut umher lagen, und bereiteten sich innerlich auf die geheimnisvolle Geschichte vor. Doch der sehr praktisch veranlagte Hasso von Haiden meinte nur erschrocken:

„Oh weh, das Buch hat ja siebentausenddreihundertzweiunddreißig Seiten. Und außerdem ist die Tinte ganz verlaufen, so dass ich kaum ein Wort entziffern kann. Erzähl uns bitte mit wenigen Worten, was passiert ist."

Vorsichtig klappte Binki Lotz das Buch wieder zu, legte es andächtig auf seinen Schoß und begann holperig zu berichten:

Die Geschichte von Schwämmchen und dem schrecklichen Mahlstrom

„Hotz Lotz und Binki Lotz waren immer allerbeste Freunde und Brüder, die es gibt. Lebten im großem Glück. Dann war eines Tages Schwämmchen da und Hotz Lotz und Binki Lotz wurden noch viel, viel glücklicher. Schwämmchen kam aus fernem Land Namens Koriandafee. War dort unvorsichtig auf Berg eingeschlafen. Große Wolke stieß an Bergspitze und nahm Schwämmchen mit. Wolke zog bis ins Lotzeland. Drei Tage lang regnete sie genau über unserem Haus. Und als Wolke leer war, fiel Schwämmchen herunter durch unser Dach in die Wäschetruhe.

Schwämmchen ist sehr schön und lieb, kann wunderbar duftenden, knusprigen Koriandakuchen backen. Eines Tages gingen Binki Lotz und Schwämmchen in den Wald Kräuter suchen. Liefen immer weiter von zu Hause fort, bis wir uns verlaufen hatten. War sehr gefährlich, da am Ende des Waldes großer schwarzer Mahlstrom fließt."

„Aber was ist denn ein Mahlstrom?", fragte Jule neugierig dazwischen.

„Schlimme Sache, ganz, ganz schlimme Sache ..." stieß Binki aufgeregt hervor: „Wenn das Vater wüsste. Mahlstrom ist riesiger Fluss aus glühendheißem, flüssigem Gestein. Ist vor kurzem erst aus Erde gekommen. Verbrennt alles, was in seiner Nähe ist und wird immer größer und schrecklicher. Und im Mahlstrom wohnt böser, böser feuerspeiender Drache. Will alles kaputt machen, was Großer Mechanikermeister geschaffen hat. Wenn unser lieber Vater nicht wieder kommt, verschluckt Mahlstrom ganze Ebene und auch mein liebes Schwämmchen."

Dicke Kullertränen rollten über Binki Lotz' Wangen, die er gleich wieder mit einem öligen Läppchen fortwischte:

„Viele sagen, Schöpfer des Universums hat großen Fehler gemacht. Alle wissen davon, nur Vater nicht. Als er unser schönes Lotzeland schuf, hat er nicht aufgepasst ..."

„Oh weh, dann ist es also wahr, was man sich so erzählt", stöhnte der Hase.

Jule erschrak, noch nie hatte sie einen so ernsten Gesichtsausdruck bei Hasso von Haiden gesehen:

„Was willst du damit sagen Hasso? Weißt du etwas über den Mahlstrom?"

„Das kann man wohl sagen. Bin weit im Universum herumgekommen, habe in den letzten Millionen Jahren 937.423 Länder, Reiche und sieben Ebenen durchquert und hörte dabei immer wieder die Geschichte vom Mahlstrom. Obgleich diese Legende bei nahezu sämtlichen Völkern der Ebenen erzählt wird, konnte mir jedoch niemand bisher sagen, wo sich der schreckliche Mahlstrom tatsächlich befindet. Und deshalb habe ich die ganze Angelegenheit auch immer nur für ein Ammenmärchen gehalten."

„Was erzählen denn die Leute? Mach's doch nicht so spannend."

„Los sag uns, was du über den Mahlstrom weißt", stießen Franzi und Jule hastig hervor.

„Ihr erinnert euch gewiss noch an meine Erzählung von dem Kampf der wunderschönen Riesin Cloeda mit dem finsteren Drachen Morsus. Ich hatte euch erzählt, dass der Schöpfer des Universums Cloeda vor dem Drachen der Finsternis dereinst gerettet hatte, indem er sie in unzählige Teile zerfallen ließ und diese Teile dann durch einen riesigen Schwall unendlicher Liebe auf immer und ewig miteinander verband. Aus den Teilen entstanden laut der Legende unsere Welten und Ebenen, auch jene, in der wir uns gerade befinden.

Die Wesen, die später diese Ebenen bevölkerten, erzählen nun schon seit vielen Millionen von Jahren, dass der Schöpfer, als er die Ebenen mit unendlicher Liebe zusammenfügte, nicht richtig aufgepasst habe. Alle Welten müssen nämlich nahtlos miteinander verbunden sein wie der Fels mit dem Boden, das Boot mit dem Wasser, der Vogel mit den Lüften und so weiter.

Wenn nämlich auch nur der kleinste Spalt zwischen den Welten ist, also die Liebe fehlt, dann kann die schreckliche Gegenwelt, das reine Nichts, die absolute Finsternis, verkörpert durch den schrecklichen Drachens Morsus, in jene Zwischenräume eindringen und darin weiteres Böses erschaffen, ohne dass der Schöpfer dies bemerkt."

„Ja, und wie tut er das?"

„Der verschlagene Drache setzt dazu die Welten in Bewegung. Diese reiben aneinander und verwandeln sich an den Reibungsflächen durch gewaltige Hitze in riesige Ströme flüssigen Gesteins, welche Morsus als Brut- und Tummelplätze für seine schrecklichen Geschöpfe benötigt. Sie sollen das Grässlichste sein, was man sich nur vorstellen kann. Auf diese Weise werden im Laufe der Zeit die Welten des Schöpfers immer kleiner und die glühenden Magmaströme der Zwischenwelten immer größer, bis Morsus sich dereinst stark genug fühlt, den Boden zu durchbrechen und in Gestalt glühender Lawaströme die Ebenen zu verbrennen. Damit werden zugleich die Dämonen entfesselt, die aus ihren dunklen Zwischenreichen der unteren Ebenen nun in die heiligen Lebensräume Cloedas vordringen. Und dies, obwohl die oberen Ebenen für die Dämonen vom Schöpfer durch ein mächtiges Zauberwort am Anfang der Zeit auf immer und ewig versperrt worden waren."

Jule und Franzi kauerten ängstlich auf ihren Kissen, drehten sich ein über das andere Mal abrupt um, als befürchteten sie, dass Morsus' schreckliche Gesellen bereits um Binki Lotz' Haus herumstreifen könnten. Doch der Hase behielt wie immer einen kühlen Kopf:

„Gut, soviel zum Mahlstrom. Und nun Binki Lotz, erzähl uns, was mit Schwämmchen passiert ist."

„Als wir uns beim Kräutersammeln im Wald verlaufen hatten, kam Fremder mit langen schwarzen Haaren und gelbgrünen, leuchtenden Augen wie Schlange. War sehr groß und schlank und trug langen dunkelblauen Umhang mit vielen glühenden Sternen. Binki Lotz bemerkte sofort, wie merkwürdig Fremder Schwämmchen anschaute. Fremder sagte, er heiße Echard Susrom, würde sich in der Gegend gut auskennen und uns den Weg zurück nach Hause zeigen. So gingen wir mit Fremden. Dann wurde es immer heißer und heißer. Binki Lotz schwitzte mächtig und hatte Angst zu rosten. Schwämmchen fürchtete sich vor großem Mann und bat mich, ohne ihn weiterzugehen. Doch Fremder ließ sich nicht wegschicken. Als wir auf einem Berghang an einem Seitental vorbeikamen, rannten Binki Lotz und Schwämmchen weg, so schnell wie wir konnten. Doch Echard Susrom schwebte sofort über uns. Blauer Umhang war wie Flügel und leuchtete nun auf Innenseite feuerrot wie flüssiges Eisen. Binki Lotz und Schwämmchen schrien laut um Hilfe. Doch keiner kam. Echard schnappte sich Schwämmchen und flog los. Binki Lotz konnte gerade noch Zipfel von Umhang greifen, war glühendheiß, und flog mit Echard und Schwämmchen davon. Als wir über hohen Berg kamen, sah Binki dann schreckliche Sachen. Großer Mahlstrom wandte sich wie glühende Schlange durchs Tal und verbrannte alles, was im Weg war. Überall giftige Dämpfe und schwarzer Rauch. Echard Susrom flog direkt auf Mahlstrom zu. Da wurde Binkis Eisenhand plötzlich so heiß, dass sie zu schmelzen begann. Binki Lotz lies los und stürzte in Tiefe. Sah nur noch wie Fremder mit Schwämmchen in schwarzes tiefes Loch mitten im schrecklichem Mahlstrom hineinflog und verschwand."

Kaum hatte Binki Lotz höchst erregt seinen Bericht beendet, begannen seine kleinen Gefährten ihn sanft zu trösten:

„Blingeling, wingeling singeling, sei nicht traurig Binkiling ..."

Doch Jule, deren anfängliche Angst sich in heiligen Zorn verwandelt hatte, unterbrach entrüstet den zarten Gesang der kleinen Zwerge:

„So eine Frechheit. Dem werd ich's heimzahlen, blöder Echard. Wo gibt's denn so etwas, einfach harmlose Leute beim Kräutersammeln entführen!"

„Vorsicht, nicht so laut sprechen", flüsterte Binki Lotz ängstlich, doch Hasso entgegnete beruhigend:

„Keine Angst, die Dämonen sind Feuerwesen und können nicht sehr weit ins Lotzeland vordringen, da sie die glühende Hitze als Nahrung benötigen. Solange wir dem Mahlstrom nicht zu nahe kommen, kann uns auch nichts passieren. Dennoch müssen wir etwas unternehmen. Die uralte Legende erzählt nämlich: Wenn es dem Drachen Morsus gelänge, seinen schrecklichen Mahlstrom in Gestalt einer glühenden Riesenschlange nach und nach um sämtliche Ebenen und Welten zu wickeln, hätte er die Macht, die göttliche Schöpfung ein für alle Mal zu zerstören und alle Geschöpfe des Universums würden in ewige Finsternis fallen. Ja, und dann …, dann muss alles noch einmal von vorn beginnen."

„Aber was können wir denn tun?", fragte Franzi verzweifelt: „Wir sind doch viel zu schwach und klein, um Schwämmchen zu retten, geschweige denn den riesigen Mahlstrom aufzuhalten."

Kaum hatte sie diese Worte gesagt, drang ein seltsames Säuseln durchs Gesträuch in die offenen Fenster der Bibliothek, durchwehte den Raum. Überall in der Luft wisperten plötzlich unsichtbare Stimmchen unaufhörlich:

„Willst unendlich sein,
bist doch schwach und klein,
willst unendlich sein,
bist doch schwach und klein,
willst unendlich sein, bist …"

Doch als gäbe es da noch eine andere unsichtbare Kraft, vernahmen sie kurz darauf kräftige Schritte im Raum und eine mächtige körperlose Hand warf ein dickes staubiges Buch auf den Tisch, dass es nur so knallte und das eiserne Geschirr auf den Küchenregalen schepperte. Schon begannen sich die Seiten in rasender Geschwindigkeit von selbst umzublättern, bis ein riesiger Faustschlag dem Geflatter abrupt ein Ende bereitete. Voller Angst klammerte sich Franzi, Jule, Binki Lotz, Hasso und die kleinen Zwerge aneinander, als völlig unerwartet aus der Mitte des Raumes eine tiefe Bärenstimme ertönte:

„Aus dem Haus wisperndes Gesindel,
euer Zauber ist aus,
ihr macht meine Freunde nicht mehr irre,
weil ich sonst eure Stimmchen verzwirre.“

Im selben Augenblick war das seltsame Gewisper verschwunden. Der Unsichtbare stapfte, wie er gekommen war, mit schweren Schritten aus dem Raum und hinterließ eine unheimliche Stille.

Als Erster gewann der große Bücherliebhaber Binki Lotz seine Fassung zurück, denn seine Neugier war zu groß. Schon beugte er sich über die aufgeschlagenen Seiten und begann laut zu lesen:

„Nimm meiner drei,
einen behalte immer dabei,
den zweiten musst du binden,
der dritte wird zum Ziele sich winden“

Nun starrten auch Jule, Franzi und Hasso in das dicke Buch. Unter den Versen war auf das vergilbte Papier von einer kunstvollen Hand in zarten Strichen und kräftigen Farben eine mächtige uralte Steineiche gemalt. Und wie sie so schauten, begannen in Stamm, Krone und den weit verzweigten Wurzeln plötzlich drei goldene Gegenstände zu blinken. In der Krone erstrahlte ein Dodekaeder, in den Wurzeln ein Würfel und am Stamm des Baumes ein tropfenförmiges Gebilde, das Jule an ein glühendes Herz erinnerte.

Binki Lotz riss entgeistert die Augen auf, stürzte nach draußen, stemmte keuchend eine mächtig bemooste Falltür empor und flog geradezu die Treppenstufen in den tiefen dunklen Keller hinab. Wieder zurück, hielt er triumphierend ein kleines Eichenholzkästchen in seinen Händen, klappte vorsichtig den zarten Deckel auf. Und unsere Reisegesellschaft erblickte in einem dunkelgrünen Samtfutter aufs Höchste verwundert genau diese drei goldenen Körper, die sie eben erst an der Steineiche hatten blinken sehen.

„Zauberschlüssel habe ich von Vater. Hat sie mir und Hotz Lotz gegeben und gesagt. ‚Zwei Schlüssel sind für euch und der dritte für das, was ihr dereinst am liebsten habt.' Hatte sie ganz vergessen …"

„Merkwürdig, äußerst merkwürdig", brabbelte der Hase vor sich hin: „Seht nur! Die Objekte tragen die uralten kosmischen Zeichen für Himmel, Erde und Liebe. Die Baumkrone verästelt sich im Himmel, das Wurzelwerk windet sich in die Erde und der Stamm verbindet beide miteinander durch die Kraft der Liebe. Kommt, lasst uns zurück ins Haus gehen und schauen, ob das Buch noch weitere Geheimnisse offenbart."

Doch oh Schreck dieses war auf genauso geheimnisvolle Weise verschwunden, wie es gekommen war.

„Das ist nicht so schlimm, denn die Lösung für die geheimnisvollen Verse ist ganz einfach", meinte Jule beruhigend:

„Wie der Mechanikermeister bereits sagte, gehört der erste Schlüssel zu Binki Lotz, der zweite zu Hotz Lotz. Deshalb stand in dem Buch auch, dass man den zweiten binden muss. Denn tatsächlich ist es ja unsere Aufgabe, Hotz Lotz und Binki Lotz wieder zusammenzubringen und damit die beiden Schlüssel zusammenzubinden. Und mit dem dritten Schlüssel müssen sich dann beide gemeinsam auf die Suche nach Schwämmchen begeben. Denn sie ist das, was Binki Lotz und Hotz am liebsten haben. Nur gemeinsam führen die drei Schlüssel sie zum Ziel.

Nimm meiner drei,
einen behalte immer dabei,
den zweiten musst du binden,
der dritte wird zum Ziele sich winden."

„Ja, so muss es sein", bestätigte Hasso von Haiden Jules Deutung: „Dies erklärt auch, warum Binki Lotz die goldenen Objekte als Zauberschlüssel bezeichnete. Sie öffnen die durch einen bösen Zauber verschlossenen Türen und bringen derart alle drei glücklich wieder zusammen. Dann sollten wir uns sofort auf den Weg zu Hotz Lotz begeben, um die Brüder endlich zu versöhnen."

„Aber wie sollen wir denn zu Bruder kommen? Hat doch gefährliche Blechfischarmee. Gibt nur Wasserweg, Binki Lotz hat kein Boot mehr. Gebirge ist zu hoch und gefährlich. Kann keiner drübersteigen."

„Dies sind in der Tat schwierige Probleme", meinte nachdenklich der Hase: „Doch wird uns auf dem Weg schon irgendetwas Vernünftiges einfallen. Immerhin haben wir die geheimnisvollen Zauberschlüssel, die uns gewiss den richtigen Weg weisen."

13. Kapitel

In der geheimnisvollen Kristallhöhle

Gesagt getan, schon begannen sie ihre Reisesachen zu packen und nachdem Binki Lotz seine Zwergenfamilie frisch aufgezogen und ihnen genaue Anweisungen gegeben hatte, wie sie in seiner Abwesenheit das Haus zu hüten hätten, marschierte die Freunde um einen treuen Gefährten reicher bereits einem neuen Abenteuer entgegen. Noch bevor die Sonne glühendrot hinter den in zartblaue Nebel getauchten Bergen des gewaltigen Gebirges Fehrefa versank, hatten sie schon sie die ersten Ausläufer des Bergmassivs erreicht, das Binki Lotz' Reich von dem seines Bruders trennte. Ab hier konnten sie die Reise nur noch über den kleinen Fluss fortsetzen, der in einer unterirdischen Höhle durch das Gebirge führte. Doch dazu mussten sie sich erst ein Boot bauen. Außerdem war die stockdunkle Gebirgshöhle mehr als gefährlich, hatten sie doch auf ihrem Rückweg gegen die starke Strömung des Flusses anzukämpfen, die ihnen auf der Hinfahrt noch so freundlich geholfen hatte. Nun aber bildete sie eine kaum zu überwindende Hürde.

So beschlossen die Freunde, direkt an der Stelle, wo der unterirdische Fluss glucksend und schäumend aus dem Felsen hervor schoss, erst einmal ihr Nachtlager aufzuschlagen. Und jeder hoffte insgeheim, dass der neue Morgen ihnen eine Lösung bescheren würde. Kaum hatte der Hase ein gemütliches Feuerchen gemacht und die Reisegesellschaft sich an Binki Lotz' leckeren Zuckerkartoffeln gütlich getan, da waren sie in ihren warmen Decken schon eingeschlafen.

Jule erwachte als erste. Seltsam, noch war es finstere Nacht. Der sichelförmige Mond, der in der sechsten Ebene viel kleiner war als auf der Erde, beleuchtete nur spärlich die unwegsame Umgebung. Die umherliegenden Felsbrocken warfen pechschwarze Schatten auf den herrlich bemoosten Waldboden. Warum nur war sie aufgewacht? Was hatte sie geweckt! He, da knackte doch etwas. Urplötzlich war Jule hellwach. Wie Scheinwerfer bohrten sich ihre Augen in die Dunkelheit. Nichts war zu sehen. Doch halt, dahinten in Richtung des halbverfaulten Baumstammes hörte sie leises Stimmengewirr und Geraschel. Lautlos schlich sie im Schutz der Büsche den seltsamen Geräuschen entgegen, als sich ihr plötzlich ein erstaunlicher Anblick bot. Nur wenige Meter vor ihr standen auf ihren Hinterfüßen sieben Zwergenwesen, gerade mal so groß wie fünfjährige Kinder, die Jule irgendwie an Gürteltiere erinnerten. Jeder von ihnen trug einen grünen Umhang mit Kapuze und auf dem Rücken einen mächtigen Rucksack, der fast so groß war wie sie selbst.

„Achtung, Mölchiwahri da steht noch ein Pflänzchen, mach schnell."

„Wo denn nur Parqürwahri? Ich sehe nichts ..."

„Dann benutze deine Nase, Trottel! Ach her je, bei der rostigen Gürtelschnalle meiner Urgroßmutter, mit was für Strohköpfen hab ich's nur zu tun. Findet angeblich kein Steinbrechkraut und sitzt doch mit seinem fetten Hintern darauf."

„Na aber, an meinem Hinterteil hab ich doch keine Augen. Wäre aber sicher ganz vorteilhaft. Ob sich diesbezüglich nicht vielleicht etwas machen ließe? Könnte dann zum Beispiel auf alle Vieren Pilze suchen und zugleich den Wolken am Himmel zusehen oder aber ...“

„Hör sofort auf mit dem dummen Gequatsche, Mölchiwahri. Willst wohl, dass uns die Waldeule Kuhrumutz entdeckt. Dann heißt's ade liebes Steinbrechkraut und damit auch ade schönes Wariwahriland.“

„Au backe, hör schon auf“, raunte Mölchiwahri ängstlich.

Mit diesen Worten packten die kleinen Gesellen ihre Sachen zusammen und tippelten flink der nahen Felswand entgegen. Jule schlich leise hinterher und sah nun erstaunt, wie alle plötzlich innehielten und einer von ihnen eine kleine Edelsteinschale samt Stößel aus dem Rucksack hervorholte. Dieser Zwerg unterschied sich von den anderen nur dadurch, dass er ein riesiges Holzgestell auf seinem Kopf trug, an dem lauter merkwürdige Dinge baumelten – kleine Perlen, Muscheln, Tannzapfen, getrocknete Kräuterbüschel, Pilzscheiben, Lochsteine und ähnliche komische Sachen.

Schon hatte er ein Büschelchen Steinbrechkraut aus seinem Rucksack gezupft, warf es geschickt in die Schale und begann mit einem Edelsteinstößel flink wie ein Wiesel das Kraut zu Brei zu reiben.

Ein angenehm süßlicher Geruch ähnlich Anisplätzchen stieg Jule in die Nase. ‚Ach du heiliger Bimbam, wie das kitzelt. Bestimmt muss ich gleich niesen.‘ Noch während Jule verzweifelt mit den Unbilden ihrer Nase kämpfte, hatte sich der Brei bereits in ein dickes bräunliches Öl verwandelt, mit dem sich die geheimnisvolle Gesellschaft nun verdächtig schnell in Richtung Felsen bewegte.

„Los Klumbüsewahri, schütt es auf den Stein!“, rief der Anführer ungeduldig. Kaum hatte das Öl den rauen Fels berührt, passierte etwas Wunderbares. Die benetzten Stellen fingen unversehens in Tausenden Äderchen intensiv grün zu leuchten an, durchwanderten darauf alle Farben des Regenbogens. Und als sie schließlich die Farbe rot erreichten, stieg mit einem lauten Zischen ein dicker violetter Rauch in die kühle Nachtluft.

Jule wollte ihren Augen kaum trauen. Das Öl des Steinbrechkrauts hatte den harten Felsen aufgelöst wie heiße Butter. In dem Berg klaffte nun ein riesiges Loch. Doch dies war der Moment, da Jule ihre ungehorsame Nase nicht mehr zähmen konnte. Ein gewaltiger Nieser entlud sich in die stille Nacht und hallte schrecklich an den Felswänden wider. Für eine Sekunde ließ das unheimliche Geräusch die geheimnisvolle Zwergentruppe vor Schreck wie zur Salzsäule erstarren. Dann flitzte die Bande, hast du nicht gesehen, flink wie der Wind ins offene Felsenloch – Jule hinterher. Doch als sie gerade eintreten wollte, verschwand wie von Geisterhand die Öffnung. Und nicht die kleinste Spur blieb von ihr zurück.

Nachdenklich schlich Jule zurück. Als sie an der Feuerstelle ankam, waren ihre Freunde bereits aufgestanden. Ihr lauter Nieser hatte sie geweckt. Flink erzählte sie von ihren erstaunlichen Beobachtungen.

„Na, da seht ihr's. Wenn man nur lange genug wartet, kommt die Lösung der Probleme von ganz allein. Mit dem wundersamen Steinbrechkrautöl und ein bisschen Glück werden wir also das Gebirge geradewegs durchqueren, als wäre es aus Butter“, meinte Hasso begeistert.

Gesagt, getan, schon begannen sie im fahlen Mondlicht nach dem geheimnisvollen Kraut zu suchen und hatten auch gar bald ein beträchtlichen Häuflein zusammen. Als die ersten Morgensonnenstrahlen über die steilen Gipfel des rauen Gebirges fielen, glänzte in Binki Lotz' Reisetopf bereits das von ihm fabrizierte kostbare Steinbrechkrautöl, das er nun vorsichtig in kleine Fläschchen füllte. Gleich würde sich zeigen, ob das Wunderöl tatsächlich dieselbe Wirkkraft wie bei den Zwergen entfaltete.

Doch kaum hatte Binki Lotz ein wenig Öl auf den Fels geträufelt, erstrahlten erneut die geheimnisvollen grünen Adern und der unüberwindbare Berg öffnete einladend seine Pforten. Ohne groß zu überlegen, wohin der Gang sie denn führen würde, huschten alle hinein. Augenblicks schloss sich der Felsen hinter ihnen und die Freunde standen in tiefster Finsternis.

„Hört ihr, was ich höre?", flüsterte Franzi ängstlich.

„Ja, das klingt wie ein fernes Pochen, da dum, da dum, da dum …."

„Oh weh, bestimmt schlägt da das Riesenherz eines schrecklichen Höhlenmonsters …"

„… Oder es sind die Schritte des Drachen Morsus, der uns hier in eine Falle gelockt hat."

„Wenn wir hier bloß heil wieder herauskommen."

„Papperlapapp, fasst euch bei den Händen …", unterbrach der mutige Hase die ängstliche Unterhaltung der Mädchen: „… nur, damit keiner von uns verloren geht."

„Und die Gespenster …?"

Als hätte Franzi damit ins Schwarze getroffen, schrie Jule urplötzlich laut auf. Soeben hatte etwas Kaltes, Feuchtes ihr Gesicht gestreift. Voller Panik riss sie sich von der Gesellschaft los und rannte in die dunkle Finsternis.

„Ihr hinterher, sonst geschieht ein Unglück."

Doch dies hätte der Hase gar nicht zu sagen brauchen, denn Binki und Franzi hatten bei Jules erstem Schrei ebenfalls vor lauter Angst bereits das Weite gesucht. Nur wenige Meter kamen die drei, dann verloren sie plötzlich den Boden unter den Füßen. Der holprige Weg hatte sich völlig unterwartet in eine steile spiegelglatte Rutschbahn verwandelt, auf der unsere Reisegesellschaft nun in Affenzahn kreuz und quer einem unbekannten Ziel entgegen sauste. Alle schrien und jammerten, begleitet von dem unheimlichen Klopfgeräusch, das mit jedem Meter immer lauter und lauter wurde. Da endlich sahen sie in der Ferne ein helles Licht auf sich zurasen und kurz darauf ging ihre Rutschpartie unversehens in den freien Fall über.

„Halt, he …, das gibt's doch nicht. Träum ich?"

Kaum wollte Jule ihren Augen trauen. Unter ihr erstreckte sich eine riesige glitzernde Stadt aus kilometerhohen Kristallhäusern, getaucht in gleißendes weißes Licht, das einzig aus dem Boden zu kommen schien. Die bis zum Horizont sich fortsetzenden Häuser waren vollkommen durchsichtig, so dass man aufs Genaueste deren Einrichtungen und Bewohner sehen konnte. Ja, die ganze Stadt schien wie aus einem einzigen schimmernden Kristall geschnitten. Die immensen Ausmaße der Höhle erzeugten ein Gefühl, als befände man sich unter freiem Himmel. Und tatsächlich trieben über ihnen einige rosa Wölkchen. Ein Glitzern und Blinken war überall, das man kaum wusste, wo das Auge hinwenden. Ja, und sie selbst trugen zu diesem verrückten Glitzerschauspiel bei, denn ihre bunten Anziehsachen spiegelten sich in den Kristallnadelhäusern wieder, brachen sich unzählige Male in der Kristalllandschaft und erzeugten in den Lüften ein wahres Farbenmeer.

Doch all diese unglaubliche Schönheit konnte nicht vergessen machen, dass ihre Reise irgendwann einmal ihr schmerzliches Ende finden und sie auf dem harten Kristallboden erbärmlich zerschmettern würden. Schon konnten sie deutlich die Straßen erkennen, auf denen unzählige Bewohner des unterirdischen Höhlenreichs hin und her huschten. Jule, Franzi, Hasso und Binki Lotz machten unwillkürlich die Augen zu, um den schrecklichen letzten Augenblick nicht mehr sehen zu müssen. Da plötzlich gab es einen heftigen Ruck, der gefährliche Sturzflug war beendet. Ängstlich öffneten sie die Augen. Was war das? Sie alle hingen in einem riesigen Fangnetz, das gerade einmal fünfzig Meter über dem Boden baumelte. Und noch seltsamer: sie waren nicht allein. Ringsumher zappelte und krabbelte es, als wären sie in einem reich gefüllten Fischernetz gelandet.

„Darf ich mich vorstellen, Waldmaus Jolli mein werter Name. Das ist mein Vetter Blödi von Waldau."

„Und ich bin Wakadu, vom Stamm der Aballon-Enten."

„He, nicht vordrängeln. Hier vor euch steht Mali Puh, der Schreck der Morgenröte ..."

„Würdest Du mich mal bitte vorbeilassen, fettes Meerschwein? Von wegen Schreck der Morgenröte, pah ...", näselte direkt hinter Hasso eine blasierte Stimme: „Ach was für ein wunderschöner Tag, nicht wahr? Fast zu schade, um sinnlos in einem dämlichen Netz herumzuhängen. Oder was meinen Sie?"

Jule erkannte eine giftgrüne Riesenraupe, die sich ohne zu fragen sofort um den Bauch des armen Binki Lotz wickelte.

Jule, Franzi, Hasso und Binki waren baff vor Staunen. Wie in einem Zoo wimmelte es nur so von bekannten und unbekannten Tieren. Und alle konnten sprechen. Wo nur kamen die denn alle her? Die Antwort ließ nicht lange auf sich warten, denn unmittelbar darauf lenkte ein bedrohliches Pfeifen ihre Blicke abrupt nach oben.

„Aaachtung Beeeeutelschnapfer, in Deckuuung …“, schnarrt die militärische Stimme eines Moortrommlers in blauroter Uniform. Alle hechteten zur Seite – außer Hasso, der nicht gerne Befehle anderer entgegennahm, was sich unmittelbar darauf sehr nachteilig auf seinen körperlichen Allgemeinzustand auswirkte. Denn schon gingen wie ein Bergsturz an die zwanzig känguruartige Wesen direkt auf ihn nieder. Nachdem sich der identische Begrüßungsmarathon nun auch mit den Beutelschnapfern wiederholt hatte, zeigte sich das ganze Ausmaß des Übels. Hasso von Haidens stolze Blechbüchsenrüstung war über und über mit Beulen bedeckt, sein linkes Ohr war eingerissen und große Schrammen und blaue Flecken bedeckten seinen grasgrünen Hasenkörper.

Die eingebildete grüne Raupe quittierte diesen schlimmen Zwischenfall jedoch nur mit den schnippischen Worten:

„Kann man diese alten Blechbüchsen nicht woanders entsorgen? Man kommt sich ja vor wie auf einer ordinären Müllkippe.“

„Will raus aus Netz. Kommt wir gehen“, sprach Binki Lotz schüchtern in die Runde.

Sofort antwortete ihm ein albernes Gelächter:

„Hihihihi …“

„Ach wie possierlich, ein Lotzeländer …“

„So ein Exemplar hatten wir ja lange nicht unter uns.“

„Drollig, wirklich drollig …“

„Und ebenfalls ohne Einreisepapiere, hihihihhi …“

„Bin nicht drollig, will nur raus hier“, erklärte leicht eingeschnappt Binki Lotz.

In dieser peinlichen Situation kam plötzlich mit schmerzerfülltem Gesicht aus einer dunklen Ecke des riesigen Netzes eine alte Eule angehumpelt, die sich scheinbar einen Flügel gebrochen hatte:

„Guten Tag, ich bin die Waldeule Kuhrumutz. Verzeiht dieser Rasselbande ihr unqualifiziertes Gerede. Sie alle sind jung und unerfahren und sich der Tragik ihrer Situation leider nicht bewusst. Diese Netze sind in Wirklichkeit tödliche Fallen der Bewohner des unterirdischen Wariwahrilandes, mit denen sie Fremden den Eingang in ihr Reich verwehren. Einmal am Tag werden diese Netze geleert, egal ob die darin Gefangenen nun Einreisepapiere haben oder nicht. Keiner der Gefangenen ist danach jemals lebend wieder gesehen worden. Ich selbst habe diese Leerung bereits siebenundzwanzig Mal überlebt, weil ich mich glücklicher Weise immer wieder aufs Neue unbemerkt in den äußersten Winkeln des Netzes verstecken konnte. Doch nach 27 Tagen ohne Nahrung erlahmen nun auch meine Kräfte allmählich. Noch einmal wird mir die Rettung wohl nicht gelingen.“

Bereits während der Rede der weisen Eule hatten die Gefangenen ängstlich herumzuschnattern angefangen. Nun aber brach ein regelrechtes Angstgeheul los:

„Hua, aho, ouo, wie schrecklich …, huuuuuoooh …“

„Ruhe, das nützt euch gar nichts!“, rief Hasso von Haiden energisch dazwischen: „Damit macht ihr die Einwohner des unterirdischen Reiches nur auf uns aufmerksam!“

Doch der Ratschlag kam zu spät. Schon rollt ein riesiger Gitterwagen, gezogen von einem Dutzend zotteliger Kerbelwölfe und begleitet von einer Truppe finster dreinblickender Wariwahriländer herbei, um direkt unter ihnen anzuhalten. Der Anführer zog an einem langen Seil und der gesamte Fang des Netzes stürzte polternd in den Wagen.

In höchster Wut und Verzweiflung sprang der Hase auf den Wagenrand, um sich von dort todesmutig mitten in die Schar bewaffneter Soldaten zu stürzen:

„Wenn schon untergehen, dann im heldenhaften Kampfe“, schrie er todesmutig.

Da plötzlich passierte etwas ganz und gar Seltsames, völlig Unerklärliches, zutiefst Verwirrendes. Kaum hatten die Bewohner den Hasen erblickt, stürzten sie unversehens auf die Knien nieder und fingen mit über dem Kopf gefalteten Händen und gesenktem Blick höchst erregt wild durcheinander zu murmeln:

„Seid willkommen, großer Ingenieur, hochheiliger Bauherr, alles überstrahlender Superhasissimus verzeiht unsere kurzzeitige Blindheit und Umnachtung. Ihr befehlt und wir gehorchen …!“

Dies ließ sich Hasso nicht zweimal sagen: „Sofort lasst ihr alle Gefangenen frei! Marsch!“

Tatsächlich öffneten die Soldaten augenblicks den Gitterwagen und an die hundert zutiefst verwirrter Kreaturen strömten ängstlich auf die glitzernde Kristallstraße.

„Nun mir nach“, rief Hasso: „… eh die sich's wieder anders überlegen.“

Angeführt von dem mutigen Hasenritter Hasso von Haiden lief die wohl bunteste Horde, die die Welt je gesehen, die breite, von riesigen rötlichen Kristallsäulen verzierte Kristallallee entlang, gefolgt von den Soldaten, die ohne auch nur ein einziges Mal den Blick vom Boden aufzuheben, auf ihren Knien hinterdrein rutschten.

Wie aber erstaunten Jule und Franzi, als sie auf den Straßenboden blickten. Was sie da sahen, ließ ihnen unmittelbar die Haare zu Berge stehen. Unter dem spiegelglatten durchsichtigen Boden der Kristallstraße zeigten sich die Umrisse eines riesigen drachenartigen Geschöpfes mit sieben mächtigen Köpfen und Schwänzen, einer geschuppten Haut und riesigen orangefarbenen Stacheln auf dem grünlichen Rücken.

„Keine Bange! Der liegt hier schon seit vielen Millionen Jahren versteinert“, beruhigte Hasso die beiden: „Seht doch, er bewegt sich nicht!“

Die gesamte Szenerie wurde unterdessen immer absonderlicher. Jedes Mal wenn ihnen neue Wariwahris begegneten, wiederholte sich das Schauspiel vom Anfang. Erneut fielen die Bewohner mit über dem Kopf gefalteten Händen auf die Knie und begannen, den Hasen anzubeten und ihm hehre Lobeshymnen zu singen. Ja, einige warfen sich sogar direkt vor seinen Füßen auf die Straße und riefen:

„Wir sind nur Schmutz! Erweise uns die Ehre, dein geheiligtes Schuhwerk an deinen völlig unbedeutenden Dienern zu reinigen. Benutze unsere ganz und gar niederträchtige Wenigkeit als sanften Teppich, geheiligter, großartiger, strahlender Oberingenieur. Du ewige Sonne unseres Reiches.“

Immer größer wurde die Schar, die den ehemaligen Gefangenenzug unter ständigen Lobeshymnen und Demutsbezeugungen auf den Knien begleitete. Kaum konnten die breiten Straßen die gewaltige Menge Wariwahris mehr fassen.

Dem nicht genug, gingen überall in den Kristallhäusern die Fenster auf und ein nicht enden wollender Strom aus bunten Edelsteinsplittern ergoss sich unter unaufhörlichen Hurrarufen wie Konfetti über die bunte Gesellschaft. Schließlich und endlich erreichten sie einen riesigen runden Platz, auf dem sich mehrere Straßen kreuzten. In der Mitte stand ein mächtiges Denkmal, wohl an die achtzig Meter hoch. Jule und Franzi wollten ihren Augen kaum trauen:

Auf dem riesigen Kristallsockel stand in Überlebensgröße aus reinem grünen Diamant gefertigt der Hase Hasso von Haiden, bekleidet mit einer weinroten Ritterrüstung. In der rechten Hand hielt er einen riesigen Schraubenschlüssel und in der linken einen Bauplan, in dem man unschwer den Grundriss einer gewaltigen Stadt erkennen konnte. Franzi las die in goldenen Lettern gesetzte Inschrift:

„Unserem höchst wohl löblichen, genialen, ganz und gar großartigen, absolut vollkommenen, über alles begnadeten Oberoberober-Ingenieur, der rechtesten aller rechten Hände des über allen thronenden Großen Mechanikermeisters und Gründers unserer Stadt Wariwahrium, dem Superhasissimus Helmericus-Schraubartius von Haidenus."

„Bei den Pantoffeln meiner Großmutter, nun fällt es mir wie Schuppen von den Augen", stöhnte Hasso aufs Höchste erregt und ließ seine Ohren kreisen: „Dies ist das Denkmal für meinen Urururururgroßvater Helmerich-Schraubart von Haiden, dem wohl berühmtesten Hasen unserer altehrwürdigen Hasenritterfamilie. Helmerich war vor etwa sieben Millionen Jahren, einer der Gehilfen des Großen Mechanikermeisters und hat ihm bei der Erschaffung seines großen Werkes geholfen. Genauer gesagt, ist er der sagenhafte Erfinder des im gesamten Universum bekannten legendären Kristallstrom-Depersol-Cismose-Vehrogen-Oszillators."

Nun war allen klar, warum sich die Wariwahris so seltsam verhielten. Tatsächlich glaubten sie, in Hasso von Haiden dessen berühmten Vorfahren vor sich zu haben, der hier in der Unterwelt ganz offensichtlich einen geradezu legendären Ruf genoss.

„Na ja, die Hasen sehen ja auch alle gleich aus", warf Franzi erklärend ein – eine keinesfalls böse gemeinte Bemerkung, die jedoch ungewollt ein strenges Stirnrunzeln Hasso von Haidens provozierte.

Unversehens endete die Allee am Fuße eines gewaltigen Palastes, der allein über eine riesige Freitreppe aus mindestens fünfhundert gigantischen Kristallblöcken zu erreichen war.

„Vielleicht führt die Treppe über den Palast zum Ausgang der Höhle", raunte Hasso seinen Freunden zu: „Zumindest stimmt die Richtung."

Langsam stiegen sie die Stufen hinauf, immer höher und höher, ohne dass ihnen auch nur einer der Wariwahris gefolgt wäre. Und noch seltsamer, mit jedem ihrer Schritte wurde auch das anfangs bereits vernommene Pochen immer stärker. Schon verspürten sie die Schläge wie gewaltige Erdstöße unter ihren Füßen. Da ertönte am Ende der Treppe direkt vor dem großen Palasttor plötzlich eine mächtige Stimme:

„Wehe, keinen Schritt weiter, seid ihr nicht Eingeweihte des heiligen Dreibundes unseres göttlichen Meisters! Sprecht das Geheimwort, dann wird euch aufgetan!"

Der Zug stockte.

„Ein Geheimwort? Oh je, wo sollen wir denn ein Geheimwort hernehmen?“, murmelte der sichtlich aus der Fassung gebrachte Hase in seine Barthaare.

Schon wurden die am Fuße der Kristalltreppe auf den Knien verharrenden Wariwahris unruhig. Vielleicht ahnte der ein oder andere bereits, dass sie einem falschen Hasen aufgesessen waren.

„Sprich, doch sprich …“, krächzte die Eule Kuhrumutz heiser: „Oh weh, wenn uns nicht gleich etwas Vernünftiges einfällt, sind wir alle verloren.“

Doch so sehr sie auch überlegten, keinem wollte etwas einfallen. Ihre Köpfe waren wie leergefegt. Schon rückte die unterirdische Bevölkerung näher und näher. Und als hätten sie den Betrug erkannt, rutschten die Wariwahris nicht mehr ehrfürchtig auf den Knien, sondern schritten bereits in aufrechtem Gang und frechem Blick die Treppe empor. Auf der obersten Plattform angelangt, versuchten einige besonders Dreiste gar nach dem „falschen Hasen“ zu greifen.

„Ist ja gut … Ich geb’s zu … Ihr habt gewonnen … Ich bin nicht Helmerich-Schraubart von Haiden, dafür aber sein Ururururururenkel. Und außerdem trage ich einen freien Nachbau seiner original Helmerichschen Ritterrüstung.“

Leider verfehlte das grundehrliche Geständnis den erhofften Erfolg, denn mindestens an die zwanzig Wariwahris begannen als Antwort nunmehr voller Wut auf den armen Hasen einzuschlagen. In allerhöchster Not und Verzweiflung schrie Hasso seine vermeintlich letzten Worte:

„Dreimalgeschnickelschnackelschnockelter Möhrenbrei, soll dies wirklich unser erbärmliches Ende sein?“

Kaum waren diese denkwürdigen, geradezu klassischen Worte verklungen, ertönte plötzlich völlig unerwartet erneut die mächtige Wächterstimme: „Das Geheimwort ist richtig, Eingeweihte tretet ein in die heiligen Hallen!“

Unter lautem Getöse öffneten sich die riesigen Kristalltüren. Die kurz zuvor noch wütenden Wariwahris hielten erstaunt in ihren Schlägen inne und fielen unter kläglichen Entschuldigungen, gegenseitigen Schuldzuweisungen und Selbstvorwürfen erneut auf die Knie.

Der Hase jedoch stutzte: „Was, das richtige Geheimwort? Ich habe doch nur Dreimalgeschnickelschnackelschnockelter Möhrenbrei gesagt, eine althergebrachte Redewendung in unserer ehrwürdigen Hasenritterfamilie.“

Oh Schreck, dies hätte er lieber nicht sagen sollen, denn schon ertönte erneut die Wächterstimme: „Das Geheimwort ist richtig, die Türen werden geschlossen.“

„Nein, nicht doch, nicht … Dreimalgeschnickelschnackelschnockelter Möhrenbrei“, schrie Jule voller Verzweiflung.

Erneut begannen die bereits halbgeschlossenen Türen sich zu öffnen. Nun war auch der letzte Anflug eines Zögerns verschwunden. Die bunte Schar strömte in höchster Eile hinter die rettenden Mauern und Jule rief – wie sie hoffte, nun zum letzten Mal – erneut das merkwürdige Geheimwort. Die Palasttüren schlossen sich und hinterließen auf der Kristalltreppe eine völlig verdutzte Schar Wariwahris, die selbst nach einer halben Stunde noch immer wie versteinert mit offenen Augen und Mündern auf die geschlossenen Palasttüren starrten.

14. Kapitel

Der Kristallstrom-Depersol-Cismose-Vehrogen-Oszillator

„Puh, gerettet“, seufzte Binki Lotz und ließ sich auf seinen Allerwertesten fallen. Ein sichtlich erleichtertes Schnattern, Gackern, Plabbern, Blöken, Schnaufen und Krächzen antwortete ihm augenblicks und erfüllt den Raum mit neuer Hoffnung.

Erst jetzt konnten Jule, Franzi, Hasso, Binki Lotz und die ganze bunte Tiergesellschaft ihre geheimnisvolle Umgebung genauer in Augenschein nehmen. Ringsherum an den Wänden befanden sich die allerseltsamsten Armaturen und blinkenden Lämpchen. Die turmhohe Palastdecke wurde von schlanken Kristallsäulen getragen, in denen versteinerte Lianen sich einer vor Jahrmillionen bereits untergegangenen Sonne entgegenrankten. In der Mitte des Raumes stand ein großer Kristalltisch, der von unzähligen blaugrünen Äderchen durchzogen wurde.

Plötzlich riefen die aufgeweckten Beutelschnepfer, die neugierig bereits überall im Palast herumgeschnuppert hatten:

„He, alle mal herkommen! Wir wissen, wo das Pochen herkommt.“

Alle rannten zur besagten Stelle in einem weiten Seitenraum und blickten erstaunt in einen Kilometer tiefen Schacht. Auf seinem spiegelglatten Boden zeigte sich inmitten eines undurchdringlichen Gewirrs von bunten Kabeln und Rohren auf einem Podest ein durchsichtiger Apparat in der Form einer Riesenkugel, in dessen Inneren laut dröhnend ein gewaltiger, freischwebender Kristall in der Form eines Herzens pochte. Mit jedem Schlag veränderte er geheimnisvoll seine Farbe abwechselnd von tiefdunkelrot zu einem intensiven smaragdgrün und warf dabei ein gespenstisches Licht an die Wände, die bei jedem Schlag gleichsam in einem ganzen Spektrum verschiedenster Farben erglühten. Eine angenehm feuchte Wärme stieg nach oben und alle hatten das Gefühl, als ob ihre Wangen sanft von innen her zu glühen begannen. Ja, eine geheimnisvolle Kraft schien von dieser geheimnisvollen Apparatur auszugehen und Jule hatte plötzlich eine ganz und gar seltsame Vorstellung. Ihr war es nämlich, als läge sie als kleines Baby wohlig im Bauche ihrer Mutter und hörte deren liebes Herz schlagen. Alles um sie herum war, dunkelrot und warm …

Diese angenehmen Vorstellungen wurden jedoch jäh unterbrochen von dem Hasen, der im selben Moment wie vom Bienchen gestochen aufschrie, von einer Pfote auf die andere hüpfte und drei wilde Purzelbäume schlug:

„Hurra, hurra …! Der Kristallstrom-Depersol-Cismose-Vehrogen-Oszillator meines Urururururururgroßvaters! Wir haben ihn gefunden. So war es also keine Legende. Hurra, hurra …, gefunden …., gefunden …!“

„Aber so erzähl doch schon“, unterbrach Franzi ungeduldig das Herumgehample des Hasen: „Was hat es den mit diesem komischen Oskarlator auf sich?“

„Nicht Oskarlator, sondern Oszillator“, verbesserte Hasso schulmeisterlich:

Die Entdeckung des Perpetuum Mobile

„Also hört, hört, liebe Freunde! Die denkwürdige Überlieferung berichtet, dass der Große Mechanikermeister dereinst verzweifelt nach einer Kraft suchte, die seine gewaltige Schöpfung antreiben könne. Eine komplette Welt hatte er in Hunderten von Jahren gebaut, doch noch immer fehlte dieser das Wichtigste, nämlich die Bewegung, das Leben. Alle erschaffenen Dinge lagen wie achtlos in die Ecke geworfenes Spielzeug tot umher und der Mechanikermeister grämte sich sehr darüber …"

„Oh lieber Vater … Wo bist du?", stöhnte Binki Lotz plötzlich in tiefster Rührung auf.

„Ja Binki, du hast recht, der Mechanikermeister ist dein Vater, denn er hat auch dich geschaffen." Damit strich der Hase mit seiner weichen Pfote liebevoll über Binkis Schultern:

„Auch in deinem kleinen Körper schlägt wie in allen anderen Geschöpfen des Mechanikers ein solcher unvergänglicher Kristall, wie ihr ihn gerade vor euch seht, nur natürlich viel, viel kleiner. Wo sich der Große Mechanikermeister jetzt aufhält, weiß ich leider auch nicht – niemand weiß es. Doch will ich euch zunächst vom Kristallstrom-Depersol-Cismose-Vehrogen-Oszillator und damit auch von Binki Lotz' kleinem Kristalloszillatoren erzählen."

„Ja, aber wozu ist denn dann der Aufziehschlüssel an Binki Lotz' Rücken, wenn der Kristalloskarlator Binki antreibt?", unterbrach Franzi verwundert den Hasen.

„Aber das ist doch ganz einfach. Der Kristallstrom-Depersol-Cismose-Vehrogen-Oszillator liefert Binki Lotz die Energie, damit er sich wieder aufziehen kann. Als lass mich nun bitte mit meiner Erklärung fortfahren:

Wie schon gesagt, der Mechanikermeister war sehr betrübt und grämte sich fast zu Tode. Um diese Zeit war mein Urururururururgroßvater Helmerich-Schraubart von Haiden gerade unterwegs durch die obersten vier Ebenen. Sein hochgestecktes Ziel bestand darin, durch sämtliche Ebenen hindurch bis zu der Weisen Schildkröte vorzudringen, die ja bekannter Maßen alle Ebenen auf ihrem Rücken trägt. Sie, die im Besitz des unendlich kostbaren Steins der Weisen ist, sollte ihm Antwort auf seine brennendsten Fragen geben. Ihr müsst wissen, dass Helmerich-Schraubart von Haiden seinerzeit zu Recht als einer der genialste Erfinder und Wissenschafter der Ebenen galt.

In der zwölften Ebene nun traf er auf den Großen Mechanikermeister, der einsam auf dem Gipfel eines riesigen nadelförmigen Eisenberges in einer Eisenburg lebte. Sie verstanden sich sofort, denn beide trieb dieselbe Sehnsucht nach Wissen. Und beide hofften durch dieses Wissen die Welt verbessern und heilen zu können.

Als mein Urururururururgroßvater erstmals von des Mechanikermeisters gewaltigem Schöpfungsplan und der großen Sorge um die Belebung seiner Geschöpfe vernahm, war er vollauf begeistert, und versprach ihm augenblicks, komme was wolle, eine Lösung für sein Problem zu finden. So verbrachte mein Urururururururgroßvater viele lange Jahre mit der Suche nach einem Mechanismus, der in der Lage sein würde, eine nie versiegende universelle Energie zu produzieren und damit seine Geschöpfe dauerhaft zu beleben und anzutreiben. Denn das erklärte Ziel des Großen Mechanikermeisters war es, ein für alle Mal den Tod und damit auch den Schmerz der Trennung zu überwinden."

„Also ein Perpetuum Mobile", platzte Jule begeistert hervor.

„So ist es! Ein Perpetuum Mobile! Das ist ein System, das von ganz allein Arbeit verrichtet, ohne dass von außen Energie zugeführt werden muss und dessen Antriebskraft nie versiegt. Der Traum eines jeden wahrhaft großen Erfinders, auch wenn viele Narren behaupten, ein Perpetuum Mobile könne es nicht geben. Der höchst wundersame Apparat, vor dem wir gerade stehen, beweist jedoch das Gegenteil. Denn nach meiner Berechnung arbeitet der Kristallstrom-Depersol-Cismose-Vehrogen-Oszillator bereits seit über sieben Millionen Jahren ohne jegliche Zuführung einer fremden Energie allein aus sich heraus.

Nun gut, im dreizehnten Jahr gelang meinem Urururururgroßvater endlich der große Durchbruch, wobei ein glücklicher Zufall ihm dabei zu Hilfe kam. Helmerich-Schraubart war auf die geniale wie einfache Idee gekommen, die lebendige Urenergie des Universums selbst zur Antriebsquelle zu nutzen, also jene Energie, die in allen Dingen, den größten wie den kleinsten unsichtbar enthalten ist und diesen Dingen Leben und Form verleiht. Sie sorgt dafür, dass das Licht sich gerade ausbreitet und nicht im Zickzack, dass eine Blume wie eine Blume und ein Stein wie ein Stein, ein Käfer wie ein Käfer, ein Regenbogen wie ein Regenbogen aussieht, dass Sterne am Himmel blinken und die Welten sich drehen, dass das Gras wächst und die Blumen welken, die Töne erklingen und vergehen und so weiter. Ohne diese Urenergie würde alles, sämtliche Ebenen, Welten, Himmel und Universen im Nichts zusammenfallen.

In einem Wort, die Maschine sollte sich mit dieser Urenergie selbst antreiben und von diesem Augenblick an bis ans Ende aller Tage nie mehr zu arbeiten aufhören. Mein Urururururgroßvater hatte den Mechanismus soweit vollendet. Er benötigte nur noch eine Substanz, aus der er jene Energie in absolut reiner Form extrahieren und der Maschine zuführen konnte. Unzählige Substanzen hatte er bereits ausprobiert, doch keine brachte den gewünschten Erfolg, als eines Tages am blauen Sommerhimmel ein Drachenvogel seines Weges zog. Für einen kurzen Augenblick spiegelte sich die helle Sonne in dem blutroten Stein an seinem Halse und lenkte einen Strahl genau in jene Apparatur Helmerich-Schraubarts von Haiden. Wie von Geisterhand fing diese auf der Stelle zu arbeiten an. Mein Urururururgroßvater machte vor Freude einen Luftsprung. Nun endlich hatte er die Extraktionssubstanz gefunden. Augenblicks begab er sich auf die Suche nach diesem Drachenauge, einem höchst seltenen blutroten Edelstein, von dessen Ursprung ich euch schon im Zusammenhang mit dem Kampf der Schönen Cloeda und dem Drachen Morsus berichtete.

Mit der Unterstützung vieler, vieler Helfer begann Helmerich dazu an unterschiedlichsten Orten der Ebenen immer tiefere Schächte in die Erde zu graben, bis er endlich in der sechsten Ebene direkt unter dem Lotzewald auf eine höchst seltsame Schicht aus reinstem Bergkristall stieß, in der jene Drachenaugen wie Rosinen im Quarkkuchen steckten. Durch eine Laune der Natur hatte sich hier eine komplette Urwelt versteinert.

Als der Große Mechanikermeister von der geplanten Verwendung der Drachenaugen durch meinen Urururururur-großvater erfuhr, lehnte er dieses Vorgehen zunächst kategorisch ab. Auch der Meister kannte die Legende vom Kampf der Schönen Cloeda mit dem Drachen Morsus und von den unheilvollen Drachenaugen. Er meinte, die Steine seien ein archaisches Rückbleibsel der finsteren Gegenwelt des Drachen Morsus und deren Gebrauch somit zutiefst bedenklich. Doch mein für seine außerordentliche Hartnäckigkeit bekannter Urahn Helmerich-Schraubart von Haiden ließ sich von seinem hehren Vorsatz nicht abbringen. Immerhin konnte er mit diesen blutroten Steinen, von denen er nur eine bestimmte Anzahl zur Verschmelzung benötigte, endlich die geheimnisvolle Apparatur seines Perpetuum Mobiles, sprich den Kristallstrom-Depersol-Cismose-Vehrogen-Oszillator vollenden!

So brachte er eines Tages heimlich, ohne Wissen des Großen Mechanikermeisters, seine Maschine mittels der Drachenaugen in Gang. Und als dann das erste Mal die vordem toten Kreaturen des Mechanikermeister sich wie von Geisterhand überall in den Ebenen zu regen begannen und die Welten mit heiterem Glanz und neuer Hoffnung erfüllten, waren auch dessen schwerwiegende Bedenken urplötzlich wie zarte, flauschige Sommerwölkchen verflogen.

Was ihr also jetzt hier im Kristallschacht vor euch seht, ist jener sagenhafte KDCV-Oszillator. Er bildet gewissermaßen eines der Zentralkraftwerke und Hauptantriebe der gesamten Schöpfung des Großen Mechanikermeisters. Und nicht nur das. Ich vermute, dass wir uns mitten in der Bergkristallhöhle befinden, in der einst mein Urururururgroßvater die

Drachenaugen entdeckte. Das Volk der Wariwahris besteht offensichtlich aus den Nachfahren jener Bergleute, die ihm dereinst vor Millionen von Jahren bei der Suche nach den Drachenaugen geholfen hatten. Obwohl ursprünglich aus der lichten Oberwelt kommend, zogen diese Ebenenbewohner es unerklärlicher Weise vor, dauerhaft unter Tage zu leben."

„Dann suchen die Wariwahris mit dem Steinbrechkrautöl wohl noch immer nach den Drachenaugen? Aber wozu denn? Wenn der Oszillator ein Perpetuum Mobile ist, braucht er doch keine weitere Nahrung?"

„Das ist richtig, aber …"

14. Kapitel

Der böse Plan des Zauberers Echard Susrom

„Diese Frage kann ich euch beantworten", mischte sich die alte Eule Kuhrumutz ins Gespräch ein: "Die Wariwahriländer treiben mit den Drachenaugen großen Handel, und zu allem Unglück leider nicht gerade in der besten Gesellschaft. Wir, die Bewohner des riesigen Lotzewaldes, haben mit allen möglichen Mitteln versucht, die Wariwahriländer am Sammeln des Steinbrechkrauts in unserem Wald zu hindern. Doch leider bisher nur mit sehr geringem Erfolg. Ihr müsst wissen, dass einzig das Öl des Steinbrechkrauts es den Unterweltbewohnern ermöglicht, sich auf der Suche nach den Drachenaugen immer tiefer in den harten Kristall hineinzufressen. Denn das Kristallgestein ist derart hart, dass jedes Werkzeug, selbst der härtesten Stahl bei der ersten Berührung augenblicks stumpf werden oder zerbrechen würde.

Jene finsteren Gesellen, welche die Drachenaugen kaufen, durchquerten schon viele Male unseren friedlichen Lotzewald, um sich am Rande des Gebirges mit den Wariwahriländern zu treffen. Ihre Geschäfte schließen sie dann immer unter Tage ab. Der Bösartigste von ihnen ist ein schwarzer Zauberer, eine höchst unangenehme, gefährliche Gestalt. Viele Bewohner des Lotzewaldes hat er bereits zu Stein verwandelt, einfach so aus Bosheit, weil sie ihm zufällig über den Weg liefen. Überdies lässt er unaufhörlich Bäume fällen, mit denen er gigantische, bis zu den Wolken reichende, Riesenfeuer entfacht, um seine Metalle zu schmelzen. Keiner weiß, was er mit diesen Metallen vorhat, aber bestimmt nichts Gutes. Wenn nicht noch ein Wunder geschieht, wird von unserem schönen Lotzewald schon in wenigen Jahren nichts mehr übrig sein. Ihr müsst wissen, dass nicht nur jeder Baum, sondern auch der Lotzewald als Ganzes eine Seele besitzt. Denn er ist ein Wächterwald …“

„Ein Wächterwald?“, fragte Jule erstaunt.

„Ja, ein Wächterwald. Wächterwälder bewachen heilige Orte von alters her, die für das Gleichgewicht der Ebenen lebensnotwendig sind, so wie du nicht ohne Kopf leben könntest. Dazu stehen die guten alten Bäume mit sämtlichen Luft-, Wasser- und Erdgeistern der Ebene in Verbindung und bewirken gemeinsam die ewige Wiedergeburt und

Erneuerung der Schöpfung. Wenn jener Schwarze Zauberer dereinst den Lotzewald tatsächlich völlig vernichten sollte, dann wird er der Ebene eine schreckliche, wohl nie mehr zu heilende Wunde zugefügt haben."

„Ja, und die Drachenaugen? Los, erzähl schon …", mahnte der Hase.

„Ach ja, entschuldige bitte. Manchmal kommt dieser Zauberer mit dem seltsamen Namen Echard Susrom auch in Begleitung einer Hexe Garrgamol und eines weiteren Zauberers, der sich Monsignore Moschkotani nennt."

Bei dem ersten Namen war Binki Lotz erschrocken aufgesprungen, bei dem zweiten und dritten zuckten Jule und Franzi wie vom Blitz getroffen zusammen. Urplötzlich erinnerten sie sich an die Bahnstrecke zwischen Berlin und Warnemünde, wo sie wegen Jules Hampelmann aus dem Zug gesprungen und in der Folge eben dieser Hexe und dem Zauberer begegnet waren. Hatte aber nicht der Hase behauptet, die Macht Moschkotanis reiche nicht bis in die sechste Ebene? Doch nun war er hier … Und wenn Garrgamol und Moschkotani sich kannten, dann bildeteten all ihre Erlebnisse von dem im Lattenzaun eingeklemmten Hampelmann Fridolin, über ihre Gefangenschaft in der Käseglocke bis hin zu ihrer Reise durch die Ebene vielleicht nur die verwirrenden Puzzlesteine eines abgekarteten Spiels?

Doch wieviel Zeit war seit ihrem Sprung aus dem Zug und dem Sturz durch das Hasenloch in die sechste Ebene eigentlich bereits vergangen? Tatsächlich hatten sie all diese zurückliegenden Ereignisse bis dato völlig vergessen. Und was waren inzwischen nicht alles schon für seltsame Dinge geschehen? Ein tiefes Heimweh durchströmte urplötzlich die Mädchen. Ach wie gern wären sie jetzt wieder daheim, Jule bei ihrem Vater und Franzi bei ihrer lieben Mutter. Sicher dachten die, dass ihre Kinder längst tot seien.

„Oh weih, o weih …“, Jule und Franzi schluchzten herzerweichend. Die ganzen angestauten, bis dato unverarbeiteten Erinnerungen bahnten sich in Gestalt großer dicker Kullertränen einen Weg und verwandelten ihre innere Welt in einen traurig trüben Regentag.

Verwundert schauten die Tiere auf die weinenden Mädchen. Drei kleine graubraune Haselbeutler stupsten Jule und Franzi mitfühlend mit ihren feuchten Schnauzen in den Bauch und kuschelten sich tröstend an sie.

„Na, ist schon gut. Macht euch keine unnötigen Sorgen“, beendete der Hase endlich väterlich die rührende Szene: „Wir werden euch schon wieder heil nach Hause bringen. Dafür garantiere ich mit meinem großen Hasenritterehrenwort, so wahr ich der Hasenritter Hasso von Haiden bin! Doch zunächst stehen dringendere Dinge an. Nicht nur müssen wir einen Weg aus der Kristallhöhle finden. Vor allem gilt es den Abbau der Drachenaugen zu stoppen. Ist uns dies gelungen, suchen wir Hotz Lotz und befreien dann gemeinsam Schwämmchen …“

„Weißt wohl, wozu Echard Susrom Drachenaugen braucht?“, fragte Binki Lotz ängstlich den Hasen.

„Na ja, sagen wir so. Ich ahne es. Wie Jule es bereits auf unserer Kahnfahrt erleben konnte, ermöglichen die Drachenaugen die blitzschnelle Reise in andere Ebenen und Welten. Seit der Entstehung unseres Universums in Folge des Kampfes der Schönen Cloeda mit dem bösen Drachen Morsus bilden diese äußerst seltenen Steine die Verbindungsglieder zwischen den oberen und unteren Ebenen. Mit den Drachenaugen halten die Kreaturen des Drachen Morsus also die Macht in den

Händen, jederzeit jeden beliebigen Ort ausspionieren und sich blitzschnell dorthin begeben zu können."

„Hu, schu hu, schu hu …, es ist noch viel schlimmer!", rief aufgeregt die Eule Kuhrumutz erneut dazwischen: „Von einem Gespräch, das ich zwischen Echard Susrom und der Hexe Garrgamol einst in einer dunklen Baumhöhle belauschte, weiß ich, dass sie die geniale Erfindung Helmerich-Schraubart von Haidens für ihre dunklen Zwecke missbrauchen wollen. Ihr müsst wissen, dass Echard Susrom seit einigen Tausend Jahren schon an einer grässlichen Armee bastelt, bestehend aus den schlimmsten Geschöpfen, welche die Ebenen je gesehen haben. Um diese Armee zu beleben, benötigt er nur noch den Bauplan des Kristallstrom-Depersol-Cismose-Vehrogen-Oszillators. Und dieser Plan soll sich hier unten im Kristallpalast befinden. Darüber hinaus ist es Echards erklärtes Ziel das Kraftwerk zu zerstören und damit zugleich die gesamte Schöpfung des Großen Mechanikermeisters zu vernichten."

„Da er aber das Geheimwort nicht kennt, wird ihm der Zugang zum Palast des Mechanikermeisters immer verschlossen bleiben", unterbrach der Hase beschwichtigend die höchst erregte Eule.

„Böser Echard … Soll ihm nicht gelingen. Dafür sorgt Binki Lotz", brach es nun aus dem kleinen Lotzeländer hervor: „Erst mal werd ich Waldeule Kuhrumutz gesund machen und dann mich um bösen Echard kümmern."

Damit tippelte Binki Lotz zurück in die Eingangshalle und fing an, den Inhalt seiner sämtlichen Taschen auf den großen Kristalltisch auszuleeren.

„Ah da ist ja Wunderöl von Vater. Komm Waldeule, halt gebrochenen Flügel still."

Ehe sich die Eule versah, hatte Binki bereits einige Tröpfchen auf ihr blutiges Gefieder geträufelt, was den Flügel augenblicks heil machte. Überglücklich unternahm Kuhrumutz einen kurzen Testflug.

„Tschu hu, ewigen Dank für deine Rettung. Ohne dich hätte ich sterben müssen, lieber Binki Lotz. Ab heute sind wir Bruder und Schwester … Aber was ist denn das. Freunde schaut nur, da unten …“, rief die Eule plötzlich.

Alle starrten auf die Kristallplatte:

„Ah, oh, ein Wunder …“

„Ganz erstaunlich …“

„Ach wie seltsam …“

„Kaum zu glauben ….“, brabbelten alle durcheinander.

Wie durch Zauberei hatte sich die Tischplatte unversehens in eine kunterbunte Landkarte verwandelt, auf der drei Stellen hellrot zu leuchten begannen.

„Sieh nur Binki Lotz. Die Leuchtzeichen entsprechen genau den Symbolen deiner drei goldenen Zauberschlüssel.“

„Ah, jetzt versteh ich's, Franzi. Da sieh nur. Das Dodekaeder zeigt unseren jetzigen Aufenthaltsort im Palast der unterirdischen Kristallhöhle und gehört deshalb wohl zu Binki Lotz. Der Würfel weist auf das Haus von Hotz Lotz – seht ihr da direkt am Ufer des kleinen Baches. Und der herzförmige Tropfen befindet sich inmitten eines riesigen Gebirges. Dort also muss sich Schwämmchen aufhalten.“

„Erstaunlich! Hast recht, Hase.“

„Jetzt möchte ich nur noch wissen, was passiert, wenn wir mit Hotz Lotz' Zauberschlüssel das entsprechende Zeichen auf der Landkarte berühren.“

Kaum gesagt, hatte Binki Lotz Hassos Gedanken bereits in die Tat umgesetzt. Ein bläulicher Nebel stieg augenblicks empor, in dem sie wie durch ein Wunder ihren lieben Hotz Lotz erblickten. Beschaulich goss der gerade seine prächtigen Blumenbeete und führte dabei die merkwürdigsten Selbstgespräche:

„Ach Schwämmchen, schau nur wie schön roter Rispelmohn blüht und da blaues Vergissmeinnicht, deine Lieblingsblume. Da will Hotz Lotz doch gleich mal schnuppern … mmmmmmmhhh ….“

Doch Binki hatte unterdessen mit Schwämmchens Tropfenherz bereits den Baum im Gebirge berührt. Wieder züngelte ein bläulicher Nebel empor und gab nun den Blick frei auf eine mächtige, knorrige, wohl tausendjährige Eiche. Völlig einsam klammerte die sich auf dem Gipfel eines rauen Felsengebirges in den kargen Boden und trotzte Wind und Wetter. Eisiger Wind fauchte durch ihre wetterharten Blätter. Der mit schweren grauen Gewitterwolken behängte Himmel lies nur ein spärliches Licht auf die Umgebung fallen, das dennoch ausreichte, um das goldene Tropfenherz am Baumstamm bereits wundersam leuchten zu lassen. Enttäuscht stöhnte Hasso auf. Denn augenblicks war ihm bewusst geworden, dass der Zauberschlüssel des Mechanikermeisters zwar Hotz Lotz sichtbar werden ließ, aber unerklärlicher Weise nicht Schwämmchen. Wie aber sollten sie diese dann finden? Und was hatte der alte Baum damit zu tun?

Noch während dieser trüben Hasengedanken schob sich unbemerkt ein dunkler Schatten über die Eiche und unmittelbar darauf starrte schon das hässliche Gesicht des unheimlichen Echard Susrom aus dem Nebel in die um den Kristalltisch versammelte Runde. Alle schrien zutiefst erschrocken auf und wichen unwillkürlich einige Schritte zurück.

„He, hier stimmt doch etwas nicht! Ich wittere fremdes Fleisch … Irgendjemand ist in meiner Nähe … Warte nur Freundchen, wenn ich dich erwische …!“, flüsterte Echard mit bedrohlich krächzender Stimme, währenddessen seine scharfen Raubtieraugen wie blitzende Messer durch den Raum schweiften.

„Hu, Hilfe, der schaut mich an“, wimmerte Jule und hielt sich die Hände vor die Augen.

„Das wollen wir doch mal sehen“, brüllte Hasso von Haiden in heiligem Zorn und schlug mit seiner zur stahlharten Faust geballten Hasenpfote dem Bösewicht mächtig zwischen die Augen.

„Hoiahoouh … , vermaledeite Impertinenz“, jaulte grimmig der derart Getroffene, taumelte mit verwirrtem Blick zur Seite. Und allen Anwesenden wurde augenblicks klar, dass Echard Susrom zum Glück nicht das Geringste sehen konnte. Einzig sein messerscharfer Raubtierinstinkt verriet ihm, dass er beobachtet wurde:

„Hohoho Bagaille, ihr habt die Rechnung ohne den Wirt gemacht. Und der bin ich … hahaha, ein mörderischer, grausamer Wirt … Wartet nur, bis jedem von euch den Hals umdrehe. Möchte meinen Kopf wetten, dass ihr im Kristallpalast steckt …, hahahah …, in meiner Falle … hohoho.“

Damit breitete Echard seinen blauen Zaubermantel aus und flatterte in der grauenhaften Gestalt einer dunkelbläulich schimmernden Riesenfledermaus direkt in den schwarzen Abendhimmel.

15. Kapitel

Die Flucht

„Schu hu, schu hu, schnell! Uns bleibt keine Zeit. Schon in wenigen Minuten wird Echard hier in Wariwahrium eintreffen“, rief die Eule aufgeregt.

„Keine Panik, im Kristallpalast sind wir erst einmal sicher. Schlimmstenfalls kann er uns Weg zurück zur Oberwelt abschneiden. Doch dies soll ihm nicht gelingen. Wenn ich die geradezu legendäre Klugheit und Umsichtigkeit meines Ururururururgroßvaters Helmerich-Schraubart von Haiden richtig einschätze, wird er sowohl an einen Fluchtweg als auch an den Schutz der Kristallhöhle mit ihren Drachenaugen und dem Kristallstrom-Depersol-Cismose-Vehrogen-Oszillator gedacht haben. Also liebe Freunde, lasst uns sofort den gesamten Kristallpalast auf den Kopf stellen, um diese Dinge zu finden. Auch die kleinste Kleinigkeit im allerwinzigsten Winkel solltet ihr ernst nehmen und mir berichten. Mein Ururururururgroßvater liebte nämlich die kleinen Details und er war ein Meister der heutzutage leider aus der Mode gekommenen hohen Kunst des versteckten Versteckens.“

Sofort begannen alle fieberhaft zu suchen. Jeder wusste, dass es um Leben oder Tod ging. Lange, viel zu lange dauerte die Suche und die allgemeine Stimmung wurde allmählich immer bedrückender. Da endlich rief Jule:

„Alle mal herkommen, ich habe etwas Seltsames entdeckt.“

Schon lief sie eine kleine, unscheinbare, aus nur drei Stufen bestehende Treppe hinauf, die seltsamer Weise mitten an einer Wand endete.

„Habt ihr eine Idee, was das soll?"

Alle schüttelten den Kopf und Jule lehnte sich verwirrt an den kalten Kristall. Doch ach wie gar so wunderlich, im selben Moment verschwand sie rücklings vor den Augen der Freunde in der Wand.

„Wahnsinn ..., ihr nach!", Ohne zu überlegen sprang Hasso Jule hinterher, um im selben Moment schon schmerzerfüllt aufzustöhnen: „Autsch, puh, aua ..." Die Wand, eben noch weich wie Butter, hatte sich bereits wieder in harten Kristall verwandelt. Doch da kam Jule schon zurück:

„He, wo bleibt ihr denn, ihr Schlafmützen?"

„Verrat uns dein Geheimnis! Wie bist du durch die Wand gelangt?"

„Es gibt kein Geheimnis, Hasso. Doch kommt, ich halte euch den Zugang auf."

Flink huschte die bunte Gesellschaft an Jule vorbei die magische Wand hindurch und fand sich erstaunt in einem kreisrunden, nach oben geöffneten Turm wieder. Über ihnen breitete sich ein wunderschöner schwarzblauer Nachthimmel voller glitzernder Sterne und verströmte eine ganz und gar andächtige Stimmung. Die kühle Luft war frisch und klar und ein geheimnisvolles hohes Klingen schwebte durch den Raum, als würden von unsichtbarer Hand aus weiter Ferne dünnwandige Weingläser angestrichen.

„Was ist das?", fragte Jule verwundert.

„Die Musik der Sphären, die kosmische Symphonie, das geheimnisvolle Zusammenklingen von Millionen von Sternen, das Raunen der Zeiten ...“, flüsterte es aus allen Richtungen.

„Was? Wer spricht da? Zeigt euch.“

Keiner antwortete. Stattdessen flatterten von den hohen Turmmauern schneeweiße Tauben in den tiefblauen Nachthimmel, drehten eine Runde über der Gesellschaft und verschwanden im Dunkel der Nacht. Nur eine kleine Feder schwebte langsam in merkwürdigen Kreisen hinab. Franzi fing sie auf, doch kaum hatte die Feder ihre Hand berührt, verwandelte sie sich in einen uralten zusammengerollten Brief, der mit einem großen roten Siegel verschlossen war. Alle lasen erstaunt die Schriftzeichen H.S.H.

„Hoia, bei den vergoldeten Rockschnallen meiner Urgroßmutter, das ist ja das Siegel meines geliebten Ururururururgroßvaters Helmerich-Schraubart von Haiden“, jauchzte Hasso von Haiden voller Freude, riss Franzi den Brief aus den Händen, erbrach das Siegel und begann augenblicks zu lesen:

„Lieber Ururururururenkel, mein tapferer Hasso von Haiden!

Nun da die heiligen Laoden mich, wie die Flut die alte Weide, auf und davon gespült haben, und die vergangene Zeit mir nur mehr wie der matte Abglanz einer halb erloschenen Kerze in einem seit vielen tausend Jahren erblindeten Spiegel erscheint, schicke ich ein letztes Mal meine Wort in die raue Welt. Wenn Du dereinst diesen Brief liest, mein lieber Ururururururenkel, wirst du, wie es die finkenadische Vorsehung wollte, deinen lieben Freunden als ein treuer tapferer Gefährte zur Seite stehen und die schwere Schicksalslast der folgenden Zeilen mit ihnen teilen:

Ein tiefgutes herzenstreues Wesen, einst eine mächtige Elfe, nun ein mutiges Erdenkind, wurde vor der Zeit vom geheimnisvoll waltenden Schicksal dazu auserkoren, den schrecklichen, unaufhörlich fortschreitenden Bruch im Universum zu schließen und damit dem drohenden Chaos Einhalt zu gebieten. Ein unheilvoller Riss, der auch durch unsere Seelen geht, uns zersplittert in Körper und Geist, Freund und Feind, Licht und Dunkel, Gut und Böse, Vergangenheit und Zukunft. Der jenseits von Raum und Zeit existierende Wesensname der Elfe lautet Almina. Wenn du ihr begegnest, wird sie den Namen Juliane Levitan tragen. Almina ist erwählt, die Antwort zu erhalten, wie die Löcher zwischen den Ebenen wieder zu schließen sind, durch die das Chaos in die heiligen Welten strömt. Wie und woher sie diese Antwort finden wird, ist mir leider gänzlich unbekannt.

Nur so viel bleibt mir zu sagen, dass ihr meine Erfindung, den Kristallstrom-Depersol-Cismose-Vehrogen-Oszillator mitsamt der Kristallhöhle und ihren unheilvollen Drachenaugen mit allen euch zur Verfügung stehenden Kräften vor den Mächten des Chaos schützen müsst. Sucht nach dem Kristallschlüssel in Gestalt eines Oktaeders, der sich hinter dem dreiundzwanzigsten Stein des siebten Ringes in östlicher Richtung des Turms befindet. Diesen Schlüssel steckt ihr in den blauen Nabel des großen Oposkokataeterons in der Eingangshalle, wodurch eine komplizierter, vielfach verschachtelter Schutzmechanismus ausgelöst wird, an dessen Ende die Höhle und der KDCV-Oszillator für alle Zeiten unwiederbringlich versiegelt werden. Doch gebt Acht, dass ihr noch bevor die Augen des Oposkokataeterons sich einmal um ihre eigene Achse gedreht haben, wieder im Turm anlangt. Denn dieser Turm ist der einzige Rettungsweg nach draußen. Schafft ihr dies nicht, müsst ihr alle jämmerlich in der Flut ertrinken. Jedoch bin ich überzeugt, dass ihr alles zum Besten ausführen und wenden werdet. Und so bleibt mir nur noch, euch allen von ganzem Herzen alles erdenklich Gute zu wünschen.

Alles eilt vorüber, Licht, und Strom und Wind, und Zeit, hin zu dem Orte, an dem wir einst uns werden wieder sehen. Verjüngt, mit der Weisheit des Alters und nimmer mehr sterbend, werde ich dich dann umarmen, mein lieber Ururururururenkel Hasso von Haiden. Bis dahin wohnst du immer in meinen Gedanken und meinem Herzen.

Dein dich liebender Helmerich-Schraubart von Haiden"

Alle, insbesondere Hasso, schauten erstaunt auf Jule, die selbst gar nicht wusste, was sie denken und fühlen oder wie sie sich überhaupt verhalten sollte. Der aus der tiefsten Vergangenheit gesandte Brief hatte die bunte Gesellschaft in eine seltsam ahnungsvolle und andächtige Stimmung versetzt. Doch blieb keine Zeit, diesen erhabenen Gefühlen lange nachzuhängen. Jeden Augenblick konnte Echard Susrom eintreffen und bis dahin musste der geheimnisvolle Schlüssel gefunden, die Kristallhöhle versiegelt sein.

Flink zählte Jule die Ringe und Steine des Turmes ab, zog vorsichtig den dreiundzwanzigsten heraus und tatsächlich. Da lag in der Tiefe, geheimnisvoll strahlend der aus dunkelgrünem Kristall geschliffene funkelnde Schlüssel.

„Ihr bleibt hier und wartet auf uns! Franzi und ich werden den Turm verlassen, um mit dem Schlüssel den Schutzmechanismus in Gang zu setzen."

Gesagt getan, schon standen die Mädchen wieder in der Eingangshalle des Kristallpalastes und suchten nach der geheimnisvollen Figur, die Hassos Urururururgroßvater als Oposkokataeteron bezeichnet hatte. Doch noch bevor sie diese finden konnten, drang plötzlich von draußen ein zischendes Geräusch durch die meterdicken Kristallwände. Und kurz darauf schlug jemand derartig heftig an das Eingangstor, dass kleine Kristallsplitter von der Decke purzelten.

„Aufmachen, verfluchte Bagaille! Gleich werd ich euch die Hälse umdrehen …!“

„Oh weh, das ist Echard Susrom … Er ist schon in der Höhle“, wisperte Franzi bibbernd vor Angst.

„Egal … Schau, da ist doch das Oposkokataeteron.“

Unversehens stürzte Jule zu der kristallenen Figur in der äußersten linken Ecke der Eingangshalle. Ein seltsames Tier mit zwei riesigen fischartigen Köpfen, einem Körper wie ein Walfisch, einem riesigen Fischschwanz, weit aufgerissenen grünen Glubschaugen, großen Pferdenüstern und einem riesigen, weit geöffneten Maul stand da auf einer rotweißgeäderten Säule. Zu erreichen war es nur über eine mehrfach gewundene Kristalltreppe.

Beide stürzten nach oben, schon beugte sich Franzi mit dem Kristallschlüssel weit über das Treppengeländer, um ihn in den tiefblau leuchtenden Bauchnabel des steinernen Ungeheuers zu balancieren … Doch in dem Moment, wo der Schlüssel bereits die Figur berührte, gab es urplötzlich einen ohrenbetäubenden Knall. Die Eingangstür zerbarst in tausend Stücke und der grässliche Echard Susrom stürzte in rasender Wut auf die Mädchen zu. Vor lauter Schreck ließ Franzi den kostbaren Schlüssel fallen. Jule konnte ihn gerade noch auffangen, bevor er auf dem Boden zerschellte. Da hatte Echard die arme Franzi bereits an den Haaren gepackt, um sie von der Treppe zu schleudern. Jule nahm allen Mut zusammen und holte mit dem funkelnden Schlüssel blitzschnell zum Schlage aus. Unvermittelt fuhr eine starke Flamme aus dem grünen Kristall, schnitt eine mächtig tiefe Brandspur in das Bein des Bösewichts, so dass dieser augenblicks Franzi fallen lies und für einen Moment erstaunt zurück wich. Doch dieses Erstaunen währte nur einen Augenblick, denn schon begann Echard sich unheimlich zu verwandeln. Sein Körper zuckte wild und nahm unversehens die Form einer riesigen schwefelgelben Schlange an, zehnmal so groß, wie er vordem gewesen. Noch während die Schlange mit weit heraus hängender Zunge gefährlich zischend auf die Kinder zugekrochen kam, stand Jule schon wieder auf der Treppe, um den Schlüssel erneut in das Oposkokataeteron zu stecken. Zu spät, die Schlange schwebte bereits über ihr, um sie mit einem einzigen Haps zu verschlingen.

Doch da durchschnitt urplötzlich ein gellender Schrei hoch über ihren Köpfen wie ein kühner Schwertstreich die Luft. Erstaunt starrten alle nach oben, selbst die hässliche gelbe Schlange. Kaum wollten Jule und Franzi ihren Augen trauen. Denn wer oder was da plötzlich schreiend auf sie zugeflogen kam, war kein anderer als Jules lieber Hampelmann Fridolin. Seltsamer Weise ritt er, wild mit den Armen gestikulierend, wie ein Büffelreiter auf einem riesigen Felsbrocken, begleitet von einer großen Zahl weiterer, nicht minder großer Wackersteine. Wie ein Hagelsturm brachen die auf die Schlange herein. Und noch ehe sie sich versah, steckte der größte Felsbrocken samt Fridolin bereits in ihrem zischenden Maul. Von der gewaltigen Wucht getroffen, stürzte die Schlange ohnmächtig zu Boden. Fridolin hingegen schrie „Iiih, Mundgeruuuch …!“, sprang geistesgegenwärtig aus dem schleimigen Schlangenhals, währenddessen Jule den Schlüssel bereits in den Bauchnabel des Oposkokataeterons gesteckt und einmal vollständig herumgedreht hatte. Im selben Augenblick schoss ein gewaltiges Brausen durch den weiten Saal. Von allen Seiten ergossen sich plötzlich mächtige Wasserströme aus den Wänden, so dass die Mädchen in null Komma nichts bis zum Bauch im eiskalten Wasser standen.

„Nichts wie weg hier“, schrie Franzi: „Die Augen des Oposkokataeterons haben sich schon zur Hälfte gedreht.“

Erst als ihnen das Wasser bereits bis zum Halse stand, erreichten sie endlich die rettende Wand, um samt Fridolin glücklich hindurchzuschlüpfen. Wie aber erstaunten unsere drei Helden, als sie sich auch auf der anderen Seite nunmehr vollständig unter Wasser wieder fanden. Bis zur Spitze des Turmes schien es zu reichen. Doch gegen das fahle Mondlicht erkannten sie überglücklich, über sich schwebend, den Hasen und die ganze Tiergesellschaft, die mit ihren Armen und Beinen munter an der Wasseroberfläche paddelten. Nur wenige Sekunden vergingen, da waren Franzi, Fridolin und Jule bereits bei ihnen angelangt.

„Ah, da seid ihr ja endlich. Wir hatten uns schon große Sorgen um euch gemacht. Doch halt, das ist ja absurd! Wo kommt denn der Hampelmann plötzlich her?“, staunte Hasso von Haiden nicht wenig.

„Was heißt hier absurd, Freundchen! Dass ich hier bin, ist mindestens genauso absurd, wie die Tatsache, dass ein grüner Hase einfach so im Wasser schwimmt. Sieht irgendwie aus wie ein nasser alter Sack – echt eklig, mit dem angeklebten Fell und den albernen Schlappohren. Na ja,

Schönheit ist nun mal nicht Jedermanns Sache und im ureigensten Sinne allein den Hampelmännern vorbehalten. Außerdem habe ich ..."

Weiter kam Fridolin mit seinen Prahlereien nicht, denn im selben Augenblick beendete eine Riesenwelle, die ganz offensichtlich Mitleid mit dem begossenen Hasen hatte, des Hampelmanns dreiste Ausführungen.

16. Kapitel

Auf dem Rücken des Walfischs

„Halt, wo kommt denn hier auf einmal eine Welle her?", verwunderte sich Jule. Erstaunt schauten alle um sich. Vom Turm war plötzlich nichts mehr zu sehen – nur noch Wasser, so weit das Auge reichte. Ja, in der Tat befand sich die bunt zusammengewürfelte Reisegesellschaft wie Schiffbrüchige in tiefster Nacht mitten in einem riesigen, schier endlos scheinenden Meer mit hohem Wellengang. Das Wasser war also bis zur Turmspitze gestiegen und hatte sie einfach hinausgespült.

„Schockschwerenot, nun ist guter Rat teuer", stöhnte Hasso."

„Was teuer? Guter Rat, he? Wie teuer denn ...?", haspelte Fridolin neugierig.

„Wie bitte? Aber Fridolin, von was redest Du denn da schon wieder?"

„Na ja, ich dachte nur, wenn der Rat teuer genug wäre, würde mir bestimmt einer einfallen."

„Was tatsächlich? Los erzähl schon", haspelte Jule.

„Erst den Preis! Der Hase soll mir erst den Preis nennen, damit ich weiß, was ich dabei verdienen kann", beharrte der Hampelmann hartnäckig.

„Willst du etwa, dass wir alle ertrinken" schimpfte die Eule Kuhrumutz erbost, die gerade von einem Erkundungsflug zurückkehrte: „Die nächsten hundert Meilen im Umkreis ist hier nämlich kein Land in Sicht. Ohne ein Schiff oder auch nur einen alten Baumstamm sind wir verloren."

„Also gut, dann werde ich dir ein echtes Geheimnis verraten, das ich nur ganz allein kenne."

„Ein Geheimnis, das sonst keiner kennt? Das klingt gut, Fridolin. Los erzähl schon!"

„Also die Sache ist ganz einfach. Wie ihr wisst, leben wir Hampelmänner ja auf dem Grund des Meeres. Und wenn wir irgendwo hinwollen, müssen wir uns einfach nur ein Fischtaxi rufen."

„He …? Ein Fischtaxi …?", staunten Waldmaus Jolli und Vetter Blödi von Waldau glucksend im Chor.

„Hallo, ja, hier Fischtaxi. Sie haben mich gerufen."

Schon stand vor ihnen plötzlich ein kleiner fünfzehn Zentimeter langer Kabeljau und bot ihnen seine Dienste an.

„Eh, hm, na ja, vielen herzlichen Dank Herr Kabeljau. Aber könnten sie nicht vielleicht einen Kollegen schicken, der ein wenig größer ist als sie? Auf ihrem Rücken findet ja gerade einmal unsere Waldmaus Jolli Platz."

„Wertes Langohr! Wenn Sie mir als einem kleinen, dummen ganz und gar unbedeutenden Fisch, der nichts weiter als alle siebenhundertdreiundzwanzig Weltmeere durchschwommen, dreihundertneunundzwanzigtausend Meeresströmungen studiert hat und über siebenmillionen Meeresbewohner zu seinen allerbesten Freunden zählen darf, ja sogar das große Fischlexikon drei Mal hintereinander vorwärts und rückwärts allein aus dem Gedächtnis aufzusagen weiß, eine klitzekleine ganz und gar bescheidene, gewiss für ihre langen Löffelohren völlig wertlose und absolut unverständliche Bemerkung erlauben, möchte ich doch mit allem, in ihrem Fall keinesfalls notwendigen, gleichwohl meiner guten Erziehung und dem allgemeinen und speziellen Andenken an meine hochverehrerten Eltern Rechnung tragenden Anstand, nichtsdestotrotz mit stetig zunehmender nicht gerade geringer Verärgerung nachdrücklich anmerken, dass sie als simpler grüner, überdies mohrrübenfressender Nasshase in einer noch dazu völlig verrosteten wie unattraktiven Blechbüchse wohl kaum über die notwendigen fortgeschrittenen Qualifikationen verfügen, um mir als einem routinierten, mit allen Wassern gewaschenen, welterfahrenen Fischtaxibetreiber allgemeine und spezielle Ratschläge in aquamariner Beförderungstechnik zu erteilen, wiewohl ihr Blechbüchsenanzug, wenn er denn ein solcher sein sollte, was ich kaum glauben will, nicht einmal seetauglich ist und war. Aber gut, ich kann ja wieder verschwinden …“

Jule war baff. Einen solch langen Satz hatte sie noch nie gehört:

„Halt, nein lieber Fisch …, ein Missverständnis … Wir sind überglücklich, ihre werte Bekanntschaft gemacht zu haben und möchten ihre Dienste gern in Anspruch nehmen. Verraten sie uns doch bitte nur, wie wir alle auf ihrem Rücken Platz nehmen können."

„Auf meinem Rücken Platz nehmen? Na so ein Unsinn. Siehst du nicht, dass ich viel zu klein bin, um auch nur einen von euch aufzunehmen. Blöde Graslatscher! Diese Landratten sind doch in der Tat viel zu dämlich, um auch nur einen vernünftigen Gedanken in der Länge eines klitzekleinen Flossenschlags zustande zu bringen … Erst dieser grüne Hase, dann diese blöde Göre …"

Zum Glück wurde das unsinnige Gespräch mit dem allzu geschwätzigen Kabeljau durch das plötzliche Auftauchen eines riesigen graublauen Walfischs jäh unterbrochen. Und ehe sie es sich versahen, fand sich die gesamte Gesellschaft auf seinem mächtigen Rücken wieder. So geschwätzig wie der Kabeljau gewesen, so schweigsam gab sich der Wal. Ohne den geringsten Laut nahm er Kurs gen Osten. Alle fügten sich beruhigt in ihr Schicksal: Bei dem schnellen Tempo, welches das Waltaxi an den Tag legte, würden sie bestimmt schon bald am Ufer des Meeres ankommen. In der lauen, klaren Nachtluft, die sie sanft umwehte, waren ihre Kleidung und das Fell der Tiere schon bald getrocknet und alle fühlten sich sichtlich wohler. Was konnte es auch Schöneres geben, als in einem geheimnisvoll schillernden, dunkelgrün funkelnden Meer auf dem Rücken eines sanften Riesen einem unbekannten Ziel entgegenzuschaukeln. Über ihnen dehnte sich ein endloser tiefblauer Himmel. Die gelben Sterne glitzerten phantastisch wie kostbare Edelsteine und ab und an sauste eine strahlende Sternschnuppe wie ein ferner Gruß aus einer anderen Welt über das herrlich klare Himmelszelt.

Zuhause im Reich der Meereselfen

Jule lag auf dem Rücken des Walfisches und starrte gedankenverloren in das tiefe Himmelsblau. Seltsam, warum nur hatte sich der Himmel so verändert? Noch ganz genau erinnerte sie sich an den Sternenhimmel der sechsten Ebene über dem Lotzeland und an seine einprägsamen Sternenbilder. Doch dieser Sternenhimmel sah völlig anders aus. Auch besaß er drei Monde, zwei große und einen kleinen orangefarbenen. Was also war passiert? Hatte der Turm des Kristallstrom-Depersol-Cismose-Vehrogen-Oszillators sie etwa unversehens in eine andere Ebene geführt? Ja, so musste es sein. Nur in welche …? Jule gelang es nicht, ihre Gedankengänge zu Ende zu bringen. Die gleichmäßigen Bewegungen des Walfischs und das monotone Rauschen der Wellen hatten allmählich einen Zustand der Schwerelosigkeit in ihr erzeugt. Und tatsächlich: Unversehens spürte sie, wie sie sich sanft aus ihrem Körper löste und allmählich immer höher und höher stieg. Schon schwebte sie wie ein Federwölkchen weit oben über dem dunklen Rücken des Walfisches in den Lüften. Doch zugleich sah sie sich selbst unten im Schlafe liegen, umgeben von ihren Freunden und der übrigen Reisegesellschaft. Das war aber komisch. Wie konnte das nur sein?

Kaum gedacht, vernahm sie plötzlich ein sanftes Wispern. Erst jetzt bemerkte sie erstaunt, dass sie sich inmitten einer Schar wunderschöner Wesen befand. Die meisten von ihnen waren ungefähr so groß wie sie, trugen langes blondes Haar, das bis zu den Hüften reichte. Die zarten Körper wurden nur spärlich von hauchdünnen weißen Schleiern verhüllt. Und am Merkwürdigsten erschien es Jule, dass sie durch diese schönen Wesen hindurchschauen konnte. Ihre Körper waren nahezu durchsichtig.

„Wir sind Meereselfen, Almina. Du brauchst keine Angst vor uns zu haben."

Ach, na so was. Da war doch wieder dieser seltsame Name aus dem Brief von Hassos Ururururururgroßvater?

„Du erinnerst dich nicht mehr an uns, Almina, weil du zu lang schon auf der Erde lebst. Vor langer Zeit waren wir deine Gefährtinnen hier in der siebenten Ebene und freuen uns nun, dass du endlich wieder zu uns gefunden hast. Sehr gut erinnern wir uns, warum du dereinst fortgegangen bist und was dein großes Ziel gewesen, auch wenn du es selbst inzwischen vergessen hast. Doch wirst du dich zum richtigen Zeitpunkt wieder daran erinnern. Um die vor dir liegenden Aufgaben zu bestehen, brauchst du nun das Wissen um deine wahre Gestalt. Es ist unsere Aufgabe, dieses Wissen in dir wiederzuerwecken."

Erst jetzt bemerkte Jule erstaunt, dass sie genauso aussah wie ihre Gefährtinnen.

„Präge dir deine jetzige Gestalt genau ein. Dieses Gestalt ist identisch mit dem Gefühl, das du von dir und deinem wahren Körper hast. Almina, du warst und bist eine Meereselfe! Konzentriere dich. Höre und fühle in dich hinein. Solltest du irgendwann einmal wieder deine wahre Gestalt annehmen wollen, brauchst du dich nur an dieses Gefühl zu erinnern. Und augenblicklich bist du frei und verwandelt. Dann kannst du dich bewegen wie und wohin auch immer du willst. Und nun schau her."

Kaum hatte die Elfe dies gesagt, öffnete sich unter Jule plötzlich das dunkle Meer. Das Wasser stieg kreisrund als eine grünlich glitzernde Wand um sie herum empor bis in den blauen Nachthimmel. Und vom Grunde des Meeres erstrahlte ein geheimnisvolles warmes Licht, brach sich vielfach in den glänzenden Wasserwänden. Erst jetzt bemerkte Jule, dass es ringsum nur so von Leben wimmelte. Bunte glitzernde Fischlein, seltsamste Pflanzen und Wesen, die sie noch nie zuvor gesehen zu haben glaubte, tanzten in dem sie umgebenden Wasser auf und ab und eine sehnsüchtige Melodie schwebte durch den herrlichen weiten Raum. Da endlich entdeckte sie den Ursprung der Musik. Auf dem Grunde des Meeres stand ein filigraner Palast mit vielen Gebäuden und Türmchen, umgeben von einem wunderschönen Park. Und mitten auf einer kunterbunten Blumenwiese unter einer Weide saß eine weiße Frau und spielte auf einer goldenen Harfe.

Aber halt, das war doch ihre Melodie. Die kannte sie. Schon als sie ganz klein war, hatte sie dieses Liedchen oft vor sich hin gesummt. Neugierig schwebte Jule näher. Doch nun, da sie das Gesicht der Frau erblickte, wurde ihr Erstaunen grenzenlos. Das war sie ja selbst, nur um einige Jahre älter. Aber wie konnte das alles sein? Lag sie nicht zu selben Zeit mit geschlossenen Augen auf dem Rücken des großen Walfischs? Parallel dazu flog sie als Elfe in der Luft umgeben von gewaltigen Wasserwänden. Und zum dritten saß sie als eine junge Frau in einem wunderschönen Park auf dem Meeresboden und spielte Harfe. Also war sie dreimal zugleich vorhanden? Jule schwindelte.

„Ja, Almina, du siehst richtig. Du hast dich nie wirklich von uns fortbewegt, sondern nur dein Traumkörper. Du hast dich nur geträumt …“

Fridolins Flucht aus dem Hampelmannreich

„He, träum nicht …", ertönte plötzlich die freche Stimme Fridolins: „Ich berichte hier von meinen spannenden Abenteuern und du schläfst …"

Abrupt war Jule wieder in ihrem Körper auf dem Rücken des Walfischs: ‚Hatte sie tatsächlich etwa nur geträumt? Und was war ein Traumkörper? Aber nein, alles war wirklich gewesen, geradezu überwirklich!'

„… Ja, Väterchen und Mütterchen lagen mir ständig in den Ohren: ‚Fridolin mach dies, Fridolin mach jenes …' Meckern ohne Unterlass: ‚Wie kannst du nur …? Das solltest du aber …'

Drei Tage nach eurer Abreise aus dem Hampelmannreich platzte mir endlich der Geduldskragen. Ich packte meine sieben Sachen – genauer gesagt waren es acht, denn ich nahm auch meine Wasserpfeife mit – und trollte mich heimlich von dannen. Dumm war nur, dass Väterchen sämtliche Fischtaxis informiert hatte, mich keinesfalls mitzunehmen. So musste ich also nach einem anderen Ausweg sinnen, was mir aufgrund meiner außergewöhnlichen Intelligenz natürlich überhaupt nicht schwer fiel. So dauerte es gar nicht lange, da stieß ich im Unterwasserreich plötzlich auf eine riesige Luftblase, die irgendjemand an einem alten verrosteten Langustermottenstall angebunden hatte. Sofort raste eine geniale Idee durch mein Gehirn …"

„Gehirn …?", unterbrach ein gelb geflecktes Muffelhörnchen verwundert und völlig unschuldig Fridolins Erzählung:

„Ich dachte, Hampelmänner hätten nur Stroh im Kopf?“

„Da hör dir doch nur dieses völlig bescheuerte Muffelhörnchen an … Von wegen Hampelmänner und kein Gehirn … Ich vermute eher, dass du keines hast, blöder Schwachkopf. Ansonsten würdest du nicht so einen hochgradig dämlichen Unsinn reden.“

Über diese groben Worte zutiefst erschrocken, erstarrte das Muffelhörnchen augenblicks zur Salzsäule – und mit ihm auch seine 32 Gefährten, denn Muffelhörnchen tun alles gemeinsam.

„… Also wie schon gesagt, ich entdeckte die Luftblase. Sofort war mir klar, dass ich nur hineinsteigen und sie losbinden musste, um mich aus dem Unterwasserreich zu befreien. Gesagt getan, vorsichtig riss ich ein kleines Loch in die Blase, schlüpfte hinein, knotete von innen geschickt das Seil los, und verschloss das Loch danach mit einer besonderen Blasenschließtechnik. Sofort sauste die Blase mitsamt ihrer kostbaren Fracht – das heißt also mit mir – nach oben, durchbrach die Wasseroberfläche und schwebte weit über dem Meer einem felsigen Ufer entgegen. Dummerweise hatte ich bis dahin nicht bemerkt, dass sich heimlich ein stachliger Kugelfisch als blinder Passagier eingeschlichen hatte. Gerade als ich mich bequem auf meinen Allerwertesten fallen ließ, spürte ich plötzlich einen heftigen Schmerz an selbigem. Wohl an die hundert Kugelfischstacheln staken erbarmungslos darinnen.“

Fridolin präsentierte dabei allen Anwesenden stolz seinen Hintern, wobei er immer wieder Bücklinge bis auf den Rücken des Walfisches machte. Und in der Tat, sein Hosenboden war völlig durchlöchert.

„Mein Schmerz kannte keine Grenzen. Wie von der Tarantel gestochen sprang ich auf, durchbohrte unversehens die Blase und fiel in freiem Fall auf das steinige Ufer zu. Zum Glück hatte es sich gerade eine fette Bäuerin dort bequem gemacht, so dass deren unglaublich dicker Bauch meinen harten Aufprall in eine zauberhaft weiche Notlandung verwandelte. Sofort nutzte ich die Gelegenheit, um mir noch einige weitere Sprünge auf diesem fantastischen Trampolin zu gönnen. Doch kaum hatte ich mit einem herzhaften Hurra meiner großen Freude darüber Ausdruck verliehen, da stürzte sich die Bäuerin schon völlig grundlos auf mich, so dass ich nur noch Fersengeld geben und das Weite suchen konnte.

Erst nach sieben Meilen verstummte das grässliche Geschnaufe der fetten Bäuerin hinter mir, so dass ich mich nun endlich völlig erschöpft auf einem leckeren Pilz inmitten in einer grasgrünen Wiese niederfallen ließ. Erst jetzt bemerkte ich neugierig und verwundert zugleich, dass überall um mich herum seltsamerweise Verbotsschilder mit der Aufschrift ‚Bitte nicht berühren' standen. Da ich aber zum einen weder sehen konnte, was man denn nicht hätte berühren dürfen, zum anderen ich mir generell von nichts und niemandem vorschreiben lasse, was ich zu tun habe, griff ich mir das erstbeste Schild und riss es voll hämischer Freude aus dem Boden. In dem Moment erschütterte ein gewaltiges Erdbeben die Wiese. Genau unter mir, gab der Boden plötzlich nach und ich stürzte inmitten riesiger Felsbrocken in die dunkle Tiefe – ja, und wie ihr, Jule und Franzi, gesehen habt, direkt in das Maul der widerlichen gelben Riesenschlange. Viel zu spät wurde mir bewusst, dass es die Schilder selbst gewesen waren, die man nicht berühren durfte. Bloß warum …?"

„Also doch Stroh im Kopf“, lachte Franzi ausgelassen.

„Wie bitte, was hast du gesagt?“, zischte Fridolin aggressiv.

„Franzi hat nur gesagt, dass du ein sehr kluger Kopf bist“, beschwichtigte Jule.

„Ach so, na das stimmt allerdings ...“

Plötzlich unterbrach ein Säbelschnabler den unsinnigen Disput:

„He schaut doch mal, da treibt ja eine Koskorockennuss im Wasser und dort ein grüner Palamanenzweig.“

Erst jetzt bemerkte unsere Reisegesellschaft auf dem Walfischtaxi, dass es allmählich hell und die Luft inzwischen viel wärmer geworden war. Ein sanfter Wind trug einen betörenden Duft exotischer Blüten und köstlicher Früchte mit sich aufs offene Meer. Ganz offensichtlich trieben sie bereits einer wunderschönen, üppigen Küste entgegen. Hasso stach der starke Duft derart mächtig in der Nase, dass er augenblicks herzhaft niesen musste. Sofort antwortete ihm ein ebensolcher Nieser von der anderen Seite.

17. Kapitel

Die denkwürdige Begegnung mit dem Echogeist

„Ho, ho, was war denn das?“, rief Hasso verwundert.

„Ho, ho, was war denn das“, äffte irgendetwas ihn nach.

„Ein Echo?“

„Ein Echo?“

„ Na da hört doch wohl alles auf …“

„ Na da hört doch wohl alles auf …“

„Piep, pipipipipi piiiiiep ….“

„Piep, pipipipipi piiiiiep ….“

„Unverschämtheit …, da soll doch der dreimalgezwillezwallezwubbelbubbelte Klabautermann dreinschlagen.“

„Unverschämtheit …, da soll doch der dreimalgezwi … gezwi … gezwi … gezwi … gezwi … gezwi … … … … …. Was, wie bitte, was soll hier dreinschlagen?“, antwortete es verwirrt von drüben.

„Ha, erwischt …, also doch kein Echo“, triumphierte Hasso von Haiden: „Die Sache kam mir doch gleich komisch vor. Mitten auf dem Meer ein Echo, das geht ja wohl kaum.“

Im selben Moment tauchte direkt vor ihnen wie aus dem Nichts ein riesiger etwa zwanzig Meter großer Kerl mit dicken roten Plusterbacken aus den schäumenden Fluten, an dem das Auffälligste seine riesigen, alles überragenden Ohren waren. Fast die Hälfte seines Körpers nahmen sie ein.

Unvermittelt stoppte der Walfisch seine Fahrt: „Liebe Freunde, hier endet unsere gemeinsame Reise. Leider komme ich an dem mächtigen Echogeist Anawrin nicht vorbei, weil er mein inneres Navigationssystem stört. Doch ist die Küste nicht weit, in knapp zehn Minuten seid ihr an Land geschwommen. Und hinter dem Echogeist beginnt die achte Ebene. Er ist der Wächter dieser Welt. Alles Gute und viel Glück …!"

Mit diesen Worten tauchte der freundliche Walfisch unter und unsere Reisegesellschaft fand sich erneut im Wasser wieder.

Doch an ein Weiterschwimmen war nicht zu denken, denn das Echo versperrte ihnen sofort den Weg.

„Lieber Echogeist Anawrin, bitte lass uns doch vorbei. Sonst müssen wir ertrinken."

„Hoi, hoi, hoi …, ihr habt mich beleidigt. Noch nie konnte ich in meiner siebenmillionendreihundertsechsundneunzigtausendzweihunderteinundsiebzigjährigen Laufbahn eine Stimme nicht wiederholen. Und nun habt ihr mich völlig aus der Fassung gebracht. Das sollt ihr bereuen."

„Aber Echogeist, weißt du denn nicht, dass das Wort dreimalgezwillezwallezwubbelbubbelt eines der schwierigsten Worte des ganzen Universums, wenn nicht sogar das Schwierigste überhaupt ist? Die allergrößten Geister sind bereits daran verzweifelt. Und in der Tat ist mir nicht ein Einziger bekannt, der das Wort zum ersten Mal gehört, schon so weit aussprechen konnte, wie es dir gelungen ist. Auch ich habe es erst nach Hunderten von Versuchen fertiggebracht. Immerhin kamst du bereits bis dreimalgezwi – also viel weiter als ich beim ersten Mal. Meinen großen Respekt werter Echogeist! Meinen untertänigsten, ganz und gar großen Respekt …! Ehre wem Ehre gebührt!“

Unversehens entspannten sich die grimmigen Gesichtszüge des Echos und machten schließlich einem glücklichen, ja geradezu kindlich seligen Lächeln Platz. Hasso von Haidens ausgesprochen diplomatische Worte waren ein voller Erfolg.

„Joi, joi, joi …, wenn das so ist, sieht alles natürlich ganz anders aus. Seid gegrüßt liebe Fremde.“

Der Echogeist griff mit seinen riesigen Händen ins Meer und hob die gesamte schwimmende Gesellschaft ins Trockene. Da schwebten sie nun mindestens zwanzig Meter über der Wasseroberfläche auf der Hand des Riesen und starrten direkt in sein mächtiges Gesicht. Ein wenig unbehaglich war ihnen schon dabei zumute.

„Bitte wiederholt doch noch einmal das seltsame, gleichwohl so wohlklingende Wort, damit ich es mir hinter die Ohren schreiben kann“, dröhnte erneut die tiefe Stimme des Echogeists.

Kaum hatte der Hase das Wort dreimalgezwillezwallezwubbelbubbelt wiederholt, nahm der Echogeist doch tatsächlich einen Stift aus seiner Hosentasche und begann das Wort hinter eines seiner riesigen Ohren zu schreiben.

„Und ich dachte, dies sei nur eine Redewendung“, raunte die Waldeule Kuhrumutz verwundert.

„Es ist nur so traurig …“, setzte der Echogeist fort: „… dass ich euch so gar nicht helfen kann. Ich muss nämlich alle und alles zurückwerfen, nicht nur Worte, sondern auch Reisende, ja ganze Schiffe, Schiffsflotten und Schiffsladungen. Dies ist meine Pflicht seit siebenmillionendreihundertsechsundneunzigtausendzweihunderteinundsiebzig Jahren … Ach herje, wie doch die Zeit vergeht. Ihr landet dann genau da, wo eure Reise begonnen hat."

„Aber wer hat dich denn dazu verpflichtet und warum?", fragte Jule verwundert.

„Ach, der Große Mechanikermeister war's. Lang ist es her! Hab ihn seit ewigen Zeiten nicht mehr gehört und gesehen. Für ihn steh ich hier, muss ein Geheimnis bewachen. Darf keinen an mir vorbeilassen, alle und alles werfe ich wieder zurück. So bin ich, kaum habe ich jemanden kennen gelernt, schon wieder allein. Und das Allerschlimmste ist, dass ich in der Regel immer nur das wiederhole, was andere sagen, obwohl ich doch selbst so viel Interessantes zu erzählen habe."

„Was denn? Was hütest du für ein Geheimnis?", fragte Franzi neugierig.

„Dies darf ich euch nicht sagen, selbst wenn ich es wollte."

Das war das Stichwort für den Hasen:

„Werter Echomeister Anawrin, ich habe schon viel von dir gehört. Du musst wissen, dass ich Hasso von Haiden bin, der Urururururururenkel des berühmten Erfinders Helmerich-Schraubart von Haiden, der wiederum die rechte Hand des Großen Mechanikermeisters war und ihn bei vielen seiner herrlichsten Schöpfungen geholfen hat. Seit dieser Zeit hat sich Einiges verändert und nicht immer zum Guten – ja selbst die Schöpfung des Großen Mechanikermeisters, obwohl sie von ihm doch eigentlich für die Ewigkeit gedacht war. So sind die Dinge nun aus dem Gleichgewicht geraten und müssen wieder in die rechte kosmische Ordnung gebracht werden. Und dazu versuchen wir alle beizutragen. Indem du uns hilfst, hilfst du also auch dem Großen Mechanikermeister, der derzeit offensichtlich selbst ausgesprochen hilflos ist. Ansonsten hätte er schon längst in das tragische Geschehen eingegriffen und versucht, die Risse im Universum wieder zu schließen."

Dies war offensichtlich wiederum das Stichwort für Binki Lotz, der bis dahin die ganze Zeit nur schweigend vor sich hingestarrt hatte. Unvermittelt brach es aus ihm hervor:

„Ja, Schöpfer hat großen Fehler gemacht ..., hat Liebe vergessen. Welten zerreißen, weil Liebe fehlt und sie nicht mehr binden kann. Schrecklicher Mahlstrom bricht aus dem Nichts hervor und will alles verschlingen ... Böser, böser Echard Susrom ..."

„Was, wie bitte? Sagte dieser kleine Mann da eben etwa Echard Susrom?", fragte der Echogeist erstaunt.

„Ja, böser Susrom, ganz böse ..."

„Aber warum sprichst du denn den Namen des Drachen Morsus verkehrt herum aus?"

Kaum gesagt, blickten alle wie erstarrt voll tiefstem Grauen auf den Echogeist. Hasso war der Erste, der endlich seine Fassung wieder gewann:

„Ha, der Drache Morsus, Erzfeind der Schöne Cloeda, Zerstörer der Harmonie, Verächter des Allerheiligsten und Vernichter jeglicher Schönheit und Freude. Wir haben es also nicht nur mit einem seiner widerwärtigen Gehilfen, sondern mit dem Bösewicht persönlich zu tun!"

Dabei fuchtelte Hasso wild mit seinem rostigen Schwert in der Luft umher, als stände der grässliche Drache bereits unsichtbar vor ihm. Alle in Hassos Nähe sprangen sicherheitshalber einige Schritte beiseite.

Warum nur, warum war ihnen nicht früher aufgefallen, dass Echard Susrom eigentlich Drache Morsus heißt?

‚Na ja, das Echo war natürlich ein Spezialist im Rückwärtshören', dachte Jule angestrengt. Doch da ergriff der Echogeist Anawrin erneut das Wort:

„Jetzt wird mir einiges klar. Du seegrasgrüner Hoppelhase kamst mir doch gleich bekannt vor. Bist deinem Ururururururgroßvater wie aus dem Gesicht geschnitten, halt ein echter Finkenade. Ja, und der Drache Morsus … Na ja, ich kann nicht nur, nein ich muss euch sogar helfen! Wisset dass der Drache schon zweimal mich zu überwinden versuchte, um den hinter mir befindlichen Weg zu beschreiten. Doch immer wieder konnte ich ihn glücklich an seinen Ausgangspunkt zurückwerfen.

„Welchen Weg denn nur …?"

Was bewachst du für ein Geheimnis …?"

„Los, sag uns schon endlich die ganze Wahrheit!", tönte es beunruhigt von allen Seiten.

„Gemach, gemach! Mir scheint, dass mich euer Bericht tatsächlich von meinem Eid entbindet, so dass ich euch getrost die ganze Wahrheit verkünden darf. Als ich den Großen Mechanikermeister das letzte Mal sah, sagte er Folgendes zu mir:

‚So es das Schicksal will, wird dereinst ein grässliches uraltes Geschöpf aus den Urzeiten des Universums in die göttlichen Welten eindringen, um seinen Kampf, den es dereinst verloren, erneut aufzunehmen. Sein einziges Ziel ist die Vernichtung der Schöpfung und die Errichtung einer Herrschaft des Chaos und der Finsternis.'

Der Große Mechanikermeister hatte es sich zur Aufgabe gemacht, die Schöpfung zu bewahren und zu vervollkommnen, damit alle Kreaturen in ewiger Glückseligkeit leben. Doch wusste er wohl, dass er seinen starken Gegenspieler in Gestalt des Drachen Morsus nie würde besiegen können. Denn dies wäre genauso, wie wenn man den Schatten des Lichts beseitigen wollte. Das Eine kann nicht ohne das Andere sein, Feuer nicht ohne Wasser, Licht nicht ohne Dunkel, Gutes nicht ohne Böses, Leben nicht ohne Tod.

Wie diese schreckliche Dualität einmal enden kann und wird, ist eine andere Geschichte. Doch ist es nicht meine Aufgabe, euch in diese Dinge einzuweihen, die ich im Übrigen selbst nicht so genau weiß. Euer und auch mein Lehrer wird kommen …

Nun gut, dem Großen Mechanikermeister war jedenfalls klar, dass Morsus dereinst alles tun werde, um ihn und sein Werk zu vernichten. Als die Arbeit des Mechanikers getan und dieser sich nun endlich in seine selbst geschaffene Heimat zurückzuziehen begann, sorgte er dafür, dass ihm der Drache Morsus niemals würde folgen können. So machte er Schritt für Schritt seine Pfade von einer Ebene zur anderen unkenntlich. Und damit wisst ihr nun auch den Grund, warum ich hier stehe. Ich bin der Wächter des letzten Pfades des Großen Mechanikermeisters. Ich bewache die Pforte zur achten Ebene. An mir darf und kann keiner vorbei. Und selbst wenn es Jemandem gelänge, wäre die dahinter befindliche Welt sein sicherer Tod. Denn jedes Geräusch, jeder Tritt, ja, auch nur der kleinste Hauch bringt diesen Bereich in immer stärkeres Schwingen, bis er einfach nur in Nichts zerfällt und mit ihm alles um ihn herum. So hat es der Große Mechanikermeister gewollt.“

Alle schauten bedrückt in die Runde. Wie nur sollten sie dann jemals zu dem Mechanikermeister gelangen? Sie hatten doch so viel mit ihm zu bereden …

„He Leute, müssen zu Hotz Lotz, um liebes Schwämmchen zu befreien", durchbrach Binki Lotz die Überlegungen.

„Ja, du hast recht, Binki. Anawrin, weißt du denn wenigstens, wie wir von hier aus auf kürzestem Wege ins Lotzeland kommen können?"

„Ich denke schon, werter Grünhase, da ich euch in meiner Eigenschaft als Echo ja nur an euren Ausgangspunkt zurückzuwerfen brauche. Ihr wart doch bestimmt schon einmal im Lotzeland?"

Kaum hatten Jule, Franzi, Binki, Fridolin und Hasso dies bestätigt, wirbelten sie durch den kräftigen Wurf des Echogeists bereits durch die feuchtwarmen Lüfte.

18. Kapitel

Zurück im Lotzeland

Der Wind sauste nur so um ihre Ohren, es wurde stockdunkel und alle machten wohl an die tausend Purzelbäume in der Luft. Doch dauert es gar nicht lange, da stoppte schon die wilde Luftfahrt und Jule, Franzi, Binki, Fridolin und Hasso landeten sanft auf einer wunderschönen hellen Wiese neben den sieben Weiden direkt vor Hotz Lotz' Haus. Doch oh Schreck und Graus, wo war die bunte Tiergesellschaft geblieben? Selbst die kluge Waldeule

Kuhrumutz fehlte. Sollte ihnen unterwegs etwas zugestoßen sein? Warum aber hatte keiner ihr Verschwinden bemerkt?

„Ach natürlich", seufzte Jule erleichtert auf und stupste sich mit dem Zeigefinger an die Stirn. ‚Die Tiere waren noch nie bei Hotz Lotz gewesen und deshalb natürlich stattdessen in ihrer Heimat im Wächterwald gelandet. Aber warum war dann Fridolin noch bei ihnen und nicht im Hampelmannreich? Also musste er ohne sie schon einmal hier im Lotzeland gewesen sein. Doch weshalb? Und warum hatte er ihnen nichts davon gesagt? Na ja, egal, das würde sich schon alles irgendwann noch aufklären …'

Als sie dem idyllischen Haus des Hotz Lotz entgegen liefen, begannen wie einst die alten Weiden freundlich zu murmeln:

„Hallo Binki Lotz, wir wünschen dir einen wunderschönen Tag …", als wäre er nicht viele hundert Jahre fort gewesen.

„Danke, vielen Dank liebe Schwestern, gleichfalls schönen Tag. Bin so froh euch wiederzusehen", sprudelte es aus Binki Lotz hervor. Das erste Mal seit der Reise strahlte sein Gesicht voll tiefer sanfter Zufriedenheit. Doch im selben Moment durchdrang schon ein melancholisches Liedchen die lauen Abendlüfte:

„Ach wie schön ist doch die Welt,
wenn Schwämmchen meine Hände hält,
dann singen die Vöglein noch mal so schön,
warum nur darf ich Schwämmchen nicht sehn …"

Ja, kein anderer als unser lieber Hotz Lotz war es, der da in Gedanken versunken am Bächlein entlang marschierte und traurig seine Lieder sang.

„He Bruder ...!“, rief Binki Lotz. Unvermittelt blieb Hotz Lotz stehen und starrte entgeistert auf die Reisegesellschaft. Dann plötzlich verfinsterte sich sein Gesicht:

„Böser gemeiner Binki Lotz ..., hast mir Schwämmchen weggenommen! Will dich nie mehr sehen!“

Auf der Stelle schossen dem armen, völlig unschuldigen Binki Lotz dicke Kullertränen aus den Augen. So traurig war er, dass er sogar die Tränen wegzuwischen vergaß. Geistesgegenwärtig übernahm Jule diese wichtige Aufgabe.

„Hotz Lotz, das ist aber gar nicht fair!“, mahnte Hasso von Haiden streng: „Bevor du deinem Bruder derart schlimme Vorwürfe machst, solltest du ihn doch wohl erst einmal anhören.“

Und Fridolin setzte nach:

„Dieser kleine Giftzwerg klingt ja fast wie Mütterchen ... Hat mich auch immer so ausgeschimpft.“

Erschrocken zuckte Hotz Lotz zusammen und blickte verschüchtert zu Boden. Doch Jule nahm Hotz Lotz und Binki Lotz bei der Hand und ging mit ihnen ins Haus. Als sie endlich wieder das herrlich grüngedämpfte Licht erblickte, das sich so sanft durch die mit wildem Wein bewachsenen Fenster in den gemütlichen Raum ergoss, seufzte sie tief auf. Wohl eine halbe Stunde saßen alle in tiefem Schweigen um den wunderlich geschnitzten Palisolundertisch, bis Binki Lotz endlich, wenngleich zögerlich mit seiner Geschichte begann:

Traurig erzählte er seinem staunenden Bruder, wie er dereinst mit Schwämmchen im Wald Kräutersuchen gewesen, wie sie dabei dem Fremden in dem dunkelblauen Sternenmantel begegnet waren, der sich als der Drache Morsus entpuppte und wie dieser schließlich dann das arme Schwämmchen in eine dunkle Erdhöhle inmitten des schrecklichen

Mahlstroms entführt hatte. Als Binki Lotz seine traurige Erzählung endlich beendete, war das Weinen nun an Hotz Lotz. Tränenüberströmt umarmten sich die beiden wieder versöhnten Brüder wohl eine halbe Stunde immer aufs Neue und stammelten abwechselnd, wie Leid ihnen das große Missverständnis doch tue. So hatte Jule mit Läppchen und Ölkännchen alle Hände voll zu tun, um die beiden vor dem Einrosten zu schützen. Ganze drei Tage berichteten sich die Brüder darauf gegenseitig ihre Erlebnisse der letzte 700 Jahre. Und am vierten Abend schließlich, als unsere Gesellschaft gemütlich um ein geheimnisvoll knisterndes Lagerfeuer saß, holte Binki Lotz endlich das Kästchen mit den drei rätselhaften Zauberschlüsseln aus seinem Rucksack, die er und sein Bruder dereinst von ihrem Vater, dem Großen Mechanikermeister geschenkt bekommen hatten.

„Schau Hotz Lotz, hier ist dein Schlüssel."

Doch kaum hatte Binki Lotz den Deckel geöffnet, klappte er das Kästchen, ein klein wenig zu hastig, schon wieder zu.

„Ja, aber wo ist denn Schlüssel?"

Erneut öffnete Binki das Kästchen, doch diesmal seltsamerweise nur einen kleinen Spalt, und übergab Hotz Lotz leicht zitternd den an einer hauchzarten Kette hängenden Goldwürfel. Einem aufmerksamen Beobachter wäre sofort aufgefallen, dass da irgendetwas nicht stimmte. Doch alle waren so in Gedanken versunken, dass keiner etwas bemerkte.

„Müssen jeder Schlüssel am Herzen tragen, dann führt er uns zu Schwämmchen."

Kaum hatten Hotz Lotz und Binki Lotz ihre goldenen Zauberschlüssel umgehängt, begannen die geometrischen Körper geheimnisvoll von innen heraus zu leuchten. Und als sie alle so hineinstarrten, da war ihnen auf einmal, als erblickten sie inmitten der Körper einen unendlich weiten Raum, in dem Planeten, Sonnen und Sternennebel kreisten. Und kaum hatten sie diese Tatsache verinnerlicht, da drehte sich doch urplötzlich die Blickrichtung um. Ja, alle hatten nunmehr das Gefühl, als befänden sie sich inmitten dieser Zauberschlüssel, und würden aus diesen heraus in den weiten Weltenraum schauen. Doch mit dieser merkwürdigen Erkenntnis ging unversehens ein sanftes Rauschen über die abendliche Wiese, als würden dünne, weiche Seidenstoffe aneinander gerieben und das Feuer fing auf einmal seltsam rötlich zu flackern an. Als es schließlich gar völlig zu erlöschen drohte, brach ein gleißendes Strahlen aus den zwei Zauberschlüsseln hervor und bildete mit einem unsichtbaren dritten Punkt am Himmel ein geheimnisvolles Dreieck. Und aus den Lüften ertönten erneut die Verse des alten Zauberbuchs:

„Nimm meiner drei,
einen behalte immer dabei,
den zweiten musst du binden,
der dritte wird zum Ziele sich winden.“

Alle schauten nach oben, doch des Staunens war kein Ende. Über dem leuchtenden Dreieck erstrahlte eine tief in den hohen dunklen Nachthimmel reichende Strahlenpyramide. Franzi musste unwillkürlich an eine überdimensionale Zuckertüte denken. Ihre Wände glitzerten wie feinste Silberfäden und an ihrer Spitze strahlte ein honiggelber Stern. Als dieser immer schneller zu pulsieren begann, erschien über der Pyramide plötzlich eine weitere, nunmehr auf dem Kopf stehende Riesenpyramide. So gigantisch groß war diese, dass sie fast den gesamten Himmel einnahm. Und unsere Gesellschaft erblickte voller Verwunderung wie durch einen zarten Nebel über sich eine schemenhafte Landschaft aus hell glitzernden Kristallen.

„Ooohhh, die Zauberschlüssel haben uns die Pforte zu Schwämmchen geöffnet", flüsterte Franzi beeindruckt.

„Nein, Vorsicht Freunde! Ich vermute etwas ganz anderes", entgegnete Hasso skeptisch: „Vermutlich handelt es sich hierbei um eine der seltenen Raum-Zeit-Verschiebungen, eine Art Zeitfalte im Universum, in der sich nur zu oft geheimnisvolle Parallelwelten einnisten. Wenn mich nicht alles täuscht, könnte dies die Pforte zur geheimnisvollen Welt der Kadaoken sein, welche sich laut uralten Legenden in einer Zeitfalte zwischen der fünften und sechsten Ebene befindet."

Alle rückten unwillkürlich näher zusammen, denn sie spürten, dass da unversehens etwas äußerst Fremdes, Respekt- und Furchteinflößendes in ihre traute Welt gekommen war.

„Dies ist wirklich sehr bedenklich. Ihr müsst wissen, dass die ehernen Gesetze des Universums jegliche Durchdringung der Schöpfungsebenen untersagen."

Doch der Hampelmann Fridolin entgegnete dem Hasen schnippisch:

„Schnickschnack, wer lässt sich den von so einer blöden Hängelampe, oder was es auch immer ist, ins Bockshorn jagen. Komisch nur, dass sie am Himmel hängt. Wusste gar nicht, dass es da Haken gibt. Und überhaupt, wo ist eigentlich der Lichtschalter?"

Schon holte er mit einem großen Knüppel aus und warf diesen, noch ehe der Hase ihn zurückhalten konnte, übermütig in das zarte Lichtgeflecht. Oh weh, dies hätte er lieber nicht tun sollen. Denn im selben Augenblick erhob sich ein ohrenbetäubendes Sausen. Die Pyramide begann sich wie ein Kreisel immer schneller und schneller um ihre eigene Achse zu drehen, erzeugte einen wahnwitzigen Luftstrudel, der ähnlich einem Tornado alles im Umkreis Befindliche mit sich nach oben riss.

„Aaaaachtung festhalten“, brüllte Hasso von Haiden.

Seine Worte gingen im Getöse unter. Doch hatten sich alle instinktiv bereits irgendwo festgeklammert. Nur Fridolin taumelte mal wieder ganz allein durch die Lüfte. Hilflos ruderte er mit den Armen, als mache er gerade seine ersten Schwimmübungen – ein wahrhaft jämmerlicher Anblick für einen Unterwasserhampelmann. Schnell wurde der Abstand zu Fridolin immer größer.

„Friiidolin …, Friiidolin …, komm zurück“, rief Jule verzweifelt. Vergeblich … Wie sollte er auch?

„Wir müssen etwas tun“, schrie sie dem Hasen ins Ohr. Doch der wackelte nur hilflos mit seinen langen Ohren. Da hielt es Jule nicht länger aus, ließ augenblicks Hassos Hände los und ruderte entschlossen ihrem geliebten Hampelmann Fridolin hinterher.

Nur noch wenige Zentimeter trennten sie von seinen Beinen, schon wollte sie ihn ergreifen. Da fuhr urplötzlich ein schneidendscharfer greller Lichtstrahl wie ein Schwertschlag zwischen die beiden. Und mit vor Schrecken weit aufgerissenen Mund und Augen verschwand ihr geliebter Fridolin vor ihr im reinen Nichts.

19. Kapitel

Gefangen in der gefrorenen Zeit

Erschrocken drehte sich Jule um. Auch ihre Freunde waren auf einmal verschwunden. Dafür hatte sie wieder Boden unter den Füßen – nur was für einen und wo? Denn der Höllenlärm und die Dunkelheit hielten noch immer an. Ja, sie musste der Wahrheit ins Auge sehen. Unzweifelhaft befand sie sich mutterseelenallein irgendwo gefangen in einer Zeitfalte, wie es der Hase gesagt hatte. Und es schien mehr als zweifelhaft, ob sie ihre Freunde jemals wiedersehen würde. Vielleicht war es ihr schlimmes Los, für alle Zeiten in dieser unheimlichen Zwischenwelt zu verbleiben. Ein großes Verlorenheitsgefühl machte sich schlagartig in ihr breit. Und plötzlich musste Jule an ihren lieben Vater denken. ‚Was der wohl gerade machen würde? Sicher denkt er gerade an mich. Oh weh, hoffentlich macht er sich nur nicht allzu große Sorgen. Nur gut, dass Paps nicht weiß, wie schlimm es mir gerade geht.' Ein starkes Gefühl der Liebe durchströmte sie mit Urgewalt, brachte ihren kleinen Körper zum Vibrieren.

Doch im selben Augenblick stoppte wie durch ein Zauberwort der rasende Höllenlärm und die Umgebung hellte sich überraschend auf. Erstaunt blickte Jule um sich. Soweit das Auge reichte, glitzerten Millionen und Abermillionen durchsichtiger Kristalle. Ein feines Klingeln und Rauschen war aller Orten zu hören. Dieses kam von den winzigen Kristallsplittern, die sich unaufhörlich von größeren Kristallen lösten und wie ein endloser feiner Regen hernieder fielen. Offensichtlich war sie in einer unendlich weiten, bläulich schillernden Kristallwelt gelandet.

Die kühle klare Luft beruhigte auf ganz und gar seltsame Weise Jules aufgewühlte Gedanken. Tief atmete sie ein. Doch halt, das war merkwürdig! Tatsächlich, sie konnte so lange einatmen, wie sie wollte. Erstaunt spürte sie, dass ihr Atem sich nicht etwa wie üblich in ihrer Lunge sammelte, sondern aus allen Poren sogleich wieder hinausströmte. Dies war aber ein seltsames Gefühl, doch irgendwie auch angenehm. Ein sanftes Kribbeln und Vibrieren lief durch ihren gesamten Körper. Und nicht nur das: Verwundert bemerkte sie, dass sie mit jedem Atemzug immer leichter und leichter wurde. Fast wie eine Feder fühlte sie sich flatternd im Winde. Schon verlor sie an Bodenhaftung. Oh war das prima! Nur eine Bewegung, nein sogar nur ein Gedanke reichte aus, um sich in die entsprechende Richtung zu bewegen. Plötzlich vernahm sie ein leises Kichern.

„Ist da jemand?“, rief Jule immer noch in der Hoffnung, vielleicht ihre Freunde und ihren Hampelmann wieder zu finden. Doch keiner antwortete. Nur ihre eigene Stimme hallte endlos in der Weite des Raumes wider.

‚Sicher hab ich mich nur verhört. Dann werde ich aus den Lüften die Gegend ein wenig erkunden.‘

Schon machte sich Jule nur mit der Kraft ihrer Gedanken auf den Weg. Als sie eine halbe Stunde so geflogen war, veränderte sich allmählich die Landschaft. Die Kristalle verbanden sich immer mehr mit bläulich schimmerndem Wasser. Überall tropfte und plätscherte es. Kleine Rinnsale und Bächlein bahnten sich den Weg durch das unüberschaubare

Kristallgewirr. Und schließlich brach das Land abrupt ab. Mindestens hundert Meilen stürzten die zahllosen Bächlein einen mächtigen Kristallfelsen in die unwägbare Tiefe hinab und eröffneten dabei den Blick auf ein scheinbar endlos sich erstreckendes, bläulich schimmerndes Meer. Ein geheimnisvolles Leuchten drang aus seinem Inneren hervor und verwischte seltsam die Konturen der Wasseroberfläche. Sollte sie wirklich einen Flug über das weite Meer wagen? Was aber, wenn ihr nun unterwegs die Flugkraft oder besser die Gedankenkraft ausging?

Doch halt, was war das? Direkt unter ihr blubberte das Wasser und plötzlich zeigte sich schemenhaft ein weißes längliches Gesicht. Seltsam … Ganz offensichtlich nickte es ihr zu, als wolle es ihr bedeuten, den kühnen Meeresflug zu wagen.

Zuversichtlich stieß sich Jule vom Felsen ab, doch im selben Moment bäumte sich wie aus dem Nichts ein turmhohes Wesen vor ihr auf, versperrte ihr den Weg. Jule erschrak zu Tode, denn die Gestalt war spindeldürr wie ein Gerippe. Nur unzureichend wurde der klapprige Körper von halb durchsichtigen, völlig zerfetzten Tüchern verdeckt. Und jede seiner Bewegungen erzeugte ein Geräusch, als zerbrächen Tausende von Eiskristallen.

„Zurück Menschenkind! Diese Welt ist nicht für dich geschaffen“, zischte die klapprige Gestalt heiser. Aus ihrem Mund stieg ein rauchiger Atem, der augenblicks zu Millionen kleiner Kristalle erstarrte und ins Meer hernieder fiel.

„Aber ich muss doch meinen lieben Fridolin wiederfinden und meine Freunde“, rief Jule verzweifelt.

„Deinen lieben Fridolin, deine Freunde …?“ ächzte die weißliche Gestalt und hustete grässlich: „Die wirst du hier nimmer finden, armes Würmchen. Bist gefangen in der gefrorenen Zeit …, erstarrte Träume, zerbrochene Gedanken, verlorene Gefühle. Kein Weg zurück … Diese Welt ist Feind jeder lebenden Kreatur."

„Aber du lebst doch auch hier?"

„Wehe, sag nicht so etwas …! Ich lebe nicht, dies scheint dir nur so. Dass du mich siehst, entspringt allein der Kraft deiner Gedanken. Schon lange bin ich tot, war schon immer tot und werde es auch immer sein. Doch du Kind, musst schnell fort von diesem grässlichen Ort. Denn solange du mit mir sprichst, verlierst du deine Lebensenergie. Denn wisse, du nährst mich mit deinen Gedanken. Nur dadurch existiere ich. Und am Ende wirst du, genau wie alles um dich herum, erstarren zu kaltem Kristall. Lauter verirrte, verwirrte Seelen … Drum eile, eile …!"

„Aber wo soll ich hin? Wie komme ich hier wieder raus?"

„Her je, das darfst du mich doch nicht fragen. Für mich gibt es kein Woher und Wohin …", zischte das Wesen und wurde plötzlich ein wenig kleiner. Mit seiner knöchrigen Hand verdeckte es seine tiefen Augen, als wolle es seine innersten Gedanken lesen. Unvermittelt krächzte die Gestat heiser: „Doch warte, ühühühü … Was ist dir am liebsten?"

Jule überlegte angestrengt. Halt, diese Frage kannte sie doch. Schon einmal hatte ihr jemand sie gestellt. Wann war das nur? Ach ja, natürlich, damals auf der Bootsfahrt zu Binki Lotz, kurz nachdem sie in das Drachenauge am Hals des Vogels geblickt hatte. Hasso von Haiden riet ihr damals, sich über die Liebe anzubinden, damit sie in der Welt der Finsternis nicht verloren gehe. Ja, das war es. Dies wollte die Gestalt ihr sagen. Das fahle Wesen nickte bestätigend und sein Gesicht erschien ihr schon weniger fremd und furchterregend.

Nur wen …, wen hatte sie am liebsten? Ihren Papa? Fridolin? Ihre neue Freundin Franzi? Oma und Opa? Die bunten Blumen? Schmetterlinge? Die herrlichen weißen Wolken am strahlend blauen Sommerhimmel? Die wunderschöne Stimmung, wenn Vater am Abend ihr die heiß geliebten Gutenachtgeschichten erzählte? Gab es da wirklich irgendetwas oder irgendjemanden, den sie mehr oder weniger lieb hatte? Nein, eigentlich nicht! Aber natürlich …! Jetzt war sie sich sicher. Sie hatte alles lieb, denn sie liebte das Leben und alles was dazu gehört. Selbst den Abschied, denn der bedeutete auch Wiedersehen. Und ohne Traurigkeit gab es auch kein Glück.

Kaum hatte sie dies erkannt, passierte etwas Seltsames. Die klapprige Gestalt vor ihr begann urplötzlich zu zucken. Ein kratzendes Lachen entfuhr ihrer Kehle, das den ganzen spindeldürren Körper noch mehr zum Erschüttern brachte:

„Danke … ühü, ühü, danke, danke! Dann hast du ja auch mich lieb."

„Ja, du hast Recht", staunte Jule selbst über ihre augenblickliche Einsicht. Und als wäre dies das Zauberwort gewesen, zerfiel die unheimliche Gestalt im gleichen Moment vor ihr zu Staub.

„Bleib doch hier! Bitte! Gerade erst haben wir uns kennengelernt und schon verlässt du mich wieder. Nun bin ich wieder ganz allein", seufzte Jule leise in die stille Einsamkeit. Dicke Tränen schossen aus ihren Augen.

20. Kapitel

Die Begegnung mit der Kraft

Doch da tippte ihr schon jemand von hinten sanft auf die Schultern: „He Jule, Du bist nicht allein."

Abrupt drehte sie sich um. Hinter ihr stand ein etwa gleichaltriges Mädchen mit seltsam altertümlich geflochtenen, blonden Haaren mit einem roten Bändchen darin und sanften blauen Augen. Derart wunderschön war das Kind, dass es regelrecht schmerzte, es länger anzuschauen.

„Wer bist du denn und woher kommst du?"

„Ich bin die Gestalt, der du gerade erst gegenüber gestanden hast und auch wieder nicht. Weil du mich trotz meiner grässlichen Erscheinung in deine Liebe einbezogen hast, wurde ich zu dem, was du jetzt siehst."

„Aber wie bist du denn in diese Welt gekommen und wer hat dich verzaubert?"

„Nicht doch …, nein. Ich bin nicht in die Welt gekommen, ich war schon immer da. Gewissermaßen bin ich die Welt selbst."

„Aber du bist doch ein kleines Mädchen und musst somit auch Eltern haben", beharrte Jule verwundert und ein wenig trotzig.

„Nein, ich habe weder Mutter noch Vater. Auch bin ich kein kleines Mädchen, wie du irrtümlich denkst."

„Aber ich sehe es doch …"

„Die Gestalt, die du vor dir siehst, erzeugst du selbst durch deine Vorstellung, nur du allein, mein Julchen klein, nur du allein …“, säuselte das Mädchen in einem geheimnisvollen Singsang.

„Aber wie geht denn das. Du bist so schön. So etwas Schönes könnte ich mir niemals vorstellen …“

„Und doch kannst du es dir vorstellen und noch viel Schöneres“, unterbrach sie erneut das geheimnisvolle Wesen. Du weißt es nur noch nicht: „Denk jetzt einfach an irgendetwas.“

Unwillkürlich fiel Jule ihr Vater wieder ein, doch im selben Moment nahm das Mädchen wie von Geisterhand dessen Züge an.

„Halt aufhören …!“ Abrupt unterbrach Jule ihren Gedanken. Nun wurde ihr doch ein wenig unheimlich zumute.

„He, wer oder was …, was bist du denn? Bist du etwa eine böse Zauberin? Und was ha …, ha …, hat es überhaupt mit all den Kristallen hier auf sich“, stotterte sie unsicher: „Mein Freund, der grüne Hasenritter, meinte, dass dies die Welt der Kadaoken sei, die sich in einer unerlaubten Zeitfalte zwischen der fünften und sechsten Ebene befindet.“

Auf der Stelle begann das Mädchen zu kichern:

„Hihi …, Zeitfalte …, Kadaoken … Wenn ich dir erklären würde, was ich wirklich bin, hihi …, und wo du bist, würdest du es ja doch nicht verstehen. Nun gut, ich will es dir an einem Gleichnis zeigen. Da, schau her …!“

Mit einer grazilen Bewegung streckte das Mädchen seine Arme gen Himmel und ließ sie darauf dreimal seitwärts durch die Lüfte kreisen. Augenblicks veränderte sich die gesamte Szenerie. Die schroffe kühle Kristalllandschaft wich unversehens einer wunderschön blühenden Wiese mit schulterhohem Gras. Schon begann sich das Mädchen wie ein Grashalm hin und her zu bewegen, immer heftiger und heftiger. Da kam plötzlich ein starker Wind herangebraust, der das Gras um sie herum niederdrückte. Kurz darauf verschwand der Wind so abrupt wie er gekommen war und die Halme richteten sich wieder auf.

„Hast du nun verstanden, was ich bin?“

Nein, Jule verstand noch immer nicht ...

„Ich bin weder der Wind noch das Gras, sondern etwas dazwischen. Eher schon der Botschafter des Windes, damit die Bewegung des Grashalms sich verwirklicht.“

„He? Willst du damit etwa sagen, dass das Gras sich ohne dich nicht bewegen würde“, staunte Jule.

„Kann man schon so sagen. Ich bin eine Kraft, die man nicht sieht, ohne die die anderen Dinge aber auch nicht geschehen können. Du siehst mich nur indirekt an den Dingen. Ja, man könnte sogar sagen, dass ich ein Teil von allem bin, also auch von dir. Wenn du mir einen Namen geben willst, dann nenne mich Aitija.

Jule fand die Erklärung noch verwirrender, obwohl in ihr zugleich so etwas wie eine dunkle Ahnung aufblitzte. Gewiss war dies so wie bei der seltsamen Schwerkraft, von der ihr der Vater einst erzählte hatte. Auch diese Kraft konnte man nicht sehen, aber indirekt spüren – zum Beispiel an einem Apfel, der nur wegen dieser unsichtbaren Kraft vom Baum auf die Erde fiel und nicht in den Himmel.

Die Kunst des Rufens

Doch als hätte das Mädchen Jules Gedanken gelesen, fuhr es fort: „Jedes Ding trägt eine innere Sehnsucht in sich, wie zum Beispiel der Grashalm die Sehnsucht nach der Bewegung. Mit dieser Sehnsucht ruft er den Wind. Damit aber Grashalm und Wind zueinander finden können, braucht es eine verbindende Kraft. Und diese Kraft bin ich.

Auch bei dir verhält es sich so, denn wann immer du denkst oder fühlst, erzeugst du ein inneres Bild. Dieses Bild trägt gleichfalls eine Sehnsucht in sich, auf Reisen zu gehen. Wenn du dir also etwas wünschst, wird dies auch irgendwann Wirklichkeit, allerdings nur wenn du mich zu rufen verstehst. Viele Menschen haben allerdings diese Fähigkeit des Rufens verlernt. Und deshalb sind sie traurig oder auch wütend, weil ihre sehnlichsten Wünsche nicht in Erfüllung gehen. Und noch viel schlimmer, sie kennen ihre sehnlichsten Wünsche nicht einmal mehr."

„Aber wieso behauptest du, dass die Menschen ihre sehnlichsten Wünsche nicht kennen? Jeder weiß doch, was ihm fehlt?"

„Ja, aber das ist ja genau das Problem", sagte Aitija: „Ihr habt vergessen, wie das Wünschen, die Kunst des Rufens oder Beabsichtigens wirklich funktioniert. Du musst wissen, liebe Jule, dass hinter jedem Gedanken, den du denkst, immer mindestens ein zweiter Gedanke verborgen ist, und dass immer dieser dahinter liegende, tiefere Gedanke in Erfüllung geht, nicht aber der oberflächliche erste Gedanke deines Alltagsdenkens. Denn nur der tiefere Gedanke kommt aus deiner Seele und nur er allein hat die Kraft mich zu rufen."

„Das verstehe ich nicht. Erklär mir das genauer."

„Wenn du dir zum Beispiel mit einem Gedanken wünschst, keine Angst mehr zu haben, sagen wir, weil du immer Angst hast enttäuscht zu werden, dann steht dahinter als zweiter Gedanke der Mangel, nämlich dass du eben nicht ohne Angst bist, dass dein Leben jeden Tag von tiefer Furcht geprägt ist. Und nur dieser zweite Gedanke geht in Erfüllung. Das heißt, solange du wünschst, ohne Angst zu sein, so lange wirst du ängstlich bleiben. Denn mit dem Wunsch oder Gedanken manifestierst du den dahinter stehenden Mangel oder Zustand, den du aber zu überwinden trachtest."

„Ich glaube, ich verstehe jetzt, was du meinst. Aber wie sollen denn dann jemals meine Wünsche in Erfüllung gehen?", stöhnte Jule verzweifelt: „Ich möchte doch wieder weg von hier."

„Das kann dich nur die Erfahrung lehren. Würde ich dir jetzt das Ganze erklären, könntest du doch nicht das Geringste damit anfangen. Also habe nur Geduld und warte auf die Erfahrung."

„Wenn es so ist, wie du sagst, dass meine tieferen Gedanken in Erfüllung gehen, habe ich mir dann auch deine vorherige Gestalt und die schreckliche kalte Kristallwelt gewünscht?", fragte Jule vorsichtig: „Die hab ich mir doch nun wirklich nicht selbst ausgedacht. Oder …?"

„Da hast du Recht! Doch dies ist eine lange Geschichte."

„Dann erzähl sie mir bitte lieber nicht, denn ich habe schon viel zu lang mit dir gesprochen. Ich muss nämlich meine Freunde suchen. Sie brauchen meine Hilfe."

„Keine Bange, du kommst zu ihnen noch zur rechten Zeit. Denn wie du schon sagtest, befinden wir uns hier tatsächlich in einer Art Zeitfalte, wenn auch nicht von der Art, wie dein treuer Begleiter, der Hasenritter Hasso von Haiden, es dachte. In dieser Zeitfalte dreht sich die Zeit gewissermaßen im Kreise, weshalb wir auch keine Zeit verlieren können. Wenn ich also mit meiner Erzählung zu Ende bin, ist in Wirklichkeit auch nicht eine Sekunde vergangen."

Jule war beruhigt. Plötzlich stand da, in der Pause zwischen dem einen und dem anderen Gedanken, eine uralte mindestens tausendjährige Esche vor ihnen, und breitete schützend ihr Laubdach über sie aus. Jule setzte sich ins weiche Moos und lehnte den Rücken an den mächtigen Stamm. Aitija, das fremde Mädchen, das sich selbst als die Kraft bezeichnete, hatte sich derweil im Schneidersitz vor sie gesetzt und hub mit sanfter Stimme zu erzählen an:

Die Geschichte vom Prinzen Tulitpan

„Vor langer, langer Zeit lebte einst ein Jüngling in der fünften Ebene, ein Prinz Namens Tulitpan, aus einem geheimnisvollen Lande, das die Menschen Srilakanahr nannten. Er war einer der Gezeichneten, denn er trug seit seiner Geburt ein Mal in der Form eines

Sterns auf der Stirn. Lange bevor die Menschen auf die Erde kamen, bevölkerte nämlich ein gänzlich anderes ururaltes und sehr weises Volk, die sogenannten Kachynas, diese fünfte Ebenen. Diese Kachynas hatten schon so endlos viele Male die Sonne auf- und untergehen sehen, so dass ihre Gedanken klar geschliffen waren wie feinstes Kristall. Auch nicht die kleinste Disharmonie, kein Zweifel oder Irrtum mischte sich in ihr Denken. Ihr Wissen war über die Zeiten so gewaltig angewachsen, dass sie schließlich sämtlichen oberflächlichen Beschäftigungen entsagten.

Dereinst, als sie noch dumm und unerfahren gewesen, hatten sie die raffiniertesten Maschinen und großartigsten Städte gebaut, die je das Universum gesehen. Ihre gewaltigen Häuser ragten meilenweit über den Himmel hinaus bis ins Weltall. In der Nacht leuchteten sie so hell, dass ihre Städte selbst vom fernen Mond aus noch gesehen werden konnten. Doch als sie endlich erwachsen und weise geworden und den Sinn des Lebens allmählich zu verstehen begannen, zerstörten sie nach und nach sämtliche ersonnenen Bauwerke und Maschinen und kehrten schließlich und endlich zu dem Zustand zurück, indem sie dereinst die Welt betreten hatten. Wie die Tiere lebten sie wieder in Erdhöhlen und kargen Hütten und ernährten sich von dem, was die Erde ihnen bereitwillig gab. Ganz im Gegensatz zu ihrer äußeren Bescheidenheit und Armut hatten sie jedoch einen derartig unvorstellbaren Reichtum an schönen Gedanken, positiven Gefühlen und phantastischen Vorstellungen in sich geschaffen, dass sie mit sich und der Welt zufrieden in einer ewig dauernden inneren Glückseligkeit lebten. Mit ihren hochentwickelten geistigen Kräften vermochten sie wahrhaftig

Berge zu versetzen und weite Reisen in die Unendlichkeit zu unternehmen. Dabei war ihre Wahrnehmungsfähigkeit und Achtsamkeit so empfindsam und fein geworden wie der zarteste Grashalm, den selbst der geringste Windhauch noch bewegte. Ja, und sie wussten, dass hinter jedem, auch dem kleinsten Hügel die Unendlichkeit auf sie wartete. So fühlten sie sich mit allem, der ganzen Welt und ihren Geschöpfen in ewiger Liebe verbunden. Selbst dem kleinsten Krabbelkäfer, dem zartesten Pflänzlein am rauen Fels brachten sie Achtsamkeit, Respekt und Liebe entgegen und betrachteten sie als Ihresgleichen. Denn sie wussten, dass alles Geschaffene der Schöpfer selbst war und dass es somit keinen Unterschied zwischen dem Schöpfer und dem Geschaffenen gab. Dadurch existierten kein Neid, kein Hass, keine Gewalt unter ihnen. Nicht einmal von dem klitzekleinsten bösen Gedanken wurden sie heimgesucht. Sie waren wieder unbeschwert, arglos und unschuldig wie kleine Kinder und das Leben in der fünften Ebene ward ein ewiges Fest.

Doch eines Tages machten sich, aus den Tiefen des Universums kommend, neue Geschöpfe auf der Erde breit – ein Volk, deren Nachkommen man später unter den Menschen auch die Reptoiden nannte. Es waren Drachen- und Echsenwesen, die voller Hass und Gewalt alles um sich herum, ja sogar sich selbst, ständig gegenseitig zu vernichten trachteten. Lange Zeit versuchten die Kachynas den Drachenwesen zu helfen, sie von ihrem zerstörerischen Tun abzubringen, doch ohne den geringsten Erfolg.

Als die Kachynas schließlich die eigentliche Natur der fremden Besucher in vollem Umfang erkannt hatten und schlussendlich einsahen, dass jegliche Hilfe, die sie den Drachen angedeihen ließen, umsonst war, beschlossen sie schweren Herzens die Erde zu verlassen. Zwar hätten sie durch ihre gewaltigen Geisteskräfte jederzeit mit einem Schlag die gesamte Welt von den Drachen befreien können, doch verbot ihnen ihre eigene Friedfertigkeit und Überzeugung derlei kriegerische Maßnahmen.

So schickten die Kachynas tagtäglich Kundschafter in alle Richtungen, die allein mit der Kraft ihrer mächtigen Gedanken weit in die Tiefen des Universums reisten, immer auf der Suche nach einer neuen Heimat. Doch wollte sich keine passende Zuflucht zeigen. Als sie endlich feststellten, dass es kein Entrinnen aus der fünften Ebene gab, beschlossen sie, sich an den Schöpfer des Universums zu wenden. Siebenundsiebzig Tage verbrachten sie in stillem Gebet, reinigten sich so von dem tiefen Kummer, den ihnen die Drachenwesen über die Jahrhunderte zugefügt hatten, bis ihre Seelen so unschuldig und rein wie das reinste Weiß der hellsten Himmelswolken waren und ihr Geist still und blank wie ein stiller glasklarer See im Mondenschein. Erst jetzt fühlten sie sich rein genug, um das Wort an ihren Schöpfer zu richten:

„Höchstes Wesen, klarer reinster Stern am Firmament, du, der du in unseren Gedanken, in den feinsten Regungen unseres Gemüts wie in einem Buch zu lesen vermagst. Betrachte unser auswegloses Schicksal und erwäge dann, ob du unseren großen Wunsch erfüllen kannst. Wir bitten darum, die Mutter Erde, die uns so viele Millionen Jahre eine so glückliche Heimstatt gewesen, nun aber seit dem Einfall der Drachen- und Echsenwesen so unendlich fremd geworden ist, für immer verlassen zu dürfen. Wir wollen uns in einer anderen Ebene jenseits jeglicher Negativität eine neue

Heimat schaffen, damit unsere tiefe Kümmernis endlich ihr Ende findet."

Der Schöpfer zeigte sich sehr verwundert ob ihrer Frage, da das Verlassen der Erde doch keinerlei Erlaubnis seinerseits bedürfe. Im Gegenteil sagte er ihnen, dass sie durch ihre große Weisheit und Reinheit schon längst und jederzeit in der Lage gewesen seien, die Erde zu verlassen. Der kleinste Gedanke hätte genügt, um ihr ganzes Volk augenblicks in eine glücklichere Welt in einer anderen Ebene zu versetzen. Dass ihnen dies bis dato jedoch nicht gelungen ist, läge allein daran, dass sie nicht wirklich zum Verlassen der Erde entschlossen seien, da sie deren Schicksal noch immer in ihren Herzen trügen. Denn dereinst hätten sie einen unauflöslichen Eid geschworen, die Erde und ihre Bewohner für alle Zeiten zu beschützen. Jedoch gäbe es eine Möglichkeit, diesen für die Ewigkeit geschlossenen Bund zwischen ihrem Volk und der Erde teilweise zu lösen. Es müssten sich einzelne Kachynas als Stellvertreter ihres Volkes über die Zeiten hinweg bereitfinden, der Erde und ihren Bewohnern als Lehrer und Beschützer weiterhin zur Seite zu stehen.

Die Kachynas beschlossen dem Rat des weisen Schöpfers zu folgen und entschieden durch das Los, wer denn auf der Erde verbleiben solle. So fiel das Los auch auf den Prinzen Tulitpan. Von diesem Tage an war es sein Schicksal, durch immer wieder neue Tode und Wiedergeburten das Schicksal der Erdenbewohner zu teilen und zu begleiten. Neue Völker waren in die fünfte Ebene gekommen. Immer wieder hatten die Drachenwesen sich mit jenen Stämmen vermischt und derart ihre Negativität auch in die Menschen hineingetragen. Lange Zeit versuchte Prinz Tulitpan die Drachenwesen und ihre Mischwesen, die Reptoiden, zu bessern und ihnen den rechten Weg zu weisen.

Doch über die endlos langen Zeiten ward die Last schließlich allzu groß für sein zartes Gemüt. Das große Leid und der tägliche Kampf ums Überleben drückten ihn über unzählige Wiedergeburten immer tiefer in die Trostlosigkeit und Banalität seines neuen Lebens nach dem Weggang seines Volkes. Und so kam der Tag, da er seinen Ursprung und sein Volk, die Kachynas, vergessen hatte. Nicht wusste er mehr, wer er war, noch warum er eigentlich auf dieser schrecklichen, freudlosen Erde lebte, die ihm in all ihren Schlechtigkeiten, Gemeinheiten und Niedrigkeiten so unendlich fremd geworden war. Einzig die verschwommene Erinnerung oder besser die Ahnung einer möglichen besseren Welt war ihm noch verblieben und ließ ihn erkennen, dass mit der Welt der fünften Ebene irgendetwas etwas nicht stimmen konnte.

Anfangs richtete er noch tränenreiche Gebete zu Gott, flehte ihn an, dass er ihm und der Welt helfen möge. Doch die Hilfe blieb aus, da er und sein Volk ja selbst dereinst aus freiem Willen beschlossen hatten, als Lehrer und Beschützer der Kreaturen auf Erden zu verbleiben. So trockneten allmählich seine Tränen und seine bis aufs Äußerste empfindsame Seele, die zuvor sich voller Sehnsucht bis in die entferntesten Winkel des Universums gespannt hatte, zog sich nun voller Gram immer tiefer in sich selbst zurück.

Und es kam der Tag, da Prinz Tulitpan sich endlich eingestand, dass von außen keine Hilfe zu erwarten war. Doch diese Einsicht verlieh ihm auf geheimnisvolle Weise neue Kraft. Und so beschloss er ganz allein aus sich heraus erneut einen Weg aus seinem Leiden und dem seiner Mitbewohner zu finden. Viele Leben lang versuchte er nun wieder das Verhalten der Erdenbewohner zum Guten zu wenden, indem er ihnen eine bessere Welt in den allerschönsten Farben vor Augen malte. Auch wies er ihnen Wege dorthin, indem er zeigte, wie sie ihr schlimmes Verhalten durch inneren Wandel zum Besseren wenden könnten. Doch all diese Mühen blieben vergeblich, da die Bewohner der Erde noch immer die wahre Liebe nicht in sich fanden. Neue Völker entstanden und vergingen, trugen weiterhin das Erbe der Reptoiden in ihren Herzen, so dass Hass, Neid, Angst und Elend bis zum heutigen Tage auf Erden regieren.

Als Tulitpan endlich, nunmehr zum zweiten Mal, einsah, dass die Welt durch sein Tun nicht zum Besseren zu wenden sei, er vielmehr durch den Anblick des fremden Leidens selbst immer weiter und tiefer leiden müsste, griff er zu einem allerletzten Ausweg:

Durch seinen Jahrtausende lang geübten Blick nach innen hatte er nämlich erkannt, dass allein seine Gedanken den inneren Schmerz in ihm erzeugten. Wenn er aber nicht mehr über das Leid nachdachte, es nicht mehr in Gestalt seiner Gedanken anschaute und nährte, er die Dinge um sich herum nicht mehr bewertete, so konnte auch kein Leid mehr in ihm entstehen – so glaubte er. Ganz offensichtlich war er selbst der Produzent seiner Leiden. Also musste sein Kopf nur leer werden. Jeder Gedanke sollte verschwinden, auf Nimmerwiedersehen vom endlosen Fluss der Zeiten fortgespült werden. Nur so konnte er die letzte Freiheit erlangen, die er so unendlich ersehnte. Ausgerüstet mit dieser Erkenntnis machte sich Prinz Tulitpan voller neuer Hoffnung auf den Weg.

Während seiner inneren Suche nach der absoluten Leere geschah es, dass der Prinz ganz unbewusst immer einsamere Orte der fünften Ebene aufsuchte, als könne diese äußere Leere auch von seinem Inneren Besitz ergreifen. Und langsam Schritt für Schritt begann er sich mit jedem verlorenen Gedanken in der Tat zu verändern. Immer stiller wurde es in und um ihn. Seine vordem so lebhaften Gesichtszüge erstarrten wie ein alter knorriger Baum, dessen versteinerter Stamm auch die raueste Witterung nicht mehr zu ändern vermochte. Der herrlich funkelnde Glanz seiner vordem so rastlosen, lebendigen Augen erlosch. Der Spiegel seiner Seele war erblindet.

Die wenigen Wesen, die ihm auf seinem langen, einsamen Weg noch begegneten, erschauerten verwundert und froren innerlich, als sie ihn sahen. Denn jeder spürte instinktiv, dass etwas Anderes völlig Neues und Fremdes in Prinz Tulitpan eingezogen war – etwas, das es vordem auf Erden noch nicht gegeben hatte. Tulitpan war weit, weit weg, mit seinen wenigen verbliebenen Gedanken, Tausende Lichtjahre weit entfernt und innerlich unendlich leer. Er war bereits ein Fremder, dessen einzige Verbindung zur Welt allein noch sein ausgemergelter Körper bildete.

So kam Prinz Tulitpan auf seiner Reise schließlich auch zu mir, denn seine Sehnsucht nach Leere war so unendlich groß, dass er mich irgendwann erreichen musste, ob er nun wollte oder nicht. Seine Kleidung war zerrissen, sein Blick todmüde und seine wild zerzausten Haare reichten ihm bis zum Boden. Sanft fing ich den Entkräfteten auf, küsste ihn auf seine wunde Stirn, um seinen tiefen Schmerz zu lindern. Doch das Unausweichliche geschah, durch meine Kraft wurden seine geheimsten Wünsche auf der Stelle Wirklichkeit.

Die einzigartige Stille, Leere und Leblosigkeit, die er in sich trug, verwandelte unmittelbar alles um ihn herum in eine gleichsam in Leblosigkeit erstarrte Welt. Das Rad der Zeit, das vordem durch seine wenigen noch verbliebenen Gedanken, wenngleich auch immer langsamer, noch weitergetrieben worden war, blieb urplötzlich stehen. Ja, Tulitpan hatte durch diese absolut einzigartige und neue Sehnsucht nach Leere ein neues Universum geschaffen, in der die Zeit stille stand und das Leben selbst zum Stillstand gekommen war. So wurde der Prinz eins mit der zu kaltem leblosen Kristall erstarrten äußeren Welt. Denn indem jeder Gedanke in ihm verschwunden war, verschwand auch jeder Unterschied zwischen den Dingen. Er war alles und nichts.

Seit diesem Zeitpunkt kamen in längeren Abständen immer wieder verzweifelte Menschen ähnlich wie Tulitpan auf der Suche nach der befreienden Leere in diese Welt und erstarrten gleichermaßen. Glück und Liebe fanden sie nicht. Ja, Prinz Tulitpan hatte einen neuen Glauben nach Erlösung in die Ebenen und Welten gebracht, der sich jedoch niemals erfüllte.

Und so wäre denn die kalte Kristallwelt bis in alle Ewigkeit zur Falle verzweifelter Menschen geworden, wärst du nicht gekommen und hättest diese Welt befreit."

„Aber ich habe doch gar nichts getan", verwunderte sich Jule.

„Hast du wohl, als ich dich nach dem Liebsten in deinem Leben fragte. Durch deine ungeteilte Liebe zu allen Dingen des Lebens verwirklichtest du erstmals wieder das schöpferische Prinzip in seiner Ganzheit, bandest du die kalte erstarrte

Kristallwelt wieder an die Liebe und erwecktest sie damit zu neuem Leben."

„Dann ist wohl der Prinz Tulitpan ganz in der Nähe und ich kann ihn jetzt treffen?"

„Er ist da, aber in einer anderen Gestalt. Mehr kann ich dir nicht sagen. Irgendwann, wenn die Zeit reif ist, wirst du vor ihm stehen und ihn erkennen."

21. Kapitel

Die Hüterin der Zeit

Kaum waren die letzten Worte des wundersamen Mädchens verklungen, erhob sich ein starkes Brausen und eine herrliche Frühlingsluft stieg unversehens in Jules Nase. Die kitzelte so hinterhältig, dass Jule unwillkürlich laut niesen musste. Und als sie ihre Augen wieder öffnete, ach wie erstaunte sie. Vor ihr saß ihr lieber Hampelmann Fridolin und lachte schallend mit weit aufgerissenem Munde, dass es Jule nur so in den Ohren schepperte. Schon sah sie den Grund seines hysterischen Gelächters. Keine drei Meter vor ihnen stand auf einer wunderschönen Frühlingswiese mitten in einem alten Park ein ganzes Heer seltsamster Kuckucksuhren in Reih und Glied ganz wie eine riesige Kuckucksuhrenarmee. Doch der Merkwürdigkeiten war noch nicht genug. Jede dieser Uhren zeigte eine andere Zeit und zappelte darüber hinaus wild hin und her. Denn immer wenn Fridolin einen Befehl wie zum Beispiel „Rührt euch“ oder „schlagt die Stunde“ schrie, fuhren aus den Türchen, hinter denen ja eigentlich der Kuckuck sitzen müsste, seltsamerweise Kühe, Schweine, Hamster, Gänse, Hühner, Enten und manch anderes Getier, das Jule teilweise noch nie gesehen hatte. Durch diese völlig unorganisierten, ruckartigen Bewegungen ihrer Bewohner verloren die Uhren das Gleichgewicht. Die Kühe, Hamster, Enten, Schafe und so weiter muhten, blökten, fauchten, schnatterten und mähten vor Schmerz. Die Uhrenglocken läuteten, die Uhrwerke rasselten und die Uhrengehäuse schlugen krachend aneinander. Ein wahres Höllenkonzert war es, was sich da Jules empfindlichen Ohren bot. Doch als wäre dem noch immer nicht genug, mischte sich mitten in dieses Wahnsinnskonzert ein nicht minder grässliches vielstimmiges Schimpfen und Fluchen.

Erst jetzt bemerkte Jule erstaunt, dass dieses Stimmengewirr von unzähligen kleinen Zwergen herrührte, die jene Uhren wie übergroße Rucksäcke auf ihren Rücken trugen. Einige der kleinen Männchen hatten sich bereits wütend zu Jule und Fridolin umgedreht und versuchten nun mühsam sich dem hysterisch lachenden und kreischenden Fridolin zu nähern. Doch diese Annäherung wollte ihnen nicht gelingen. Denn immer wieder schlugen die Pendel und Gewichte der Uhren an ihre Arme, Köpfe und Beine und warfen die kleinen Zwerge durch ihren Schwung in Richtungen, in die sie gar nicht gehen wollten. So stolperten sie völlig unkontrolliert vor sich hin, stießen an ihren Vorder- oder Hintermann, der wiederum anderen in den Bauch oder Rücken fiel, der derart wiederum in eine gänzlich andere Richtung stürzte. Diese absurden Bewegungsabfolgen ergaben in der Summe ein Heidendurcheinander, so dass Jule unmittelbar von einem Strom wärmsten Mitgefühls für die kleinen Zwerge durchströmt wurde.

Doch der eiskalte Fridolin jauchzte nur, sich dabei wild auf die Schenkel schlagend:

„Die Zeit spielt verrückt hihi, ein ganz und gar köstliches Chaos. Das muss ich Väterchen erzählen … Hihi.., haha …“

Tränenbäche stürzten ihm bereits aus den Augen. Kaum konnte sich Fridolin noch auf den Beinen halten. Er schnappte nach Luft wie ein Ertrinkender.

Jule fand das Ganze noch immer nicht lustig:

„Die armen kleinen Kerle …!“

Schon stürzte sie nach vorn, um den irrsinnigen Mechanismus der aus dem Takt geratenen Uhren ein Ende zu bereiten. Doch im selben Moment rief plötzlich eine schneidend scharfe Frauenstimme:

„Beim siebenhundertneunundneunzigmal perpendikularierten Knasterfrosch. Werdet ihr wohl meine Zeitmaschine in Ruhe lassen, tumbe Kreaturen. Schon jetzt habt ihr ein Chaos universalen Ausmaßes angerichtet.“

Flink schnappte sich die Besitzerin der Stimme Fridolin, verband ihm mit einem Tuch seinen frechen Mund, warf ihn in einen Korb auf ihrem Rücken und rief die wohlklingenden, augenblicks wie köstlicher Blütenstaub durch die Lüfte schwebenden Worte:

„Krosemantau, Elau, Salamantau …“

Unversehens war das Höllenkonzert zu Ende. Alle Uhren tickten wieder im Gleichklang und die kleinen Zwerge tippelten in feinsinnigem Rhythmus mit anmutigsten Bewegungen auf unterschiedlichsten Wegen, wie sie gekommen, waren von dannen.

Als auch der letzte Uhrenzwerg hinter den dichten Büschen und Wegbiegungen des weitläufigen Parks verschwunden war, fand Jule endlich Zeit, sich ihr seltsames Gegenüber genauer anzuschauen. Vor ihr stand eine dicke pausbäckige Frau in einem altertümlichen dunkelbraunen Kleid, das über und über mit himmelblauen Augen bestickt war. Auf dem Kopf trug sie einen kunstvoll geflochtenen Weidenkorb, in dem mehrere riesige Wollknäuels in den verschiedensten Farben aufgeschichtet lagen. An ihrem Rockzipfel hing ein blutroter Wollfaden, der sich weit in der Ferne verlor und offensichtlich den Weg anzeigte, den sie gekommen war. Und ihrem Körper entströmte ein ungewöhnlich starker Geruch nach frischer grüner Minze.

‚Die Frau guckt ja wie eine Kuh', dachte Jule verwundert, da antwortete diese bereits, als ob sie Jules Gedanken gelesen hätte:

„Auch Kühe haben eine Seele und wissen weitaus mehr von der Welt als ihr tumben unreifen Menschen. Ich habe sie zu euch in die fünfte Ebene geschickt, damit sie euch Intelligenz und Gleichmut lehren. Und haben sie die Zeit auch nicht erfunden, so sorgen diese friedfertigen göttliche Kreaturen doch für den ruhigen ungestörten Zeitfluss im Universum. Im Übrigen müsst ihr des Wahnsinns sein, meine Uhrenzwerge zu stören. Wollt ihr etwa die Zeit vernichten? Wie kommt ihr überhaupt hierher? Seit über siebenhunderttausend Jahren ist hier, mit einer Ausnahme, kein Fremder mehr in mein Reich gelangt. Alle Spalten und Löcher zur Urzeit habe ich versperrt, sämtliche Zeitfäden aufgewickelt, ja selbst die kleinsten Pausenzeiten aufgesammelt und in einer schweren Bleikiste im tiefsten See meines Reiches versenkt. Außerdem habe ich meine 999 Augen immer und überall geöffnet, auch nicht ein klitzekleines Sekündchen bisher geschlafen. Und dennoch konntet ihr hier, von mir unbemerkt, in mein Reich eindringen. Wie ist das möglich?“

„Ich weiß nicht, wie ich hierhergekommen bin. Ich habe nur geniest und schon, hast du nicht gesehen, war ich hier“, sagte Jule ganz unschuldig und ein wenig verunsichert von dem verwirrenden Vortrag der merkwürdigen Frau.

„Was geniest? Und hast du nicht gesehen, warst du hier? Wer hat dir diesen Trick verraten?“

„Wieso Trick?“, verwunderte sich Jule: „Bei uns niesen alle, selbst das kleinste Baby.“

„Aaalle? Selbst das kleinste Baby?“, wiederholte die dicke Frau ehrfürchtig und auch ein wenig ungläubig: „Dann musst du ja aus einem mächtigen Zauberreich stammen. Bist wohl gar selbst eine mächtige Zauberin?“, setzte sie ein wenig verunsichert und zugleich drohend hinterher.

„Aber nein doch! Ich bin nur Jule Levitan, ein kleines zwölfjähriges Mädchen, das sich leider hoffnungslos verlaufen hat. Und am Niesen kann ich nun wirklich nichts Besonderes finden.“

„Nichts Besonderes? Du findest es nichts Besonderes, wenn du dich mit Niesen an jeden beliebigen Ort des Universums zaubern kannst? Aber wie kommt diese ausgestopfte Vogelscheuche hierher? Kann die etwa auch niesen?“

„He du fette Regentonne, du meinst doch wohl nicht etwa mich?“, rief Fridolin, der sich gerade von seinen Fesseln befreit hatte und empört auf den Boden sprang:

„Wenn ich so aussehen würde wie du, du alter hässlicher Fettklops, würde ich mein Maul nicht so weit aufreißen. Und außerdem hast du Mundgeruch. Den würde ich meinem ärgsten Feind nicht zumuten wollen.“

Auf diese freche Rede hin, kratzte sich die dicke Frau sichtlich verwirrt hinterm Ohr.

„Fridolin bist du endlich ruhig! Wie kannst du so gemein zu der netten Dame sein? Und im Übrigen würde auch ich gern wissen, wie du eigentlich hierhergekommen bist?“

„Nichts leichter als das. Als ich den Knüppel in diese dämliche Lichtpyramide geworfen hatte, riss mich irgendetwas plötzlich mit sich. Und nachdem ich eine Weile durch die Luft gepurzelt war und mir das Ganze schon ein wenig langweilig wurde, stand auf einmal ein Typ vor mir, noch fetter als diese fette Frau hier. So groß wie ein Gebirge war er und meinte, ich hätte noch einen letzten Wunsch frei, bevor er mir den Garaus mache würde. Nun gut, zum Glück bin ich ja nicht auf den Kopf gefallen. So wünschte ich mir von ihm, alle Zeit der Welt zu besitzen. Und peng, schon war ich hier.“

„Waaas, du willst alle Zeit der Welt besitzen. Welch impertinente Vermessenheit. Selbst mir ist dies versagt“, rief empört die dicke Frau.

„Aber was soll denn das nun schon wieder bedeuten? Und was hat es mit den Uhrenzwergen auf sich, Gnädigste?“, fragte Jule langsam mit den Nerven am Ende.

„Du bist ganz schon neugierig mein Kindchen, mit deinen paar Millionen Jährchen. Na gut, ich will es dir verraten. Ich bin Tide, die Hüterin der Zeit. Meine Aufgabe ist es die Zeit der Ebenen sowie der Mittelwelt laufen zu lassen. Übrigens solltest du statt Gnädigste lieber Tante Tide zu mir sagen."

Was ein Wollknäuel mit der Zeit zu tun hat

„Aber was meinst du damit, Tante Tide? Läuft die Zeit denn nicht von allein?"

„Wer hat dir denn den Unsinn erzählt? Wenn ich die Uhren nicht alle ununterbrochen aufziehen würde, liefe hier rein gar nichts. Oder hast du mal eine Uhr von alleine laufen sehen? Jeder meiner zahllosen kleinen Uhrenzwerge produziert eine ganz bestimmte Zeit nach einem streng geordneten Plan, so wie meine Kühe auch Milch produzieren."

„Warum muss man denn verschiedene Zeiten produzieren? Reicht da nicht eine Zeit für alle? Wir trinken doch auch nur eine Milch."

„Aber wo denkst du hin? Aus Milch machst du die unterschiedlichsten Dinge wie Käse, Quark, Schokolade, Milchbonbons, Karamellpudding, Schlagsahne und was weiß ich nicht noch alles. Und so braucht auch jede Ebene ihre eigene Zeit. Außerdem gibt es da noch die endlos vielen unterschiedlichen Zeiten innerhalb einer Ebene. Dir dies alles im Detail zu erklären, würde allerdings viel zu lange dauern.

Wie mir mein Plan sagt, kannst du hier nämlich gerade einmal 1 Stunde, siebenunddreißig Minuten und 11 Sekunden verweilen. Mehr ist leider für dich nicht vorgesehen."

„Dann erklär mir bitte schnell, wie du die unterschiedlichen Zeiten erzeugst."

„Hast du nicht gesehen, wie jeder meiner Uhrenzwerge einen eigenen Weg läuft? Außerdem habe ich langsam und schnell laufende Zwerge, Rennzwerge, Platzzwerge, die einfach nur herumstehen, ohne irgendetwas zu tun und schließlich auch noch unterschiedlich schwere Uhren. So läuft jeder Uhrenzwerg in einer anderen Geschwindigkeit mit einem anderen Gewicht einen anderen Weg. Und auf diese Weise erschaffe ich die unterschiedlichen Zeiten. Zieht man diese Zeiten nun noch wechselseitig voneinander ab, entstehen in der Differenz viele weitere Zeiten. Wie ihr seht, ist also alles ganz einfach."

„Nun verstehe ich gar nichts mehr", stöhnte Jule und Fridolin ergänzte spöttisch:

„Hmm, Platzzwerge …, einfach nur herumstehen, nichts tun und damit Zeit erzeugen, in der andere Leute arbeiten müssen. Das nenne ich einen tollen Beruf …"

„Da schlägt's doch Dreizehn! Warum nur versteht ihr Hampelmänner und Erdenbewohner diese einfachen Dinge nicht? Habt ihr wirklich so wenig Grips im Kopf? Der letzte der aus der fünften Ebene zu mir kam, ein gewisser Herr Einstein, hat sich genauso dusselig angestellt. Alles, aber auch jede kleinste Kleinigkeit habe ich ihm erklärt, weil er so außergewöhnlich neugierig war. Und dennoch hat er alles verdreht, ja nicht einmal meine Uhrenzwerge, geschweige denn mich, die gute Tante Tide, in seiner sogenannten Relativitätstheorie erwähnt. Da ich von Natur außerordentlich gutmütig bin, gebe ich euch dennoch folgende gutgemeinten Tipps:

Je schneller meine Uhrenzwerge laufen, desto langsamer vergeht die Zeit. Und dies gilt auch für euch. Deshalb rate ich euch ‚Eile mit Weile'.

Des Weiteren produziere ich nur die Zeiten für jeweils zehn der oberen und zehn der unteren Ebenen. Die höheren Ebenen von der elften bis zur dreizehnten Ebene kommen auch ohne Zeit aus. Wenn ihr irgendwann einmal ein bisschen schlauer seid und natürlicherweise in die höheren Ebenen gelangen solltet, dann könnt ihr selbst entscheiden, ob ihr die Zeit haben wollt oder nicht. Wenn ja, könnt ihr sie auch ohne mich erzeugen."

„Ja, aber wie denn? Wie sollen wir denn die Zeit erzeugen?", unterbrach Jule ein wenig gereizt die klugen Tipps der Tante Tide.

„Das ist doch ganz einfach. Ihr müsst dazu nur wissen, was die Zeit wirklich ist."

„Ja, und was ist die Zeit?"

„Nichts!"

„Nichts?"

„Ja, einfach nur nichts, weil es die Zeit gar nicht gibt. Ich weiß schon, was du jetzt einwenden wirst. Dass nämlich die Zeit an den Raum gebunden ist und der Raum an die Zeit, und dass die Zeit die Voraussetzung für die sogenannte Kausalität ist, oder auch dass umgedreht die Kausalität die Zeit erzeugt, und dass ohne diese Ursache-Wirkung-Beziehung nichts existieren könnte. Doch all diese Dinge sind völliger Unsinn! Beantworte mir doch bitte einmal die Frage, was die *Gegenwart* ist."

„Die *Gegenwart* ist das *Jetzt.*"

„Ach tatsächlich? Ist ja interessant! Und wie lang ist das *Jetzt*?"

„Hmm, das weiß ich nicht. Vermutlich hat es gar keine Länge."

„Aha. Da kommen wir ja der Wahrheit schon ein wenig näher. Ich verrate dir jetzt eines der größten Geheimnisse des Universums: Es gibt nur das *Jetzt.* Dieses *Jetzt* aber ist ausdehnungslos und hat nicht das Geringste mit der Zeit zu tun. Und nun möchte ich meine Pantoffeln wetten, dass du nicht ein Krümelchen davon verstanden hast."

„Ja, das stimmt …"

Tante Tide lachte und ihre Hüften wackelten dabei seltsam bekannt. ‚Wie bei der freundlichen Kuh Julietta in der sechsten Ebene', dachte Jule verwundert. Und Fridolin, der sich darüber ärgerte, dass er zu dem Gespräch über die Zeit nicht das Geringste beizutragen vermochte, entgegnete bissig: „Nach dem Alter deiner schäbigen Pantoffeln zu urteilen, scheint das *Jetzt* in keinem Falle ausdehnungslos zu sein."

Die höfliche Tante Tide überhörte jedoch geflissentlich Fridolins Frechheit und fuhr mit ruhiger Stimme fort:

„Nun gut, mein liebes Kind. Ich werde dir auf die Sprünge helfen. Das, was du unter Zeit verstehst, kannst du dir überhaupt nur vorstellen, weil du ein Gedächtnis hast. Denn du nimmst willkürlich zwei sogenannte Ereignisse, stellst sie dir in deiner Vorstellung nebeneinander, und ziehst dann zwischen beiden eine Verbindungslinie, die du die Zeit nennst. Doch daran kannst du bereits erkennen, dass du die Zeit gar nicht wahrgenommen, sondern sie vielmehr nur gedanklich konstruiert hast. Selbst wenn du wolltest, könntest du die Zeit nämlich überhaupt nicht wahrnehmen, weil du kein Wahrnehmungsorgan für die Zeit besitzt wie etwa die Nase für den Geruch oder die Ohren für die Geräusche. Doch dies brauchst du ja auch gar nicht, weil es die Zeit, wie schon gesagt, nicht gibt."

„Ja, und das *Jetzt*, die *Gegenwart*? Ist diese nicht ein Teil der Zeit?"

„Das *Jetzt* hat keine Ausdehnung, wie ich ebenfalls bereits sagte. Und wenn es keine Ausdehnung hat, also Null ist, dann weißt du auch, dass eine Addition von noch so vielen Nullen niemals mehr als Null ergeben kann und somit auch nicht das, was du unter Zeit verstehst."

„Liebe Tante Tide, jetzt hast du mich völlig verwirrt und ich verstehe überhaupt nichts mehr. Wenn es die Zeit nicht gibt, warum produzierst du dann die Zeit?"

„Aus genau dem Grund, weil es sie nicht gibt. In den ersten zehn Ebenen brauchen die Lebewesen die Zeit und deshalb produziere ich sie. Stell dir vor, du seiest ein Wesen ohne Gedächtnis. Würdest du dann die Zeit wahrnehmen?"

„Nein."

„Na also, nun sind wir endlich einen Schritt weiter gekommen und ich brauche dir nur noch zu erklären, was das *Jetzt* und was dein *Gedächtnis* in Wirklichkeit sind. Dann endlich verstehst du alles – das heißt, wenn du das überhaupt willst?"

„Klar will ich das! Los erzähl schon …"

„Na gut, kommen wir zunächst zum *Jetzt*. Auch wenn das *Jetzt* ausdehnungslos ist und nicht das Geringste mit der Zeit zu tun hat, dann kann doch sehr viel, ja in Wahrheit sogar alles, aus ihm entstehen – wobei entstehen eigentlich der falsche Begriff dafür ist. Ich gebrauche lieber den Begriff des „Entwickelns". Dieser Begriff beinhaltet nämlich, dass etwas „aufgewickelt“ ist, das ich „entwickeln“, also abwickeln kann. Verstehst du, was ich meine?“

Jule schaute angestrengt auf die Wollknäuel im Korb auf Tante Tides Kopf.

„Korrekt, meine kluge Jule! Das *Jetzt* ist wie ein Wollknäuel. Genauer gesagt, es ist ein Wollknäuel, aber ein ganz besonderer! Alles ist in diesem *Jetzt* bereits vorhanden. Und wenn du den Knäuel oder das *Jetzt* entwickelst oder abwickelst, dann produzierst du die Voraussetzung für die Zeit?“

„Die Voraussetzung für die Zeit?“

„Ja doch, die Voraussetzung! Oder spreche ich etwa undeutlich?“

Flink griff Tante Tide in ihren Korb, griff nach einem himmelblau schimmernden Wollknäuel und warf ihn überraschend Jule zu.

„Entwickele ihn, aber sei vorsichtig. Deine Handlung hat universale Ausmaße!“

Vorsichtig zog Jule an dem kurzen Fadenende und ließ es im selben Augenblick erschrocken schon wieder fallen. Denn bereits mit dem ersten Zupfen am Faden zeigten sich plötzlich überall zahllose weitere Fadenenden. Scheinbar besaß der Wollknäuel zwar einen einzigen Anfang, aber endlos viele Enden, die sie alle abwickeln konnte und musste.

Tante Tide begann schallend zu lachen, tanzte von einem Bein auf das andere und hielt sich den Bauch dabei, als könne er versehentlich abfallen.

„Kindchen, Kindchen, hahaha … Da habe ich dir aber einen Schrecken eingejagt. Schau nur hin, hahaha … Da siehst du mal, wie schwierig es ist, die Voraussetzung für die Zeit zu produzieren.“

Entgeistert starrte Jule auf die Hüterin der Zeit, die sich im selben Augenblick schon ihr himmelblaues Wollknäuel geschnappt hatte und nunmehr mit wohl an die zwanzig bis dreißig Armen gleichzeitig in einem Affentempo die verschiedenen Enden zu entwickeln begann. Dabei bewegten sich die Augen auf ihrem Rock in raschen Bewegungen hin und her, als koordinierten sie die Arbeit der zahllosen Hände. Doch kaum begonnen, hatte Tante Tide sichtlich befriedigt ihre Arbeit schon wieder beendet. Ihre vielen Arme waren auf ebenso geheimnisvolle Weise verschwunden, wie sie gekommen waren. Ja, und das Wollknäuel selbst hatte sich in ein filigranes Geflecht zahlloser sich in der Ferne verlierender Wollfäden verwandelt.

„Mädchen, wie soll jemand wie du aus der fünften Ebene ein solches Wollknäuel entwickeln können, wo du nicht einmal die Voraussetzungen für die Zeit kennst. Verstehst du, was ich meine?“

„Nein, Gnädigste, ehm …, Entschuldigung, ich meinte Tante Tide. Was ist denn nur diese komische Voraussetzung für die Zeit, von der du ständig redest?“

„Wie alles, braucht auch die Zeit ein Gefäß, in das oder besser durch das sie fließen kann.“

„Ein Gefäß?“

„Ja, ein Gefäß, das der Zeit die Form, die Zahl, den Rhythmus, das Tempo und die Richtung, das heißt also eine Ordnung gibt.“

„Aha … Ehrlich gesagt, verstehe ich nun gar nichts mehr. Doch um noch einmal auf das Wollknäuel zurückzukommen. Wenn alles, wie du vorhin sagtest, im *Jetzt* wie in einem Wollknäuel aufgewickelt ist, würde dies ja bedeuten, dass unsere Wissenschaftler und Erfinder gar nichts Neues erfinden, sondern einfach nur etwas Vorhandenes entwickeln. Das heißt, sie wickeln das Wollknäuel der Zeit ab.“

Tante Tide begann leise zu kichern: „So ist es, mein kluges Kind, so ist es. Deshalb muss ich ja über eure Wissenschaftler und über diesen neunmalklugen Herrn Einstein auch so lachen. Ach, sie sind so unterhaltsam und witzig, eure Wissenschaftler, besonders für jemanden wie mich, der ihren groben Humor zu verstehen vermag. Denn wahrlich, sie sind schon arge Spaßmacher. Und glaube mir, ich lache schon viele hunderttausend Jahre. In der siebenten Ebene gibt es einen klugen Spruch: ‚Tao or da maso kqas astar elemen‘, was so viel heißt wie ‚Eher erkennt der Fisch das Wasser, in dem er schwimmt, als dass ein Wissenschaftler Wissen schafft.‘ Verstehst du, was ich meine? Es gibt nichts zu schaffen, denn es ist schon alles da. Eure Wissenschaftler glauben, schlauer als das *Jetzt* zu sein, das doch aber die Unendlichkeit selbst ist. Nur einige eurer begabtesten Dichter ahnen hin und wieder diese Vollkommenheit und versuchen das Unsagbare zwischen den Worten und Zeilen hindurchschimmern zu lassen …“

„Ja, und wie produzierst du nun die Zeit?“

„Genauso, wie sie jeder produzieren würde, nämlich mit meinen Gedanken und meinem Gedächtnis. Doch bedenke, dass dein Gedächtnis nicht das ist, wofür du es hältst.

Stell dir die Fäden meiner Wollknäuel als Energiefäden vor, vollgepackt mit Wissen und Informationen in unvorstellbar grandioser Art und Menge. Und wisse darüber hinaus, dass diese Energie lebendig, unendlich, raumlos und zeitlos ist. Und um bei dem Prozess des Entwickelns dieses Energieknäuels nicht in der Unendlichkeit verloren zu gehen, forme ich mit meinen Gedanken diese Energiefäden, so dass eine Ordnung entsteht. Die spezielle Form der Ordnung ist eigentlich völlig beliebig. Wichtig ist nur, dass es überhaupt eine Ordnung gibt, damit ihr und alle anderen Wesen der Ebenen nicht von der Unendlichkeit verschluckt werdet. Denn es braucht viel Übung, Achtsamkeit und Disziplin, um diesen Energieknäuel zu entwickeln und damit die Zeit selbst zu produzieren oder gar völlig ohne Zeit zu leben, wie es ab der elften Ebene möglich ist. Erst in den höchsten Ebenen haben die Wesen das Vermögen, das *Jetzt* ohne die Zeit zu entwickeln oder aber sich ihre eigene Zeit zu produzieren.

Schau dich nun um! Schau auf meine Uhrenzwerge, meinen Zeitgarten, meine Wollknäuel und all die Dinge. Sie alle sind meine Gedanken, die Werkzeuge meiner Vorstellungen, um eine Ordnung in die Unendlichkeit zu bringen. Doch bildet diese Ordnung nichts weiter als eine zeitweise Krücke, die ihr dereinst, wenn ihr zu laufen gelernt habt, wegwerfen könnt."

„Ja, und das Gedächtnis?"

„Ach ja, das Gedächtnis. Das Gedächtnis ist eine Art Messgerät, aber nicht in dem Sinne wie ihr es versteht. Mit einem Lineal messt ihr etwas, das bereits vorhanden ist. Und dieses etwas wird durch das Messen nicht etwa größer oder kleiner. Mit dem Gedächtnis jedoch verhält es sich völlig anders. Denn mit diesem Gedächtnis messt ihr die Energie aktiv. Ihr verändert mit diesem Messen das Gemessene, indem ihr mit eurem Gedächtnis den lebendigen Energiefäden eine Deutung gebt. Und diese Deutung oder Veränderung bezeichnet ihr als Zeit und verseht sie mit Zahlen und Zeichen.

Ich übertreibe nicht, wenn ich euch verrate, dass ihr bereits mit dieser Gedanken- und Gedächtnistechnik in eurem Verständnis wahre Wunder vollbringen könntet, wenn ihr sie denn beherrschen würdet."

„Oh fein, Wunder! Sag was ich damit für Wunder vollbringen kann! Schnell ...!", rief Fridolin begeistert.

„Zum Beispiel könntest du damit die Zeit schnell und langsam laufen lassen. Du kannst in die Vergangenheit oder auch in die Zukunft schauen und reisen, weil Zukunft und Vergangenheit bereits vorhanden sind."

„Und wie mache ich das?"

„Stell dir als Hilfsmittel vor, dass die Zeit einzig und allein in deiner Empfindung existiert und nirgendwo anders. Wenn dir dies voll und ganz gelungen ist, dann verändere deine Empfindung der Zeit allmählich. Lasse in einer ersten Übung die Zeit immer langsamer laufen. Ob du dabei erfolgreich bist, merkst du zum Beispiel daran, dass deine Stimme plötzlich viel tiefer klingt oder zum Beispiel dass du einen kurzen Geigenton endlos lang dehnen, ja regelrecht in ihn hineingehen kannst. Ist dir auch dies geglückt, dann vermagst du schon bald eine Sekunde so weit auszudehnen, dass sie die Dauer von vielen Jahren annimmt."

„Hurra, das ist fantastisch", schrie Fridolin begeistert auf: „Dann reichen drei Kugeln Erdbeereis das nächste Mal mindestens drei Stunden, drei Tage oder gar drei Monate?"

„Gewiss, das ist schon möglich. Dieses Verfahren beinhaltet aber auch, dass eine Vergangenheit, wie ihr sie nennt, niemals abgeschlossen oder beendet ist. Im Gegenteil könnt ihr sie jederzeit verändern oder die Zeit sogar rückwärts laufen lassen. Wie dies funktioniert, ist allerdings sehr kompliziert zu erklären, da durch das Rückwärtslaufen viele weitere Wirklichkeiten entstehen. Noch seid ihr nicht in der Lage, meine Erklärungen dazu zu verstehen, geschweige denn diese Wirklichkeiten zu meistern. Dies hängt unter anderem damit zusammen, dass mein Gedächtnis ein anderes ist als eures. Ihr messt mit ihm üblicherweise eindimensional, linear, passiv und nur in einer Richtung, ebenso wie auch eure Uhren funktionieren. Mein Gedächtnis hingegen misst multidimensional, hochkomplex, aktiv in jede beliebige Richtung und zugleich völlig intuitiv, ohne dass ich auch nur den geringsten bewussten Gedanken daran verschwenden müsste."

„Existiert die Zeit, wie du sie verstehst, in allen zehn oberen und unteren Ebenen?"

„Ja, aber nur in der fünften und sechsten Ebene nehmt ihr die Zeit als Dimension oder Kategorie der Wirklichkeit war. Das heißt, sie existiert in eurem Bewusstsein und ist damit ein Bestandteil eurer Welt. In den anderen Ebenen ist die Zeit vorhanden, ohne dass sie als solche wahrgenommen wird."

„Wenn die Zeit nur ein Produkt unseres Gedächtnisses ist, dann müsste es ja so viele Zeiten geben, wie es Gedächtnisse gibt."

„Damit hast du völlig Recht, Jule. Doch sorge ich, wie schon gesagt, dafür, dass in den ersten zehn Ebenen die Zeiten nicht zu viele werden und dass sie weitestgehend synchron laufen. Das ist die Ordnung, von der ich sprach. Ich gebe euren individuellen Zeiten quasi eine Art Überzeit, in der sie alle zu Hause sind.

Jetzt wo du weißt, dass das *Jetzt* wie ein Wollknäuel entwickelt werden kann, kennst du aber auch die eigentliche

Richtung der Entwickelung, das heißt von dem, was ihr Evolution oder Geschichte nennt – wenn man denn überhaupt von Richtung reden will. Ihr glaubt, dass eure Zeit wie eine gezeichnete Linie von einem Anfang an vorwärts läuft und dadurch jeder Augenblick einmalig sei und den Vorhergehenden übertreffe. Doch genau das Umgekehrte ist der Fall: Am Anfang ist schon alles da und vollendet wie ein Wollknäuel, den ihr nur abzuwickeln braucht. Warum ihr diesen Knäuel entwickelt, ist eine ganz andere Frage, für deren Beantwortung ich nicht zuständig bin. Wichtig in diesem Zusammenhang für euch zu wissen ist nur, dass ihr mit diesem Entwickeln also unmöglich irgendetwas Neues schaffen könnt – zumindest nicht in dem Sinne, wie ihr es versteht. Dass ihr diese Wahrheit einst kanntet, beweist euer Begriff der „Entwickelung". Nur habt ihr ihn, wie so viele andere Begriffe auch, einfach ins Gegenteil verkehrt. Und aufgrund dieser vielen Verkehrungen ist euer Geist so unendlich verwirrt und hilflos."

Das Essen im Neunuhrsaal

„Liebe Tante Tide. Ich muss dich leider um eine Pause bitten, weil auch in meinem Kopf schon eine völlige Verwirrung ist und ich das Gefühl habe, dass ich gar nichts mehr verstehe."

„Aber ich bin ja schon fertig, meine verwirrte Jule. Lass mich dir nur noch ein ganz besonderes Geheimnis verraten, das schon in Kürze für dich sehr wichtig werden wird: In den von mir betreuten Ebenen gibt es einige spezielle Uhren, mit denen die Ebenenbewohner ihre Zeit manipulieren können. Ich selbst habe sie in begrenzter Zahl – sagen wir mal für besondere Zwecke – in die Ebenen gestreut." Dabei zwinkerte Tante Tide Jule spitzbübisch zu und kniff ihr ein wenig zu derb in die Wange:

„Wenn dir, sagen wir mal, am kommenden Samstag, den 22. Mai um 8.27 Uhr etwas in den Kakao fallen sollte, dann denk an mich!

Und nun lasst uns zu mir nach Hause gehen. Ich wohne nicht weit von hier, nur 27 Lichtjahre, also einen Katzensprung weit entfernt. Dort mach ich uns erst einmal ein kräftiges Gemüsesüppchen und dann sehen wir weiter. Bleibt nur immer ganz dicht hinter mir und geht auf gar keinen Fall auch nur den kleinsten Schritt weit vom Wege ab. Dabei hilft euch und mir mein roter Wollfaden! Befolgt ihr diesen Rat nicht, verschluckt euch die Unendlichkeit und wir werden uns nimmer wiedersehen."

Jule hatte bei den letzten Worten Tante Tides schon gar nicht mehr zugehört, da sie angestrengt über deren „Uhr im Kakao“ nachdenken musste. Doch war sie viel zu erschöpft, als dass sie der Hüterin der Zeit schon wieder eine neue Frage hätte stellen können. Und so schwieg sie fürs Erste, steckte ihren sich heftig wehrenden Hampelmann in die Tasche, um ihn von weiterem Unsinn abzuhalten, und stapfte ein wenig benommen der merkwürdigen Zeithüterin hinterher.

Bei jedem Schritt wuchs ihr Erstaunen. Denn schon bald erkannte Jule, dass der Park tatsächlich aus einem absolut verwirrenden Labyrinth unzähliger Wege und dichten Laubgassen bestand. An den vielfachen Kreuzungen standen Wegweiser, auf denen anstatt Orten Uhrzeiten und Jahreszahlen verzeichnet waren – so vielstellig waren die, dass Jule die Zahlen nicht einmal zu lesen vermochte. Immer aufs Neue kamen ihr kleine Uhrenzwerge entgegen, wackelten freundlich und ein wenig einfältig mit dem Kopf, um sofort auf nimmer Wiedersehen hinter der nächsten Weggabelung zu verschwinden. Tante Tide wickelte unterdessen emsig den roten Wollfaden vor sich auf. Und als der Wollknäuel so groß war, dass er bereits ihren Kopf überragte, warf sie ihn unvermittelt nach oben in den weiten Himmel, wo er nur wenige Sekunden später als warm strahlende Abendsonne das weite Land erleuchtete. Im glühenden Abendlicht erkannte Jule am Horizont ein riesiges, kunstvoll geschnitztes Kuckucksuhrenschloss, das – wie sie im Näherkommen bemerkte – wiederum aus unzähligen kleineren Kuckucksuhren bestand. Seltsam, jede Uhr zeigte eine andere Zeit, ja, einige liefen sogar rückwärts. Ein nervöses Ticken zerschnitt den Raum, wurde jedoch durch das sanfte beruhigende

Brummen unzähliger hellbrauner Kühen gedämpft, die auf den saftigen grünen Wiesen rings um das Kuckucksuhrenschloss friedlich weideten. Ach ja, richtig, laut Tante Tide sollten diese gutmütigen Tiere für den gleichmäßigen Zeitfluss sorgen.

Während dieser Gedanken hatten sie die Schwelle der großen hölzernen Eingangstür bereits überschritten.

„Kommt, lasst uns in den Neunuhrsaal gehen", sprach Tante Tide fröhlich: „Dort werden wir unser Gemüsesüppchen zu uns nehmen. Das erspart mir viele unnötige Worte."

„Sie sprechen wirklich in Rätseln Gnädigste", entgegnete Jule aufs Neue verwundert.

„Papperlapapp, setz dich nur hin und iss. Dann verstehst du alles."

Gesagt, getan. Schon kam eine nicht minder dicke Köchin, in den Händen eine dampfende Suppenterrine, und marschierte vor ihnen die Treppe hinauf.

„Haaalt", konnte Jule nur noch erschrocken rufen, da war die Köchin auf dem ersten Treppenabsatz bereits mitten in ein altes Wandgemälde hineingelaufen.

„Heißa, ich rieche Abenteuer", rief es im selben Augenblick aus Jules Tasche.

Und kaum hatte sie sich versehen, war Fridolin schon die Treppen hinaufgeflitzt und ebenfalls im Wandbild verschwunden. So blieb Jule nichts anderes übrig, als den beiden zu folgen. Doch kaum hatte sie das seltsame Gemälde durchschritten, erblickte sie erstaunt eine mindestens hundert Meter lange Tafel, an der noch einmal so viele weißbärtige alte Männer saßen. Als hätten diese nur auf sie gewartet, sprang einer der uralten Greise flink wie ein junger Mann auf

Jule zu, um ihr und dem Hampelmann Fridolin die einzigen noch freien Stühle anzubieten.

„Dankeschön, Großväterchen“, wollte sie gerade sagen, doch verschluckte der weite Raum auf völlig unerklärliche Weise ihre Worte. Die alten Männer kicherten ausgelassen wie kleine Kinder über Jules verdutztes Gesicht. Und als die Köchin allen Anwesenden die dampfende Suppe eingeschenkt hatte, begann ein lautes Schlürfen und Schmatzen, wie es Jule vordem noch nie vernommen hatte.

„Das klingt ja wie im Schweinestall“, murmelte sie genervt vor sich hin. Doch kaum hatte Jule sich selbst den ersten Löffel Suppe genehmigt, entglitten auch ihrem Munde jene unhöflichen Schlürf- und Schmatzgeräusche. ‚Au weia, war das peinlich!‘ Jedoch besaß die Suppe einen derart unglaublichen Wohlgeschmack, dass Jule die ungehörigen Geräusche nunmehr gern in Kauf nahm. Und unmittelbar darauf verstand sie auch, was Tante Tide vorhin mit ihrer rätselhaften Bemerkung zum Neunuhrsaal gemeint hatte. Denn kaum war die erste Frage in ihr aufgetaucht, erhielt sie prompt schon eine Antwort. ‚Na so was, das gibt's doch nicht. Sollte das etwa an dem Gemüsesüppchen liegen?‘

Geistesgegenwärtig nutzte Jule die günstige Gelegenheit, um noch einmal Ordnung in das hineinzubringen, was Tante Tide ihr alles vorhin erklärt hatte. Immer schwierigere Fragen stellte sie. Und oh Wunder, eine jede, auch die komplizierteste Frage, wurde auf der Stelle beantwortet. Verständnisvoll und wissend nickten die freundlich lächelnden Greise. Und als Jule mit dem Essen fertig war, schien auch die unbedeutendste Frage in ihr eine Antwort erhalten zu haben. Ein ganz seltsamer Zustand innerer Leichtigkeit durchströmte sie. ‚Sollte das Leben tatsächlich so einfach sein?' Augenblicks begannen die uralten Männer rhythmisch mit ihren Löffeln auf den Tisch zu klopfen und mit jedem Schlag verschwanden die Spuren ihres Alters immer mehr, bis die vormals weißbärtigen Greise geheimnisvoll verjüngt plötzlich die Gestalt halbwüchsiger Jünglinge angenommen hatten.

In diesem Moment trat einer dieser jungen Männer, bekleidet mit einer grünen Hasenfellkappe, auf Jule zu, fasste sie elegant bei der Hand und flüsterte ihr ins Ohr:

„Grüß meinen lieben Urururururururenkel Hasso von Haiden von mir. Wir halten einen Platz für ihn frei an unserer Tafel der ewigen Weisheit. Ich bin sein Ururururururgroßvater Helmerich-Schraubart von Haiden.

22. Kapitel

Die große Beratung

Gerade wollte Jule erstaunt Helmerich-Schraubart von Haiden fragen, wo denn seine markante Hasengestalt geblieben sei, als urplötzlich der gesamte Spuk vor ihrem Angesicht verschwand. Irgendetwas rüttelte an ihr. Jule schlug die Augen auf und fand sich erstaunt auf einer grünen Wiese wieder. Über sie gebeugt stand Hasso von Haiden, umringt von all ihren Freunden. ‚Ach wie schön war es, Franzi, Binki Lotz, Hotz Lotz und den Hasen wiederzusehen. Doch halt, gerade eben hatte sie sich doch noch im Kuckucksuhrenschloss befunden, und davor bei dem wunderschönen Mädchen und davor bei dem traurigen Gerippe in der Kristallwelt? Aber wie war sie dahin gekommen? Ach ja, sie saßen am Lagerfeuer, als plötzlich die wundersame Leuchtpyramide erschien und Fridolin einen Knüppel hineingeworfen hatte. Sollte dies alles etwa nur ein langer wirrer Traum gewesen sein?‘ Jule schwindelte. ‚Nein, so etwas Verrücktes konnte man doch gar nicht träumen.‘

„Endlich kommt sie wieder zu sich“, seufzte Hasso von Haiden erleichtert auf: „Sieben Tage warst du ohnmächtig mein Fräulein und nur das wundersame Gemüsesüppchen von Binki Lotz, das er dir jeden Tag mehrmals in den Mund träufelte, hat dich am Leben erhalten.

„Wieso sieben Tage?“, fragte Jule verwundert: „Was ist denn passiert?“

„Ja, weißt du denn nicht? Fridolin hat einen Knüppel in den Feuerschein geworfen. Dieser Knüppel ist dir auf den Kopf gefallen, wodurch du ohnmächtig geworden bist“, sagte Franzi erklärend.

Unwillkürlich griff sich Jule an den Kopf und bemerkte erstaunt eine riesige Beule an der Stirn. Ja, und neben ihr saß tatsächlich ihr lieber Fridolin, der eigentlich noch im Kuckucksuhrenschloss sein müsste. ‚Also habe ich doch nur alles geträumt?‘ Doch dann bemerkte Jule erstaunt und zugleich zutiefst beruhigt überall an ihren Sachen Spuren des feinen, glitzernden Kristallstaubs aus der Kristallwelt. Also war sie doch an all diesen geheimnisvollen Orten gewesen.

Jule schwieg. Was sollte sie die anderen auch unnötig beunruhigen. Vermutlich würde ihr ja doch keiner glauben.

„In den letzten sieben Tagen haben wir versucht, einen Plan zur Befreiung von Schwämmchen zu schmieden“, berichtete Hasso von Haiden ernst: „Jetzt, wo wir wissen, dass es sich bei ihrem Entführer um den Drachen Morsus persönlich handelt, macht es keinen Sinn mehr, kleine Randgefechte zu führen. Im Gegenteil, nun müssen wir aufs Ganze gehen. Normalerweise bedeutet dies die vollständige Vernichtung der grässlichen Kreatur, damit sie nie mehr Schaden an der Schöpfung anrichten kann. Erst dann wird Schwämmchen ein für alle Mal frei sein. Doch in diesem besonderen Falle …“

„Was meinst du mit ‚in diesem besonderen Falle‘? Und sind wir nicht viel zu schwach, um gegen Morsus anzutreten?“

„Vielleicht hast du Recht, Jule. Vielleicht aber haben wir auch nur nicht genügend Wissen, um den Kampf gegen den Drachen zu führen. Dieses fehlende Wissen bedeutet in der Tat eine allzu große Gefahr für uns und auch für Schwämmchen. Und was ich mit dem besonderen Fall meinte, ist einfach erklärt: Würden wir uns wie bisher nur in den 27 Ebenen der Weisen Schildkröte und damit in den Gesetzen der Ebenen bewegen, dann könnte ein Kampf durchaus etwas Sinnvolles sein. Da der Drache Morsus aber das große Gegenprinzip schlechthin darstellt, geht es hier um die höchsten Prinzipien des Seins und damit um die Schöpfung selbst.“

„Was meinst du damit, Hasso?“, fragten nun auch Franzi, Hotz Lotz und Binki Lotz beunruhigt durcheinander.

Das Gute und das Böse

„Freunde, ich werde euch jetzt etwas sehr Schwieriges und zugleich unglaublich Einfaches erzählen – schwierig, weil ihr meine Worte vielleicht nicht mit eurem Verstand verstehen könnt. Einfach, weil ihr sie jedoch intuitiv mit eurem Herzen begreifen werdet. Denn höret, und dies ist das größte Geheimnis des Universums, das unser altehrwürdiges Hasenrittergeschlecht der Finkenade seit vielen Millionen Jahren bereits hütet: Alles, was es zu wissen gibt, wisst ihr bereits. Ihr braucht also nichts zu lernen, sondern müsst euch vielmehr nur an euer verstecktes Wissen erinnern. Doch dazu später mehr. Im gegenwärtigen Augenblick ist nur Folgendes wichtig:

Kampf und Frieden, Gutes und Böses, Licht und Schatten und so weiter gehören untrennbar zusammen wie die zwei Seiten einer Münze. Ohne sein Gegenstück kann keines dieser Dinge existieren so wie der Schatten nicht ohne das Licht, so auch das Gute nicht ohne das Böse. Diese gegensätzlichen Prinzipien nun hat der Schöpfer als Inbegriff der höchsten Kraft, Weisheit und Güte in jeder Sache eingepflanzt. Warum das höchste Wesen diese Gegensätze schuf, weiß ich nicht, außer dass diese offensichtlich das Gleichgewicht im Universum bewahren. Eines weiß ich jedoch gewiss. Wenn wir den Kampf gegen das Böse in Gestalt des Drachen Morsus wagen würden, käme dies einer Infragestellung des höchsten Wesens und seiner Schöpfungsprinzipien gleich. Denn sollte es uns tatsächlich gelingen, das Böse zu vernichten, würden wir damit vermutlich auch das Gute vernichten, da, wie schon gesagt, das Eine nicht ohne das Andere sein kann."

„Aber wenn sich alles wirklich so verhält, wie du es sagst, lieber Hasso, dann ist ja Gott zugleich gut und böse. Dann ist ja das Böse in ihm selbst und er ist gar nicht nur der liebe Gott, wie es die Erwachsenen immer behaupten? Dann macht Gott all die schlimmen Dinge, die Kriege, den Hunger, die Krankheiten, den Hass, die vielen Tränen und die Einsamkeit. Zumindest lässt er sie geschehen."

„Da hast du wohl die schwierigste Frage der Ebenen überhaupt gestellt, Jule", seufzte der Hase schwer: „Gott weiß, seit ich klar denken kann, versuche ich diese Frage zu beantworten. Gewiss hat alles einen Sinn, auch das Böse. Vielleicht ist es dazu da, dass wir in der Welt etwas lernen, dass wir lernen uns zu entscheiden. Jeden Augenblick haben wir die Wahl, uns für die Liebe und das Verzeihen oder den Hass und den Streit zu entscheiden. Mich haben meine Überlegungen zu der Erkenntnis geführt, dass wir alle diese Schöpfungsprinzipien in uns tragen. Das Böse ist nicht außen, sondern wie auch das Gute in jedem von uns angelegt. Nur dadurch, dass wir diese Anlage des Bösen in uns tragen, können wir das Böse auch im Anderen erkennen. Als größtes Geschenk des höchsten Wesens und schwierigste Aufgabe zugleich haben wir dadurch die Möglichkeit, uns jeden Augenblick aufs Neue zwischen gut und böse entscheiden zu können. So führt uns dieses Geschenk auf dem Weg der Weisheit des Herzens letztendlich zu der Entscheidung, nicht böse zu sein – das heißt, zu dem endgültigen Wissen, dass wir das Böse nicht selbst sind, sondern uns nur fälschlich mit dessen Möglichkeit identifiziert haben. Denn wir alle sind Teile des

Höchsten, Namenlosen, Heiligsten und damit von Anbeginn gut und unversehrt."

„Seltsam ..., ganz groß seltsam, was Hase sagt", murmelte Binki Lotz: „Immer wenn ich böse auf Hotz Lotz bin, weiß anderer Teil von Binki, dass ich Bruder ganz doll lieb habe."

„Mir geht es genauso Binki", stammelte Hotz Lotz: „Bruder immer lieb, ganz groß lieb".

Augenblicks stürzten sich die Brüder in die Arme und weinten dicke Kullertränen der Rührung und Liebe. Auch den anderen wurde bei diesem Anblick ganz weich ums Herze. Jule dachte an ihren Papa und ihr Zuhause, dass sie vielleicht nie mehr wiedersehen würde und bedauerte unendlich die seltenen Streits um unwichtige Dinge, die sie mit ihrem Vater gehabt hatte. Und Franzi überlegte, was für große Sorgen sich ihre Mutter um sie machte. Wie oft war sie nicht schon aus lauter Übermut von zu Hause weggelaufen und ihre Mutter hatte weinend auf sie gewartet. Ach, wie tat dies immer weh. Ja, selbst der sonst so grobe Fridolin stöhnte plötzlich auf, denn ihm war eingefallen, wie er dereinst seinen besten Freund durch ein Unglück verlor, nur weil er ihm aus lauter Angst nicht geholfen hatte. Und ein schmerzhafter, seit Jahren unterdrückter Schwall von Liebe durchströmte sein kleines Hampelmannherz.

„Seht ihr Freunde", sagte der Hase in sanftem, beruhigendem Ton und mit einer verklärten Miene, wie sie keiner vorher an ihm gesehen hatte: „Es ist, wie ich euch sagte. Ihr alle tragt diese Gegensätze in euch. Doch macht euch keine Sorgen. Es ist nichts Schlimmes dabei, euch trifft keine Schuld. Gutes und Böses sind wie ein Gewand, das wir uns vor langer Zeit, als wir in diese Welt kamen, freiwillig angezogen haben, um hier leben und das Leben selbst erfahren zu können. Und irgendwann, wenn wir einmal nach langer beschwerlicher Wanderung müde geworden sind, legen wir dieses Gewand einfach nur wieder ab, um von einer schweren Last befreit zu Bett zu gehen. Dann schlafen wir still und friedlich ein und wachen auf in einem besseren Traum, gekleidet in ein neues Gewand ohne Kummer und Tränen …"

Die Entscheidung

Noch während die Freunde die tiefsinnigen Worte des Hasen auf der Wiese vor Binki Lotz' Haus in sich nachklingen ließen, wurden sie plötzlich von einem großen Schatten aufgeschreckt. Ein großer dunkler Vogel mit gewaltigen Schwingen, breit wie ein Hausdach, kreiste über ihren Köpfen und landete schließlich sanft auf der Wiese. Sofort begrüßten Binki und Hotz Lotz den Vogel warmherzig, was Jule und Franzi augenblicks beruhigte.

„Vogel ist Scarmor, bester Freund von Hotz Lotz und Binki Lotz. Bringt immer Nachricht aus fernen Landen."

Kaum war der Vogel derart vorgestellt, fing Scarmor ohne Begrüßung zu berichten an:

„Schreckliche Dinge geschehen in unserer friedlichen Ebene. Aller Orten öffnet sich die Erde und der schreckliche glühende Mahlstrom bricht hervor, um alles auf seinem Wege zu verbrennen. Wenn wir jetzt nicht endlich handeln, wird die sechste Ebene untergehen."

„Oh Schreck, dann ist es schlimmer als ich dachte", stöhnte Hasso: „Der Drache Morsus hat bereits mit dem Angriff begonnen. Momentan sehe ich nur eine Chance. Wir müssen, koste es, was es wolle, den Großen Mechanikermeister finden. Denn nur er hatte dereinst eine Möglichkeit gefunden, dem Drachen Morsus zu widerstehen. Und du lieber Scarmor, wirst uns helfen, ihn zu finden."

„Liebend gern, meine Freunde. Ich kann euch auf meinen Schwingen tragen."

„Aber wie sollen wir Vater finden? Suchen viele tausend Jahre schon nach Großem Mechanikermeister. Ohne Erfolg. Vater ist weggegangen für immer, hat uns allein gelassen", haspelte Binki aufgeregt.

„Ich weiß, ich weiß, Binki. Doch es hilft nichts. Wir müssen ihn finden. Das Problem habe ich euch eben zu erklären versucht. Gegen den Drachen Morsus kann man nicht im herkömmlichen Sinne kämpfen, da wir dann gegen die göttlichen Prinzipien selbst kämpfen würden. Also heißt es ‚kämpfen, ohne zu kämpfen'. Und dabei kann uns nur der Mechanikermeister sowie ein tapferes Erdenkind Namens Almina helfen. Erinnert euch an den Brief meines Ururur-ururgroßvater Helmerich-Schraubart von Haiden aus dem Kristallpalast. Und dieses Erdenkind steht hier vor uns!"

Alle schauten neugierig auf Jule.

„Aber wie soll ich euch denn helfen? Ich bin doch nur ein zwölfjähriges Berliner Mädchen und habe von der Welt bisher kaum ein Zipfelchen mitbekommen. Ein bisschen

Ostsee, ja, auch in Frankreich war ich schon zweimal mit meinem Papa aber sonst …?“

„Und ich war mit meiner Mutti schon in der Südsee …“, verkündete Franzi stolz.

„Halt, aufhören, das führt uns jetzt nicht weiter. Es geht nicht darum, wo ihr in den letzten Jahren gewesen seid, sondern vielmehr darum, was ihr davor getan habt.“

„… davor getan habt?“, wiederholte Jule stammelnd die unverständlichen Worte des Hasen.

„Ja, davor …, vor eurer Geburt …!“

„Vor unserer Geburt, ja, da gab es uns doch noch gar nicht? Oder willst du etwa sagen, dass wir schon davor einmal gelebt haben?“, stieß Jule ob dieses schwindelerregenden Gedankens tief Luft holend hervor.

„So ungefähr und doch ganz anders. Diese schwierigen Dinge sollen andere euch erklären. Ich bin nur ein Hase und kein Zauberer. Und im Übrigen ist jetzt nicht die Zeit für lange Erklärungen. Scarmor, du bist viel in der Welt herumgekommen. Hast du vielleicht eine Ahnung, in welche Richtung wir uns bewegen sollten, um den Mechanikermeister zu finden?“

„Leider nein, meine Freunde. Ich weiß auch nicht mehr als die anderen. Schon vor langer Zeit hat der Meister unsere sechste Ebene verlassen. Die geheimen Verbindungswege zwischen den Ebenen kenne ich nicht, obwohl ich einen Großteil meines langen Lebens damit verbracht habe, diese Wege zu finden. An sämtliche Enden dieser Welt bin ich geflogen, habe mich in die tiefsten Schluchten gestürzt und die höchsten Höhen erklommen und doch nichts dergleichen gefunden. Euch Erdenbewohner scheint der Vogelflug, als wäre er die Freiheit selbst, als habe man mit der Fähigkeit des Fliegens die Unendlichkeit des Seins bereits erreicht. Doch wenn man wie ich die Sehnsucht nach Freiheit und Unendlichkeit in sich trägt, ist letztlich auch der weiteste Himmel nur ein beengendes Himmelszelt, dem man zu entfliehen trachtet. Also bitte, rührt nicht weiter an diesem traurigen Thema."

Jule stöhnte tief auf, denn auch sie trug die Sehnsucht des Vogels Scarmor in sich:

„Wie uns der Echogeist Anawrin erzählte, ist er selbst der Wächter des letzten Pfades des Mechanikermeisters. Überwinden wir Anawrin, gelangen wir in die Ebene des Meisters."

„Richtig gedacht, Jule. Doch wie sollen wir den mächtigen Echogeist überwinden?"

„Dass ein kleines Häschen wie du das nicht weiß, wundert mich gar nicht", entgegnete Franzi spöttisch: „Mein Häschen Bommel zu Hause hat noch nicht einmal die Mohrrübe gefunden, die ich ihm zu Weihnachten im Blumentopf versteckt hatte."

„Au fein, das hat gesessen", mischte sich nun auch Jules Hampelmann schadenfroh ins Geschehen ein: „Unsere Seehasen im Hampelmannreich sind auch nicht viel schlauer. Als ich zu meinem dreihundertsiebenundzwanzigtausendsten Geburtstag einmal ein äußerst denkwürdiges Wettschwimmen veranstaltete, von dem noch heute unsere Geschichtenerzähler in höchsten Tönen berichten, sind unsere possierlichen Seehasen als einzige gar nicht erst losgeschwommen, da sie der Meinung waren, dass kein Befehl dazu gegeben worden sei. Dabei hatte ich doch ausdrücklich gerufen ‚Auf die Plätze, fertig machen, los.' Diese

Seehasen sitzen noch heute auf ihren Plätzen, machen sich gegenseitig fertig und warten auf ein Kommando zum Losschwimmen, das ich doch schon längst gegeben hatte …“

„Schluss mit diesen infamen Beleidigungen meines stolzen Hasengeschlechts, das sich auf eine der urältesten und geheimnisvollsten Ursubstanzen des Universums, nämlich die göttliche Finkenade selbst zurückführen darf. Seit Jahrmillionen sind wir die Träger der Weisheit und des Heldenmuts in den Ebenen und nicht länger bereit, durch derartige verleumderische Reden unseren guten Hasenruf verderben zu lassen.“ Schon sausten Hassos Ohren bedrohlich wie Propeller durch die Lüfte.

Besänftigend legte Jule ihrem Freund Hasso die Hand auf die Schultern:

„Ich weiß, wie wir zum Großen Mechanikermeister gelangen. Du selbst hast uns verraten, dass man mit dem blutroten Drachenauge durch die Ebenen reisen kann – also auch zum Mechanikermeister.“

„Ja, das ist wohl wahr. Aber ich habe euch auch von den Gefahren berichtet, die eine solche Reise in sich birgt. Da das Drachenauge der dunklen Gegenwelt angehört, muss jeder, der einen solch tiefen Blick in den blutroten Kristall wagt, sich durch die Liebe anbinden, die die mächtigste Gegenkraft zum Reich der Finsternis darstellt.“

Und nun wurde der Hase ganz ernst:

„Freunde, ich möchte euch nicht beschämen! Aber jeder von euch muss ganz für sich allein entscheiden, ob er eine solche Reise mit dem Blick durch das Drachenauge wagen kann und will. Denn nur wer völlig reinen Herzens ist und in reiner Liebe an jemanden oder etwas zu denken vermag, knüpft diese unzerstörbare Bande, die ihn immer wieder sicher an seinen Ausgangspunkt zurückbringt. Wenn ihr aber noch nicht soweit seid, ja, wenn sich auch nur der kleinste Zweifel in und an eurer Liebe regt, seid ihr bereits verloren und werdet von der dunklen Gegenwelt des Drachen Morsus verschlungen."

Da saßen alle plötzlich betroffen da, denn jedem ging durch den Kopf, wie oft er schon an der Liebe gezweifelt hatte: Binki Lotz jüngst an seinem Bruder Hotz Lotz und umgekehrt; Franzi an ihrer Mutter, wenn sie wütend war; der kritische und forschende Hasso von Haiden manchmal aus Verzweiflung an der ganzen Welt und am Schöpfer selbst; der Hampelmann Fridolin, der aus Prinzip an allem zweifelte und sich über alles und jeden lustig machte. Auch Jule fiel ein, wie sie, wenn sie ganz besonders traurig war, gar an dem Sinn des Lebens zweifelte.

Doch da plötzlich, als hätte sie jemand mit einem Zauberstab berührt, durchströmte Jule eine unendliche Gewissheit über den Sinn ihres Daseins, ja, der Existenz des ganzen Universums, vom größten Stern bis hin zum kleinsten Grashalm und Krabbelkäfer. Und eine grenzenlose Liebe floss bebend durch ihren kleinen Körper, machte ihre Seele weit, als könne sie mit dieser Liebe das ganze Universum umarmen.

„Ja, ich tue es. Ich unternehme die Reise durch das Drachenauge. Mir kann nichts geschehen, denn ich liebe die ganze Welt", rief Jule glückselig und voller Gewissheit in die Runde.

Erstaunt schauten alle sie an. Und unvermittelt wich der ernste und ängstliche Blick in den Gesichtern der kleinen Gesellschaft. Das Bächlein an Binkis und Hotz Lotz' Haus plätscherte plötzlich viel heller, die kostbaren Farben der zarten Blumen strahlten kräftiger, die bunten Vöglein in den Zweigen sangen noch schönere Lieder, die sieben altehrwürdigen Weiden rauschten geheimnisvoller, die emsigen Bienen summten noch wohliger und die kleinen Mücken tanzten im feuchten Waldesdunkel ihre allerschönsten Tänze. Ja, und die liebe Sonne? Die tauchte die ganze Welt in diesem glücklichen Augenblick in ein solch himmlisches Licht, dass die ganze Welt wie verzaubert schien und alles um unsere Freunde herum vor Freude und Schönheit nur so blitzte und funkelte. Im selben Moment erhob sich schon der mächtige Vogel Scarmor und rief:

„Jule, ich bring dir das Drachenauge. Warte hier auf mich."

Lange schauten die Freunde Scarmor hinterher und als dieser endlich als kleiner Punkt am Horizont verschwand, setzte ein emsiges Treiben ein. Denn nun galt es Reisevorbereitungen zu treffen. Jule würde mit ihrem mutigen Blick durch das Drachenauge ganz allein den Weg zum Großen Mechanikermeister antreten und dafür musste sie gut gerüstet sein.

23. Kapitel

Scarmors Bericht – Reisevorbereitungen

Es dauerte bis zum Abend. Die Sonne ging gerade hinter dem fernen Gebirgsrücken unter und versendete großzügig ihre letzten warmen Strahlen in die weite Landschaft, als endlich der Vogel Scarmor, sehnsüchtig erwartet, wieder am Horizont auftauchte. Unsere Gesellschaft glaubte die letzten Reisevorbereitungen abgeschlossen zu haben und saß nun in der kühlen Abendluft gemütlich beim Abendbrot im Garten vor Hotz Lotz' Haus. Müde und erschöpft landete der mächtig mitgenommene Scarmor vor Jule und ließ einen blutrot funkelnden faustgroßen Edelstein in ihren Schoß fallen. Schlagartig spürte Jule die fremde, machtergreifende Energie des Drachenauges, gegen die sie augenblicklich ankämpfen musste …

„Berichte Scarmor! Wo hast du das Drachenauge gefunden? Ist alles gut gegangen?“, fragten alle durcheinander. Nur der aufmerksame Binki Lotz hatte sofort bemerkt, wie schlecht es dem Vogel tatsächlich ging. Sogleich holte er sein Fläschchen mit dem Zauberöl aus der Tasche und träufelte Scarmor ein paar Tropfen in sein zerzaustes, blutiges Gefieder. Unversehens glättete sich dieses und Scarmor fing sichtlich erholt, wenngleich noch immer außer Atem, zu erzählen an:

„Anfangs schien alles ganz problemlos. Die östliche Ebene lag ruhig vor mir. Nicht die geringste Spur des Ausbruchs des Mahlstroms aus den Tiefen der Erde war dort zu erkennen.

Die Bewohner gingen friedlich ihrem Tagwerk nach, als drohe keine Gefahr. Stutzig jedoch machte mich die Tatsache, dass ich auf meinem Flug nicht einem einzigen Drachenvogel begegnete. Ihr müsst wissen, dass diese außergewöhnlichen Vögel die kostbaren Drachenaugen seit vielen Jahrmillionen schon als Hüter um den Hals tragen. Meine Absicht war es zunächst, einen dieser Drachenvögel zu bewegen, mit mir zu kommen, um Jule die Reise durch das Drachenauge zu ermöglichen. Als ich einen halben Tag geflogen war und noch immer keinen gefunden hatte, gab ich endlich die Suche nach den Drachenvögeln auf. Dafür erinnerte ich mich an ein verlassenes Tal ganz am Rande des großen Mulkurulbeckens, südöstlich des Blauen Königreichs Skarwach, in dem ich einst auf einer meiner vielen Reisen eine große Zahl dieser Drachenaugen gesehen hatte. Gewaltige Wasser, die vor langer Zeit durch die nunmehr ausgetrocknete Schlucht geflossen waren, hatten diese Edelsteine auf natürliche Weise aus dem harten Gestein gewaschen und auf dem Boden abgelagert. Als ich nur noch einen Blick weit von der Schlucht entfernt war, bot sich mir plötzlich ein schauerlicher Anblick. Überall rings um den Rand der Schlucht waren Horriks gelagert, die sich mit schwerem Gerät und langen Stahlseilen in die Schlucht abzuseilen versuchten. Noch war es ihnen nicht gelungen, da die Schlucht mindestens dreißig Meilen tief ins Erdinnere führt. Die Horriks sind Geschöpfe der Dunkelheit und willige Gefährten des Drachen Morsus, welche er durch eine widernatürliche Kreuzung seiner Drachenwesen mit den riesigen, zwanzig Meter hohen Morafhi-Rindern der Ebene Ka erzeugt hat. Ganz offensichtlich versuchten sie in seinem Auftrag an die Drachenaugen zu gelangen.

‚Was tun', dachte ich. Als ich mich schon todesmutig mitten durch die schwer bewaffneten Horriks hindurch in die Schlucht zu stürzen gedachte, hielt mich im letzten Moment plötzlich mein guter Freund Kraagos zurück – ein mutiger Taruahr, dem ich vor langer Zeit einmal das Leben gerettet hatte. Zu Recht, denn mit den eisernen Pfeilen und den Feuerwerfern der Horriks war nicht zu spaßen.

Kraagos bestätigte mir, dass Morsus persönlich den Befehl gegeben habe, alle erreichbaren Drachenaugen der Ebenen zu sammeln. Sein Plan sei es, diese wieder zu dem ursprünglichen Riesendrachenauge vollständig zusammenzusetzen. Erst durch diese Wiedervereinigung könne die Kraft des Bösen in einem unvorstellbaren Maße gebündelt werden und derart der Drache Morsus seine ursprüngliche Riesengestalt wieder gewinnen. Doch damit wäre er in der Lage, die gesamte Welt zu vernichten."

„Oh Schreck, das ist ja alles noch viel schlimmer als ich dachte. Bisher hatte ich geglaubt, er benötige die Drachenaugen nur zum Ausspionieren und als Antrieb für seine Schreckensarmee", unterbrach Hasso die Ausführungen Scarmors: „Schnell, erzähl weiter!"

„Ja, was sollte ich nun tun? Jule brauchte zur Erfüllung unserer gemeinsamen Mission das Drachenauge. Ich hatte keine Wahl. Also gab mir Kraagos Feuerschutz und wie ein Pfeil stürzte ich mich durch die am Rande der Schlucht wütenden und geifernden Horriks. Die Pfeile zischte nur so um mich herum und der ein oder andere durchbohrte mein Gefieder. Von der Schwere dieser Eisenpfeile belastet, stürzte ich in rasendem Tempo dem mit blutrot funkelnden Edelsteinen bedeckten Boden entgegen. Den schweren Sturz überstand ich glücklich, doch wusste ich, dass ein erneuter Flug durch die mörderische Menge meinen sicheren Tod bedeuten würde. Aufs Äußerste geschwächt, suchte ich verzweifelt nach einem Ausweg. Dieser kam schneller als gedacht. Denn kaum hatte ich eines der Drachenaugen in den Schnabel genommen, erschien direkt vor mir im typischen sanftgoldenen Leuchten eine Meereselfe. Allein durch einen Gedanken verschloss sie meinen Blick und als ich wieder zu mir kam, befand ich mich bereits auf dem Rückweg und überquerte gerade das Kaurasgebirge."

„Was meinst du mit ‚den Blick durch einen Gedanken verschließen'?", fragte Jule verwundert.

„Ihr müsst wissen, dass die Meereselfen der sechsten Ebene ein uraltes Volk sind, das noch aus der ersten Weltenzeit stammt – einer Zeit also, in der die Schöpfungskräfte noch nicht in Abermillionen unterschiedlicher Formen und Wesenheiten zerstreut waren. Daher besitzen diese Meereselfen eine so ungeheuerlich mächtige Vorstellungskraft, dass jeder ihrer Gedanken die Kraft einer neuen Schöpfung oder der grundsätzlichen Veränderung des bereits Geschaffenen in sich trägt. So haben sich die Meereselfen, mehr als alle anderen Elfen der verschiedenen Ebenen, der Entwicklungen der folgenden Weltenzeiten bewusst verschlossen, auch der Entwicklung der Sprache, und konnten derart ihre gewaltigen Schöpfungskräfte bis heute vollständig bewahren. Nur deshalb leben sie ganz versteckt an den unzugänglichsten Orten der Ebenen und warten auf die Rückkehr des Goldenen Zeitalters, in dem dereinst die positive Kräfte wieder die Welt bevölkern und sie derart für ihre Schöpfungskräfte erneut eine würdige Heimstatt finden werden."

„Dank dir lieber Scarmor für den mutigen Einsatz", unterbrach Hasso von Haiden unruhig die Erzählung des Vogels: „Für Jule wird es Zeit sich auf den Weg zu begeben, da die Sonne bald untergeht. Wie du weißt, bedarf es für diese Reise durch das Drachenauge eines Lichtreflexes im Inneren des Kristalls, den aber allein die Sonnenstrahlen in ausreichendem Maße bewirken können. Drum Jule, nimm all die Dinge, die wir hier für deine schwierige Reise vorbereitet haben. Halte den Stein vor deine Augen und schaue tief in sein Inneres. Konzentriere dich dabei auf die Reflexionen …"

„Halt, liebe Freunde, nein, nicht so!", unterbrach Scarmor die hastigen Anweisungen des Hasen: „Ich weiß nicht viel. Doch weiß ich, dass Jule all diese Dinge nicht mitnehmen kann und darf, die ihr so wohlmeinend vorbereitet habt. Auf ihrer Reise braucht sie kein Zelt, keine Decken, keine Landkarte, keine zusätzliche Kleidung und auch keinen Talisman. Im Gegenteil darf sie sich mit nichts belasten, muss alles Materielle zurücklassen. Ich weiß wovon ich rede, denn auch bei meiner Reise durch die Lüfte ist jeder Ballast nur hinderlich. So ist Jules Reise durch das Drachenauge in Wirklichkeit ein Flug in eine immaterielle geistige Welt. Alle Dinge der materiellen Welt ziehen sie magnetisch nur in das Reich der Finsternis, dem sie aber um keinen Preis anhaften darf. Alles was sie braucht, trägt sie in ihrem Herzen. Also sorget euch nicht."

„Aber Kräutersüppchen muss Jule mitnehmen. Gibt große Kraft und ist nicht schwer", haspelte Hotz Lotz besorgt hervor.

„Aber nein, du hast mich nicht verstanden, Hotz Lotz. Stell dir Jules Reise vor wie einen Traum, in den du ja auch kein Essen mitnehmen kannst …"

„Aber träumen kann Hotz Lotz Essen."

„Na siehst du, nun hast du mich verstanden."

24. Kapitel

Durch den blutroten Kristall zum Fadenmann

„Dann wollen wir nicht unnötig Zeit vergeuden", sprach Jule. Nachdenklich hob sie den blutroten Kristall empor, drehte ihn in Höhe ihrer Augen den letzten Abendsonnenstrahlen entgegen und starrte tief in sein Innerstes. Schon erhob sich ringsumher ein Wispern und Raunen. Die ganze Umgebung, die Bäume, die Wiese, das nahe Feld, ihre Freunde und die blauen Berge am Horizont kamen plötzlich in Bewegung, als wären sie nur auf ein dünnes Tuch gemalt, das nunmehr geheimnisvoll im Winde zu flattern begann. Und dann …! Jule stockte der Atem. Alle Dinge wurden augenblicks durchsichtig. Es existierten nur noch das Drachenauge und sie. Die Welt war verschwunden. Und als ihr dies bewusst wurde, befand sie sich bereits wie von Zauberhand im Inneren des Steines. Was ihr zuvor als Reflexionen erschienen war, erwies sich nunmehr als eine unübersehbare Zahl feinster Lichtpfade, die aus dem Unendlichen zu kommen schienen und auch im Unendlichen wieder verschwanden. Oh mein Gott, wie soll ich denn da den richtigen Pfad zum Mechanikermeister finden.

Kaum hatte sie diesen Gedanken formuliert, flüsterte direkt hinter ihr jemand ins linke Ohr:

„Gehe keinen dieser Pfade. Sie sind nur Licht. Sie werden dich nicht tragen, du fällst in die Tiefe, in das Nichts …"

Erschrocken drehte sie sich um und blickte in die eiskalten, schmalen Augen einer blassen, farblosen Gestalt. Deren Körper war spindeldürr.

‚Fast wie ein Nähfaden', durchschoss es Jule unwillkürlich.

„Glaub mir Schwesterchen, das Nichts wartet schon auf dich, hihi .... Hat großen Hunger, das Nichts, hihi ... Langweilt sich mächtig, ob der eintönigen Kost ..."

„Wer bist du und was willst du von mir?"

„Das fragst du mich Kindchen, Menschenwürmchen. Musst doch wissen, warum du in meine Welt gekommen bist."

„In deine Welt? Ich möchte zu dem Großen Mechanikermeister."

„Zu dem Grrrrroßen Mechanikerrrrrmeisterrrrr ...", krächzte die Stimme des Fremden spöttisch: „Was willst du denn bei dem? Hihi hihi, langweiliger Kerl, viel zu ernst, um Spaß zu haben. Bleib bei mir, da wird's dir nie langweilig. Kann dir jeden Wunsch erfüllen, hihihi ... Musst's nur sagen Schwesterlein ..."

„Ich will keinen Spaß. Ich brauche vielmehr die Hilfe des Mechanikermeisters, denn die Welt droht gerade unterzugehen. Der Drache Morsus hat den Mahlstrom entfesselt, der nun die Ebenen verbrennt."

„Vergiss die Ebenen, Kindchen! Ist nicht schade drum, nur ein großer Klumpen Dreck, Staub, Tod und Elend ... Morsus ist ein Riesendummkopf, der sich langweilt und nur ein wenig spielen will. Lass ihm doch seinen Spaß. Eine Ebene kannst du auch von mir bekommen und noch viel mehr. Musst nur wünschen, Herzchen, wünschen ..."

„Sag nicht so etwas Gemeines. Meine Freunde leben auf dieser Ebene. Ich muss sie retten."

„Und wer rettet dich, Liebchen, Kleinchen, Dummerchen? Deine lieben Freunde lassen dich die Drecksarbeit machen. Derweil du hier dein Leben riskierst, sitzen sie gemütlich in der Stube und lassen es sich gut gehen. Schöne Freunde, saubere Freunde, sag ich da, Engelchen, Schätzelein, ...hihi."

Für einen Augenblick regte sich in Jule ein Zweifel, ob der Fremde nicht vielleicht Recht haben könnte. Im Aufblitzen dieses Gedankens fingen die Augen des Fremden urplötzlich bläulich zu leuchten an und sein Körper schwoll auf die Dicke eines fetten blaugrauen Wurms. ‚Aber nein, ihr Herz signalisierte etwas anderes. Ihre Freunde hielten zu ihr. Sie musste diese Aufgabe übernehmen, weil nur sie die Kraft dazu besaß.' Unversehens schrumpfte der Wurm wieder auf die Dicke eines Zwirnfadens.

„Wenn du alle Wünsche erfüllen kannst, dann kannst du mir gewiss auch den Weg zum Mechanikermeister zeigen oder mich sogar unmittelbar dorthin bringen?"

„Aber gewiss Blondchen, Löckchen, musst es nur wünschen. Sagt ich dir doch schon." Und seine eiskalten Augen blickten gierig auf Jule, wie ein berechnender Jäger auf seine Beute, der er schon sicher zu sein glaubte.

Schon wollte Jule den Wunsch aussprechen, da fiel ihr plötzlich die Begegnung mit dem geheimnisvollen schönen Mädchen in der Kristallwelt ein und das, was sie ihr über das Wünschen gesagt hatte. ‚Na klar, der Fremde versuchte sie hinters Licht zu führen. Wenn hinter jedem Wunschgedanken ein tieferer Gedanke steht, dann geht ja dieser tiefere Gedanke in Erfüllung. Und dieser tiefere Gedanke war der Mangel, nämlich *nicht an dem Ort des Mechanikermeisters zu sein*. Aha, wenn sie sich also zum Mechanikermeister wünschte, würde sie nie dort ankommen, weil immer der zweite tiefere Gedanken in Erfüllung geht.'

Als hätte der Fadenmann ihre Gedanken gelesen, verzog sich sein hässliches Gesicht zu einem sauren Grinsen und unvermittelt änderte er seine Strategie.

„Merk schon Kindchen, willst dir nichts wünschen. Pech für dich, hihihihi … Doch das macht nichts …, will dir dennoch helfen, ühüühü … Viele Wege bedeuten viele Irrwege. In diesem Labyrinth an Pfaden wirst du nimmer den rechten Weg finden. Drum vertrau mir, ich bin der Weg. Schau her, ich roll mich aus und strecke mich soweit bis ans Ziel deiner Sehnsucht. Musst nur auf mir voranschreiten."

Kaum gesagt, hatte der Fremde seine Worte bereits in die Tat umgesetzt. Als bläulich schillernder Pfad verlor sich der Fadenmann in Serpentinen in der weiten Ferne.

‚Sollte sie nicht doch dem Fremden vertrauen? Aber was war das Ziel ihrer Sehnsucht? Sollte, nein durfte sie überhaupt ihrer eigenen Sehnsucht trauen? Vielleicht war es gar nicht der Aufenthaltsort des Mechanikermeisters, wohin sie sich sehnte. Ach herrje, wie schwierig war es doch, seine eigenen Wünsche, Gedanken und Sehnsüchte zu kennen.'

„Nein Fadenmann, du bist nicht mein Weg. Ich vertrau dir nicht. Den Weg zum Mechanikermeister werd ich ganz alleine finden."

Schon machte Jule einen ersten Schritt auf einen der zahlreich sich vor ihr ausbreitenden Lichtpfade. Doch oh Schreck, augenblicks gab der Pfad nach. Es war, als hätte sie in Luft getreten und Jule stürzte, wie der Fadenmann vorausgesagt hatte, in die unendlich sich vor ihr ausbreitende Tiefe.

„Hiiiiiiiilfe, haaaaaaaallo, hiiiiiiiiilfe …“, schrie sie in panischer Angst: „Warum hiiiiiiiiiilft mir denn keiiiiiiiiiner …?“

Da plötzlich tauchte das Gesicht des unheimlichen Fadenmannes wieder vor ihr auf. Im selben Tempo wie Jule stürzte, so fiel …, nein besser, streckte auch er sich dem Abgrund entgegen. Denn seine Beine hatte er offensichtlich an seinem Ausgangspunkt verknotet.

„Greif meine Hände, ich halt dich“, rief der Fadenmann: „Bin ich auch nicht dein Weg, so lass mich dein Halt und Retter sein.“

Schon griff Jule nach den rettenden Händen des Fadenmannes, doch in dem Moment, wo er sie nach oben ziehen wollte, ließ sie instinktiv wieder los. Nein, sie vertraute ihm noch immer nicht. Auch im Augenblick höchster Todesangst durfte sie ihrem Instinkt nicht zuwiderhandeln.

Augenblicks fing der Fadenmann garstig zu meckern an, schlang sich mehrfach um Jules Körper, wie eine Spinne um ihr Opfer, ohne dass er damit Jules Fall auch nur im geringsten hätte aufhalten können.

„Halt dich an mir fest, mein Liebchen, Julekindchen. Bitt dich …, sonst zerreißt mein Lebensfaden. Löckchen, Sanftchen, Engelchen, hab Mitleid mit mir …“

Da endlich schien der Fadenmann das rechte Wort gefunden zu haben, denn Jules Mitgefühl war nahezu unendlich. Doch in dem Moment, wo sie zugreifen wollte, gab es einen kurzen trockenen Laut und der Fadenmann zerriss vor Jules Augen in tausend Stücke, die wie Staub in alle Himmelsrichtungen zerstoben.

25. Kapitel

Die Pforte des Todes und der Gelbe Delphin

‚Armer Fadenmann‘, dachte Jule. Doch schon hatte sie die Angst vor dem Sturz wieder eingeholt. Ja, sie kannte das schreckliche Gefühl. Wie oft war sie nicht schon zu Hause im Schlaf in eine endlose Tiefe gestürzt. Doch bevor sie auf dem Boden auftraf, wachte sie zum Glück immer schweißgebadet auf. Das war es also, was sie immer geträumt hatte. Nun wusste sie, in welche Welt sie in den vielen Träumen fiel. Doch was, wenn es sich auch in diesem Falle nur wieder um einen ihrer Träume handelte? Also musste sie nur aufwachen? Oder war alles Wirklichkeit? Aber was ist schon die Wirklichkeit? Seit sie mit Fridolin und Franzi in der Nähe der Bahnstrecke in das Hasenloch gestürzt war, wusste sie eigentlich gar nicht mehr, was Wirklichkeit überhaupt ist. Denn all die Erlebnisse passten nicht in ihre vorherige Welt. Und wenn sie ganz ehrlich war, hatte sie eigentlich noch nie gewusst, was die Erwachsenen mit der sogenannten Wirklichkeit meinten. Denn die Wirklichkeit von der diese zumeist sprachen, war nicht die ihrige.

Sachlich und kühl versuchte Jule die Sache abzuwägen. Was konnte ihr passieren? Entweder würde sie irgendwann – vielleicht in einigen Sekunden, in einigen Tagen oder gar in vielen Jahren – auf dem harten Boden der Tatsachen aufschlagen und ihr zarter Körper zerschmettern. Oder aber es gab gar keinen Boden, kein Oben und Unten in dieser seltsamen Lichtfadenwelt im blutroten Kristall. Ja, dann würde sie bis in alle Ewigkeit fallen. Doch irgendetwas musste sie tun. Zunächst versuchte sie wie ein Vogel mit den Armen in der Luft zu rudern – ohne Erfolg. Dann stellte sie sich intensiv vor, leicht wie eine Feder zu fliegen – ebenfalls vergeblich. Auch die Vorstellung eines fliegenden Teppichs, auf den sie sich zu setzen wünschte, half ihr nicht weiter.

So folgten noch viele ähnlich erfolglose Versuche, bis sich Jule schließlich und endlich ihrem Schicksal ergab. Warum auch sollte sie sich weiter wehren, wo sie doch ganz offensichtlich sowieso nichts daran ändern konnte. Still verabschiedete sich Jule von ihren Freunden, die sie ihrer Meinung nach nun bitter enttäuschen würde. Alle Hoffnung hatten die in sie gesetzt. Und nun würde sie hier noch, bevor ihre Reise eigentlich begann, im Nichts des Kristalls einsam und allein sterben. Ach war das traurig … Wie in einem Film rasten die Ereignisse ihres kurzen Lebens an ihr vorbei, zwölf bunte Jahre von ihrer Geburt bis zum Jetzt. Jule war erstaunt, dass sie sich an alle Ereignisse so genau erinnern konnte. Ja, selbst aus ihrer Zeit als Baby fielen ihr die kleinsten Details wieder ein. Glücklich erblickte sie ihre Mutter, wie diese liebevoll mit ihr spielte, sah auch, wie Mutter dann von ihrem Vater fortging und sie alleine ließ. Da war sie gerade einmal vier Jahre alt. Ein schmerzhafter Stich fuhr durch ihr Herz und sie verkrampfte sich voller Angst und Schmerzen. Doch im selben Augenblick sah sie sich schon lachend mit dem kleinen Hund Tobi ihres lieben Großvaters die herrliche grüne Blumenwiese im Park am Fluss hinunter kullern … Ja, ihr Leben war trotz der dunklen Schatten oder vielleicht gerade wegen dieser schön gewesen. Denn bildeten die Schatten nicht nur den dunklen Hintergrund, auf dem wie in einem altertümlichen Gemälde die bunten Farben umso kräftiger leuchteten? Ja, dessen war sie sich nun gewiss! So schloss sie ruhig die Augen, verabschiedete sich still von ihrem Vater und ließ von allem und jedem los, um zu sterben.

Doch da, auf einmal ... Was war geschehen? Urplötzlich verschwand das Gefühl des Fallens. Jule öffnete die Augen und erblickte erstaunt eine riesige aus sich heraus in warmem Lichte strahlende Gestalt, die sie wie ein kleines Baby in den Armen hielt. Über ihrem Haupt schwebte ein wundersam funkelnder Sternenkranz.

„Du hast von allem losgelassen, bist gestorben und hast dadurch den Tod überwunden. Die erste Pforte ist durchschritten." Das Wesen küsste sie auf die Stirn und verschwand ebenso unerklärlich, wie es gekommen war. Jule blieb keine Zeit, über das Geschehene nachzudenken, denn im selben Moment bemerkte sie schon die nächste Eigentümlichkeit, sie hatte keinen Körper mehr. Ja, in der Tat war sie nur mehr wie ein kleiner Punkt oder besser noch wie ein Klang, der in sich vibrierte, ohne sich dadurch in der unendlichen Weite aufzulösen und zu zerstreuen. Und dennoch nahm sie alles wahr wie zuvor. Sie konnte hören, sehen, denken. Doch wie sollte sie sich fortbewegen und mit was?

„Almina, Almina, Almina ...", flüsterte wie als Antwort eine Stimme, die von Innen zu kommen schien. Ja, aber natürlich, das war doch laut Hassos Urururururgroßvater und den Meereselfen ihr Wesensname und damit zugleich die Lösung ihres Problems: Denn hatten die Elfen ihr nicht gesagt, dass sie zur Bewältigung der vor ihr liegenden schwierigen

Aufgaben sich nur an ihre wahre Gestalt zu erinnern brauche? Und schon würde sie ihren Elfenkörper wiedererlangen und könne sich hinbewegen, wo immer sie auch wolle.

Kaum gedacht, war da schon wieder das himmlische Gefühl unendlicher Leichtigkeit, das Gefühl des Schwebens durch den Raum, das unmittelbare Spüren der sie umgebenden Welt, als gleite sie durch weiches warmes Wasser, das sanft ihren Körper streichelte. Ja, tatsächlich, sie hatte endlich wieder einen Körper. Doch was für einen .... Wie schön fühlte der sich doch an. Die kleinste Bewegung ihres zarten Elfenkörpers verursachte bereits eine ganze Kette feinster weiterer Bewegungen, die sie schnell vorwärts trugen und ein Glücksgefühl nach dem anderen in ihr auslösten. Ach, war das schön. So musste wohl das Paradies sein. Dieses Treiben und Bewegen ohne Ziel, nur einfach so sich selbst genügend, hätte ewig so weitergehen können. Doch halt, sie musste den Weg zum Mechanikermeister finden. Nur wie?

Da tauchte am Horizont plötzlich ein herrlich goldgelb leuchtender Delphin vor ihr auf, der direkt auf sie zusteuerte.

„Sei willkommen, liebe Almina, hier im Reich der Ideen. Endlich bist du wieder bei uns. Ich bin gesandt, um dir zu helfen."

„Wer bist du denn und wer hat dich geschickt?"

„Erkennst du mich denn nicht? Die Meereselfen haben mich zu dir geschickt. Ich bin die Idee eines Delphins oder besser aller Delphine. Wir hatten schon früher mehrmals das wundervolle Vergnügen der Begegnung."

„Wieso denn die Idee eines Delphins? Bis du denn kein richtiger Delphin?"

„Aber Almina, du weißt doch, dass alles, damit es existieren kann, eine Idee benötigt. Erinnere dich! Ich bin die Idee für alle Delphine, die jemals existiert haben und existieren werden. Ich gebe ihnen ihre Form und die Art und Weise zu leben. All dies habe ich dir früher bereits beigebracht, als ich noch dein Lehrer war. Mein Name ist Eidos. Unsere heutige Begegnung währet leider nur kurze Zeit, da ich dich schnellstmöglich auf den Weg zum Großen Mechanikermeister bringen muss. Leider ist die Reise dorthin noch weit und beschwerlich, denn du befindest dich hier nur in einer Zwischenwelt, eben dem lichten Reich der Ideen, das zwischen die Ebenen und Welten gesetzt ist und diese wie ein feines Lichtgewebe miteinander verbindet. Meine Aufgabe ist es jetzt nur, dich auf kürzestem Wege von der siebenten Ebene in die elfte Ebene zu geleiten, um dir den Ein- und Ausstieg zu zeigen. Komm, halte dich an meinem Rücken fest. Wir tauchen auf."

Schon begann der Gelbe Delphin den langen Aufstieg. In weit ausgedehnten Spiralen stieg er immer höher und höher, bis Jule endlich direkt über sich einen schwachen kreisrunden Lichtschein erkannte.

„Wir sind angekommen. Hier trennen sich schon wieder unsere Wege. Ich werde dir nun noch einige Ratschläge mit auf die Reise geben. Höre also genau zu und präge dir alles fest ein:

Wisse, dass kein Lebewesen zwischen den Ebenen wechseln darf ohne die Erlaubnis des höchsten namenlosen Schöpfers. Auch darf nicht einmal das kleinste Ding aus einer Ebene in die andere verbracht werden, da derart ein großes Unheil entstehen kann. Warum dies so ist, wirst du später verstehen. Üblicherweise geschieht ein solcher Wechsel zwischen den

Ebenen nur durch den Tod, also wenn die Lebewesen sterben. Nur dadurch ist gewährleistet, dass sie ohne alle materiellen Dinge und üblicherweise auch ohne das Wissen von ihrem früheren Leben in die neue Ebene gelangen. Nackt und bloß werden wir in diese Welt geboren und nackt und bloß gehen wir von dieser Welt. So sollte es für alle Ewigkeit sein. Doch gab und gibt es in weiser Voraussicht des höchsten Schöpfers dennoch Wege, dieses eherne kosmische Gesetz zu umgehen. Dem Großen Mechanikermeister ist es durch seine herausragende Intelligenz gelungen, diese extrem schwierige Aufgabe zu bewältigen. Er hat die Wächter zwischen den Welten durch einen starken Zauber überwunden und ist vollständig mit seinem Körper und mit all den von ihm geschaffenen Dingen in die höchsten Ebenen gewechselt. Dies war nicht gut und hat bereits viel Unheil angerichtet. Es ist deine Aufgabe, das Geschehene rückgängig zu machen, indem du den Mechanikermeister zur Einsicht bringst. Denn du bist eine Gezeichnete, wie er ein Gezeichneter ist, und hast damit die gewaltige Kraft, diese Tat zu vollbringen. Mehr will und kann ich dir dazu nicht sagen. Wenn du jetzt dem Licht über dir entgegenschwimmst, gelangst du in einen Brunnen, dem du nur zu entsteigen brauchst. Und schon befindest du dich in der elften Ebene. Den Weg zur zwölften Ebene des Großen Mechanikermeisters musst du dann alleine finden. Vieles wird dir seltsam vorkommen, denn die Ebenen verkörpern Stufen der Erkenntnis. Und wenn dir diese Erkenntnis fehlt, wirst du die Dinge nicht verstehen, ja teilweise nicht einmal wahrnehmen. Denn du kannst nur erkennen, was du vorher bereits als Erfahrung und Wissen in dir angelegt hast. Was du also sehen wirst, ist nicht das, was die oberen Ebenen tatsächlich darstellen.

Außerdem sind Zeit und Raum ab der elften Ebene aufgehoben, denn wisse, dass es diese Dinge nie wirklich gegeben hat. Auch Zeit und Raum sind nur versunkene Ideen – Überreste eines gescheiterten Versuchs, den ein großer Geist in der Unendlichkeit seines All-Seins einst auf einen blauen Zettel schrieb. Doch wisse auch, dass dieser Geist kurz darauf jenen Zettel, da er die Unvollkommenheit seiner Ideen erkannte, zerknüllt und fortgeworfen hat. Doch leider ist jede Idee und jeder Gedanke unauslöschlich und kann nie wieder zurückgenommen werden …

Doch ängstige und wundere dich nicht über die Welt jenseits von Zeit und Raum. Beobachte alles genau, handele nicht voreilig und warte ab, bis dir deine innere Stimme sagt, was zu tun ist!

Lege nun deinen Kopf ganz dicht an den meinen. Ich werde dir die einzigartige Kraft verleihen, ausnahmsweise mitsamt deinen Erinnerungen und dem Wissen von den Ideen der höheren Ebenen durch die Pforte in die elfte Ebene einzutreten. Behalte auch mich in Erinnerung als die Idee, die ich bin. Denn du wirst mich brauchen."

26. Kapitel

In der elften Ebene

Mit einem kräftigen Ruck zog sich Jule am Rande des Brunnens empor und blickte erstaunt um sich. So weit das Auge reichte, erstreckten sich bis weit an den Horizont wunderschöne, vollkommen symmetrische Gärten, obgleich jene Symmetrie gedanklich nicht zu erfassen war. Ein die hochkomplexe Gesamtheit der Landschaft überschauender Geist hatte diese Gärten in der anmutigsten Art und Weise zueinander geordnet und auf die überall wie lichte Inseln leuchtenden sanften Hügel gebettet. Eine wilde ungebändigte Natur gab es nicht. Von schlanken hohen Kegelbäumen umsäumte Pfade zogen sich durch die schönsten kunterbuntesten Blumenbeete, vorbei an auf seltsamste Weise geschnittenen Hecken, die teils die Form seltsamer Fabelwesen, teils erstaunlichster geometrischer Konstruktionen trugen. Durchbrochen wurden die leuchtenden Pfade durch anmutig geschwungene Brücken, die sich kühn und zart zugleich über kristallklar plätschernde, glitzernde Bächlein spannten. Lichte Nebel stiegen aller Orten aus dem warmen Erdreich empor und fluoreszierten geheimnisvoll in allen Farben, als wollten sie die Grenzen zwischen den verschiedenen Elementen wie in einem Aquarellbild sanft verwischen. Ein schwerer berauschender Duft von Abertausenden der köstlichsten Blumen hing in den Lüften. Und eine weiche warme Erinnerung wehte durch ihren Körper, als hätte sie schon einmal vor langer, langer Zeit diesen Duft vernommen. Dennoch oder gerade deshalb erschien Jule die elfte Ebene ganz entgegen den Worten des Delphins Eidos irgendwie vertraut. Hatte er nicht gesagt, es gäbe hier keinen Raum und keine Zeit? Und dennoch konnte sie all die schönen Dinge im Raum sehen und in der Zeit wahrnehmen.

Doch halt, etwas war seltsam und anders … Die Farben besaßen eine geradezu überirdische Leuchtkraft, fast so als ob sie von innen heraus leuchteten. Und tatsächlich, als Jule ein Blatt in die Hand nahm, bemerkte sie, wie sich von diesem ausgehend ein sanftes grünes Leuchten über ihre Haut und durch ihren ganzen Körper ergoss. Glücklich schloss sie für einen Moment die Augen. Doch was war das? Das Leuchten hielt ja an. Auch mit geschlossen Augen vermochte sie jede Einzelheit ihrer Umgebung wahrzunehmen, fast noch präziser als mit geöffneten Augen. Wie war das nur möglich? Erst jetzt wurde ihr bewusst, dass sie noch immer ihren feinen, federleichten Elfenkörper besaß. Ja, nun spürte sie, wie es funktionierte. Sie nahm nicht nur mit Augen, Nase und Ohren, sondern mit ihrem gesamten Körper wahr. Das ganze, sie umgebende wunderbare Farbenmeer flutete durch sie hindurch wie das weich dahinströmende Wasser durch ein weitmaschiges Fischernetz. Jule fing diese Farben wie ein Fischer mit seinem Netz mit ihrem gesamten Körper auf und jedes Mal löste dieser Vorgang eine innere Wahrnehmung in ihr aus, so unbeschreiblich schön, dass sie nur glücklich seufzen konnte. Doch halt, noch etwas war seltsam. Jedes dieser schönen Gefühle schuf wiederum eine ganze Kette neuer Farben und Bilder, die merkwürdigerweise augenblicks in der Außenwelt erschienen. Hatte der Gelbe Delphin dies vielleicht gemeint? War der Raum um sie herum also in Wirklichkeit gar kein Raum? Erlebte sie nur ihren eigenen Innenraum gewissermaßen nach außen projiziert wie ein Film auf eine Leinwand? Doch dann gab es ja überhaupt keinen Raum, wenn Innen und Außen identisch waren? Und was ist schon der Innenraum? Nichts weiter als ihre Gedanken und Bilder – auf keinen Fall jedoch ein wirklicher Raum, den man Schritt für Schritt durchqueren konnte …

Jule überlegte angestrengt: Ganz gewiss konnten nicht alle Bilder, die sie vor sich sah, von ihr erzeugt sein. Also musste es in dieser Ebene auch noch andere Wesen geben, die in sich jene Bilder erschufen, um sie dann als Außenwelt zu projizieren. Doch wo versteckten sich die Bewohner der elften Ebene, die all die schönen Gärten mit ihren Gedanken schufen?

„Wir sind hier …, hier …, hier … Schau nur …, schau …“, tönte es plötzlich von allen Seiten überglücklich, als freuten sich jene geheimnisvollen Geschöpfe, dass Jule sie erkannt habe. Und tatsächlich: All die schönen Blumen, Büsche, Bäume, Wiesen, Steine, Nebel, Bäche und Seen entpuppten sich als wundersame Lichtwesen, die jeden Augenblick ihre Gestalt zu verändern vermochten. Eben noch sah sie vor sich einen Baum mit goldgelben Blüten, im selben Moment hatte der sich schon in einen Schwarm türkisblau leuchtender Schmetterlinge verwandelt, kurz darauf stand dieser als ein kleiner Junge vor ihr, der ihr freudestrahlend eine blutrote Frucht darreichte, um unmittelbar danach plötzlich alle drei Gestalten zugleich zu sein, um schließlich wie von Geisterhand völlig zu verschwinden.

Jule schmerzte der Kopf. Puh, das war anstrengend, den Blick auf diese stetig wechselnden Gestalten zu konzentrieren. Und immer wieder, wenn die Gestaltwechsel allzu abrupt und allzu viel wurden, wollte sich ihr Geist verwirren. Ein drängendes Gefühl machte sich dann in ihr breit, wie kurz vor dem Aufwachen. Nur dazu kam es leider nicht, denn diese Erscheinungen waren so wirklich, wie ihr ätherischer Elfenkörper.

„Fixiere deinen Blick nicht auf die Dinge um dich herum. Schau nur flüchtig wie aus den Augenwinkeln und versuche mit deinem Bauch zu sehen“, hörte sie eine weiche Stimme in ihr rechtes Ohr wehen: „Du selbst bist die Ursache der Gestaltwechsel.“

Im selben Augenblick spürte sie schon beruhigend die nüchterne Kühle des Gelben Delphins, der seinen Kopf wie einen matten Schatten sanft an den ihren drückte. Kaum hatte sie Eidos’ Rat befolgt, hörten die Gestaltwechsel tatsächlich auf und Jule zeigte sich eine klar geordnete, dauerhaftere Welt. Zugleich machte sich ein sanftes warmes Pulsieren in ihrer Bauchgegend bemerkbar, als schlüge dort ein warmes teilnehmendes Herz. Mit jedem Schlag strömten von diesem geheimnisvollen Zentrum kleine vibrierende Energiestöße wohlig durch ihren Körper. Es war wie ein neues Wahrnehmungsorgan, mit dem sie sich und die ganze Welt zu ergreifen vermochte.

Der Schlüssel aus Licht

Vorsichtig ging Jule den erstbesten Weg. Die Vorstellung war schon seltsam, dass sie durch Gärten schritt, die mit ihren Büschen, Bäumen, Pfaden, Brunnen sämtlich aus den verschiedensten Wesen erschaffen wurden, die sich überdies in immer wieder neue Formen zu verwandeln vermochten. Und dennoch bildeten all diese Dinge in ihrer Gesamtheit eine höhere, vollkommen ebenmäßige Ordnung. Dies schien alles so einfach und dennoch verstand Jule diese höhere Ordnung nicht. Vor allem war es ihr völlig unbegreiflich, wie sich so viele unterschiedliche Geschöpfe dermaßen harmonisch untereinander und zueinander organisieren konnten. Und dann war da noch diese rätselhafte Überdeutlichkeit. Alles wirkte wirklicher, als sie es jemals zu Hause auf der Erde in der fünften Ebene erfahren hatte, obwohl doch dort im Gegensatz zur elften Ebene alle Dinge fest und greifbar waren. Jule spürte diffus, dass diese Überwirklichkeit von der außergewöhnlichen Lebendigkeit der Landschaft herrührte, die sie mit jeder Faser ihres Körpers unmittelbar erfuhr. Denn noch immer strömte mit jedem Schritt die gesamte Welt durch sie hindurch. Nirgendwo erblickte Jule auch nur ein welkes Blatt, nirgendwo einen abgestorbenen Zweig oder gar ein Stück vermoderndes Holz. Überall war nur Wachstum, Blühen und Streben. Tod und Vergehen schien es in dieser Ebene nicht mehr zu geben. Und noch etwas erschien radikal anders. Jule bewegte sich nicht auf ihren Beinen durch die Welt. Vielmehr hangelte sie sich mit ihrem pochenden Bauch an den zarten Lichtgespinsten entlang, in denen die strömende weite Gartenlandschaft wie Tautropfen in einem hauchdünnen Spinnennetz vibrierend zu hängen schien.

Doch wo nun sollte sie sich hinwenden, wie die Pforte zur zwölften Ebene finden? Die Wege durch die wunderschönen Gärten wirkten alle gleich. Ein Zentrum, zu dem sie hinführten, war nicht zu erkennen.

‚Geradeaus ist wohl das Beste. Irgendwann muss ich ja mal an ein Ende kommen', dachte Jule. So durchwanderte sie andächtig staunend den ersten Garten, der so voller stillem Liebreiz in sich ruhte, dass kein Mensch ihn sich hätte schöner erdenken können. Die kostbaren Wege waren mit grünblau funkelnden Edelsteinen ausgelegt. In regelmäßigen Abständen luden verspielte goldglänzende Bänke unter lauschigen Büschen zum Verweilen ein. Die Blüten der Zweige waren so schneeweiß, dass sie gegen das tiefblaue Firmament wie funkelnde Sterne am nächtlichen Sternenhimmel erstrahlten. Aus der Ferne dahin eilende winzige Wasseradern durchzogen in feinen geometrisch ausgerichteten Steinrinnen die Wiesen und Wege. Immer wieder aufs Neue wurde der Blick überrascht von einer ganz erlesenen Anordnung der fremdartigsten Pflanzen, Obelisken und Seen, die den Blick sehnsüchtig bis weit in die blauende Ferne schweifen ließen. Zwischen all diesen Dingen vibrierte eine kaum sichtbare, äußerst angenehme Energie, die nur an deren Grenzflächen durch ein geheimnisvolles Farbenspiel greifbar wurde und die Objekte unscharf ineinander verschwimmen ließ. Schon eine Weile hatte Jule dabei das seltsame Gefühl, als begleite ein konkretes, gleichwohl unsichtbares Wesen ihre Wege.

Und dieses Gefühl gab ihr Sicherheit und Geborgenheit. Ja, es erhöhte gar den unaussprechlichen Zauber und Frieden, der über und in dieser fremden Welt lag. War dies vielleicht das Paradies, von dem die Menschen auf der Erde sprachen, geschaffen aus den schönsten Gedanken und Gefühlen seiner Bewohner? Jule konnte sich dies gut vorstellen.

Nachdem sie eine Weile durch die Paradiesgärten gewandert war, ohne dass sich deren Landschaft merklich verändert hätte, begann sich Jule trotz der Schönheit ringsumher allmählich ernsthaft Gedanken zu machen, ob sie die Pforte zur zwölften Ebene jemals finden würde. Doch seltsam, je drängender dieser Gedanke in ihr Gestalt gewann, desto intensiver hatte sie zugleich das Gefühl, als ob irgendeine unerklärliche Kraft sie immer stärker in eine bestimmte Richtung zu ziehen begann. Als sie sich erschrocken dagegen zu wehren versuchte, begann die Landschaft sich allmählich zu verzerren. Wie in einem geheimnisvollen Sog zerflossen die Bilder um sie herum zu einem bunten Einerlei und bildeten schließlich eine Art Tunnel, an dessen Ende etwas Weißes leuchtete. Schon erkannte Jule auf einem sanften grünen Hügel am Horizont einen wundersamen schneeweißen Palast. Und als wäre dieser nur das geheime Zeichen gewesen, wurden die Formen bereits wieder klarer und Jule schritt andächtig eine marmorne Treppe hinauf. Höchst kunstvolle Springbrunnen versprühten auf lieblichen Zwischenterrassen ihr glitzerndes Nass in die warme flirrende Sommerluft. Seltsam verstreut standen aller Orten reich verzierte schlanke Steinvasen, denen ein verführerischer Duft entstieg. Leuchtend weiße und rote Blüten bedeckten die Stufen und ergossen wie farbig glitzerndes Wasser ihr inneres Licht über den schneeweißen Marmor. Ein wunderschönes Geflecht aus rotweißen, geheimnisvoll verschlungenen Äderchen war das Ergebnis dieses herrlichen Farbenspiels, wie es der begabteste Maler nicht schöner sich hätte ersinnen können. Kaum wagte Jule auf die zarten Blütenblätter zu treten, so kostbar erschienen sie ihr. Auf dem höchsten Punkt angekommen, gingen die Stufen unmittelbar in einen prächtigen schneeweißen Säulengang über, der nach etwa hundert Metern in einem weiten kreisrunden Saal endete. Seltsam hallten da die Schritte im Raume, als umkreisten die schallenden Töne Jule wie die gewaltigen rauschenden Schwingen riesiger Vögel, um kurz darauf über ihr im Nichts zu verschwinden. Als sie den Blick neugierig nach oben richtete, gewahrte sie an dem hohen runden Deckengewölbe einen wunderschön gemalten hellblauen Himmel, der über und über mit weißen Engeln und allerlei fremdartigen Gestalten bevölkert war. In seiner Mitte befand sich eine Himmelsöffnung, die wie ein tiefblaues Auge auf sie hinabzuschauen schien. Und genau in diesem Augenblick spürte sie unzweifelhaft erneut das unsichtbare Wesen, das sie geheimnisvoll begleitete.

‚Ach wie schön …, wie wunderschön müsste es doch sein, mit den Engeln in diesem herrlichen Himmel herumzufliegen.‘ Kaum gedacht, fand Jule sich bereits inmitten der himmlischen Gesellschaft wieder. Das Deckengemälde hatte sich unversehens in einen echten Himmel verwandelt. Die Englein lächelten ihr freundlich zu, als wäre sie eine von ihnen. Und einige tippten ihr gar ausgelassen auf den Bauch.

Schon schwebte Jule über den strahlenden Gärten, die sie gerade eben erst durchwandert hatte. Seltsam! Völlig unbemerkt musste sie den Kuppelsaal vermutlich durch das tiefblaue Auge verlassen haben. Wie klein und zierlich doch die bunten Wiesen, Beete, Bäume, Seen und Wasserläufe unter ihr lagen. Wie ein bunter Flickenteppich reihte sich ein Garten an den anderen. Wie aber erstaunte sie im immer höher Steigen, als die vielen Gärten sich unter ihr kaum merklich zu einem eigenartigen höheren Muster zu ordnen begannen. Ja, nun war es unverkennbar: Alle zusammen ergaben sie die geheimnisvoll verschlungenen Schriftzeichen einer fremdländischen Sprache, die sich in immer größer werdenden konzentrischen Kreisen um einen goldgelb strahlenden Mittelpunkt gruppierten. Und als das Höhersteigen noch immer nicht enden wollte, fingen die Landschaft und auch der Himmel um sie herum sich gar seltsam zu wölben an. In dem Moment aber, wo sich das Ganze zu einer Kugel zu schließen schien, stoppte unversehens ihre Reise und Jule prallte unvermittelt gegen ein unsichtbares Hindernis.

Seltsam, verlief denn der Himmel nicht ins Unendliche? Erst im Umdrehen bemerkte sie erstaunt, dass sie an die Wandung eines riesigen Spiegels gestoßen war, der all die Bilder und Landschaften um sie herum vervielfachte und derart nur fälschlich den Eindruck einer unendlichen Weite suggerierte. Jetzt erst begriff sie erschrocken das ganze Ausmaß der Täuschung. Offensichtlich befand sie sich wie eine Gefangene inmitten einer riesigen Spiegelkugel, in deren Innerem die schönen Gärten und der herrliche Himmel wie einem unergründlichen Vexierspiel aufgerichtet waren. Was mochte wohl hinter diesen Spiegelwänden liegen?

Kaum gedacht, spürte Jule urplötzlich einen unangenehm stechenden Blick. Eine glühende Energie, die ihr Innerstes zum Wallen brachte, bohrte sich wie glühende Nadeln von außen durch die Wände in ihren Feenkörper. Instinktiv wandte sie sich abwärts, um so schnell wie möglich der strahlenden Mitte der Gärten entgegenzueilen. Schon bald wurde deutlich, dass es sich bei diesem Mittelpunkt um ein riesiges Becken aus reinstem Golde handelte, in dessen Zentrum ein mindestens 500 Meter hoher Obelisk sich gen Himmel reckte. Doch erst in Bodennähe vermochte sie erstaunt die gewaltigen Dimensionen dieses Beckens zu begreifen, das wohl eine ganze Großstadt in sich hätte aufnehmen können. Und auch hier waren die Wandungen über und über mit geheimnisvollen Schriftzeichen bedeckt, die sich in ihrer Ganzheit allmählich zu geheimnisvollen Wegen zu ordnen begannen. Waren diese Wege vielleicht das Spiegelbild der sie umgebenden Paradiesgärten? Wie als Antwort auf ihre Frage, vernahm Jule plötzlich eine unsichtbare Stimme:

„Gehe die Wege des Beckens und vertraue deinem Gefühl. In der richtigen Reihenfolge schreiben deine Schritte eine Formel, die dir als Schlüssel zur Pforte der zwölften Ebene dienen wird."

Seltsam, die Stimme kam aus ihrem Innersten. Wie klar, sanft und nachdrücklich sie doch sprach. Warum nur hatte sie diese Stimme nie zuvor vernommen? Die Menschen auf der Erde sprachen oft von der sogenannten inneren Stimme, doch hatte Jule im Traum nicht daran gedacht, dass es sich hierbei um eine wirkliche Stimme handeln könnte. War sie denn nicht nur eins? Lebte noch jemand in ihr oder war die Stimme nur ein unbekannter Teil ihrer Selbst? Wie aber konnte dieser Teil mit ihr sprechen? War diese innere Stimme weiser als sie? Wer aber war überhaupt diese innere Stimme und wer war sie?

Jule schob diese schwierigen Gedanken erst einmal beiseite, um vorsichtig und in höchster Konzentration einen nur schemenhaft sich abzeichnenden Weg entlang zu gehen. Kaum hatte sie die erste Biegung genommen, erhob sich ein leises Klingen, als ob von Ferne helle Gläser aneinander geschlagen würden. Und schon bald im Weiterschreiten bemerkte Jule erstaunt, dass die Töne je nach der Richtung, die sie einschlug, unmerklich rauer oder weicher, lauter oder leiser, heller oder dunkler, wärmer oder scheppernder klangen. Das war es also. Solange die Töne wohlklingend blieben, befand sie sich offensichtlich auf dem richtigen Weg. Sie musste nur ihren Ohren vertrauen. Wie zur Bestätigung fegte ein über das andre Mal, wenn sie wieder an einer Wegeskreuzung die richtige Entscheidung getroffen hatte, eine geheimnisvoll vibrierende Kraft durch sie hindurch. Dann verlor die Welt um sie herum urplötzlich jegliche Form und Kontur, als wäre sie nur mehr ein bunter Schleier, der sie sanft umwehte.

In diesem Auf und Ab der Gefühle schritt Jule immer weiter dem geheimnisvollen Zentrum entgegen. Fast hatte sie den Mittelpunkt erreicht, als der Pfad urplötzlich seine Richtung änderte und sie unvermittelt wieder an den Rand des goldenen Beckens führte. Dieses trügerische Spiel wiederholte sich mehrere Male und Jule überlegt ernsthaft, ob sie statt ihrer inneren Stimme nur einer hinterlistigen Täuschung erlegen sei? Doch kaum war dieser sorgenvolle Gedanke in ihr aufgeblitzt, da vertrieb schon ein unbeschreiblich gleißendes Strahlen den dunklen Schatten, das hell und klar aus dem goldenen Boden hervorbrach und ein herrliches, in allen Farben leuchtendes Bild an das blaue Himmelszelt projizierte. Erstaunt erkannte Jule in diesem das Abbild ihres bis dahin gegangenen Weges. In zahllosen Ornamenten ordneten sich die Lichtpfade wie ein geheimnisvoller Schlüssel aus Licht um ein tiefblaues Zentrum, das Jule zum zweiten Mal gar seltsam an ein Auge erinnerte – so unergründlich tief wie die tiefste Tiefe des glitzernden Meeres. Kaum gedacht, zog sie schon etwas magisch in dieses geheimnisvoll schillernde Auge hinein. Immer höher und höher versank sie in dem tiefen Blau, um sie herum flackerte es wie ein fernes Wetterleuchten. Da plötzlich gab es einen dumpfen Laut, als wäre sie soeben durch eine Art Membran, ein unsichtbares Hindernis, geflogen. Und ab diesem Zeitpunkt ging Jules Reise abrupt in einen rasenden Sturzflug durchs weite Weltall über. Das, was sie eben noch für Wetterleuchten gehalten hatte, entpuppte sich unerwartet als unzählige Sterne und Sternensysteme, die geboren wurden, um augenblicks schon wieder zu vergehen. ‚Aber wie konnte das nur sein? Dann müsste ich ja Milliarden von Jahren unterwegs sein', verwundert sich Jule. Denn sie hatte von ihrem Vater gehört, dass Sterne viele Milliarden Jahre alt werden.

27. Kapitel

Im Reich der Träumenden Buddhas

Noch mitten in diesen merkwürdigen Gedanken vernahm sie plötzlich ein sanftes Brummeln, als würde irgendjemand, in einem schönen Traum gefangen, leise vor sich hin brummeln. Und tatsächlich. Schon erblickte sie in einer diamantklaren Wolke reinsten Lichts zahllose Gestalten, die in einer Art Schneidersitz mit geschlossen Augen und gefalteten Händen sanft lächelnd vor sich hin träumten. Halt, so etwas hatte sie schon einmal gesehen. Viele der Männer waren füllig, kahlköpfig und trugen bunte orientalische Gewänder. Natürlich, auf dem Bild gegenüber dem Schreibtisch ihres Vaters waren eben solche Gestalten zu sehen. Paps hatte ihr erzählt, dass diese Männer sogenannte Buddhas seien, buddhistische Heilige, die den Weg der Weisheit gegangen seien und dadurch ewige Glückseligkeit erlangten.

‚Na dann können die mir bestimmt helfen, den Weg zum Mechanikermeister zu finden', frohlockte Jule. Schon flog sie auf den freundlichsten und vertrauenerweckendsten Buddha zu, rüttelte ihn sanft am Arm, dass er aufwachen möge. Doch ohne Erfolg. Nichts, auch nicht die heftigsten Bewegungen und lautesten Rufe vermochten den gleichmäßigen Atem des friedlich vor sich hin träumenden Buddhas zu stören.

‚Egal …, macht nichts, dann versuche ich es eben bei dem nächsten.' Doch auch bei diesem blieb das Ergebnis unverändert. Und so erging es Jule auch bei allen weiteren Buddhas.

Traurig überlegte Jule, ob sie sich nicht besser wieder davonstehlen solle. Nur wohin …?

Schlagartig brach eine unbeschreibliche, alles umfassende Einsamkeit über sie herein – ein unsägliches Gefühl, als sei sie die einzige lebende Seele inmitten des unendlichen, leblosen Universums. Und dies, obwohl sie doch von mindestens hundert glückselig lächelnden alten Männern umgeben war. Urplötzlich fiel Jule ihre lange Reise wieder ein, die sie seit dem Sprung mit Franzi aus dem Zug nach Berlin schon hinter sich gebracht hatte. Wie lang wohl war sie schon unterwegs? Waren es Wochen, Monate oder gar Jahre gewesen? Sie wusste es schon längst nicht mehr. Zu vieles war geschehen und zu außergewöhnlich erschienen ihr die Erlebnisse. Zum ersten Mal spürte Jule eine tiefe Müdigkeit, eine Erschöpfung, die sie die ganze Zeit über unbewusst verdrängt hatte und die sie nun wie eine bleierne Decke daran hinderte, auch nur einen Schritt zu tun. Jule wollte sich einfach nur noch fallen lassen.

Ach wie schön wäre es jetzt bei ihrem Vater, wenn er sie wie früher liebevoll in seine Arme schlösse. Wie schnell konnte er sie doch immer trösten. Bei ihm hatten Tränen keine Chance. Wie ein Zauberer zog er eine wunderbare Geschichte nach der anderen aus dem Hut. Unerschöpflich wie ein breiter Fluss sprudelten die fantastischsten Ideen aus ihm hervor. Wenn sie abends im Bett lag und Paps bereits mit der fünften Gutenachtgeschichte die große Welt in ihr kleines Kinderzimmer zauberte, da wurde ihre innere Welt ganz groß und zugleich ihr Zimmer ganz heimelig und klein. Ein sanfter Himmel breitete sich dann über beide aus, umschloss sie schützend wie ein Zelt, in dem nur sie, ihr Vater und gar manche wundersame Gestalten ihren Platz hatten – Wesen, die er sich gerade erst ausgedacht hatte und die sie doch augenblicks gleich vor ihrem geistigen Auge sehen konnte …

28. Kapitel

In Berlin bei Professor Levitan

Gedankenverloren saß Jules Vater an seinem Schreibtisch. Seit seine liebe kleine Tochter verschwunden war, wollte ihm nichts mehr Freude bereiten. Ja, selbst die Wissenschaften, die für ihn sonst immer ein unantastbares Refugium des Glücks und der Zufriedenheit gewesen waren, hatten ihre Leucht- und Zauberkraft verloren. Alles war plötzlich fade, grau und unendlich traurig. Wohl zum hunderttausendsten Male vergegenwärtigte er sich das Verschwinden seiner lieben Tochter und der kleinen Franzi Siebenblatt. Wie konnte das nur passieren? Was war den Kindern geschehen? Lebten sie überhaupt noch? Hatte er versagt, nicht genügend auf seine liebe Jule aufgepasst? Immer wieder gingen ihm die schönen Erlebnisse mit ihr durch den Kopf. Und nun, da sie nicht mehr da war, hatte er begriffen, dass sie sein ganzer Sonnenschein gewesen, das Wichtigste in seinem Leben. In seiner Erinnerung hörte er

Jules herzliches und unbeschwertes Lachens, das selbst die dicksten Gewitterwolken vertreiben konnte und das er nun vielleicht nie mehr hören durfte.

Wenn er doch nur wenigstens weinen könnte wie damals als Kind. Mit den Tränen war auch immer ein Stück des Kummers fortgeflossen und danach sah die Welt schon ein bisschen weniger traurig aus. Doch nur ein trockener Schmerz schnürte ihm die Kehle zu, seine von fehlendem Schlaf entzündeten Augen brannten, und der ihm wie ein Alb auf der Brust liegende Druck wollte und wollte nicht weichen. Mit diesen traurigen Gedanken schlief Herr Levitan kopfüber auf der Schreibtischplatte ein.

Zaubereien eines Bildes

Die Sonne ging unter und tauchte sein Arbeitszimmer in ein merkwürdig orange flimmerndes Licht. Im Traum sah Herr Levitan sich selbst am Schreibtisch sitzen und auf das Bild gegenüber starren. Es war ein Foto von einem uralten Altargemälde aus einem Kloster, das er von seiner ersten Tibetreise mitgebracht hatte. Ja, er wusste es noch wie heute. Vom ersten Augenblick an hatte ihn das Bild wie durch Zauberkraft in seinen Bann gezogen. Und dann stand da wie aus dem Nichts plötzlich ein sympathischer junger Mönch vor ihm. Ein wenig erschrocken hatte er ihn gefragt, ob er das Tafelbild fotografieren dürfe. Der Mönch lächelte nur verständnisvoll und öffnete sogar die Türen, damit das Sonnenlicht in den Raum fiel …

Das Bild zeigte eine Gruppe selig lächelnder Buddhas, die im Kreise schwebend, in tiefem Traum gefangen schienen. Doch halt, heute sah das Gemälde anders aus. Irgendetwas hatte sich verändert. Natürlich, über den Buddhas schwebte eine diamantklare leuchtende Wolke, die vorher, da war er sich ganz sicher, noch nicht dagewesen war. Und je stärker er sich auf diese Wolke konzentrierte, desto mehr schien es ihm, als begänne sie zu kreisen und sich dabei immer weiter auszudehnen. Ja, tatsächlich, schon trat die Wolke aus dem Foto und füllte wie von Geisterhand nach und nach den Raum seines Arbeitszimmers. Und als sie nur noch wenige Zentimeter von seinen Augen entfernt war, erkannte er, wenngleich schemenhaft, erstaunt die Gestalt des jungen Mönches, der ihm damals so freundlich zugelächelt hatte. Doch seltsamer Weise war dieser nun ein uralter Mann mit Tausend kleiner Fältchen in seinem freundlichen Gesicht. Er erkannte ihn eigentlich nur an seinen jugendlich glänzenden graubraunen Augen.

‚Schau mich an! Halte meinem Blick stand!‘, schien dieser ihm mit seinen Gedanken zu sagen und augenblicks versenkte Herr Levitan seinen Blick in den des Mönches. Kleine orangegelbe Adern verliefen kreuz und quer durch dessen Iris und loderten ein über das andere Mal geheimnisvoll wie Feuerblitze in seinen Augen auf.

„Lass los, lass dich fallen, lass deinen Tränen freien Lauf“, raunte eine sanfte Stimme. War es der Mönch, der da zu ihm sprach? Unversehens gab Herr Levitan seinen inneren Widerstand auf. Tränen traten ihm in die Augen, ließen die gesamte Szenerie wie ein in Wasser zerlaufendes Tuschebild verschwimmen. Und plötzlich schluchzte Herr Levitan herzzerreißend wie ein kleines Kind. Sein müder, hagerer Körper zuckte und schüttelte sich, als werfe er die Last von Jahrhunderten von sich. Und augenblicks sah er sie. Seine liebe Jule stand direkt vor ihm, genau wie er in Gram versunken. Alle Kraft schien aus ihr gewichen.

„Ich muss ihr helfen", stammelte Herr Levitan. Schon streckte er die Hände nach seiner kleinen Tochter aus und schloss sie tröstend in seine Arme. Alle Glückseligkeit der Welt durchströmte ihn. Und in diesem Augenblick beschloss er, sie nie mehr loszulassen. Nicht noch einmal sollte das Schicksal sie trennen. Doch seltsam. Jule schien ihn gar nicht wahrzunehmen. Ihr Blick war traurig und trübe wie zuvor. Doch schon vernahm er wieder die rätselhafte Stimme:

„Leo, du kennst das Geheimnis, wie du ihr zu helfen vermagst. Denk an die Gutenachtgeschichten. Du bist einer der alten Zauberer. Erinnere dich!"

Kaum hatte Herr Levitan diese Worte vernommen, wusste er tatsächlich, was zu tun war. Noch nie hatte er so klar gesehen. Jule war in der kalten Einsamkeit des Nichts gefangen und aus diesem vermochte er sie nur befreien, indem er eine Welt für und um sie baute, in die sie sich wie in ein Nest hinein kuscheln konnte – eine heimelige Zuflucht, die sie vor dem kalten Nichts schützte.

Augenblicks fing Herr Levitan zu erzählen an. Die Gedanken und Bilder flossen nur so aus ihm heraus wie aus einem seit Jahrhunderten aufgestauten tiefen Bergquell und bildeten unmittelbar einen lichten Raum, der Jule und ihn sanft umschloss. Da öffnete sein kleines Mädchen endlich ihre Augen und blickte ihn erstaunt an.

„Paps, mein lieber Paps, da bist du ja endlich. Ich habe dir so viel zu erzählen. Ich weiß gar nicht, wo ich beginnen soll …"

Jule umarmte ihn fest und legte ihren Kopf auf seine Schulter. Doch der Mönch trat zu ihnen und lenkte sanft, aber nachdrücklich ihre Blicke in die Runde. Erst jetzt bemerkte Herr Levitan erstaunt, dass sie sich inmitten einer Gruppe schwebender Buddhas befanden, ganz so wie auf dem alten Gemälde, das er dereinst fotografiert hatte.

„Die Wahrheit ist ganz nah. Ihr müsst sie nur ergreifen", flüsterte der Mönch und ein geheimnisvolles Lächeln umspielte seine weichen, fast weiblichen Gesichtszüge.

„Die Wahrheit, die Wahrheit …", murmelte Herr Levitan nachdenklich vor sich hin: „Was ist das, die Wahrheit?"

„Frag nicht, überlege nicht, spüre sie unmittelbar!"

Gebannt schauten Jule und ihr Vater auf die geheimnisvoll schwebenden Buddhas, die nunmehr von einer Aura bernsteinfarbenen Lichts umgeben waren. Was war nur mit ihrem ungewöhnlichen Gesichtsausdruck? Warum nur lächelten sie so hintergründig? Was sahen sie in ihrem Traum, was Jule und er nicht zu sehen vermochten? Und warum nur wirkten diese Buddhas so unendlich weit weg, obwohl sie sich doch genau vor ihnen befanden?

Jule dachte an ihre unendliche Einsamkeit, die sie kurz zuvor noch trotz der Anwesenheit der Buddhas so übermächtig verspürt hatte. Nur warum? Wie als Antwort ertönte plötzlich ein Chor leise wispernder Stimmchen:

„Willst unendlich sein,
bist doch schwach und klein,
willst unendlich sein,
bist doch schwach und klein …“

Oh weh, diese Verse hatte sie schon einmal gehört und sich danach ganz elend gefühlt. Das war damals im Haus von Binki Lotz. Doch halt, diesmal war es ganz anders! Natürlich fühlte sie sich manchmal schwach und klein, zugleich aber auch wieder unendlich stark und mutig und glücklich. Und alles dies konnte und durfte sie zugleich sein. War das nicht großartig? Diese Gegensätze gehörten zu ihr wie die Nase zu ihrem Gesicht und der Schatten zum Licht. Und es war überhaupt nichts Schlimmes dabei, klein und verletzlich zu sein. Ganz im Gegenteil, mit diesen Gegensätzen war sie vollkommen und ganz!

Kaum war ihr dies bewusst geworden, machte sich eine unglaubliche Leichtigkeit in ihr breit und sie begann zu lächeln, immer seliger, umfassender und tiefer. Jeder Teil ihres Körper und ihrer Seele lächelte und strahlte. Ja, das war das Lächeln der Buddhas. Nun kannte sie die Wahrheit. Und wie zur Bestätigung spürte sie auf einmal eine innerliche Nähe zu den dicken träumenden Männern. Die vormalige unendliche Distanz war überwunden.

„Endlich hast du zu uns gefunden“, hörte sie in tonlosen Gedanken einen der Buddhas zu sich sprechen.

„Habt ihr denn auf mich gewartet?“

„Eine ganze Ewigkeit warten wir schon auf dich. Du warst so selbstvergessen, dass dir deine wichtigste Aufgabe entfallen ist.“

„Meine wichtigste Aufgabe? Aber was ist denn meine Aufgabe?“

„Der Riss im Universum … Du musst den Riss im Universum schließen. Er entzweit unsere Herzen, Seelen und Gedanken, zersplittert die Welt in Körper und Geist, Freund und Feind, Gut und Böse, Licht und Dunkel, Vergangenheit und Zukunft … Nur du, Almina, kannst diese Aufgabe leisten.“

Halt, da war er wieder, der Name Almina. Und von dem Riss im Universum hatte schon Hassos Urururururgroßvater in seinem Brief gesprochen.

„Aber wie soll ich denn den Riss im Universum finden und wie ihn schließen? Ich bin doch nur ein kleines Mädchen …“

„Du bist die Königin der Meereselfen und der Schmerz ist der Schlüssel … Du musst den Schmerz fühlen, musst ihn zulassen, dich ihm hingeben. Den Riss kannst du nur durch den Schmerz erkennen. Der Riss ist der Schmerz und der Schmerz der Riss.“

„Aber Hassos Urururururgroßvater Helmerich-Schraubart von Haiden sagte, dass der Riss eigentlich die Zwischenräume zwischen den Ebenen sind, durch die das Chaos in die heiligen Welten ströme.“

„Die Zwischenräume sind nur ein Wort, ein Gleichnis wie wenn du sagst, dass du Berge versetzen könntest, und meintest dies aber natürlich nicht wörtlich, sondern nur, dass du dich gerade sehr stark und mutig fühlst. In Wirklichkeit gibt es all die Ebenen gar nicht oder zumindest nicht so, wie du sie dir denkst.“

„Aber der kluge Pelikan in der sechsten Ebene sagte doch, dass es 27 Ebenen gäbe, die eine Weise Schildkröte alle auf dem Rücken trägt.“

„Und worauf läuft die Schildkröte?“, fragte der Buddha mit dem blaugelben Gewand ernst.

„Das weiß ich nicht, vielleicht wieder auf einer Ebene?“

„Dann haben wir also schon 28 Ebenen. Und wer trägt die 28 Ebenen auf dem Rücken?“

„Das weiß ich nicht …“

„Na also, da haben wir's … Wir, die glückseligen Buddhas, können dir nur so viel sagen, dass wir und alle Ebenen nur Teil eines gewaltigen Traumes sind, den wir selbst mitträumen. Wir, ich und alle meine Gefährten, die du um mich herum siehst, träumen und träumen und träumen unaufhörlich. Durch unser Träumen erschaffen und erhalten wir zahllose Welten, in denen andere Wesen wie du und ich leben, die wiederum zahllose Welten träumen. Und so geht es in einer endlosen Kette immer weiter fort. Deshalb darfst du uns in unserem Träumen auch nicht stören. Denn wenn auch nur einer von uns aufhört zu träumen, also ein Glied der Kette zerbricht, bricht zugleich eine Kette ganzer Welten zusammen. Du kannst aber mit uns träumen. Wir laden dich ganz herzlich dazu ein. Träum die schönsten Träume, die du dir nur vorstellen kannst und alle werden unmittelbar in Erfüllung gehen. Denn wir alle wissen: Du bist eine große Träumerin, Almina …, eine wahrhaftige Meisterin der Träume.“

„Aber immer nur Träumen ist doch langweilig. Habt ihr nicht manchmal Lust aufzuwachen?“

„Aufwachen? Gibt es denn ein Aufwachen? Was soll das sein? Und wohin wachen wir auf? In einen neuen Traum, einen größeren, noch schöneren? Oder etwa in das Nichts?“

Kaum hatte er dies gesagt, ging ein kurzes Beben durch den Raum und der Buddha verschwand vor Jules Augen im reinen Nichts.

„Geh weiter Almina, geh deinen Weg! Dereinst haben wir viel von dir gelernt. Doch nun lass uns bitte in Ruhe weiterträumen. Du darfst uns nicht stören. Wir haben keine Zeit mehr, Neues zu lernen. Denn wir dürfen nicht aufhören zu träumen, nicht aufwachen …! Wenn wir aufwachen, gehen all die paradiesischen Welten zugrunde! Glaube es uns: Wir träumen gute glückselige Welten, in denen mitfühlende, ehrliche und wahrhaftige Wesen ohne Negativität ein besseres Zuhause finden. Wir tun das Richtige …", murmelten die Buddhas eifrig, als wollten sie sich selbst ihre Zweifel ausreden.

„Seid ihr wirklich sicher mit dem Aufwachen? Mein Vater fragte mich einst, als ich ihm von meinen Träumen erzählte, ob ich im Traum schon einmal in einen anderen Traum aufgewacht sei. Papa, weißt du noch, was du mir damals geantwortet hast?"

„Ja, aber natürlich, mein Julchen", entgegnete ihr Vater leicht schelmisch. Ich sagte damals: ‚Wenn wir träumen, dass wir träumen, sind wir kurz vor dem Aufwachen'."

„Aber ich habe nicht verstanden, was du damit meintest, Paps …"

„Oh, dann ist dein Vater ein großer Buddha", mischt sich ein junger Buddha in einem leuchtend orange-farbenen Gewand in das Gespräch: „Alle Träumenden Buddhas kennen dieses geheimste aller Orakel. Doch ist es noch immer ein großes Rätsel für uns. Keinem ist es bisher gelungen, das Orakel zu lösen."

Ein furchtsames Raunen ging durch den Raum. Die Buddhas begannen unruhig mit den Köpfen zu wackeln. Und wie zur scheinbaren Bestätigung hörte Jule plötzlich ihre innere Stimme sprechen: „Wenn die Liebe schläft, wächst das Grauen in der Welt."

‚Ja, die Liebe, das war die heilende Kraft! Warum nur war sie sooft mit dem Schmerz verbunden?' Schlagartig durchraste eine elementare Erkenntnis Jules Geist und erfüllte ihr ganzes augenblickliches Sein: ‚Was, wenn die Buddhas nur Angst vor dem Aufwachen hatten und mit dieser Angst selbst den Schmerz und damit den Riss im Universum produzierten?'

Bebend vor innerer Aufregung ob dieses ganz und gar unglaublichen Gedankens, formulierte Jule langsam, und jedes Wort abwägend, die entscheidende Frage:

„Wenn die Welten alle nur Ergebnis eures Träumens sind, wer träumt dann den Riss zwischen den Welten? Wer träumt den Schmerz? Ist er das Ergebnis eurer Angst vor dem Aufwachen?"

Ein hässliches, meckerndes Lachen wehte wie als Antwort durch den leeren Raum. Die Buddhas waren urplötzlich verschwunden und eine kalte schroffe Ebene stechend weißen Lichts erstreckte sich statt ihrer bis zum Horizont. Wo aber war ihr Vater? Ein tiefer Schmerz durchbohrte augenblicks wie ein Messerstich Jules Herz. Wieder war sie allein. Wo nur sollte sie sich hinwenden? Wo war der Weg zum Großen Mechanikermeister? Wie konnte sie den Riss in den Welten heilen? Würde dieser vielleicht verschwinden, wenn es ihr gelänge, die glückseligen Buddhas aufzuwecken? Doch wie? Und wohin waren die Buddhas verschwunden?

Im Ägyptischen Museum

Herr Levitan rieb sich verwirrt die Augen. Sein Hals schmerzte, von der unbequemen Nacht. Denn offensichtlich hatte er diese schlafend am Schreibtisch verbracht. Die ersten warmen Morgensonnenstrahlen brachen durch die Fenster seines Arbeitszimmers. Herr Levitan erinnerte sich an seinen seltsamen Traum, in dem er Jule getroffen hatte. Doch war es überhaupt ein Traum gewesen und nicht eher die Wirklichkeit? Ja, nun sah er den Beweis vor sich in Gestalt seiner durchweichten Notizen auf dem Schreibtisch. Seine nächtlichen Tränen hatten die Tinte aufgelöst und seine Aufzeichnungen in ein geheimnisvolles bläuliches Meer verwandelt. Also hatte er tatsächlich nach vielen, vielen Jahren endlich wieder geweint. Aber war dies allein schon ein Beweis?

„Halt, das ist doch nicht möglich!“, stöhnte Herr Levitan plötzlich tief bewegt. In höchster Verwunderung erkannte er in dem blauen Tintenmeer ein Gesicht. Was heißt ein Gesicht, es war das Gesicht seiner lieben Jule. Allerdings schien sie ihm viel älter als sie wirklich war. Ein ernster, trauriger Zug umspielte ihren sonst so fröhlichen Mund. Und dann, Herr Levitan wollte seinen Augen kaum trauen, entdeckte er in dem blauen Durcheinander plötzlich Schriftzeichen, die vordem nicht dagewesen waren. Eines nach dem anderen zeichnete sich immer klarerer und deutlicher vor ihm ab. In großer Hast griff er nach einem Zettel und kopierte die Zeichen, denn eine dunkle Ahnung machte sich in ihm breit. Er kannte diese Schrift. Ja, natürlich, vor einigen Jahren hatte er sie bei einem Rundgang mit seinem Freund Professor Kasimir in den Kellerräumen des Ägyptischen Museums entdeckt und in der Folge gar eine kurze Abhandlung darüber geschrieben. Noch während die Schriftzeichen im blauen Tintenmeer geheimnisvoller Weise wieder untergingen, knüllte Herr Levitan wie in Trance den Notizzettel zusammen, steckte ihn in seine Hosentasche und verließ – so zerknittert, ungewaschen und unrasiert, wie er von der seltsamen Nacht war – das Haus in Richtung Ägyptisches Museum.

Die Uhr des Berliner Doms schlug gerade 6 Uhr, da stand er bereits vor der Museumspforte. Ein ungewöhnlich dunkelhäutiger Pförtner empfing ihn mit schlaftrunkenem Blick.

„Guten Morgen. Ich muss sofort zu meinem Freund Professor Kasimir."

„Kasimir nix da. Musst warten, bis da is … Museum noch geschlossen. Verstanden?", antwortete in gebrochenem Deutsch der Pförtner.

Herr Levitan hatte rein gar nichts verstanden und war im Übrigen völlig blind für derlei Nebensächlichkeiten:

„Lassen Sie mich sofort hinein …! Aber dalli …! Ich muss in die Grabkammer Anonymus Nummer 39 …"

Leider verfehlte Herr Levitans harscher Befehl seine erhoffte Wirkung. Der Pförtner versuchte die Tür gewaltsam wieder zu schließen.

„He Mann …, sind sie wahnsinnig? Sie spielen mit dem Leben meiner Tochter! Gott verzeih ihnen ihre einfältige Impertinenz!"

Schon stürzte sich Jules Vater mutig wie ein Löwe auf den Museumsbeamten – fest entschlossen, wenn nötig auch mit

Gewalt in das Innere des altehrwürdigen Gebäudes vorzudringen. Der jedoch packte den Eindringling nur mit seiner riesigen Hand am Kragen und hielt ihn wie einen nassen, gleichwohl wild strampelnden Sack gleichgültig von sich. Wohl an die zehn Minuten versuchte nun der eher schmächtige Herr Levitan in höchstem Eifer auf seinen Gegner einzutreten und einzuschlagen, und musste sich doch schlussendlich eingestehen, dass er gegen den mit der gewaltigen Statur eines antiken nubischen Kriegers ausgestatteten Pförtner nicht das Geringste auszurichten vermochte. Da jedoch entglitt, scheinbar zufällig, der ominöse Notizzettel seiner Hosentasche. Schon fiel der Blick des ignoranten Museumsbeamten auf die fremdländischen Schriftzeichen. Und siehe da …. Was war das? Wie vom Blitz getroffen, ließ dieser den erstaunten Herrn Levitan fallen. Und noch während Jules Vater den Zettel flink wieder in seine Tasche stopfte, stürzte der vermeintliche Pförtner plötzlich mit zitterndem Kinn vor ihm auf die Knie, klammerte sich an seiner Hose fest und stammelte irgendwelche Worte in einer für den Professor völlig unverständlichen Sprache: „… blög dollek makor noshi okdar gah …“

Herr Levitan stürmte in die Vorhalle, der Pförtner mit gesenktem Blick auf den Knien rutschend hinter ihm her. Schon ging es auf und ab und rechts und links und kreuz und quer, bis das ungleiche Paar endlich die Treppe zum Kellergewölbe hinabstolperte, in dem die mysteriöse Grabkammer des Anonymus Nummer 39 auf sie wartete. Der sich dort darbietende Anblick verwirrte Herrn Levitan zutiefst. Die Grabplatten waren verschoben, die vordem so ordentlich aufgereihten Grabbeigaben in heillosem Durcheinander in alle Himmelsrichtungen zerstreut. Und zu allem Schreck hatte irgendjemand mit einem groben Gegenstand versucht, die kostbaren Schriftzeichen auf der Grabplatte auszulöschen, was ihm aber glücklicherweise nur halb gelungen war.

„Verzeihung, hochherrlicher Amphortaz, Verzeihung großer Meister, ich wusste ja nicht …“, stammelte ängstlich der Pförtner, noch immer mit gesenktem Blick auf den Knien liegend.

Herr Levitan konstatiert erstaunt, dass der niedere Museumsbeamte nunmehr in reinstem Altägyptisch zu ihm sprach:

„Wie sollte ich denn wissen, dass sie es sind. So ein großer Herr in einem so schäbigen, unansehnlichen Körper. Gestern Abend, zwei Stunden vor Mitternacht, kam ein Herr Moschkotani bei mir vorbei und gab sich für ihre werte Person aus. Da habe ich ihn hineingelassen …“

„Was, wie bitte? Der Kerl hat sich als Professor Levitan ausgegeben? Infame Impertinenz. Da soll doch …“

„Nein, nicht doch, nein. Natürlich nicht …! Nicht als etwas so völlig Unbedeutendes wie Professor Levitan, sondern als Zauberer Amphortaz, den Hüter des Wachstums und des Getreides.“

„Wie, was? Seit wann hüte ich Getreide? Und wieso Getreide hüten? Geht das überhaupt …? Sie meinten vielleicht Kühe oder Schafe …? Na ja, egal. Ist der Schurke noch im Hause? Gewiss hat er das Grab verwüstet.“

„Ich habe ihn nicht hinausgehen sehen, werter Meister.“

„Dann muss er sich noch immer hier aufhalten. Gib er mir seine Taschenlampe, Bursche. Schnell!“

Schon stürmte Herr Levitan in heiligem Zorn ob der Schändung der wertvollen Grabstelle in die dunkelsten Ecken des Kellergewölbes, den Lampenstrahl dabei wie ein Schwert vor sich hin und her schwingend, als plötzlich wie aus dem Nichts ein großer schlanker Herr in einem bis zum Boden reichenden schwarzen Seidenmantel mit außergewöhnlich hohem Stehkragen vor ihm auftauchte.

„Aber, aber werter Kollege, warum denn so aufgeregt? I calma! Uns verbindet doch dieselbe Leidenschaft, Scritture cifrate, meine die Geheimschriften … Professore Moschkotani mein Name aus Padua in Bella Italia. Habe alle ihre wissenschaftlichen Beiträge gelesen, insbesondere zu Anonymus 39.“

Herr Levitan stutzte. Ein Kollege? Den Namen Moschkotani hatte er noch nie gehört. Anderseits schmeichelte es ihm sehr, dass dieser Herr so regen Anteil an seinen wissenschaftlichen Arbeiten nahm.

„So so, hmm, hmm, Anonymus 39 … Na ja …, nichts für ungut … Eine letzte Lösung für diese geheimnisvollen Schriftfolgen habe ich ja noch nicht gefunden, aber immerhin einen ersten Ansatz für das Kodierungsprinzip … Was ist denn ihre Meinung, werter italienischer Kollege?“

„Scusi, Professore, ich denke, sie sind sich selbst der schlimmste Critico …, scusi meinte Kritiker. Meines Erachtens haben sie das Rätsel schon gelöst. Es handelt sich doch ganz offensichtlich um einen Parallelismus Membrorum, bei dem ein Wort wechselweise das andere erklärt. Nur fehlt in dieser Grabinschrift eben dieser komplementäre zweite Teil.“

Verdutzt und wie zur Salzsäule erstarrt, stierte Herr Levitan auf Monsignore Moschkotani – oder besser durch ihn hindurch – in die weite Ferne seines augenblicklichen Gedankens.

„Signore Levitaaaaan! Sono assenti? Sind sie noch bei Sinnen?“, rief Monsignore Moschkotani und schüttelte Herrn Levitan kräftig durch wie eine Marionettenpuppe.

Statt einer Antwort auf diese dumme Frage riss Herr Levitan blitzartig das zerknüllte Notizblatt aus seiner Tasche und stürzte mit fiebrigem Blick auf die mit seltsamen Schriftzeichen übersäte Grabplatte. Natürlich, das war es. Nun verstand er das ganze Geheimnis. Es handelte sich um eine altägyptische Zaubersprache und ihren Schlüssel hielt er, welch göttliche Fügung, gerade in den Händen.

„Poctor kalamur heptit kasas epomus ...“

Kaum hatte Professor Levitan diese denkwürdigen Worte in den schummrigen Raum geworfen, leuchteten die dunklen Augen Monsignore Moschkotanis urplötzlich wie zwei rotglühende Kohlenstücke vor ihm auf. Sich auf Herrn Levitan stürzen und ihm den wertvollen Zettel aus den Händen reißen, waren die Tat eines Augenblicks. Und schon verschwand der vermeintliche italienische Professore mit einer ruckartigen Bewegung seines weiten Mantels in einer giftgelb wabernden Rauchwolke vor den verblüfften Augen unseres armen Herrn Levitans – in dem Kellergewölbe dabei einen widerwärtigen Gestank nach Schwefel zurücklassend. Nunmehr völlig verwirrt und dem Wahnsinn nahe, stürzte Jules Vater aus dem Kellergewölbe des Museums dem Licht des noch jungen Tages entgegen.

Spekulationen bei der Rosenfee in der Uhlandstraße

Verwildert von der Nacht am Schreibtisch und von seinem jetzigen Erlebnis gab Herr Levitan einen wahrhaft gespenstischen Anblick für die morgendlichen Passanten ab. Sein fiebriger Blick bohrte sich weit in die Ferne, als ob dort irgendein imaginäres Ziel auf ihn warte. Doch dieses wollte und wollte sich nicht zeigen. Immer wieder rempelte er Leute an, ohne es jedoch zu bemerken. Erst als Herr Levitan am Gendarmenmarkt mehr als heftig mit einer dicken Blumenhändlerin zusammenstieß und über und über mit Grünzeug bedeckt zu Boden stürzte, kam er allmählich wieder zu sich. Das heißt, wenn man dies so nennen darf … Denn durch den blumigen Zusammenstoß hatte sich ein süßlicher Rosenduft in seiner Nase verfangen, der ihn unmittelbar an das verführerische Rosenparfüm Frau Siebenblatts erinnerte. Aber natürlich, da war ja auf einmal das imaginäre Ziel. Sofort musste er zu ihr. Wenn jemand in dieser absolut verwirrenden Situation ihm helfen konnte, dann sie. Schon war er an der Ecke Kurfürstendamm / Uhlandstraße angelangt, die Treppenstufen zu ihrer Wohnung nahm er wie im Fluge und drückte auf den bronzenen Klingelknopf.

Da öffnete sich schon die Tür zum Paradies. Frau Siebenblatt stand vor ihm, schön wie das Morgenrot, in einem über und über mit roten Rosen bedeckten Morgenmantel. Ihr wildes rotblondes Haar hatte sie mit einem dunkelgrünen

Seidentuch nach oben gebunden. An den Füßen trug sie mit Perlen bestickte Hausschuhe – ein Erinnerungsstück an ihre Marokkoreise. Und die tiefe Trauer um ihre verschwundene Tochter hatte Frau Siebenblatt einen melancholischen Zug ins Gesicht gezaubert, der sie gegenüber Professor Levitan nur noch verführerischer machte.

„Eine Fee …, eine echte Fee …, die Rosenfee …!“ stammelte Herr Levitan wie in Trance entzückt vor sich hin und fiel augenblicks, als hätte ihn der Schlag getroffen, in einer seltsam gekünstelten viertel Schraubendrehung ohnmächtig auf Frau Siebenblatts Fußabtreter.

Als er nach einigen Minuten wieder zu sich kam, ruhte sein Kopf in ihrem Schoß und der wundersame Duft ihres Rosenparfüms durchströmte den lichten Raum.

„Ach Frau Siebenblatt, liebste Frau Siebenblatt … Wenn sie wüssten …, wenn sie nur wüssten …, achhhhh …“

„So erzählen sie doch schon liebster Herr Levitan. Was ist passiert? Haben sie etwa etwas von unseren armen Kindern gehört?“

„Ja und nein. Heute Nacht habe ich mein Julchen gesehen …, glauben sie nur …, mitten im Weltraum …!“

„Waas im Weeeltrauuuum? Das ist ja schrecklich …“

„Ganz und gar nicht … Hören sie einfach nur zu.“

Flugs erzählte Herr Levitan der mit offenem Munde staunend zuhörenden Frau Siebenblatt seine ganz und gar fantastischen Erlebnisse. Und als er schließlich bei dem aus der Hand gerissenen Notizzettel ankam, unterbrach sie auf Höchste erregt seine Erzählung.

„Ja und? Was stand denn drauf auf den Zettel? Jetzt, wo der Zettel gestohlen ist, ist sicher alles verloren?“

„Aber nein, gar nichts ist verloren. Ich habe alles in meinem Kopf." Dabei tippte er sich, als wäre dies der Beweis, mit dem Zeigefinger mehrmals auf seine Stirn: „Sie werden nicht glauben, was die Zeichen auf dem Zettel in Verbindung mit der Inschrift auf dem Grabstein bedeuten."

„Was denn? Na los, erzählen sie schon …"

„Denken Sie nur, Frau Siebenblatt, die Welt schläft und träumt und alles schläft mit ihr, auch wir. Dies habe ich dort schwarz auf weiß gelesen. Doch da stand auch, dass die Menschen dies nicht wissen. Kein einziger Mensch auf Erden … Verstehen sie? Nichts und niemand weiß davon. Wie sollten sie es auch wissen. Wissen sie denn im Schlaf, dass sie schlafen? Kommt ihnen die Welt im Traum nicht genauso real vor wie die Welt nach dem Aufwachen?"

Verständnislos schaute Frau Siebenblatt auf Herrn Levitan.

„Ja, aber verstehen sie denn noch immer nicht? Keiner weiß davon! Und da es keiner weiß, denken alle, sie sind wach! Jeder bestätigt dem anderen, dass er wach ist. Und doch schlafen wir alle! Nur einer der schon aufgewacht ist, kann sehen, dass der andere schläft! Das ist das größte Geheimnis auf Erden!"

„Na ich weiß nicht so recht …"

Frau Siebenblatt wischte beunruhigt die Falten der Tischdecke weg, hob nervös eine darauf befindliche Metallschale hoch und ließ sie polternd auf den Parkettboden fallen, so als wolle sie beweisen, dass die Schale nicht plötzlich wie im Traum als bunter Schmetterling von dannen fliege.

„Herr Levitan, kneifen sie mich doch mal bitte … Auuutsch …, doch nicht so doll! Na sehen sie, ich schlafe nicht", entgegnete die ausgesprochen pragmatische Frau Siebenblatt erleichtert.

„Aber Frau Siebenblatt, das ist doch kein Beweis! Verstehen sie denn nicht? Rein wissenschaftlich betrachtet könnte ich ihnen sogar beweisen, dass sie nur in meinen Gedanken existieren …“

„Huch, wie unangenehm“, unterbrach Frau Siebenblatt verstört seine Ausführungen. Da sie aber Herrn Levitans verrückte Ideen und seine diesbezügliche Hartnäckigkeit bereits kannte, hielt sie es für das Beste, erst einmal auf seine vermeintlichen Hirngespinste einzugehen. Gewiss würde er sich dann schon bald wieder beruhigen.

„Ja, wenn das so ist, muss ich es wohl glauben. Ich bin ja auch nur ein dummes Weibchen und habe nicht studiert wie sie. Aber Herr Professor Levitan, sie sagten vorhin, sie seien der einzige Mensch, der dieses Geheimnis kennt. Doch wenn mich nicht alles täuscht, weiß ja nun offensichtlich auch der Fremde italienische Herr davon. Wie hieß er doch gleich? Wurschtomati oder so ähnlich …?“

„Moschkotani, Werteste, Professore Moschkotani. Aber weiß Gott, sie haben doppelt Recht. Sie haben nicht studiert, sind deshalb also nicht besonders klug, geben es aber zumindest zu. Und diese ungewöhnliche Bescheidenheit ehrt sie, meine Liebe. Sie glauben gar nicht wie … Darüber hinaus weiß der Schurke nun tatsächlich alles. Doch Frau Siebenblatt, was ich ihnen überhaupt noch nicht erzählt habe … Mich beunruhigt eine ganz und gar unglaubliche Vermutung. Und fragen sie mich bitte nicht, warum und woher ich diese Vermutung habe. Ich weiß es nämlich selbst nicht so genau. Also passen sie auf:

Ich glaube, dass unsere Kinder von einem Traum verschluckt worden sind. Einfach so ratz batz verschluckt und da kommen sie von allein nicht wieder raus. Ist ihnen vielleicht bei unserer Reise von Warnemünde nach Berlin irgendetwas Seltsames aufgefallen? Denken sie nach. Auch das kleinste und unbedeutendste Ereignis könnte in Wirklichkeit eine große Bedeutung haben."

„Wenn sie mich so fragen, Herr Levitan, muss ich ihnen sagen, dass mir überhaupt nichts Besonderes aufgefallen ist, außer …"

Frau Siebenblatt stockte und wurde puterrot. Fast hätte sie sich verraten und Herrn Levitan gesagt, wie sehr sie ihn vom ersten Augenblick an sympathisch, vertraut und liebenswert gefunden hatte – trotz seiner eigenwilligen, ein wenig hilflosen bis groben Art. Oder aber vielleicht auch gerade deshalb?

„Außer …?", fragte Herr Levitan gespannt mit gehobener Stimme.

„Ach wohl doch nicht", lenkte Frau Siebenblatt flugs ab.

„Frau Siebenblatt, für mich ist die Sache klar. Wenn unsere Kinder in einem Traum gefangen sind, dann kommen wir auch nur in einem Traum zu ihnen. Wir müssen also träumen."

„Ja, und was machen wir, wenn wir da sind? … Ich meine im Traum?", fragte aufs Neue die sehr praktisch denkende Frau Siebenblatt.

„Na wir müssen die Kinder natürlich aufwecken. Schwierig wird dies nur, weil wir ja auch schlafen und träumen, wie ich ihnen vorhin schon erklärte. Und dann ist da noch dieser Schurke Moschkotani, der uns vielleicht zuvorkommt."

„Herr Levitan, um auf ihre Eingangsfrage zurückzukommen: Wenn ich ihnen einmal sagen dürfte, was mir nun doch hier und jetzt besonders aufgefallen ist …?"

„Ja, aber bitte, erzählen sie, meine Liebe."

„… dann muss ich ihnen sagen, dass sie schon seit dem Zeitpunkt, da sie auf meinem Fußabtreter ohnmächtig zusammengesunken sind, ihre linke Hand zur Faust geballt halten. Gibt es dafür irgendeinen ersichtlichen Grund?"

„Ja, tatsächlich, sie haben Recht."

Neugierig starrte Herr Levitan auf seine geballte Faust, als sähe er sie zum ersten Mal, ja, fast so als ob sie nicht zu ihm gehöre.

„Ja, nun öffnen sie doch schon ihre Faust."

Bedächtig, als hielte er einen gefangenen Krabbelkäfer in der Hand, der ihm vielleicht entfliehen könne, spreizte Herr Levitan einen Finger nach dem anderen ab. Doch oh Staunen: In seiner Handfläche lag ein letzter Zipfel des ihm entrissenen Notizzettels. Und auf diesem befand sich genau ein Schriftzeichen, das der geheimnisvolle Moschkotani nicht bekommen hatte. Herr Levitan erstarrte mit offenem Munde.

„Na los, sagen sie schon, was steht denn da?" Nun war auch Frau Siebenblatts Neugier endlich geweckt.

„Halten sie sich fest! Es ist der letzte Schlüssel zu einem höchst geheimnisvollen Aufwachmittel, genauer gesagt zur Rezeptur für ein besonderes Rosenöl, das seine Wirkung aber nur entfaltet durch die Hände einer Rosenfee … Aber das sind sie doch, Frau Siebenblatt!"

„Was ich? Nun doch nicht. Sie wissen doch, ich bin Sekretärin, Herr Levitan und …"

„Ja, ja …, ist ja gut", unterbrach er sie ungeduldig: „Und ich bin Professor für Archäologie und Alte Sprachen. Aber ich und sie, wir sind noch meeehr …, viiiel viel mehr … Aaachhh wenn sie nur wüssten. Fürs Erste reicht es jedoch völlig aus, wenn sie sich genau an meine Anweisungen halten. Wir müssen so schnell wie möglich träumen. Wichtig zu wissen wäre nur, ob der Professore Moschkotani nun tatsächlich auch schläft oder nicht. Wenn nicht, könnte dies ganz schön unangenehm für uns werden."

„Wieso? Erzählen Sie schon", fragte die nun doch ein wenig verunsicherte Frau Siebenblatt.

Vielleicht war ja doch ein Fünkchen Wahrheit an den fantastischen Ausführungen Herrn Levitans. Das Wort Rosenfee hatte nämlich seltsamerweise tief versteckte Erinnerungen in ihr freigelegt. Ja, als kleines Mädchen spielte sie tatsächlich am liebsten die Rolle einer Fee. Dazu trug sie immer ein weißes Spitzenkleidchen mit rosa Röschen und schmückte sich mit den herrlichsten Rosenblüten aus dem Vorgarten der Eltern, aus denen sie die kunstvollsten Gebilde fertigte. Bis zum heutigen Tage waren Rosen ihre Lieblingsblumen und plötzlich wurde ihr klar, warum sie bis zum heutigen Tage Rosenparfüm so liebte. Seit ihrer Kindheit hatte sie diese wunderschönen Erinnerungen wie einen kleinen unschuldigen „Tempel der Kindheit" in ihrem Herzen getragen. Und erst jetzt erkannte sie, dass ihr inneres Strahlen, die Liebe zu ihrer Tochter Franzi, zu ihren Mitmenschen, zu allen Geschöpfen der Erde bis hin zum kleinsten Krabbelkäfer diesem fast vergessenen Erinnerungstempel in ihrem Herzen entsprangen. Ja, und das Rosenparfüm war das unsichtbare Band zu diesem versteckten Wissen.

Herr Levitan, der den inneren und äußeren Sinneswandel Frau Siebenblatts augenblicklich wahrgenommen hatte, stieß, als wäre Frau Siebenblatt schon seine geheime Mitwisserin, freudig erregt hervor:

„Denken sie doch nur Frau Siebenblatt, wir beide gemeinsam in einen Traum … Ach wie wunderbar …! Nur, wenn dieser Gauner Moschkotani wirklich wach sein sollte, könnte er uns, ohne dass wir es bemerken, flugs unsere Traumfäden durchschneiden."

„Traumfäden?"

„Ja, Traumfäden. Sie müssen wissen, dass jeder, der träumt, sich an einer Art silbernem Traumfaden wie ein Bergsteiger an einem Seil in andere Traumwelten abseilt. Wird dieser Traumfaden durchschnitten, kann der Träumer nie mehr in die Welt zurückkehren, aus der er gekommen ist."

„Nie mehr zurück nach Berlin? Nie mehr in meine gemütliche Wohnung in der Uhlandstraße?", fragte Frau Siebenblatt bang.

„Genau so! Aber keine Sorge, wir werden dies zu verhindern wissen. Hören sie meinen Plan: Zunächst müssen wir Jule und Franzi finden. Dies geht, wie bereits erwähnt, nur durch einen Traum, da unsere Kinder ja selbst in einem Traum gefangen sind. Also werden wir gemeinsam einschlafen. Vor Moschkotani schützen wir uns durch das geheimnisvolle Rosenöl, mit dem wir unsere Traumfäden benetzen. Und wenn dieser Bösewicht sich uns nähert, bringt uns dieses wundersame Öl unverrücks zum Aufwachen. Dann werden wir uns schon zu wehren wissen. Ich denke allerdings, dass dieser dubiose italienische Professor noch schläft, da nur ich das letzte Zeichen für die richtige Herstellung der Aufwachrezeptur besitze. Stellen sie sich doch nur vor, wenn ihm dieses Zeichen in die Hände gefallen wäre. Es hätte dem Herrn Moschkotani unendliche Macht verliehen. Dann wäre er das einzige wache Wesen im Universum und könnte dadurch alle Schlafenden unterdrücken, manipulieren und sogar töten.“

„Huh, grässlich, lieber Herr Levitan. Eine grauenhafte Vorstellung.“

Ein Schimmer unverhohlener Bewunderung huschte über Frau Siebenblatts Antlitz. Im tiefsten Inneren war Herr Levitan trotz seiner schrulligen Gedanken doch ein mutiger und kluger Mann, ja, irgendwie ein Held – wenn auch nicht so einer, wie er immer den Büchern und Filmen beschrieben wurde. Ja, in diesem kurzen Moment schien es ihr tatsächlich, als hätte Herr Levitan sein tarnendes Gewand in Gestalt seiner Verrücktheiten ein Stück weit abgestreift, um ihr sein wahres Gesicht zu enthüllen.

„Wissen Sie, Frau Siebenblatt … Ich vermute, wenn Moschkotani das Rezept ohne diese einzigartige Substanz zur Anwendung bringt, die mir das letzte Zeichen verriet, dann wird das Mittelchen die gegenteilige Wirkung hervorbringen und Moschkotani derart in den tiefsten und dunkelsten Schlaf der Welten fallen, den man sich nur vorstellen kann.“

„Ja, dann sagen sie es doch schon Herr Levitan. Was ist denn diese geheimnisvolle Substanz, die ihnen das letzte Zeichen verriet?“

„Liebe Frau Siebenblatt, ich sag's nur ungern, weil ich ihnen alles andere, nur keine Schmerzen zufügen möchte, und ich überhaupt Blutvergießen grundsätzlich verabscheue. Aber diese besondere Substanz ist ein Tropfen ihres kostbaren Rosenfeeblutes. Die gesamte übrige Rezeptur ist gewissermaßen nur Humbug, ein fauler Zauber, quasi nur eine Art Ablenkmanöver. Sie können praktisch jedes beliebige handelsübliche Rosenöl nehmen, jedoch vermengt mit ihrem Blute und verwendet in ihrer Hand verbreitet es augenblicks seine einzigartige aufwachende und belebende Wirkung. So steht es zumindest auf dem Zettel."

„Dann lassen sie uns nicht lange warten, Herr Levitan. Hier sehen sie eine Flasche meines Rosenparfüms und da meine Lieblingsrose „Marie de Bourgogne" mit ihren spitzen Dornen …"

Ehe noch Jules Vater erklären konnte, wie ihre beider Traumfäden mit dieser Rezeptur speziell zu behandeln seien, hatte Frau Siebenblatt bereits das Fläschchen geöffnet, sich mit der purpurnen Rose in den Finger gestochen und ein Tröpfchen ihres Blutes in das kristallene Flacon geträufelt. Unversehens ging ein sanfter Rosenhauch durch den Raum, begleitet von einem unglaublich zarten Glockenläuten – ein wundersamer Klang, der nicht über die lauten Straßen Wilmersdorfs, sondern vielmehr von weit her über die stillen Wiesen, Wälder und Felder einer magischen Traumlandschaft in ihr weit geöffnetes Küchenfenster hineinzuwehen schien.

„Seltsam …, Rosen und Dornen …, Liebe und Schmerz …", murmelte Herr Levitan benommen vor sich hin. Da stiegen um sie herum bereits zarte rosa Wölkchen auf, bildeten unversehens eine undurchdringliche Schleierwand, die merkwürdig den Blick verwirrte. Herr Levitan verdrehte aufs Seltsamste seine Augen, fast so als versuche er durch diese kreisenden Bewegungen wie mit einem Bohrer das Wolkengetürm zu durchdringen. Frau Siebenblatt musste darüber unwillkürlich lachen, doch nur ein heiseres Glucksen entwich ihrem Munde. Langsam begannen sich die Wolken zu verwirbeln, pressten die beiden immer enger aneinander, zogen sie in die Länge und drehten sie wechselseitig gegeneinander, als seien beide nur der gärende Teig für zwei köstlich duftende Hefezöpfe. Herr Levitan wusste nicht, ob er sich ob der unerwarteten Nähe zu seiner geheimen Liebe Frau Siebenblatt freuen oder eher ob des unberechenbaren Ausgangs dieser Eskapade fürchten sollte. Doch die seltsame Reise hatte gerade erst begonnen, denn schon jagten sie einem sich urplötzlich vor ihnen auftuenden Lichttunnel entgegen. Ihre Angstschreie heulten wie Sirenen in den eigenen Ohren. Dann ging die Tunnelfahrt unvermittelt in einen höllischen Sturzflug über, der ihnen fast die Kleider vom Leibe riss. Ihr Mund wurde trocken und machte das Schlucken und Atmen nahezu unmöglich. Ja, Frau Siebenblatt hatte gar das Gefühl, als tobe ein heißer Saharasturm durch ihren Körper und wolle sie derart als feinen Staub in alle Winde zerstreuen. So krümmten sich beide voller Unbehagen.

‚Wenn diese Reise auch nur eine Minute länger andauert', dachte Frau Siebenblatt, ‚ist es mein sicheres Ende.' Doch zum Glück kommt es meistens anders als man denkt. Denn im selben Augenblick löste sich ihr Körper urplötzlich in einem strahlenden Lichtermeer auf. Und Frau Siebenblatt und Herr Levitan schwebten federleicht wie zwei Sommerwölkchen durch den weiten Raum.

„Wir träääääummmmmmeeeeeen, Frau Siebenblatt, spüüüüüüren sie eeeees? Wir trääämmmmmeeeen …", jubilierte Herr Levitan überglücklich wie eine Lerche am strahlenden Sommerhimmel.

„Doch nicht … Ich denke, dass ich von dem Dornenstich nur ohnmächtig geworden bin. Doch komme ich gewiss gleich wieder zu mir. Lassen sie mir nur ein wenig Zeit. Und außerdem, wieso träumen? Sagten sie nicht, dass wir durch die Geheimrezeptur aufwachen sollten?“

„Oh ja, sie haben Recht! Dieser Ausgang ist in der Tat merkwürdig. Sicher fehlt uns noch irgend ein letztes Geheimnis zu dieser Aufwachrezeptur. Mir kam sie sowieso viel zu einfach vor …“

Nachdenklich griff Herr Levitan in seine rechte Hosentasche, um den Zettel mit dem letzten Schriftzeichen noch einmal herauszuholen, doch sein Griff ging ins Leere. Erst jetzt bemerkte er erstaunt, dass ihm unterwegs sein Körper abhanden gekommen war. Zwar konnte er ihn und seine Hosentasche sehen, aber das Ganze war nur noch wie farbiges Licht ohne jegliche Materialität. Flugs griff er nach der Hand Frau Siebenblatts – das Gleiche.

„Na so was … Wie sollen wir uns denn fortbewegen ohne Bodenhaftung? Und überhaupt, was heißt hier Boden …?“

Erst jetzt bemerkte Herr Levitan erstaunt, dass sie mitten im Weltall schwebten. Unter ihnen breitete sich ein riesiges Meer von Sternen, Sternensystemen und Milchstraßen aus. Bloß wo war Jule? Wie sollten sie hier in dem riesigen kalten Weltall ihre Kinder finden? Waren sie vielleicht gar in eine Falle geraten?

Doch schon machte Frau Siebenblatt ihn auf ein bläuliches Licht in der Größe eines Hosenknopfes aufmerksam, das geheimnisvoll in der Ferne pulsierte:

„Sehen sie nur, Herr Levitan. Ich glaube, es ruft uns.“

„Papperlapapp“ wollte unser Professor gerade altklug antworten, da befanden sie sich wie von Geisterhand bereits keine zehn Zentimeter vor dem vermeintlichen blauen Hosenknopf.

29. Kapitel

Zu Gast bei der Weltenköchin

„Merkwürdig …, äuuußerst merkwürdig … Trotz unserer drastischen Annäherung hat das blaue Licht wider alle Gesetzte der allgemeinen Physik und speziellen Wahrnehmungspsychologie seine Größe nicht im Geringsten verändert."

Schon näherte sich Herr Levitan mit seinem rechten Auge neugierig dem noch immer pulsierenden Lichte, als hoffe er derart wie durch ein Schlüsselloch in den dahinter liegenden Raum spähen zu können. Und tatsächlich: Augenblicks standen Herrn Levitan die Haare zu Berge. Denn er blickte geradewegs in eine altertümliche Stube, in welcher eine dicke alte Frau, eingehüllt in mächtige Dampfwolken, emsig mit zahlreichen Töpfen und Pfannen hantierte. Überall auf den grobgeschnitzten Wandregalen standen altertümliche Glasflaschen in den seltsamsten Farben und Formen und fingen glitzernd das Licht, das durch ein mit Spinnweben behangenes Fenster spärlich in den halbdunklen Raum fiel.

„Kommt's nur nei, moine Herrschoftn … Broach'n nit for der Tur stahn", tönte es von innen. Und im selben Moment öffnete sich schon die unsichtbare Tür. Herr Levitan und Frau Siebenblatt fielen erstaunt in den geheimnisvollen Raum.

„Joa, schaun's si nuar um. G'muitlich hob ichs hier, net?"

„Ach die schönen Rosen, die wunderschönen Rosen, wie sie nur alle duften …", girrte Frau Siebenblatt wonnetrunken vor sich hin. Dabei strich sie über die staubigen Regale und Wände, als wären es die schönsten Rosenhecken der Welt.

„Ja, aber wie, kann denn das nur sein? Eben noch waren wir im kalten Weltall – also im luftleeren Raum oder Vakuum, wie die Wissenschaftler sagen würden. Und nun befinden wir uns plötzlich mitten in einer alten verräucherten Kochstube. Das müssen sie mir mal wissenschaftlich erklären, Gnädigste. Hier stimmt doch was nicht!"

Doch die Alte lachte nur glucksend.

„Ja, lachen sie nur. Mich führen sie nicht hinters Licht. Habe nicht umsonst auch zwei Semester Astrophysik studiert. Und überhaupt, eigentlich dachte ich, dass wir uns in höheren, ja, geradezu göttlichen Sphären bewegen würden. Aber nun das ...."

„Oaber dos tun's doch, moin luiber Professor. Schaun's moa doa aus'm Fenst'r."

Flugs öffnete Herr Levitan die verstaubten Fensterflügel und wollte seinen Augen kaum trauen. Unter ihnen lag eine wunderschön strahlende Sommerlandschaft mit Wiesen, Wäldern und in voller Blüte stehenden gelben Feldern. Ein bläulich glitzernder Fluss schlängelte sich sanft hindurch und trug mehrere blitzende Schifflein auf seinen glitzernden Wellen. Menschen klein wie Ameisen, flitzten emsig hin und her. Erst jetzt bemerkte Herr Levitan, dass er durch ein schneeweißes Wolkenloch hindurchspähte.

„Rutschen Sie doch mal ein bisschen beiseite, mein lieber Herr Levitan. Ich komme ja gar nicht an den Brunnen", wisperte Frau Siebenblatt noch immer voller Verzückung.

Weit beugte sie sich aus dem geöffneten Fenster hinaus und griff nach einem imaginären Seil, an dem sie offensichtlich einen ebenso imaginären Wassereimer angestrengt nach oben zog:

„Ach, die lieben Rosen brauchen Wasser …, soviel Wasser …“

„Die Frau muss völlig verrückt worden geworden sein“, brummelte Herr Levitan verärgert: „Gleich mache ich dem Zauber ein Ende. So, meine Gnädigste … Sie meinen also, dass wir hier tatsächlich in höheren Sphären angekommen sind. Dann erklären sie mir doch mal bitte, warum ich dann nur so eine plumpe alte Köchin vor mir sehe. Schon eher hätte ich etwas Strahlendes, Ehrfurchtgebietendes, noch nie Dagewesenes, Göttliches erwartet. Und dann ihre Aussprache, die ist ja wirklich grässlich. Erinnert mich irgendwie an meine verstorbene Großtante Helmine.“

„Joa do hoabn's auf den Punkt gebrocht. Sie koannen nämlich nuor soah'n und hoir'n, wos sie schoa'n koanne oadr vorstelln koanne und wuolle. Und nix moahr. Wenn's mi so sahn und hoire, wie's mich beschroibe, donn koann se nit onders … Oaber se san schoa an de richtge Adresse kumme, do wo's hin wullten.“

„Gesetzt den Fall, sie haben Recht, Gnädigste, und sie sind tatsächlich ein höheres Wesen …“

„Buin i, buin i …“

„…was ich nicht glauben will. Dann erzählen sie mir doch mal bitte, was sie hier so zusammenkochen. Das riecht ja geradezu abscheulich.“

„Joa schaun's. In de Doapf koach i a naie Goalaxie, do in de grine Dopf is a goanzes Universum drin und in de kloane Doapf beroit i groad a Weltgericht. Oabr se soah'n doch weg'n ne ondre soch zu mir kumme, nit um moa Kochkünst zu stuodiere. Schoan's moa in de Floaschn links uf de Regol. Do find'ns, woas se suacha …"

Schon hatte Herr Levitan die bauchige grüne Flasche ergriffen und staunte nicht wenig, als er da am Flaschenboden auf einer grünen Waldwiese in tiefem Schlaf gefangen seine kleine Jule erblickte.

„Is oa luiebes, toapferes Madel, ihre Juole. Is mir goanz ons Herz g'wachse. Wird ihr'n Weg schoa goah'n. Broucht ab'r jetzt ihr Hilf'n. Also schaun's, dos sie hinkumme …"

Kaum gesagt, hatte die dicke Weltenköchin mit einer Geschicklichkeit, die man ihr kaum zugetraut hätte, Herrn Levitan und Frau Siebenblatt ergriffen. Beide in kühnem Schwung dreimal über ihren Kopf durch die Luft schleudern, sie daraufhin, als wären sie zwei Teigwürste, beängstigend in die Länge ziehen, dann auf eine giftgelbe Garnspindel wickeln und durch den engen Flaschenhals stoßen, waren die Tat eines Augenblicks. Schon purzelten Frau Siebenblatt und Herr Levitan in wilden Kapriolen durch die Luft und landeten schließlich direkt neben Jule auf der Waldwiese.

Gefangen im grünen Kristall

Die Luft war still, als atmete man kaum. Kein Vogel sang, kein Blatt raschelte, kein Bächlein rauschte. Alles lag in tiefer Stille wie im Schlaf. Ein spärliches, doch sanftes rötliches Abendlicht erleuchtete schwach den weichen Wiesengrund. Rings umher standen uralte Bäume wie eine in tiefem Schlaf versunkene Geisterarmee dunkler Krieger. Die schwarzen Freiräume zwischen ihren mächtigen Stämmen ließen schaurig die endlose Tiefe des uralten Waldes erahnen. Frau Siebenblatt fröstelte in ihrem dünnen rosa Sommerkleidchen. Spontan kuschelte sie sich an Herrn Levitan und diese angenehme Nähe erinnerte unseren Professor abrupt an seine Rolle, dass er ja nun Verantwortung für seine Tochter und auch für Frau Siebenblatt übernehmen müsse. So blieb keine Zeit, groß über das eben Geschehene nachzudenken.

Schon beugte er sich über Jule und versuchte sie sanft aufzuwecken, erst mit Worten, dann mit immer derberem Rütteln. Doch ohne Erfolg. Wie der Wald, so schien auch Jule in tiefstem Schlaf gefangen. Kaum bemerkte man ihren Atem.

„Was sollen wir nur tun, Frau Siebenblatt? Ich hatte ihnen ja gesagt, dass unsere Töchter von einem tiefen Traum verschluckt worden sind. Nun sehen sie es selbst."

„Aber Herr Levitan, wo ist denn meine Franzi? Hoffentlich ist ihr nichts zugestoßen? Bestimmt kann ihre Jule alles aufklären. Wir haben doch die Aufwachsubstanz … Na sie wissen schon …, die mit dem Rosenöl. Davon muss sie doch aufwachen! Oder?“

„Ja, natürlich, sie haben Recht!“

Flugs griff Herr Levitan in seine rechte Jackentasche. Da steckte ja das kleine Fläschchen mit der kostbaren Flüssigkeit. Sichtlich erleichtert registrierte er, dass er seinen normalen Körper wiedergewonnen hatte. Kaum war das Fläschchen geöffnet, ging ein tiefes Stöhnen durch den Wald, als ob ein Riese nach endlos langem Schlaf kurz vor dem Aufwachen sei. Die obersten Blätter der alten Eichen begannen ganz leise zu rauschen und weit, weit in der Ferne hinter den Tiefen des dunklen Waldes, erahnte man das sanfte Brausen einer fernen Meeresbrandung.

Bedächtig träufelte Herr Levitan einen Tropfen des kostbaren Elixiers auf Jules Stirn. Schon wieder veränderte sich die Szenerie. Ein unglaublich sanfter, fast liebevoller Windhauch strich augenblicks über die Waldwiese, begleitet von einem zarten, weichen Klingen, als ob der Wind die Saiten unzähliger Äolsharfen berührt hätte, deren träumerische Klänge nun weit durch die dunklen Wälder wehten. Unversehens holte Jule tief Atem, öffnete aus unendlich tiefem Schlaf erwacht, die Augen. Und siehe da, im selben Moment erwachte auch der Wald. Die Vöglein begannen gar lieblich zu zwitschern, die Blätter rauschten fröhlich, ein nahes Bächlein gluckste übermütig.

„Hurra …! Ich wusste, dass du kommst, lieber Paps. Ich habe es die ganze Zeit geträumt. Nun bist du endlich hier.“

Jule umarmte ihren Vater. Herrn Levitan liefen augenblicks dicke Glückstränen über die Wangen.

„Aber wo ist denn meine liebe Franzi? Julchen, komm sag es mir …, schnell! Ihr seid doch sicher gemeinsam aus dem Zug gesprungen?“

„Ach ja, Franzi … Der geht es gut, keine Sorge Frau Siebenblatt. Sie ist an sicherem Ort bei meinen Freunden. Hasso passt schon auf sie auf."

„Hasso? Wer ist denn das? Ein Wachhund?"

„Neiiiin …, doch kein Hund. Hasso von Haiden ist der mutigste und klügste Hasenritter, der mir je begegnet ist. Ihr müsst ihn unbedingt kennenlernen, und natürlich auch meine Freunde Hotz Lotz und Binki Lotz."

„Hasenritter? Hotz Lotz? Binki Lotz", brabbelte Herr Levitan verwundert vor sich hin. Von diesen Spezies habe ich ja noch nie etwas gehört. Sehr interessant! Für einen Wissenschaftler wie mich gibt es hier offensichtlich noch viel zu entdecken … Fantastisch …!"

„Ja, und wo sind wir denn überhaupt, Jule? Eben waren wir noch in einem herrlichen Rosengarten."

„Was? Rosengarten?", fuhr Herr Levitan dazwischen: „Wir waren bei einer dicken alten Köchin in ihrer verräucherten Kochstube. Sie müssen sich irren, Gnädigste."

„Aber nein mein liebster Herr Levitan. Es ist alles ganz anders und völlig normal. Sie wissen doch, ich habe mir in meiner Wohnung in der Uhlandstraße in den Finger gestochen. Und davon bin ich wohl ohnmächtig geworden und träumte von einem Rosengarten. Leider bin ich nicht mehr zum Blumengießen gekommen, da sie mich viel zu früh geweckt haben."

„Aber das ist doch Unsinn, totaler Unsinn, was sie da reden. Und der Flug durch den Weltraum und das blaue Licht, he …? Was ist damit?"

„Weltall? Blaues Licht? Ich weiß nichts von diesen Dingen. Sie haben schon eine haarsträubende Phantasie Herr Levitan. Obwohl …?"

„Aber ja, natürlich, jetzt wird mir alles klar. Die dicke Köchin sagte doch zu mir, dass wir nur das sehen können, was wir uns vorzustellen vermögen und auch wirklich sehen wollen. Dann war es offensichtlich ihr Wunsch, Frau Siebenblatt, den Rosengarten zu sehen. Jeder kennt ja ihre Leidenschaft für Rosen – sicher eine frühkindliche neurotische Prägung. Und ich ... Warum sollte ich denn eine dicke alte Köchin sehen wollen? Das verstehe ich ja nun überhaupt nicht, wo ich doch in den hehren Wissenschaften zu Hause bin und auch sonst im Leben immer nur nach dem Höchsten strebe. Na ja, gewiss ein Versehen ..., eine arge Verwechslung ... So etwas passiert ab und an ... Sei es drum ...“

„Ja aber wo sind wir denn nun, Jule? Kannst du es mir sagen? Dein Vater weiß es offensichtlich nicht.“

„Genaues weiß ich auch nicht. Seit der Reise mit dem Gelben Delphin durch das Reich der Ideen ist mir die Wirklichkeit ein wenig abhanden gekommen. Der Delphin hat mich von der siebenten in die elfte Ebene gebracht. Und von da an sollte ich allein den Weg in die zwölfte Ebene zum Großen Mechanikermeister finden. Also befinden wir uns vermutlich noch immer in der elften Ebene.“

Wieder verwunderte sich ihr Vater über alle Maßen der seltsamen Dinge, von denen Jule erzählte. Von Ebenen und dem Großen Mechanikermeister hatte er noch nie irgendetwas gehört. So musste Jule erst einmal ausführlich berichten, was in der Zwischenzeit so alles passiert war. Darüber ging fast die ganze Nacht dahin. Und als die liebe Sonne nach nur wenigen Stunden Schlaf fröhlich ihre ersten Morgenstrahlen durch die Kronen der alten Eichen warf, beschlossen alle drei

– zwar müde, aber dafür – glücklich, den Weg gemeinsam in die zwölfte Ebene anzutreten.

Doch welche Richtung sollten sie nehmen? Zunächst versuchten sie an den Rändern der Waldwiese einen Weg durch das dichte Unterholz zu finden. Doch seltsamer Weise war keiner zu finden. Nur eine feuchte Kühle wehte ihnen aller Orten aus dem Dunkel des Waldes entgegen und jagte ihnen ein übers andere Mal frostige Schauer über den Rücken. So schlugen sie schließlich auf gut Glück quer durch das sperrige Unterholz den Weg nach Westen ein. Gar seltsam schien ihnen der Wald. Die Baumkronen waren so dicht, dass sie manchmal kaum die eigene Hand vor Augen sehen konnten und nur ein fahles, graugrünes Licht beleuchtete spärlich den dunklen Boden. Zum Glück lichtete sich allmählich das Gestrüpp, so dass sie trotz der Dunkelheit zügig vorankamen. Doch hörten die Merkwürdigkeiten nicht auf. Mehrmals schien es ihnen, als sähen sie sich selbst in der Ferne wie in einem Spiegel durch das Unterholz laufen. Wenn sie aber ihren Blick darauf fixierten, verschwand augenblicks die Erscheinung. Dann wieder hörten sie in unmittelbarer Nähe ein leises Kinderweinen. Riefen sie aber nach dem Kinde, verstummte es ebenfalls. Und je weiter sie sich von der hellen Wiese im Dunkel des Waldes verloren, desto mehr nahmen diese geheimnisvollen Phänomene zu.

Hatten sie sich selbst vordem als Spiegelbild nur kurz in einem schemenhaften Aufblitzen erblickt, so wurden diese Erscheinungen nun immer dauerhafter. Und nicht nur das. Schon sahen sie sich nicht nur einmal, nein zweimal, dreimal, viermal durch den dunklen Wald schleichen. Bald schon konnte man die Vielzahl der Erscheinungen gar nicht mehr zählen. Wie unheimliche Gespenster schritten ihre Doppelgänger aschfahl in verschiedensten Richtungen durch das Dunkel einem unbekannten Ziel entgegen. Standen sie still, verharrten auch ihre Doppelgänger. Begannen sie zu reden, tuschelten auch ihre Spiegelbilder untereinander. Das Ganze war wirklich mehr als gespenstisch und unsere kleine Reisegesellschaft stürzte von einem Grusel in den nächsten. Selbst Jules Vater, der sich ansonsten zu Gute hielt, sich vor nichts und niemandem zu fürchten, weil er rein wissenschaftlich alles für möglich hielt, klapperte mittlerweile vor Angst mit den Zähnen. Ganz offensichtlich waren sie in eine Art Zauberwald geraten, die es doch aber normalerweise nur im Märchen gibt. Und als sei der Schrecken noch immer nicht genug, erklang über den Baumwipfeln nun auch noch ein heiseres Pfeifen, das, je weiter sie liefen, ganz allmählich zu einem grässlichen Fauchen und Heulen anschwoll.

Tobte vielleicht ein Sturm über ihnen, dessen Heftigkeit sie in dem Schutz des tiefen Waldes nur nicht spürten? Denn hier unten war alles still. Kein Lüftchen wehte, was aber die unerklärliche Spannung nur noch mehr erhöhte. Ängstlich klammerte sich Jule an die Hand ihres Vaters und auch Frau Siebenblatt hing mehr an Herrn Levitan, als dass sie selbst gegangen wäre. Bang blickten sie immer wieder nach oben, was sich denn da über ihnen so zusammenbraute.

Und siehe da, als hätten sie mit ihrer unbändigen Angst das Grauen nur noch mehr angelockt, durchbrachen plötzlich vier grässlich giftgrüne Pfoten mit scharfen gebogenen Krallen die Baumwipfel und stoppten nur wenige Meter über dem Erdboden. Mit wilden Bewegungen ruderten diese hin und her, als versuchten sie ihre Krallen blind in die bereits gewitterte Beute zu bohren.

Dies war zu viel für Jule. Am ganze Leibe zitternd warf sie sich hinter einen großen Fels und kauerte bebenden Herzens am kalten Stein. Nichts und niemand konnte sie mehr bewegen, auch nur einen Schritt noch vorwärts zu gehen. Ihr Herz schlug dermaßen stark, als wolle es die Brust zersprengen.

Doch was war das? Wie ein Echo zu ihrem Herzschlag schallte nunmehr ein dumpfes Dröhnen durch den Wald. Poch, poch, poch … immer wieder und immer lauter, als ob das Dröhnen immer näher kam. Ja, nun gab es keinen Zweifel mehr. Der Wald fing wie ein einziges riesiges Lebewesen tief zu atmen an. Und mit jedem Atemzug wölbte sich der Boden unter ihren Füßen immer heftiger. Die Bäume bogen sich rauschend und schlugen wild aneinander. Grässliche Schatten huschten an ihnen vorbei.

Plötzlich, mitten in der höchsten Angst, blitzte eine leise Ahnung in Jule auf. Scheinbar reagierte der Wald auf ihr eigenes Verhalten. Ja, er war wie ein Spiegel ihrer panischen Angst. Abrupt zwang sie sich zur Ruhe, atmete tiefer und ruhiger. Und siehe da, auch der Wald verlangsamte augenblicks seinen Atem.

‚Vielleicht brauche ich ja nur meine Angst zu überwinden und schon lösen sich die Schreckgestalten des Waldes in Luft auf? Dann stelle ich mir einfach etwas besonders Schönes vor, zum Beispiel das Picknick in den vorletzten Sommerferien im Erdbeerfeld der Großeltern.‘

Tatsächlich, dieser schöne Gedanke half sofort. Auf einen Schlag war der ganze Spuk verschwunden, das schreckliche Atmen und Fauchen hatte aufgehört. Nur ein paar Regentropfen fielen leise tröpfelnd durch die Baumkronen, ganz so als wollten sie den Anschein erwecken, dass doch gar nichts geschehen sei und alle Erscheinungen nur ihrer Einbildung entsprungen wären.

„Jetzt nichts wie los und raus aus dem Wald“, haspelte Frau Siebenblatt aufgeregt: „Lasst uns die günstige Gelegenheit beim Schopfe packen. Wer weiß, was hier sonst noch Schlimmes passiert.“

Gesagt getan, schon machte sich unsere Reisegesellschaft eilig auf den Weg. Und es dauert gar nicht lange, da erblickten sie am Horizont erstmalig einen hellen Schein. Ja, das musste das Ende des Waldes sein. Die letzten Schritte nahmen sie wie im Fluge. Doch ihre Vorfreude schlug unerwartet in tiefste Verzweiflung um. Unerklärlicher Weise fanden sie sich plötzlich am Ausgangspunkt ihrer Reise auf der lichten Waldwiese wieder.

„Teuflische Falle …! Sind wir etwa im Kreis gelaufen? Nein, das kann nicht sein. Keinen Meter sind wir von unserem schnurgeraden Weg abgewichen. Gewiss entfaltet ein geheimer Zauber hier seine unheilvolle Wirkung.“

Kaum hatte Herr Levitan diese Worte ausgesprochen, saßen überall völlig ohne Scheu kleine bunte Waldvögelein auf der Wiese. Jule konnte sie sogar auf die Hand nehmen. Seltsam bekannt kamen die ihr vor und irgendwo tief in ihrem Inneren versuchte eine versteckte Erinnerung sich ihren Weg ans Licht zu bahnen. Doch Jules Vater drängte zum erneuten Aufbruch. Diesmal liefen sie gen Süden. Es dauerte keine halbe Stunde, da langten sie schon wieder auf der Waldwiese an. Die bunten Vöglein waren verschwunden, alles lag in tiefer Stille. Dafür hatte irgendjemand wunderschöne Seidentücher fein wie Spinnweben auf der Wiese und in den mächtigen Zweigen ausgebreitet. Auch diese erschienen Jule seltsam bekannt. Doch noch immer wollte sich keine konkrete Erinnerung bei ihr einstellen.

Nun blieben nur noch zwei Himmelsrichtungen, die aber zu einem ähnlichen Ergebnis führten wie zuvor: Als sie von Osten zurückkehrten, fanden sie auf der Wiese allerlei Puppen, Plüschtiere und viele weitere Spielsachen. Doch diesmal stieg erstmalig eine deutliche Erinnerung in Jule auf. Ja, sie glaubte tatsächlich, darin Spielzeug aus ihrer frühesten Kindheit zu erkennen. Auf dem Weg zurück von Norden hingegen war die Waldwiese im fahlen Abendlicht übersät mit bläulich schimmernden Kristallen, von denen sich Jule einen faustgroßen Stein nachdenklich in die Tasche steckte. Verzweifelt ließen sich die drei müden Wanderer auf die Wiese fallen. Offensichtlich gab es kein Entrinnen von diesem geheimnisvollen Ort. Wohl an die zwanzig Minuten passierte überhaupt nichts. Alle saßen in tiefem Schweigen. Da durchbrach plötzlich ein gellender Schrei die bange Stille:

„Natürlich, ich hab's …", kreischte Herr Levitan hysterisch und schlug sich mit der Faust an die Stirn: „Wir sind in einer Flasche …, alle Seiten rund. Warum bin ich nicht gleich darauf gekommen. Hat uns die fette Köchin doch hinein katapultiert, in's grüne Kristall. Jetzt ist alles klar …"

Abrupt riss er seinen Kopf nach hinten und schrie, den Blick gen Himmel gewandt, voller Zorn:

„He Alte …! Schluss mit den dummen Spielchen! Ich habe dich durchschaut! Lass uns sofort raus aus der Flasche …!"

Frau Siebenblatt guckte mitleidig zu Herrn Levitan und dann kopfschüttelnd zu Jule.

„Der arme Mann …", seufzte sie leise vor sich hin. ‚Offensichtlich war der Professor aufgrund der übermäßigen

Anstrengungen jetzt völlig verrückt geworden. Was ihr am Anfang nur wie eine harmlose, ja, fast sympathische Überspanntheit erschienen war, entpuppte sich nun tragischer Weise gar als eine ernsthafte Geistesstörung. Und damit hatte die arme Jule unversehens auch noch ihren Vater verloren', dachte Frau Siebenblatt zutiefst besorgt.

Doch als wolle das gnädige Schicksal Herrn Levitan ausnahmsweise einmal Recht geben, hagelte es wie als Antwort urplötzlich Flaschenkorken in allen Größen, Farben und Formen vom Himmel. Jules Vater tobte vor Wut:

„Ha, nun wird's dick! Verhöhnen willst du mich, alte Hexe? Ich werde dir deine Spielchen schon austreiben!"

Kaum gesagt, stand wie aus dem Nichts plötzlich eine Leiter vor ihm, die sich in den endlosen Weiten des Himmels verlor.

„Steig schoa nauf, kloaner Wettarfrosch. Die Sonne schant, d'r Himmel lacht. Schoa bald wird mir a köstlich Froschschenkelbrat'n gbracht", tönte eine hohle Stimme ironisch von oben.

Blind vor Wut stürzte Herr Levitan zur Leiter:

„Dir werd ich's zeigen …!"

„Nein Paps, bitte geh nicht", rief Jule ängstlich hinterher und hielt ihn am Hosenbein fest: „Vielleicht ist dies nur eine Falle. Ich glaube nämlich, dass wir den Wald durch den Raum gar nicht verlassen können. Der Gelbe Delphin meinte nämlich, dass in der elften Ebene kein Raum mehr existiert. Das ist das Rätsel, das wir zu lösen haben!"

„Kein Raum? Nichts? Nicht der kleinste Winkel?"

„Nein gar nichts, nur die Gedanken. Der gelbe Delphin sagte mir auch, dass ich mich in dieser Ebene allein auf meine innere Stimme verlassen muss."

Kaum hatte Jule diese Worte gesprochen, vernahm sie schon diese innere Stimme. Sanft und voller Zuversicht sprach die zu ihr:

„Ganz richtig! Der Wald ist nicht wirklich in dem Sinne, wie du die Wirklichkeit verstehst. Er ist nur in deinem Kopf, eine Projektion deiner geheimsten Ängste, Sehnsüchte und Wünsche. Du träumst diesen Wald. Deshalb kamen dir die Vögel auf der Waldwiese, die bunten Tücher, die Puppen und die geheimnisvoll schillernden blauen Kristalle so bekannt vor. Sie waren Sinnbilder deiner Wünsche und Vorstellungen. Dein Vater und Frau Siebenblatt sind auf einer Traumreise in deinen Traum gelangt, um dir zu helfen. Da du den Wald aber nur träumst, kannst du ihn auch jederzeit durch deinen Traum verändern."

„Was ich, ein kleines Mädchen, kann einen riesigen Wald verändern? Und ganz allein?"

Augenblicks spürte sie wieder die Nähe des Gelben Delphins, der sich wie ein kühler Schatten beruhigend an ihre Schulter lehnte:

„Ja, Almina. In der elften Ebene bist tatsächlich du der Schöpfer deiner Welt. Dies ist das Geheimnis jener Ebene, das ich dir nicht eher verraten durfte, als bis du die Prüfung der Träumenden Buddhas bestanden hattest. Doch damit trägst du auch eine große Verantwortung, denn jede deiner Entscheidungen wird unmittelbar Wirklichkeit und hat sofortige Auswirkungen auf alle anderen Wesen dieser Ebene. Deshalb dürfen nur Wesen, die über eine lange Reise von Leben zu Leben die notwendige Weisheit, Willenskraft und Stärke erworben haben, in diese elfte Ebene eintreten. Also sei stark und weise und finde deinen Halt, dass dich nichts von deinem Wege abbringt. Denn noch bist du nicht so weit.“ Damit verschwand der Delphin.

„Meinen Halt finden …“, murmelte Jule gedankenverloren vor sich hin: „Was ist mein Halt?“

Irgendwie war ihr dieser unterwegs abhanden gekommen. Doch wo hatte sie ihn verloren? Wo konnte sie ihn wiederfinden? Erst jetzt bemerkte sie, wie haltlos und verloren sie sich tatsächlich fühlte, wie ein winziges Stück Holz in einem reißenden Strom. Bang schaute sie um sich und bemerkte erschrocken, dass sich mit diesem beunruhigenden Gedanken auch der Wald augenblicks wieder zu verändern begann. Wie ein hungriger Mund öffnete sich plötzlich gähnend der Boden vor ihren Füßen, um den Wald mitsamt der Wiese, ihren Vater und Frau Siebenblatt zu verschlingen.

„Nein, halt, mein Paps mein lieber Paps …“, rief Jule in höchster Not und ein Quell unendlicher Liebe strömte aus ihr hervor. Aber natürlich, da war ja ihr Halt – die Bande der Liebe, wie es Hasso genannt hatte. Mit dem Aufblitzen dieses warmen Gefühls veränderte sich augenblicks schon wieder die Szenerie. Ein helles, strahlendes Licht brach unvermittelt aus dem Erdreich empor, verschloss den grässlichen Schlund und verwandelte den dunklen bedrohlichen Wald in ein Meer herrlich glitzernder lichter Bäume. Im selben Moment brauste schon ein warmer feuchter Frühlingswind über den dunklen Boden und mit ihm begann alles, was er berührte, unversehens zu blühen und zu leuchten. Wunderschöne Waldblumen erglühten aller Orten und bildeten eine bunte Bahn bis zum blauenden Horizont. Ein geradezu himmlisches Klingen und Singen durchwehte die Lüfte, als wäre das herrlichste Frühlingsfest im Gange. Herr Levitan, Frau Siebenblatt und

Jule drehten sich ein übers andere mal ganz verwundert und andächtig hin und her und wussten kaum, wohin sie zuerst schauen sollten, ob der unendlichen Pracht und Fülle.

„Jule, der Weg ist frei. Schau nur. Ein Wunder …! Und ich Narr glaubte dir helfen zu müssen. Doch das brauchte ich gar nicht. Irgendjemand, viel stärker als ich, hat dies getan. Ja, vielleicht du selbst..?“

„Nein Paps, du warst es. Du hast mir geholfen und mich gehalten. Weißt du, was ich glaube? Wenn es einen Gott gibt, dann ist er nicht in uns, sondern zwischen uns. Deshalb können wir ihn nur finden, indem wir aufeinander zugehen.“

30. Kapitel

Unerwartetes Wiedersehen mit dem Echogeist

Erstaunt blickte Herr Levitan auf seine kleine Tochter Jule. Solch tiefsinnige Gedanken hatte er noch nie zuvor von ihr vernommen. Und Frau Siebenblatt rief anerkennend:

„Ja, da hast du Recht haben. Wenn ich so an meine kleine Franzi denke …“

In der Zwischenzeit hatte Jule bereits den blau schimmernden Kristall aus ihrer Tasche genommen. Er war das Symbol ihrer Sehnsucht, das wusste sie nun ganz genau. Und deshalb würde er sie jetzt auch an das Ziel ihrer Sehnsüchte tragen. Träumerisch hielt sie ihn vor die Augen, beobachtete das sanfte Flimmern und Schimmern im Inneren des Kristalls. Seltsam … Tatsächlich schien es ihr, als zöge irgendeine Kraft sie magisch in sein Inneres. Ohne zu wissen warum, legte Jule den Kristall auf ihre Stirn und genoss seine klare Kühle. Ein mächtiges Rauschen breitete sich unversehens aus, ein kühler Abendwind brauste durch das glänzende Laub der Bäume. Irgendetwas völlig Unbegreifliches erfasste sie, trug sie mit sich fort wie ein sanfter Flug auf den Schwingen eines riesigen Vogels. Und ehe sie sich versah, stand sie mit ihrem Vater und Frau Siebenblatt schon am Ufer eines riesigen, sich in der unendlichen Weite verlierenden Meeres. Und wieder war da das bläuliche Schimmern, nur diesmal nicht im Kristall, sondern am weiten dunkelblauen Abendhimmel, der sich wie ein schützendes Tuch über die erstaunte Reisegesellschaft spannte. Die Nacht brach gerade herein und nur am Horizont zauberten die letzten Sonnenstrahlen noch einen sanften goldenen Schimmer ans herrliche Firmament.

„Ach wie schön …", versuchte Jule gerade zu sagen, da verwirrte sich ihre Stimme zu einem merkwürdig hohl klingenden Echo. Halt, das kannte sie doch. Nur die Tatsache, dass ihre Stimme diesmal rückwärts lief, war ihr neu. Im Augenblick des Aufblitzens dieses Gedankens tauchte wie als Antwort schon der Echogeist Anawrin aus den Tiefen des Meeres empor. Verdutzt schaute Jule auf den mächtigen Rücken des Geistes, der mit seltsamen, nie zuvor gesehenen Ornamenten versehen war, die gar seltsam ihren Sinn verwirrten. Aber wie konnte das denn sein? Der Echogeist ließ doch niemanden an sich vorbei. Alles warf er zurück an seinen Ursprung. Wie nur konnte sie also seinen Rücken sehen? Schon drehte sich Anawrin um. Und auch er erstaunte über alle Maßen:

„Fremdlinge, wer seid ihr, dass ihr den mächtigen Zauber des Großen Mechanikermeisters zu brechen vermochtet. In meiner siebenmillionendreihundertsechsundneunzigtausendzweihunderteinundsiebzigjährigen Laufbahn als Wächter über die letzte Zuflucht des großen Mechanikermeisters ist auch nicht das kleinste Lebewesen, ja, nicht einmal ein vom Winde verwehtes Blatt vom Baume an mir vorbeigekommen. Und nun das. Bin ich etwa kurz eingenickt? Oh weh …, habe ich versagt?“

Schon fing der mächtige Riese wie ein Kind jämmerlich zu schluchzen an.

„Aber Anawrin, ich bin es doch, Jule. Erkennst du mich denn nicht? Gar nicht lange her, da war ich mit meinen Gefährten bei dir. Damals hast du uns freundlicherweise ins Lotzeland zurückgeworfen.“

Anawrin rieb sich die tränennassen Augen, griff nach Jule und setzte sie in schwindelerregender Höhe auf seine riesige Hand.

„Ach ja, du bist es, kleines Menschenkind, oh …, und eine Meereselfenkönigin. Ich erkenne dich an deinen dicken blonden Zöpfen. Du warst doch mit diesem seltsamen Hasen hier, mit einem Hampelmann und einer ganzen Tiergesellschaft. Wie hieß er doch gleich? Hasi auf Heidi oder so ähnlich …“

„Ja, richtig. Nur der Hase hieß nicht Hasi auf Heidi sondern Hasso von Haiden.“

„Ach ja, ich erinnere mich. Joi, joi ..., war das eine verrückte Gesellschaft. Doch wie bist du an mir vorbeigekommen und wer sind deine Begleiter?"

„Wie wir an dir vorbei gekommen sind, wissen wir selbst nicht so genau. Das ist mein Papa und das ..."

„Ach ja, ich sehe schon, deine Mama ..."

„Nein die Mama von Franzi, meiner besten Freundin."

„Wieso von Franzi? Du irrst dich Jule, es ist deine Mama, und natürlich auch die von Franzi."

„Also sehr geehrter Herr Anawrin, ich kann bestätigen, dass es sich bei dem zweifelsohne äußerst sympathischen und liebenswürdigen Mädchen nicht um meine Tochter handelt, unterbrach Frau Siebenblatt den Echogeist."

Und Herr Levitan fügte ein wenig grüblerisch hinzu:

„Jules Mutter, ehm ..., das heißt meine Frau, hat schon vor acht Jahren mit einem Krawattenhändler das Weite gesucht."

„Mit einem Krawattenhändler? Wie interessant ...", antwortete bittersüß lächelnd der Echogeist. Dabei fixierte er mit ungewöhnlich kritischen Blick eine Stelle etwa eine Armlänge rechts neben Herrn Levitans Bauchnabel. „Wie ich sehe, war dieser sogenannte Krawattenhändler kein anderer als das garstige Schlitzohr Jodoko Gui, ein grässlicher Gnom, aus der dritten unteren Ebene, der sich seit Jahrtausenden bereits zu den niedrigsten Schandtaten hinreißen lässt, die ich nicht einmal zu denken, geschweige denn auszusprechen wage."

„Was heißt hier ‚wie ich sehe'? Rein wissenschaftlich können sie überhaupt nichts sehen, werter Herr Anawrin! Die Ereignisse befinden sich wie schon gesagt, bereits acht Jahre in der Vergangenheit – eine absolute Zeitlinie, die auch sie nicht zu überschreiten vermögen. Und außerdem möchte ich doch einmal von ihnen erklärt haben, wieso sie sich mit ihrer Person hinter einem so simplen physikalisch-akustischen Phänomen wie dem eines Echos verstecken? Sind sie nicht Manns genug, einfach nur zu sein, was sie sind? Stattdessen erzählen sie kleinen Mädchen solche Räubergeschichten. Übrigens, was sind sie eigentlich?“

Verdutzt starrte der Echogeist auf Herrn Levitan. Seine Stirn legte sich bedrohlich in tiefe Falten, seine Augenbrauen rutschten mindestens einen Meter nach unten und seine nunmehr unheilschwanger stechenden Augen verengten sich zu zwei messerscharfen Schlitzen. Doch dieser Zustand hielt nicht lange an. Nur wenige Sekunden später lichteten sich die Wolken auf seiner Stirn und Anawrin brach in ein urgewaltiges, gutmütiges Lachen aus, dass es nur so über das Meer schallte. Sein immenser Körper hüpfte auf und ab wie ein gigantischer Riesenwackelpudding. Dabei schlug er Herrn Levitan mit seiner Riesenpranke mehrmals kumpelhaft auf die Schultern, dass dieser jedesmal unfreiwillig einige Meter nach vorn stolperte.

„Der war gut ...! Wirklich echt gut ...! Mit so einem Klasse Witz hat mich schon lange keiner mehr zum Lachen gebracht ... Hihi ..., hahaha ... hoho ..., joi, joi, joi ...“

Nun war es an Jules Vater, die Stirn zu runzeln. Doch dies merkte Anawrin zum Glück nicht.

Geistesgegenwärtig schnappte die achtsame Frau Siebenblatt Herrn Levitan am Ärmel und ging mit ihm, ohne das Ende des Gelächters abzuwarten, „ein wenig die Beine vertreten“ – wie sie sagte.

Als sich der Echogeist endlich wieder beruhigt hatte, musste Jule ihm haarklein ihre jüngsten Erlebnisse berichten. Und am Ende wagte sie, ihn noch einmal um Rat zu fragen, wie sie wohl zu dem Großen Mechanikermeister gelangen könne. Die Grenze zu seinem geheimnisvollen Reich der achten Ebene hatte sie ja schon überschritten. Erst mit dieser Frage wurde ihr schmerzlich bewusst, dass der blaue Kristall sie von der elften Ebene ganze vier Ebenen zurück in die siebente Ebene geworfen hatte. Aber warum? Waren alle Mühen und auch die Hilfe des Delphins umsonst gewesen?

Anawrin starrte, ohne zu antworten, nachdenklich vor sich hin. Nach zehn Minuten brach er endlich sein Schweigen:

„Jule, gewiss erinnerst du dich noch an das, was ich euch damals gesagt habe. An mir darf und kann keiner vorbei. Und selbst wenn es Jemandem gelänge, wäre die dahinter befindliche Welt sein sicherer Tod. Denn jedes Geräusch, jeder Tritt, ja, auch nur der kleinste Hauch bringt diesen Bereich in immer stärkeres Schwingen, bis er einfach nur in Nichts zerfällt und mit ihm alles um ihn herum. Während deines Berichts habe ich nun darüber nachgedacht, wie und warum ihr hinter meinen Rücken gelangen konntet. Und eigentlich gibt es nur drei Möglichkeiten:

Erstens, ihr habt nicht mich überwunden, sondern den Raum selbst. Dies bedeutet, dass ihr überhaupt keinen Weg gegangen seid.

Zweitens, ihr seid in Wirklichkeit mächtige Zauberer und habt mich nur zum Narren gehalten – was ich allerdings nicht glaube!

Oder drittens, ihr seid, wie auch immer, zwischenzeitlich so weise geworden, dass ihr das Prinzip der höheren Ebenen erkannt habt, und es nun für eure eigenen Zwecke nutzen könnt. Nur dann hätte ich meine Pflicht getan und dürfte euch mit bestem Wissen und Gewissen passieren lassen.

Wie auch immer, der Weg zum Großen Mechanikermeister ist nun frei. Ihr könnt gehen, wohin ihr wollt. Ich kann euch nicht aufhalten, selbst wenn ich es wollte. Denn euch aufzuhalten wäre so, als ob ich meinen eigenen Schatten zu fangen versuchte. Meine Kräfte haben in dem Reich hinter mir, in der achten Ebene, keine Wirkung."

Jule verstand die Überlegungen des Echogeists. Natürlich, der Gelbe Delphin hatte ihr ja gesagt, dass ab der elften Ebene alles anders sei, die Prinzipien von Raum und Zeit nicht mehr gelten. Ja, sie selbst sollte dort der Schöpfer ihrer Welt sein.

„Mein Freund, der Gelbe Delphin meinte, die Ebenen seien in Wirklichkeit keine Räume oder Welten, sondern vielmehr Erkenntnisstufen. Wenn einem aber die richtige Erkenntnis fehle, würde er die Dinge der Ebenen nicht verstehen, ja, nicht einmal wahrnehmen."

„Hm, das ist wohl wahr, Jule. Vor vielen Millionen Jahren war auch ich unterwegs in der elften Ebene. Und ich kann dir aus eigener Erfahrung sagen, dass dir dort alles und nichts passieren kann. Das heißt, du kannst alles oder nichts verstehen. Und dies macht im Grunde genommen noch nicht einmal einen Unterschied."

„Waaas? Wie bitte …? Ich verstehe nur Bahnhof."

„Na ja, ich will es dir zu erklären versuchen. Doch wenn ich dir den Weg sagte, den ich dereinst gegangen bin, würde dir das wenig nützen, da es kein Weg im eigentlichen Sinne war. Ein Weg hat immer einen Anfang und ein Ende. Doch diese Dinge gibt es in den letzten drei Ebenen nicht mehr. Außerdem weiß ich nicht, was seit den vielen Millionen

Jahren dort passiert ist. Die Ebenen verändern sich nämlich unaufhörlich, wie ja auch deine Welt, aus der du kommst. Nur gehen bei den oberen Ebenen diese Veränderungen viel schneller und gewaltiger vonstatten. Nichts bleibt, wie es war. Die Welten und Universen fließen wie mächtige Flüsse, die ständig ihr Flussbett ändern. Und dennoch sind sie gefangen im ewigen Auf und Ab des kosmischen Meeres. Wenn ich nur für einen Moment die Augen schließe, sind in diesem Augenblick schon ganze Universen entstanden und untergegangen. So ist das mit der Zeit. Auch ich werde dereinst kein Wächter mehr sein, weil es dann nichts mehr zu bewachen gibt. Dies hat mir jemand gesagt, der noch viel mächtiger ist als der Große Mechanikermeister. Dann kann ich endlich gehen, wohin ich will …"

Sehnsüchtig stöhnte der Echogeist auf und setzte Jule sanft wieder auf die Erde nieder.

„Glaube mir, es kann sehr gefährlich für euch werden. Denn ihr erzähltet mir bei eurem letzten Besuch, dass der Drache Morsus sich wieder in den Ebenen herumtreibt. Sollte es auch ihm gelungen sein, an mir vorbeizukommen, dann droht euch die allergrößte Gefahr. Denn du musst wissen, dass bereits die achte Ebene und erst recht die höheren Ebenen das Paradies aber auch die Hölle sein können. In diesen Welten ist die göttliche Schöpfungskraft für alle darin befindlichen Wesen in einem so ungeheuerlichen Maße zugänglich, wie nirgendwo sonst in den Ebenen. Jeder Gedanke kann sich unmittelbar verwirklichen und verdichten und letztendlich sogar ein ganzes Universum neuer Welten erschaffen.

Drum sei auf der Hut und geh allein! Dein Vater ist ein mächtiger alter Zauberer, der aber noch schläft! Das heißt, dass er noch nicht weiß, oder besser nicht mehr weiß, dass er ein solcher Zauberer ist. Doch nicht zu wissen, was man eigentlich ist und weiß, ist das Allergefährlichste, was einem passieren kann! Denn dann kennt man nicht die gewaltige Wirkung seiner eigenen Gedanken und Handlungen und geht sorglos mit diesen um. Ja, und Frau Siebenblatt ist eine viel zu gutmütige und arglose Fee, als dass sie den Gefahren der zwölften Ebene trotzen könnte. Aus diesem Grund können sie dir beide durch ihre Unwissenheit mehr schaden als nützen."

„Aber wie sollen denn mein Paps und Frau Siebenblatt wieder nach Berlin zurückkommen", fragte Jule besorgt.

„Eigentlich wäre dies ganz leicht für mich, da ich als Echogeist ja ein Spezialist in Rückführung bin. In diesem besonderen Falle aber sehe ich mich außer Stande euch zu helfen, da ihr mich überwunden habt. Doch kannst du dies auch ganz allein bewerkstelligen. Du hast die beiden in deinen Traum hineingelassen und deshalb auch die Macht, sie aus diesem Traum wieder hinauszuführen."

„In meinen Traum? Aber ich bin doch wach?"

„Gewiss bist du wach und dennoch träumst du, weil es in einer Welt, in der Zeit und Raum verloren gegangen sind, oder besser gesagt nie wirklich existiert haben, nur den Traum als Wirklichkeit gibt. Also denk nicht groß darüber nach! Das Denken wird dir in der achten Ebene keine größere Klarheit bringen, da es ein Werkzeug der niederen Ebenen ist. Glaube es mir. Handle einfach gedankenlos gemäß deiner inneren Stimme. Dann weißt du alles sofort, ohne störende Gedanken, und damit von ganz allein, was zu tun ist."

Nachdenklich und ein wenig traurig ging Jule zu ihrem Papa und Frau Siebenblatt. Sollte sie sich also schon wieder von ihnen trennen, wo doch ihre gemeinsame Reise gerade erst begonnen hatte?

Die beiden lehnten an einem gewaltigen grüngeäderten Stein und blickten nachdenklich über das weite tiefblaue Meer.

„Papa weißt du … Ich … Na ja …, ich wollte dir nur sagen …"

Jule fielen die Worte sichtlich schwer. Doch Ihr Vater winkte ab, nahm seine kleine Tochter in die Arme und flüsterte:

„Ich weiß schon, was du mir sagen willst. Wir müssen uns wieder trennen. Ich habe es im selben Moment gespürt, wie du. Weißt du Jule, manchmal, oder eigentlich meistens, bin ich ein wenig verwirrt und fahrig. Dann weiß ich nicht so recht, was ich tue. Dann sage und mache ich komische Dinge, die die Leute nicht begreifen und zum Verwundern bringen. Ja, und selbst ich verstehe mein Tun oft nicht. Doch manchmal, da ist alles so sonnenklar und deutlich, dass es geradezu in die Augen sticht. Da kann ich nicht den geringsten Schatten in meinem Inneren finden. So geht es mir jetzt gerade. Doch dieser Zustand wird nicht anhalten, noch nicht … Jetzt, genau in diesem Moment, weiß ich, dass du deinen eigenen Weg gehen musst. Und dies bedeutet, dass du ihn alleine gehst. Aber sei dir gewiss, dass wir immer bei dir sind, um dir in der Not zu helfen. Nie bist du einsam! Denn wir tragen uns gegenseitig in unseren Herzen. Und diese Verbindung kann nichts und niemand trennen!"

„Ja, Paps, ich weiß, ich weiß …!"

Jule legte sanft ihren Kopf auf seine Schulter. Und nun kam auch Frau Siebenblatt und umarmte gerührt die beiden. So verharrten sie eine ganze Weile in andächtiger Stille. Da plötzlich, fast unmerklich begann ein sanfter warmer Wind vom Meer herüberzuwehen. Ein wunderschöner Adler kreiste majestätisch über ihnen und augenblicks verschwanden Frau Siebenblatt und ihr Papa in einer Wolke glitzernder Sterne im tiefen Nachthimmel.

30. Kapitel

Die Liebe

„Haaallo … aaaaaufwachn …! Sin'se betrunk'n oder wat? De Fahrkart'n bitteschön de Herrschaft'n!"

„Was? Wie bitte? Was wollen sie von mir? Ich sage Ihnen hiermit noch einmal ganz deutlich, dass ich ihre Personifizierung mit einem Echo höchst albern finde. Ich bin Wissenschaftler, verstehen sie, und kein Scharlatan …"

„Wat ham'se jesacht? N' Echo, icke? Schenbar sin'se wirklich betrunkn! Hier in de Trambahn rumliejen un det am hellichten Tache. Und noch dazu mit nem Weibsstück … Nee, Sachen jibs, det chljobt ma ja nich. Schemen se sich, in ihrem Alter … Ab'r ums B'zahl'n komm'se doch nich rum …"

Verdutzt blickte Herr Levitan auf den über ihn gebeugten schnauzbärtigen Herren, dann schaute er sich um. Und langsam begann es ihm zu dämmern. Der große Stein, das Meer, seine Tochter Jule, der vermeintliche Echogeist, alles und alle waren auf einmal verschwunden. Doch zum Glück nicht Frau Siebenblatt! Ja, sie konnte bezeugen, was tatsächlich geschehen war!

„Frau Siebenblatt, so erzählen sie doch dem Herrn Schaffner bitte, was wirklich passiert ist!"

„Was meinen sie Herr Levitan? Ach so ..., ja ... Wissen Sie, werter Herr Oberamtsschaffner. Ich habe mir im Gang den Fuß verknackst. Der liebenswürdige Herr Levitan, ganz ein Kavalier der alten Schule, wollte mich freundlicherweise auffangen, was ihm jedoch leider nicht ganz gelungen ist. Und so sind wir beide gemeinsam auf den Boden gestürzt und vermutlich kurzzeitig ohnmächtig geworden."

„Ach soooo! Na det is ja woh denne janz wat aaaaandres! Na soh 'ne Jeschichte ..., neeh och ... Denn entschuldijen se mir ma viemas, Jnädichste, de etwas jroben, unjehobelt'n Worte. Da will ick ma glech de Dame ofhelf'n."

Bei dem kleinen Namenszusatz „Oberamtsschaffner" war dem eigentlich nur Schaffnergehilfen, und auch dies nur in Vertretung, vor lauter Stolz augenblicks die Brust geschwellt. Und nun begleitete er Frau Siebenblatt mit zeremoniell hochgehaltener Hand, als handele es sich um die Königin von England, an der nächsten Haltestelle persönlich bis zur Tür. Die Tatsache des fehlenden Fahrscheins hatte ein mitleidiger Geist vollständig aus seinem ohnehin nicht sonderlich gründlichen Gedächtnis gelöscht. Und während die Straßenbahn schon weiter in Richtung Alexanderplatz zuckelte, winkte er der süßlich lächelnden Frau Siebenblatt überglücklich, ja, geradezu selig noch immer hinterher.

„Ja, kick ma an, det wa ma ne Dame, ne richtje Ledy! Sowat bejechnet ehm nich alle Tache ... Mah ehrlich ..., wa ..."

Herr Levitan war unterdessen tief zerknirscht. Das peinliche Erlebnis in der Trambahn hatte nicht nur mächtig an seinem Stolz genagt. Die Tatsache, dass Frau Siebenblatt auch diesmal wieder nicht das Geringste von den merkwürdigen außerweltlichen Begebenheiten wissen sollte, verletzte ihn zutiefst bis ins Mark. Da stand er nun da wie ein Trottel, einsam mit seinen Erlebnissen, und keiner wollte ihm mal wieder glauben.

„Ich bin nicht verrückt, Frau Siebenblatt. Nein, das bin ich nicht!“, brach es entrüstet aus ihm hervor. Doch diesmal war plötzlich alles anders!!!

„Ja, ich weiß“, flüsterte Frau Siebenblatt verständnisvoll und drückte ihm dabei fest wie eine Mitverschworene die Hand.

„Wir müssen nur vorsichtig mit dem sein, was wir wissen und gesehen haben. Denn kein Mensch wird uns dies glauben!“

„Ja, so ist es, Frau Siebenblatt! So ist es, genau so ..., ach ..., oh ja ..., hoijoiojoi ...!“, sprudelte Herr Levitan aufgeregt hervor: „Wissen sie ..., sie ..., sie machen mich zum glücklichsten, nein zum allerglücklichsten Menschen der Welt ...!!!“

Freudentränen stürzten ihm aus den Augen. Augenblicks fühlte er sich wie neugeboren, ja, ganz so, als habe ihm Frau Siebenblatt mit diesem kleinen Eingeständnis in das gemeinsame Geheimnis die Erlaubnis gegeben, nun endlich auf diesem fremden, feindlichen und völlig unverständlichen Planeten Namens Erde auch ein klitzekleines Plätzchen einnehmen zu dürfen. Vielleicht war es überhaupt das erste Mal in seinem Leben, dass jemand ihn, mit Ausnahme seiner kleinen Jule, wirklich ernst nahm und seine Erlebnisse mit ihm teilte. Ja, nun endlich war er vollständig auf der Erde angekommen!

Frau Siebenblatt hatte die tiefe Rührung Herrn Levitans wohl bemerkt. In der Tat war sie ja selbst außerordentlich gerührt und ein Strom heißester Liebe zu unserem glückseligen Professor durchschoss sie augenblicks. Abrupt blieb Frau Siebenblatt stehen, riss Herrn Levitan fest an sich und drückte einen heißen, nicht enden wollenden Kuss auf seine dürstenden Lippen. Den Rest des Weges in die Uhlandstraße gingen die Beiden Arm in Arm. Kaum spürten sie das Brausen des Verkehrs und die vorbeieilenden Passanten. Denn Frau Siebenblatt und Herr Levitan schwebten im siebenten Himmel der Liebe …